菖蒲狂い

城 昌幸

柳橋の船宿に居候する、“若さま”と呼ばれる謎の侍がいた。姓名も身分も一切不明だが、事件の話を聞いただけで真相を言い当てる名探偵でもあった。扇に秘められた暗号の謎を解く「舞扇の謎」。菖蒲作りの名人の娘が殺され、些細な手がかりから犯人の異様な動機に辿り着く「菖蒲狂い」。祭りで同じ酒を飲んだ４人のうちひとりが毒殺された。犯人がどのように毒を仕込んだのかを暴く「面妖殺し」など、250編近い短編から厳選した25編を収録。「五大捕物帳」の一つにして、〈隅の老人〉に連なる、伝説の安楽椅子探偵シリーズの決定版、登場！

菖蒲狂い

若さま侍捕物手帖ミステリ傑作選

城　昌幸

創元推理文庫

Iris-Crazed

by

Jyo Masayuki

2020

目次

舞扇(まいおうぎ)の謎　九
かすみ八卦(はっけ)　三五
曲輪(くるわ)奇談　五九
亡者殺し　八五
心中歌さばき　一〇九
尻取り経文　一三五
十六剣通し　一五九
からくり蠟燭(ろうそく)　一九七
菖蒲狂い　二一九
二本傘の秘密　二四三
金の実(な)る木　二五九
あやふや人形　二八五

さくら船　三〇九
お色検校（けんぎょう）　三三三
雪見酒　三五五
花見船　三七九
天狗矢ごろし　四〇五
下手人作り　四二九
勘兵衛（かんべえ）参上　四五三
命の恋　四八三
女狐ごろし　五〇三
無筆の恋文　五三五
生首人形　五六五
友二郎（ともじろう）幽霊　五九九
面妖殺し　六三一

編者解説　末國善己　六四八

菖蒲狂い

若さま侍捕物手帖ミステリ傑作選

舞扇(まいおうぎ)の謎

うたた寝侍

……す早く襖をあけて、その部屋へからだを滑り込ませると、後手にピタリと立て切り、すぐ、部屋の主へ声をかけようとしたが、一瞬ためらって、柳橋代地の芸者菊香は、そのまま、襖際にたたずんだ。

切れ長の涼しい眼もと、富士額、色が抜けるように白い、ことし二十になるという美しい女だ。だが綺麗は綺麗だが、芸者にしてはその動作からどこか、ちょっと不似合いとも思われるほどの、凛としたところがある。

……菊香は、思い切ったように、ごく低声で呼びかけた。

「……あ、……もし……」

その声をかけられた主は、床の間の前に、徳利の二三本並んだ膳部を据えて、ごろりと手枕のうたた寝。――黒の着流しで、片手の袖で顔を掩っているが、かたわらに大刀はあるし、一と目で侍と知れる男だ。酔い伏したらしい。

ここは両国柳橋米沢町、船宿喜仙の奥まった一間、桜の盛りも過ぎた三月中旬の、妙に暖か過ぎるような静な春の宵の口。

と、急に廊下をバタバタと乱れた足音がこっちへ近づく。菊香はなぜか、はっとした様子で聴耳を立てたが、思い切ったという表情で、もう、そのうたた寝侍に断ろうともせずに、さっと部屋を横切ると、床の間と並んだ戸棚へするりと身を隠した。

ほとんど引き違いに、その乱れた足音が前の廊下で止まると、ガラッと無作法に襖が開かれて、どかどかと殺気立った様子の侍が三人ばかり、この部屋へ踏み込もうとしたが、さすがに人のいるのを見て等しく立ち止った。

途端だった。

「うるさいなア……誰だい?」

と、うたた寝侍が半身起した。なんにも心にかかる屈托のなさそうな、いかにものびのびと育って来たという感じのする三十前後のなかなかよい男前だ。血色のよすぎるように見えるのは酒のせいかも知れない。

「いや、これはご無礼。平に平に……」入って来た一人がこう詫びながら、「実はただいま、この部屋へ芸者が一名まいったはずゆえ、そやつをわれわれ……」

「来ないよ」

まだ相手の言葉がおわらないうちに、二本差す身に似合わぬ、ひどくいけぞんざいな口調で、こう簡単に遮った。

「芸者なんぞ……。来てれア寝てなんぞいるもんかよハハハハ……」

正直のところ、相手方はこの侍らしからざる口調に、はじめはちょっとあっけにとられたらしいが、それとともにいささか軽蔑もしたらしい。

「いや、確かに、この部屋へ隠れたのを見届けたゆえ、さよう申すのだ」

と、嵩にかかって一人が言うと、尾についてほかの一人も、

「問答無用じゃ。あの戸棚が怪しいぞ！」

と、言いながらズカズカと、全然部屋の主を無視した態度で踏み込もうとした。その時だった。

「退れ！　無礼者！」

思わずはッとして三人は、反射的に後退った。それほどこのうたた寝侍のいまの一喝には、いわゆる板についた調子が——生まれた時から上に立つ者のみが、知らず知らずに体得している気品と貫禄とでもいうものが籠っていたのだ。が、すぐとまた次に、

「ハハハ！　とにかく、誰も来やしねえンだから安心して引き取りな。とんだ騒ぎで、あたらいい夢を見損なったぜ……」

と、下世話な口調にもどってしまった。妙な侍だ。

「おッ！　これは！」すると、その一人がにわかにこう叫んだ。「先ほどの舞扇じゃ。きゃつのじゃ！」

なるほど、膳部の脇に、いままで誰も気がつかなかったが、見ればいかにも芸者の持ちそうな舞扇が一本落ちている。

「偽りばかり申して、これが動かぬ証拠というものじゃ」

そして、その侍がこう談じつけながら、手を延ばして舞扇を拾おうとした時だった。

「ツッ！　ツウ……」

と叫ぶと、右手を掻い込むように左手で押えて、からだを丸めた。

「他人様の品物を無断で拾うやつがあるかよ……」

うたた寝侍は平然として、右の親指と人差指で火箸を弄らしている。間髪を入れず、舞扇を取ろうとしたその手頸を打ち砕いたものと見える。案外な腕前に、あとの二人は思わず息を呑んで眼を見張った。

「これは可愛いあの妓の忘れ物サ。滅多に渡すもンじゃアねえ、ハハハハ……」

そして、ゆっくり舞扇を拾い上げると、ポイと袂へ放り込んで、何がうれしいのかにっこりした。

「おのれ！」

するとも、もはや我慢がならぬとばかり、一番年若な一人が刀を抜こうとして一歩進んだ。

「やる気かい？」

「もちろん、よくもわれわれを愚弄いたしおッて！」

「では姓名を名乗れ。でないとあとが厄介だからな」

「つべこべといらぬことを！　われわれは作州津山の藩士……」

「これ、……」

と、一人が慌てて制した。

「うん。……で、貴様は全体、何だ？」
「俺か？　俺は当家、喜仙の食客サ」
「食客？　居候か？」
「その通り……」
けろりとしている。

何かくたッと拍子抜けがして、三人はこの得体の知れぬ妙な侍を、改めてまじまじと見直した。するとそこへ、周章狼狽して喜仙の亭主甚兵衛が、転がるように割って入った。

「まアまア、どなた様も、その、どうかこの場は、……いえもう、まことにもって、ごもっともさまで……いずれその……はアそれは……」

と、一人で立板に水でしゃべくりまわし、両手で煽ぐような格好で、おかしいほど頭を何べんも下げながら、恐ろしく息巻いている三人を、いつか廊下へ押し出してしまった。

やがて、どう納めたものか、彼らは廊下を立ち去って行ったらしい。

――嘘のように静かになると、うたた寝侍はいまの舞扇を取り出した。見れば桜の花が散らしてある、なんの変哲もないものだ。つまらなそうに裏を返すと、左の隅の方に三行ばかり何か書きつけてある。女の手蹟だ。読むと、最初の一行は香炉在処とある。そして次の二行は、よく読むと三十一文字だということがわかった。だが、それが甚だ妙な文句だった。

　こうだ。

月の夜に化けしは狸　狐かや手引きの杖は蘭奢の香ぞ

……変な歌だなと、さすがの彼も小首を傾けた。三十一文字には違いないが、全然、なんのことだか意味がわからない。ちょっとの間、口の中で呟きながらそれを見つめていたが、考えるのが面倒臭いと見えて、またポイと袂へ放り込むと、何事もなかったかのごとく平穏な顔つきで、ゴロリと最前のように手枕で横になった。

……いつか、戸棚の襖が、二寸……三寸と開かれて芸者の菊香がそッと出て来た。

「あの……もし」

また、こう声をかけたが、狸寝入りか、それとも寝入ったか、やはりなんの応答もない。どうしようかとしばらく考えていたが、やがて、その寝姿に掌を合わせて頭を下げると、隅の方にくちゃくちゃに丸められてあるその侍の羽織を彼の足の方へかけた。そして、もう一度頭を下げてから、用心深く外部の気配をうかがったのちに、出て行こうとした。とその時、その菊香の足元へポンと何かが当った。どきンとして見ると、自分が先刻不覚にも取り落した問題の、舞扇だ。

あッ！――その侍はやはり、向うを向いて寝たままだった……。

「ほんとうに人騒がせな……さぞお驚きでございましたでしょう？　だからあたし、浅黄裏は嫌いだッていうンです。ねえ若さま」

喜仙の一人娘、少しお俠だが、気さくな水商売だけにすっきりと垢抜けした、明けて十八になるおいと坊のお酌で、若さまと呼ばれるかのうたた寝侍は盃を舐めていた。その、物にこだわらない顔に人なつっこい微笑をたたえて、おいとのおしゃべりをおとなしく聞いている。

「でも、あの菊香さんにも驚きました。大のお侍さまを一人、廊下からお庭へ叩きつけなさッたンですからねえ……全体、なんだッて立ち聴きなんぞしたンだろう?」

おいとが面白そうに、大仰に語ったことはこうだった。

——例の津山藩士の連中が、四人ばかりで人払いの上、離れの方で何事か密談最中、その中の一人が急に話を止めてそッと立ち上がると、いきなり間の襖をさっとあけた。と、その場に狼狽してしゃがみ込んでしまったのが芸者の菊香だった。怪しからん女だ、というので捕えようとすると、パッと逃げ出したので、追い詰めて手を掛けた時に、女と侮って油断したためか、その手を逆に取られて、庭へ綺麗に叩きつけられた。あッと、その手並みがあまりにも水際立っていたので、思わずあとの三人が茫然とした隙に、菊香は廊下を走り去った。……それからがこの部屋における事件となり、それッ切り、菊香の姿は喜仙から消えてしまったという。

「……どこへ隠れたンでしょうねえ?……この戸棚じゃなかったか知ら?」

おいとは疑わしそうにこう言って、若さまの顔を見た。

「本当に御存じないンですか?」

「うん。……寝ていたもの……」

「じゃ忍術でも使ったか知ら……ホホホ」

「そうかも知れねえ……」

「でも、菊香さんは、さすがにお武家の出だけはありますね、やわらッていうンですか?」

「うん。……武家出か?……」

「ええ。なんでもおあ兄さまが、並木の旅籠町とかの善右衛門店にいるとか聞きました」

「大そう、くわしいンだな、おいと坊……」

「一ぺん、そのおあ兄さまというのを見たことがあるんです。ご病人らしい人でした。……ええ、れっきとしたお武家さまです。佐藤さんとおっしゃる……でもご浪人なさってからずいぶんになるとかで、あのよく言いましょう、尾羽打ち枯らしたッて……そうそう、さっきの勤番さんと同じように、やはり作州津山の御家中だとかなにか……曰くありそうですねえ、あの兄妹には……ひょッとしたら敵打ちか知ら?」

「ハハハハ……いや、大きにそうかも知れねえぜ。ときに、あの津山藩の連中の名前を聞いたこたアないかえ」

「あります。確かこの前見えたとき、あの中の一番重だった人を、須山氏、須山氏と皆が呼んでいました。あ、それからなんだか存じませんけど、中山氏がよけいなことをして死んだために、手数がかかるッてぼやいていました……何かお心当りでも?」

「何も無い……それアそうと、話にかまけて徳利が空だぞ」

「おや、すみません……」

「何事か、珍事出来いたしましたか？」

南町奉行所つきの御譜代組の与力、佐々島俊蔵は、挨拶がすむかすまぬうちに、こう来客の侍、――船宿喜仙の娘おいとに、若さまと呼ばれた例のうたた寝侍へ口早にたずねた。

「ハハハハ、……いや、天下は泰平だよ」

他人がこんな返事をすれば腹が立つが、この若さまが言うと、反対に何か気がほぐれるから妙だ。一種の人徳とでもいうのだろう。

「ハハハハ、……したが、この深夜にわざわざの御入来ゆえ、わたくし……」

苦笑しながら答えた。この佐々島俊蔵という与力は一口にいえば、重厚という感じそのままの人物で、見た眼には、与力というよりも儒官というほうが似合わしい能吏だ。そしてまた、礼儀作法の正しい律儀そうな典型的な武士である。いまも、客を正座に据えて、自分は四角四面にキチンとかしこまっている。四十前後という年配だ。――それに、いまの会話から考えると、この二人は、どうやら主従とでもいう関係にありそうな具合だ。だが全体、このあまり行儀のよくない若さまと呼ばれる侍は何者なンだろう？

「そんなに遅いか」

「はア。もうほどなく丑満かと心得ます」

「丑満？　化物の出る頃かの、……ハハハ、ときに何か、近ごろ耳よりな話でもあるかな」

——何しに来たのだろう？　この若さま侍は？　午前二時ごろ人を訪れて、特に急な用もなさそうで、その上、面白い話でもないかなど、のん気そうな事を言っている。だが、俊蔵のほうはこうした奇行に慣れているものと見え、別に驚きもせず、神妙にお相手をうけたまわっている。

「さようでござりますな……格別面白いことと申しても、と、んと近頃は……して、若さまにはずッと喜仙方に御滞在で？」

「若さまはよせ。何べん言ってもわからぬ奴だな、それを言われると肩が張るよ……」

「は、相すみません。……で、やはり、喜仙方に？」

「うん。……厄介になっている。あの酒は正真正銘、灘の生一本だからな、ハハハ」

「やはり毎日、御酒で？」

「やはり、そうだよ。酒に明け、酒に暮れ、酔生夢死……あまり賞めた図でもないな……」

いまさら意見したところで、仕方がないのだという顔つきで、俊蔵はなんとも答えなかった。

「ときに、そッちに面白いことがなければ、わしが話してやろうか。和歌だ。……月の夜に化けしは狸狐か手引の杖は蘭奢の香ぞ、というのだ。わかるかい？」

俊蔵はそれこそ、狐狸に化かされたような顔つきで答えた。

「いえ。いっこうに、妙な歌にござりまするな。それが如何いたしました？」

「如何いたすか、まだ俺にもわからないのサ。舞扇に書いてあったものよ」

「舞扇？」

――ちっとも脈絡のない話しように、俊蔵は呆気にとられた形だ。

「佐々島。この歌がわからぬようだと、与力お役御免だぞ。ハハハハ……」

「何か重大なことで？」

「なに、それほどのことでもなさそうだ。たかが芸者一人のこと。……では、またいずれまいる。……大きにお邪魔さま」

「お帰りで……」

もう、さッさと玄関の方へ出て行く。この風の如き若さま侍を、俊蔵はアタフタと追いすがった。と、

「そうそうちょっと、訊きたいことがあッたッけ」

と、彼は式台のところで振り返った。

「椿寺(つばきでら)という寺はどこにある？」

「椿寺？……とおおせられますか……」

俊蔵はまたまた面食らって、若さまを凝視した。藪から棒で、突拍子もないことを言う癖には慣れているものの、驚かされるには変りはない。

「さよう、そのような寺名は……」

「ないか？」

「おお、それは俗名、と申しては妙ですが通称椿寺、確か光泉寺(こうせんじ)という寺だッたと覚えており

ますが……」

「どこにある？」

「谷中、天王寺の近く、鶯谷よりかと記憶いたしますが……何か？」

「ふうン……。や、また来る」

飄々と風のごとく、若さまは深夜の町へ消えて行った。

椿寺

「え？　な、なんと言われる？」

その四人の侍たちは、一度に異口同音にこう呼ぶと、光泉寺の和尚につめ寄った。ここは谷中光泉寺の庫裡、閑雅な寺の客間だ。

「渡された、となその？」

中でも、血相変えてこう怒鳴った一人は、右手を布で肩から吊っている。よく見ると、昨夜、柳橋米沢町の船宿喜仙で、例のうたた寝侍に、右手頸を火箸で挫かれた侍だ。そういえば、あとの三人も皆、昨夜の津山藩士だ。

「ど、どうして、渡された？」

つめ寄られて、光泉寺の和尚は当惑気に、また四人の侍たちのただならぬ形相にいささか恐れもなして、口ごもりながら答えた。

「そのように申されても拙僧、いかい迷惑でござる。……いま、早朝、やはりおのおの方と同じく作州津山の家中と名乗られ……」

「津山の家中と？」

「して、なんという姓名でござった？」

四人は等しく和尚の顔を見守った。というのは、もしや、この四人の誰かが仲間を裏切って、抜け駆けに来たのかも知れないという疑いがあったからだ。――それほど、この秘密は、事件関係者以外には洩れないはずの、巧妙な機構のもとに隠された事柄なのだから。

和尚は重たい口を開いた。気の毒にも少しおどおどしながら、

「その仁はこう名乗られた。拙者は作州津山の家中、須山と申すものだが……」

「な、なにを痴けたことを言うか！」

例の手を吊った侍が、堪りかねてか、こう大声でさえぎった。

「須山喜門は拙者じゃ！」

和尚は、鳩が豆鉄砲でも食ったように黙った。

「拙者が、けさ、この寺なぞに来ないことは、あとの三人がよく存じておる」

その言葉に応ずるごとく、あとの三人は険しい目でうなずいた。

「騙りじゃ、そやつ！」

「したが……」

と、それも昨夜、あわや、うたた寝侍へ斬りかけようとした年若な一人が、賢し気に和尚に

たずねた。

「したが和尚、ただ、津山の家中、須山とのみであの品を渡すとは、いささか軽率の所業でござりませぬか」

「いや、それが……」

と、片手を上げて人々を制するように振りながら、和尚は、

「拙僧とても、そのような愚者ではござらぬ。そのけさ見えた仁の口上はこうでござった。……作州津山の藩士、須山と申す者だが、先年、当寺にお預けの香炉、中山氏死去のために、拙者代って受け取りに参上いたした……」

「え？　中山氏の代理？」

「さよう。皆様方もご承知のことと存ずるが、拙僧は三年ほど前、あの飛竜の銘のある銅製の香炉を、中山氏より暫時秘密に保管願いたいと強って預けられた。その中山氏が旧臘、江戸表の藩邸で死去されたこともまたよく存じておる次第。されば、秘密にとの話ゆえ、その中山氏よりなんのご処置のこともなく、当人は他界され、実は拙僧、あの香炉を如何いたそうかと途方に暮れたものでござる……」

「…………」

「すると、先ほども申したように、死なれた中山氏の代理という貴藩の方ゆえ……余人にはいささかも知れぬ話であるだけ、拙僧がその使者を信用してお渡しいたしたのは、まことに当然のことと存ずるが……それでも軽率でござろうか？」

「ふウん……」

四人は思わず唸った。騙りには違いないが、いまの口上なら、和尚が信用するのはいささかも不思議ではない。

「して……」

と、手を吊った須山がじりじりした調子で訊ねた。

「その大騙り奴は、全体、どのような風体のやつでござった？」

「そうだ、どのような人相の男で？」

四人は等しく膝を進めてたずねた。

「いたって鷹揚な仁でござった。それにおのずからなる品位の具わった方で……拙僧は、御家中の高禄の……もしや、御家老のご微行ではないかとさえ存じた次第じゃ」

四人は眼を見張って息を呑んだ。

「それに大層、気さくな方で、下情によく通じておられるご様子……そうそう、いま思い出したが、時おりご冗談でもあろうが、町人のような勇み肌の言葉を使われ……」

「なに？　町人言葉とな？」

「さよう。それがなかなか、巧者でござった」

もしや？――四人はおたがい眼を見合わせた。そうだ、もしや昨夜の、あの喜仙でいらぬ腕立てをして、芸者菊香を匿ったあの奇妙な侍ではなかろうか？

「昨夜の……」

と、いくぶん残念そうに、例の手を吊った侍が言いかけると、あとの三人は一度に口を切った。

「あいつじゃ。菊香を匿したやつじゃ！」

「それで……」と、須山はまた和尚に向き直ってたずねた。

「その大騙りめは、何かそのほかに申してはおりませなンだか？」

「さア、……別にこれといって……いや、かようなことを申してたようだが……この一品で人助けができる。なんでも、可哀そうな浪人兄妹が浮かばれるとやら……」

「てっきり、やっと定まったわ！　確か佐藤は、並木の旅籠町とかにおるとか……」

「すぐまいろう！　一刻も早く、そのお節介者もまだ佐藤の浪宅におるかも知れぬ……こんどこそ手痛い目にあわせてくれよう……しからば和尚、これにて失礼つかまつる。いずれ後刻……」

呆気にとられている和尚をあとに、四人は光泉寺を疾風のように飛び出して行った。和尚はこの目まぐるしいお客様が去ると、やれやれという面持で、庫裡の庭前におびただしいまで植え込まれてある椿の叢を、放心したような眼つきで眺めていた……。

飛竜の香炉

「ハイ、ごめんよ……佐藤さんのうちはこっちかい？」

並木通り旅籠町の善右衛門店、棟割長屋の一番奥の家の玄関先で、こう訪れているのは、例の若さま侍だ。相変らず屈託のなさそうな、思いなしか腕白坊主が悪戯でもする時のような、面白いことがありそうな表情をしている。やはり黒の着流し。ただ小脇に、かなりの大きさの桐の箱を、また、どうしたものか何にも包まず向き出しのまま抱えている。

「誰だね？」

返事はしたがすぐ出て来る様子は見えなかった。中で何かゴトゴト物音のするところをみれば、浪人の内職最中かも知れない。それに、訪れた言葉が雑だったので、町内の者とでも思ったのか。

「ちと所用の筋あってまかり越した者にござるが、佐藤殿はご在宅かな？」

内部は急にシンとした。言葉が急に侍言葉に改まったので面食らったらしい。……ちょっとすると濃淡だんだらの切り張り障子があいて、病身らしい痩せた、いかにも浪人暮しといった様子の侍が現われた。

「お訪ねの佐藤は拙者でござるが……」

けげんそうな面持で、佐藤はこの見知らぬ妙な訪問者を見上げた。

「作州津山のご浪人だな？」

「いかにも。して、ご貴殿は？」

すると、それには答えようとはせず、若さま侍は小脇の桐の箱を、どッこいしょと、剽軽なかけ声とともに置くと、ますますけげんそうな顔つきになっている佐藤の前へ押しやった。

「ええ、佐藤さん……こいつア、あんたに取ッちゃア大事なものらしいから差し上げるぜ。受け取ってくれ。なに、ちっとも遠慮なンざアするにゃア及ばねえもンだよ」

態度も妙なら言葉つきも侍ではない。佐藤は、けげんを通り越して用心しはじめた。

「ええッ、こじれッてえ人だな。あけて見なよ。構あねえから。……まさか、欲深婆さんの葛籠（つづら）じゃアあるめエし、化物も出ねえぜ。出たところでせいぜい。狸狐かや、ぐれエなもンだろう……ハハハハ」

最後の一言で佐藤は、はッとしたらしい。あわただしく、桐箱にかけられた組紐を解くと、蓋を払って内部を一目見たが「おッ、飛竜！」と叫ぶとともに、がばとその箱を隠すがごとく、わが身をその上に伏せたが、すぐ、自分のはしたない動作に気づいたと見え、慄（ふる）える手で蓋を閉めると、両手でしッかと抱き「こ、この品を、ど、どうして……」と、言葉もしどろもどろでたずねた。

「じゃア間違いねエンだな。確かにそれは、あんた方兄妹が探していた香炉なンだな……」

と若さま侍は、相手の問いに構わずこう念を押した。

「いかにもさようでござる。……ああ、なんと言うてお礼申し上げてよいやら……さ、さ、ずッとまアお上がり召されて……」

「じゃアよかった。間違ってンじゃアねえのかと、ずいぶん心配したよ。ハハハハ……じゃア、あばよ」

「ま、ま、ちょっと、お待ち下されい……」

「せっかくだが、また会おう。そうそう、ひょッとするとあとから須山とかいうやつの連中が、ここへ殴り込みをかけるかも知れねエから、それを持って、早いとこずらかッちまッた方がいいぜ……怪我をしてもはじまらねエ」

「はッ、だんだんのご配慮かたじけなく……それにしてもご貴殿は全体……」

佐藤はいつか、ボロボロと涙を流していた。

「しからばご免こうむる。お、そうそう、お妹ごさまによろしくとお伝えくだされ」

何を思ったか、急に鹿爪らしい侍言葉で最後にこう言うと、あ、もしと、まだ呼び返そうとする佐藤の方は振り返ろうともせず、若さま侍はさッさと長屋の路地を出て行ってしまった。

……涙でぼうと潤んだ瞳で、佐藤はそのうしろ姿へ玄関の土間へぺたりと坐って、両手を突いてじっと見守っていた。

「ちエ！　やっぱりやって来やがッた……」

佐藤の長屋からものの一町も来たころ、とある大名小路の築地つづきの通りで、若さま侍はこう舌打ちしながら立ち止まった。前方から、例の須山を先頭に四人、息せき切ってやって来るのだ。

「おお、佐藤ンところへ行く了見なンだろうが、駄目だよ、もう……とうの昔にあいつア行方知れずサ……」

機先を制して、彼は近づいて来る四人に大声でこう怒鳴った。

「やはり、きゃつじゃ！」

「方々、油断せず、必ず斬れよ！」

右手を吊った須山が口惜しそうにこう言った。

「斬る？　誰をサ」と若さま侍。

「その方だ！」

須山を除いてあとの三人は、いずれも抜刀して三方から、じりじりと寄って来た。

「野暮な連中だな、すぐ抜きゃアがる……おいと坊のせりふじゃアねえが、これだから浅黄裏は厭だッてえンだ……しょうがねえ、こうなれア助けを呼ぶか」

と言うと、うしろの方へ大声で叫んだ。

「佐々島！　出て来て取り鎮めてくれ」

すると、それまでどこにいたのか、与力の佐々島が、例の謹厳無比な態度と表情でこの場に現われた。いな、それとまだ、一目で捕方とわかる俊敏そうな岡ッ引きが二人。いつの間にか、若さま侍を尾けていたと見える。

「津山のご連中、ご覧のとおり、南町奉行与力佐々島俊蔵のご出役だ。……ハハハハどうだい、おとなしく手を引かないか……それなら穏便に、このまま見過してやらぬでもないが……ハハハハ、浅黄裏にしちゃア案外、物わかりはいいと見えるな……」

謎解き

「おおせのごとくとり行ってまいりました」

部屋へ入って坐ると、与力佐々島俊蔵は一礼ののちに、例の重々しい口調で挨拶した。

「やアご苦労、ご苦労、ま、一杯、と言いたいところだが、飲まねエンだから法がつかねえな。代りに、おいと坊、受けるか……」

昨夜と同じ、柳橋米沢町の船宿喜仙の例の小座敷。やはり同じように若さま侍は、ここの娘おいとを相手に盃を挙げている。

「それで全体、どういう経緯なンだい？　佐藤はみなざっくばらンに話したかい？」

「は、全部包みかくさず有体に申し立てました」

「おいおい、佐藤は悪人じゃアねえンだぜ、ハハハハ……」

「いや、これは、……つい、平素の言葉癖が出まして……」

作州津山の浪人佐藤信二郎が、与力に語った話はこうだった。

——三年ほど前、当時お城のご宝蔵番であった佐藤信二郎は、お役目上重大な失敗を演じた。それは主君が東照神君より賜わったという由緒ある香炉、飛竜と名づけられた銅製の一品を紛失に及んだのだ。佐藤は幸い、御主君の覚え目出たき方だったので、失われた香炉を発見して来れば帰参をかなえるという寛大な処置でお暇を賜わった。と、彼はそれが失われたのはきわめて悪辣な策略に引ッかかったのだということを知った。それは佐藤が主君の寵厚いのを妬んで、家中の中山というのがやはり同じ思いの連中と組んで、その飛竜の香炉を盗み出し、これを他へ隠匿してしまった。おのれ中山と思うが、訴えるにはこれという物的証拠がないので、よし、この上は草の根をわけても自分の力で探し出してやろうと決心した。すると中山が江戸藩邸詰めとなったので、佐藤はたった一人の身寄り、妹の菊江を伴って同じ江戸表へ出府した。ところが長の浪人暮しゆえ、いつか蓄えも尽き、せんなく妹の菊江が、以前国元での知り合いを頼って、柳橋から芸者に出るようになった。と、昨年の暮、その当の中山が病死するにいたった。しまった、ではもう生涯、香炉を探し出すことは不可能なのかと落胆していると、中山は香炉のありかを、秘密の和歌に仕組んで仲間に渡し、解いた者が主君に、発見した体に披露したら面白かろうと、意地の悪い謎々を残して死んだということを耳にした。よし、なんとかして、ではその和歌を手に入れたいものと苦心するうち、連中の密談で、芸者になった菊香がその歌を盗み聴きした。それからは、若さまもご承知のように……だが肝腎のその歌はわけがわからず、弱り切っていたところだと佐々島の長話は終った。

「面白かったか。おいと坊……」

好奇心で夢中になっていたおいとへ、若さま侍は声をかけた。

「ええ……まるでお芝居のようです」

「ところで、いまだに拙者には理解つきませんが、あの妙な和歌より、いかにして、谷中の光泉寺とお判じなされましたか?」

と、佐々島はたずねた。

「なアに、ちょッとしたハズミだよ……よく心を落ち着けて読んでみると、あの歌には、ちっとも意味がない。つまり、何かのために言葉を並べたンだなと思った。……その前に香炉在処とある。すると場所の名前なンだなと見当がつく。わしは、なんの気なしに、五、七、五、七、七、とわけて見た。そして、その一ツ一ツの最初の言葉をつないで読んでみた。いいな、つきの夜にのつ、ばけしは狸のば、きつねかやのき、てびきの杖はのて、と来てサ、らんじゃの香ぞのら、とまで解くと、ほら〝つばきでら〟と易の表に出らアね」

「なるほど。さすがは若さま……」

「よせよ。まぐれ当りサ。それに解いたのは俺ばかりじゃアねえ、須山も解いたわけだよ。ハハハ……」

「まア、本当です」しきりにわざわざ筆を持ち出して書いていたおいとが、大発見のように叫んだ。

「つばきでら、ッて!」

「ところで、若さまは、わたくしたちがずッとお供をしていたのを……」

「ああ、椿寺を出たころから気がついた。だがおかげで助かったよ。でないと、いま時分は斬られていたかも知れねエ、ハハハハ……」

「若さま」おいとが真顔でたずねた。「菊香さん、この戸棚へ隠してお上げなすったのでしょう?」

「いや、わしは知らンよ。寝ていたもの。知る道理がない」

「さア、どうですかねエ、若さま、菊香さんに……?……」

だが、それへは笑って答えず、若さまは、また昨夜のように、床の間の前に手枕でごろりと横になった。

「これで帰参がかなうと、佐藤兄妹はくれぐれもよろしくとの伝言にございました……」

だが、佐々島へも、なんとも答えず——寝入ったのかも知れない。

かすみ八卦（はっけ）

返された財布

「……うッ」

すぐ懐中へ手を入れた。あわただしくあたりを見まわした。手近なところから、ずッと群衆の肩越しに、はるか遠くまで、そして、何かわかったものか、

「あいつだな？」

と呟くと、その素袷、着流しの侍は——柳橋米沢町、船宿喜仙の一人娘、おいとの呼び名にしたがえば、若さまは、大股でスタスタと人混みの中を掻きわけるように歩き出した。

急に誰を尾けはじめたものかわからないが、雷門を出ると、すぐ道を左に折れて大川橋へ。

……ことしは暑さの厳しい夏だったが、八月に入るとめっきり涼しくなり、きょうは月の十四日、お月見前の宵待ち、その夕方、藍を溶いたように青く深く、高い秋空はようやく茜に染まって、このぶんなら明夜は上々のお月見になろう。ススキを肩に、近在の百姓たちが市中を売り歩いている。

だが、若さまは、そんな者には眼もくれず、いつか大川橋を渡って左へ川沿いに……。

「ちッ、しつこいッたらないねえ」

そして、若さまが、とある石垣を右に曲ると、そこに待っていたように佇んでいた女がいきなり、彼へ、こう浴びせた。

「ハッハッハ……だが、すぐ気取られるようじゃア、あんまりいい腕でもねえようだの」

侍というその人柄に似合わぬ、若さまの伝法口調に毒気を抜かれた形で、その女は、思わず眼を見張ったまま、二の句が継げず、相手を見つめたきりだった。――その女は、年のころは二十三か四、少しけんのある顔立ちだが、細面の三日月眉、あくの抜けた小粋な姿だ。が、すぐ、

「大きにお世話さまだよ。たまにゃアどじを踏むことだッてあらアね、それがどうしたッて言うんだ、唐変木……」

と、江戸前な口調で啖呵を切って来た。

「唐変木？　ハッハッハ……別にどうしよッてわけじゃアねえ、ただ、おいらの財布を返してもらやアいいンだ、女掏摸……」

「……妙な言い方をしないでおくれ、あたしゃアこれでも霞のおきたッていう、ちッとは人に知られた女なンだからねえ」

「さようか。しからば霞のおきたとやら、さいぜん身どもより掏り取ったる財布をこれへ差し出せ……」

「おや？……ぷッ、笑わせるねえ、なんだい、急に権柄づくな口の利き方なんぞしやがってサ……そら返してやるよ」

だが、口ではこう悪態を吐いて応酬してはいるものの、女掏摸霞のおきたは、この不可解な侍が少し怖くなって来たので、早いとこ切り上げようと、ぽんと財布を地面へ抛(ほう)り出した。

「これからもあることだよ、それほど執心の品物なら掏られるような間抜けな面(つら)アしないがいい、とんだお手数だよ、こっちア……」

「なるほど、……これア理がある……」

悪態を吐かれているのに、若さまは妙なことを感心している。引きかえて、おきたは、いよいよこの侍の正体がわからなくなって来た。

「変なお侍だね、おまえさんは……」

「ハッハッハッ……」

「おまえさんに笑われると、馬鹿にされたみたいだよ……、ちッ、胸くその悪い、じゃたしかに返したよ。これで文句はないね」

「うん。文句はない」

「?……素直だねえ……」

おきたはまた、肩すかしをくった様子で、こんな捨てぜりふを言うと、ついと踵(きびす)を返してスタスタと歩み去った。

「フッフフ……」

何かひどく、面白そうに若さまは一人で笑っていたが、その財布を懐中にすると、いま来た道を、川沿いに下(しも)へぶらぶら歩き出した。

――いつか釣瓶落し(つるべおと)の秋の日は、急にひたひたと、暮霧(きり)に沈んで、向こう岸、花川戸(はなかわど)から駒形(こまがた)かけて、書割のように灯(ひ)が入り、思いがけず、大きな団々たる月が出ていた。

すると、ぶらぶら歩きの若さまは何を思ったのか、ふと立ち止まると、いまの財布を取り出して改めて見はじめた。――川沿いのとある大名屋敷の塀外の道だ。

「…………！」

と、それを待ってでもいたかのように、いきなりうしろから、声もかけず、さッ！　と斬りかけた。

危うく、身を開いて立ち直ろうとするのへ、すぐさま二の太刀！　――飛び退(すさ)って、ぴたり、無手ながら構えると、若さまは呶鳴(どな)った。

「人違いするな！」

相手は刀を大上段に振りかぶっていた。白の着物に羽織袴(はおりはかま)、総髪(そうはつ)で、額の狭い、眉間(みけん)が迫って眼の鋭い、頬骨が削(そ)いだように尖(と)がった、出ッ歯の男だ。二本手挟(たばさ)んではいるが、ちょっと、得体が摑めない。何者だろう？――その刀の構え方を見ると、これは習ったのではなく度胸一つの剣法。

「や、やッ！」

と、その男は次にこう叫ぶと、ほとんど無法と言ってもよいほどの乱暴さで、つづけて振り下ろして来た。一瞬同時に、

「えい！」

と言う若さまの冴えた気合がすると、「あッ！」と言う声と、すぐ、どぼーン！　と激しい水音。――その男は大川へ蹴落されていた。

「……ほほウ、水練もできると見えるな、では死にもすまいが……妙なやつだ、辻斬りにしては時刻が早いようだが……」

だが、若さまは手にしていた、女掏摸から返された財布に気づくと、しげしげと、とみこう見していたが、……、

「よく似ている品だが、やはり違っていたぞ……、あいつ故意か、間違いか、ほかのを渡したな……」

明るい十四日の月に、中味を調べると、金子(きんす)はほんの少々で、あとには書付(かきつけ)が三枚。二枚は生薬屋(きぐすりや)と小間物屋の品書き受取(うけとり)。そして残る一枚は奉書(ほうしょ)の切れはしへ走り書きで次のような文句が二行に――

九月九日生まれ、左小鼻に黒子(ほくろ)の女、十九歳
月見の日五時(ななつはん)、目黒祥光寺(めぐろしょうこうじ)門前

「…………？」

若さまはしばらく、黙然として、河岸へ突ッ立っていた。影が黒く、くっきりと路上に落ちて動かない。

「行ってみるかな……」

子供がなにか悪戯(いたずら)でもするときのような、忍び笑いを一つ洩らすと、若さまはこう呟いた。

門前の七人

五十がらみの六部が一人、疲れ切った、空虚な目つきをして、ぼんやりと、石段へ腰かけていた。

十五夜の日の暮れどき。きょうもきのうと同じ、一日気持のよい日本晴だった。今夜はさぞ結構なお月見ができるであろう。ここは目黒の在方、祥光寺という、建ってからかなり年代の経ったらしい古い寺の門前である。あたりは、ずっと打ち開いた畑地ばかり、ただ、この門前の埃ッぽい往還に松の古木がところどころに立っている。……六部の肩にさっきから赤トンボが一匹止まって、凝然と動かない。それに、なんの物音もなく、閑静な景色だ。

と、寺の土塀について、一人、侍がやって来た。が、侍とはいうものの、いわゆる尾羽打枯らした瘦浪人、羊羹色の破れ着物に七ツ下がりの袴、尻切れ草履、深編笠を冠っているので面体は不明だが、いかにもわびしそうな姿である。寺の門前まで来ると、あたりを見まわしていたが、六部が一人いるきりなので、そのまま過ぎて、往還から畔地へ下りる窪みへ、よいしょと腰を下ろした。すると、江戸の方角から荷を担いで、煙草売りが一人、またやって来た。

やっぱり、門前まで来て、六部を胡散臭そうに見たが、別に声をかけようともせず、少し離れた塀際へ荷を下ろすと、手拭で矢鱈に顔中こすったのち、そこの捨石へ腰かけると、お手のものの煙草を吸いはじめた。

……この時分から、秋の日は暮れやすく、次第に遠い疎林（そりん）や百姓家は茫（ぼう）ッと視野から朧（おぼろ）になっていった。畔の窪みの浪人者の姿もちょっと人目につかない。

と、また足音がして、こんどは虚無僧（こむそう）が一人来た。六部と煙草売りは無言で見上げたが、そのまま、ひと言も口を利かなかった。虚無僧は寺の門扉へ背をもたせて寄りかかった。

すぐ、これもまた、年老いた巡礼が一人――婆さんと見えて、足の運びも、たどたどしくこの場へ現われた。

「……へい、これは皆の衆……」

と、嗄（しゃが）れた声で、ほかの三人に挨拶（あいさつ）したが、誰もなんとも答えぬばかりか、てんで、無視した様子なので、何やら口の中で、ぶつくさ言いながら、六部よりは少し離れて、同じく石段へ腰を下ろした。

いつの間に来ていたものか、門のすぐそばにある瘤（こぶ）の多い松の老木のかげに、三味線を抱えた鳥追（とりお）いの女が一人、ひっそりと佇んでいた。ときおり、臆病そうに、ほかの人々を覗き見していたが、誰か視線を返すと、まるでそれを怖れるように、素早く、からだごと樹のかげへ、すいと隠れた。

そして、最後に、願人坊主（がんにんぼうず）が一人、やはりこの奇妙な会合へ参加すると、そのままで、時刻だけがただ移って行った。

もうあたりは暗くなった。

六部と、浪人と、煙草売りと、それから虚無僧と巡礼、鳥追い女に願人坊主――これは一体、どういうことになるのだろう。五時（ななつはん）はとうに過ぎてしまっていた。この奇妙な七人は、だが、ひと言も口をきかないで何かを待っている様子だった。

「それでは来てもらおうか……」

低い、だが案外若い声で、急に、こう言った者がある。

虚無僧だった。ずッと連中を一応改めて見まわすと歩き出した。みなは無言で立ち上がると、ぞろぞろとあとについてこの寺の門を離れて行った。……一番あとから、取り残されては大変という恰好で、畔にいた浪人者が従って行った。日はもうとっぷり暮れてはいたが、さし上って来た十五夜の月の光で、この奇妙な一団は影絵のように描き出されていた……。

そしておよそ十町も来たころであろうか。こんもりとした森をうしろに背負った、見るからに土豪の邸と思える、高く塀を巡らした一囲の家に着いた。

冠木門（かぶきもん）のかたわらの潜り戸が開かれた。

奇妙な連中は、一人、一人、つづいて、潜って入って行った。

そして、七人が入って、潜り扉（くぐど）が閉ると、同時に、中で、

「えい！」

と言う叫びと、

「とオ！」

と、受ける声と——だが、それっきりで、それからはもうなんの物音もしなかった。十五夜の月光が、恐ろしいほど、黒々とひときわ濃く、その森と、その邸とを劃（くぎ）って浮かび出してい

た。

参天堂大先生

「これ、娘、大丈夫か？」

さして広くもない部屋に、燭台、行灯とり交ぜて四個も置いてあるのだから、灯は十分明るいはずなのだが、どこか陰々として暗いような気がする。

床の間寄りに豪奢な夜具が敷かれ、青白く痩せ細った女が一人寝ている。その枕もとで、女の父親とおぼしい六十年配の老人が、心配で堪らぬといった面持で、はらはらしながら病人を覗き込んでいる。

「もうすぐ吉報があろう……そうなれば、たちまち本快じゃ、な、よいか、……それに参天堂の大先生もお見えになっている……今宵のうちにもことは運べるのじゃ……」

父親が掻き口説くようにいうのを、聞いているのかいないのか、病む娘はなんとも答えずに、半開のその瞳にも力がない。

——言うまでもなく、この父親は、ここ、目黒の在方一円に、広い地所を持つ土着の豪家の当主、苗字帯刀御免の庄屋、川村安左衛門という人間だ。病人はその娘のお久、ことし十九、——去年の春ごろから気色すぐれず、ぶらぶら病いが昂じて、ついにあすをも知れぬ重態となり、ときおりわけのわからぬ譫言を口走るというからだ。

と、襖がガラリと開かれて、

「大先生がおいででございまする」

と、総髪にした、弟子らしい若い男が、敷居際に手を突いて、権高にこう言った。

「お喜び召され、川村殿……求めるものが首尾よう手に入り申したぞ！」

すぐこう言いながら——（その声は妙に膨みを帯びて拵えたようだった）やはり総髪にした老人がこの部屋に入って来たが、それはまことに奇怪きわまる人間だった。

第一、ひどい傴僂で、大袈裟にいえば普通人の半分の背丈ぐらいの高さ、いや、それよりもその容貌が、左半面が焼けただれたように痙攣りができ、左の眼は潰れ、反対に右の頬はでき物でもあるかと思われるほど、ぽッとふくれ上がっている。だが、残った右の眼は炬火のごとく鋭く、迫った眉間は異様に深く皺を作っている。かなり長い顎髭がある。

「おお、さようでござりましたか？　ようやく探し当てましたか？」

父親の安左衛門は、涙を流さんばかりに喜びの声を上げた。上座に、それでも落着いた様子で、その参天堂と呼ばれる傴僂は坐ると、

「いかにも、苦心の甲斐あって見つけ申した。さっそく捕える手はずを整えましたれば……ほどなく、これへ……」

「おお、有難うございます、おかげで、これの命も助かりますというもの……これと申すのも大先生のお力で……」

「いやいや……したが、これはなにぶんにも、秘密の上にも秘密を要する修法、女の生血を啜

るということゆえそのへん、お手落ちはあるまいな。いま聞けば、妙なやつが一人舞い込んで来たと申すが……」

「いや、あれは大事ないこと……何かの間違いにて、つゆさら、ご懸念なく……」

その大先生という醜怪なる老人と主人とは、まだ何かひそひそと話を交わしていた。ときどき、主人が給仕を呼んでは、まだまいらぬか、まいらぬか？　とたずねている。

彼らは、何を待ち、何をしようというのだろう？

……夜中過ぎ、丑満をまわった時分でもあろうか、ひっそりと駕籠が一挺、三、四人の者に護られてこの家へ着いた。

すぐ奥庭へまわされ、病室の前へ据えられた。

「捕えてまいりました」

障子が開いて、参天堂という奇怪な老人が縁側へ出て来た。

「見せい」

駕籠から、うしろ手に縛り上げられ、猿轡を嚙まされた女が、一人引き出された。

「よいから解いてやれ、……猿轡もな……大事な代物だ、いたわってやれよ……」

「あッ！」

自由になって、女が叫んだ声はこれだった。

「おまえは……」

そして、なお、つづけて何か言おうとする女の口を傴僂はいきなり掌でふさいだ。

「馬鹿なやつ……せっかく、いたわってやれば……もと通りに縛りあげて置け！」

やがて、女はまた縄と猿轡をかけられて、奥の方へ引ッ立てられて行った。

「どうもあの女は……女掏摸のおきたに似ているようだが……」

庭の植込みのかげで、始終を見ていた、さっきの痩せ浪人が口の中で呟いた。彼は、本来なら潜り戸のところで斬られて、追われたはずなのだったが……。

一枚絵のお七

「……はてな、これは妙だぞ？　あれはおきたに違いないが……してみると、ゆうべの女はどうしたものだ？」

十五夜の翌日、午さがり、往さ来るさの人々に交って、大川橋の浅草寄りの欄干で、じッと思わし気な様子で河面を見つめている女を見て、あの痩浪人が、こう呟いた。それから、

「どうした、霞の姐御……昼日中、身投げとは妙な話だな……ハッハッハッ」

「おや？　……なんだい、おまえさんか、急にまた落ちぶれなすッたもンだね……え、あたしゃア財布を返して上げたはずだが……」

おきたは負けずにやり返した。そして不思議そうに、おとといとは打って変った、尾羽打ち枯らした姿の若さまを上から下まで見た。

「ハッハッハッ……ところが、あの財布はおいらのじゃアなかった、まるで金なぞない財布だった」

「えッ？　……じゃ、あんたと間違えたのか……」

「何か思い当る節があるのか？」

「あるもないも……おとといはぶざまな日サ、おまえさんに因縁つけられるとすぐ、また、もう一人の易者商売の総髪の男にからまれて、揚句、財布を返せサ……」

──若さまは無言でうなずいた。そうか、それで自分に断ってかかったのか。

「渡したら違うと言うンだよ、いちいち、こっちがそんなこと知るもンかねえ、で、大方もう一人の侍にも取り返されたから、そいつと間違えたンだろうと言うと、あんたの行った方角を訊いて追っかけて行ったが会わなかったかえ？　おまえさん？」

「斬られたよ」

「え？　どこを？」

「ハッハッハ、まアいい。それよか、おまえはゆうべ、妙なところへ引ッ掠われたンじゃアないか？　手足を縛られの、猿轡をはめられの、駕籠に無理に押し込まれのサ……」

「おまえさん、それを知ってるのかい？　いいえ、あたしじゃアない、それは妹のお七なンだ、お七がゆうべ、掠われたまま行方知れずなンだ！　朋輩と店の帰り道で急に妹だけが……」

「妹か……どうりで似ていると思った……」

「おまえさん、妹の掠われた先を知ってるような口ぶりだが……」

「知ッちゃいるが……その前に、どうして掠われたのか、そのわけはわからねえか？」

「それがわかるくらいなら昼日中、水の流れを見ているような了簡は起さないよ」

「ハッハッハッ……で、妹というのは何か商売でもしていたのかえ？」

「おや、知らないのかい、呆れたねえ、妹のお七は、浅草寺境内の水茶屋、二十軒の稲屋に勤めている一枚絵にもなった女だよ」

「その姉さんが女掏摸か」

「殴るよ」

「ハッハッハ、これア悪かった……ところで妙なことを訊くようだが、そのお七は、ことし十九の九月九日生まれかえ？」

「あれ、よく知ってるねえ……」

「それから、左の小鼻に黒子があるかい？」

「見たらわかるだろうにサ……なんだい、そんなことを訊いて……あるよ、黒子が……」

「ふうん……」

若さまが急に真面目な顔になって考えていたが、また訊ねた。

「さっき、易者商売の総髪と言ったが、どうして、あいつが易者とわかった？」

「それアわかるサ、あいつは妹のお七に惚れて通ったが肘鉄砲を食った大野……たしか、三郎とか四郎とかいう流行らない易者なンだ、顔を知ってるから面白半分に財布を掏ったばかりにえらい大騒動サ」

「そいつはどこに住んでる？」

「よくいろンなことを訊くねえ……」

　さすがに、おきたは警戒するごとく、こんどはすぐ答えようとはせず黙っていたが、低声で、

「おまえさん……御用筋かい？」

「ハッハッハッ……安心しろ、そんなもンじゃアねえ……おまえの妹を、助けてやろうッて俠気からのことサ」

「惚れたのかえ？」

「ハッハッハッ……大きにそうかも知れねえ……それアそうと、財布を取られた易者の住居はどこなんだ？」

「近いよ。……花川戸の先、信濃屋という大きな質屋さんの裏だよ。看板が出ているからすぐわかるサ」

「そうか……」

　そして、こう一人でうなずくと、痩浪人姿の若さまは、くるりと、おきたに背を向けて歩き出した。何か思い耽った様子で……。

「ちょいと、ひと言、礼ぐらい言ったたって損はないだろう？　……変な侍だねえ……」

両国の見世物

「参天堂という易者を存じているか？　佐々島……」

その晩、若さまは、例の通り風のように飄々として、駿河台にある、御譜代組の与力、佐々島俊蔵の家へ現われた。そしてまだ、なんの挨拶もしないうちに、佐々島の顔を見るなり、こう訊ねた。

「……参天堂？　と……」

若さまのこういうやり方に慣れている佐々島俊蔵は、あえて驚きもせずその質問を考えていたが、

「さア、一向に……」

と答えた。

「知らぬか……もっとも世の中にはいない人間だからな……」

いつか若さまは行儀悪く、座敷に寝そべって、頬杖ついている。それに引きかえて、佐々島は、これもまたいつもの通り、謹厳無比な態度で、その重厚な顔に笑い一つ浮べず、きちんと正坐して、膝に両手を置いた姿でかしこまっている。

「浅草寺境内、水茶屋二十軒の稲屋と申すうちの、お七という一枚絵になった女を存じておるか？」

若さまが、また、こんな突拍子もないことを、なんら、前後の連絡もなしに訊ねた。

「さア……てまえ不調法にて……」

佐々島は、いくぶん、困ったように答えた。

「実は、わしも知らないンだよ、ハッハッハッ……だが、おきたに似ているのだから、さほどの美女とも思えないが……」

「おきたと申しますのは……」

「お七の姉で女掏摸だ……あまり上手ではないようだな……」

佐々島はなんとも答えなかった。だが、彼はいままでの経験で、若さまがこんな話し方をする時には、背後に何か事件があるンだなと、少なからず緊張して聞いていた。

「そのお七が何者かに掠われたのだ……」

「掠われた、……と申されますか?」

そら、来た、と佐々島は乗り出した。すると、それへは説明しようとはせず、若さまはこんなことを言い出した。

「……ひどい傴僂でな、猿のように小男で、その顔が、左の半面は焼けただれたと見えて無残な瘢ッつりがあり……左眼は盲い……逆に右の頬は、でき物でもできたかと思うほど膨れ、……右眼は鋭く狡獪で……長い顎髭のある男を見たことはないか?」

「それはまた……」

佐々島は、若さまの説明にいささか驚いていた様子だったが、

「とんと化け物でござりまするな、若様、……まるでつくったような……」

と言った。

「そうか!」

がばと、からだを起すと、若さまは、こう大声で叫んだ。

「そうか、その方もそう思うか、まるで、つくったような化け物だと！」

「はア……若様は両国などで、そのような見世物でもご覧遊ばしたので？」

珍しくも、佐々島がせい一杯のユウモアのつもりでこんなことを言った。

「ハッハッハッ……いや、ちょうど見世物だったよ、ハッハッハ……」

若さまはこう哄笑したが、次に、まるで自分が佐々島の上司のような口調で命令した。

「浅草花川戸の先、信濃屋という質屋の裏にて、易者渡世をする大野三郎とか申す者を捕えろ」

「そやつが如何いたしましたか？」

「わしは、すンでのところで殺されそこなった」

「それは！」

「そいつがいま言った化け物だよ……ハッハッハ……」

一人二役

――例によって佐々島俊蔵が、若さまへ報告した事件の顚末は……。

大野三四郎という易者は、もとより大きな食わせ者で、それでも以前、さる有名な易者のところに玄関番をしていたので、筮竹、算木の類を扱う術くらいなことは知っていた。

それが、その師匠の家を、不身持から追い出されてしまったので、やむを得ず、見様見真似の自分免許で易の看板を掲げると、商売をはじめた。

当るも八卦、当らぬも八卦、よくしたもので、出鱈目なことを言ってはいたが、どうやらほそぼそと食うことくらいなことはできた。

「……だが、これじゃつまらねえ、なんとかしてもっと金の儲かる法はないものか？」

そこで考えついたのが、自分の師匠という人物を担ぎ出すことだった。相手が金のありそうな人間だと、

「易学は深奥で、とてもこれ以上のことは、わたくしの学問ではどうしようもございませんが、師匠の参天堂大先生なら、もっと深い奥のことがわかるでございましょう……」

と、持ちかける。相手は迷っている最中だから、では、その大先生に易を立ててくれ、ということになる。すると、彼はさらに、

「参天堂大先生は、つね日ごろ江戸にはおいでではなく、秩父の山深く隠れて、仙人のような暮しをなさっていられる……それに傴僂で非常に醜いお顔なので、人と会うことを好まれないから、お頼みに上がっても、下山されるか、どうか……」

ともったいをつける、そして、揚句、さんざん、相手を焦らせた上で、その醜怪なる傴僂が登場するという段取りになるのだった。

人々は、まず最初は、そのあまりの醜怪さに度胆を抜かれ、次に、なるほどこれじゃァ町屋住いはできないだろう、仙人の暮しをするのも無理はない、してみれば易も上手だろう……と、

妙な三段論法的錯覚に陥って、一も二もなくその大先生の八卦を信用するようになってゆくのだった。

　そのうち、次第に当るという噂が高くなり、不治の病いに苦しむ人々に呼ばれると、怪気な加持祈禱の類を試みて、――この間、彼は不法にも非常に儲けた。

　と、ある日、彼は目黒の土豪、川村家へ呼ばれて、一人娘のぶらぶら病いは何に原因するのか八卦を立ててくれ、癒すにはどのような手段を取ればよいのか？　金に糸目はつけぬと言われて、これはうまい金蔓にありついたと、もっともらしく、型通り娘の生年月日などを訊いているうち、ふと悪い了見が起った。

　それは、かねて浅草寺境内の水茶屋、稲屋のお七に恋していたのだが、いつでも素気なくされるのでなんとかして思いを遂げたいと考えていたのだが、たまたま、お七の生年月日が九月九日生まれで、ことし十九ということを知っていたので、偶然にも、川村家のお久と同年同月日なのを奇貨措くべしと、

「この娘御の命を取り止める法は、あるにはあるが……それは秘伝中の秘伝で……」

　と凄みをきかしてから、娘御と同じ年の九月九日に生まれ、小鼻に黒子のある女の生血を啜らせればたちどころに癒る、という世にも奇怪なことを言ったのだ。

　で、娘を溺愛し、参天堂を信じ切っていた父は、それでは、そういう女を探し出そうと、さてこそ、年中江戸市中を歩いてまわるのが商売の鳥追いだの、巡礼、六部などに金をやって、秘密に探させたのだが、大野三四郎は、さっさと先まわりして、ほかの連中がなかなか探せな

いうちに、腹心の者を虚無僧に仕立てて、稲屋のお七がそれにぴったり該当する女だと報告させ、時を移さず引っ掠った、というわけなのだった。

彼はそうして、お七を自分の手に入れてから、無理矢理口説く了見だったと白状した。

つまり、易者大野三四郎と参天堂大先生とは同一人、彼が変装した醜怪な姿にほかならなかったのだ。

この一人二役は、また、それ以外にもこの悪計を助けるのに役立った。

それは万一、参天堂がその怪奇な加持祈禱、治療法をあやしまれてその筋ににらまれた場合、彼は生地の大野三四郎となって変装を中止して、知らぬ存ぜぬと言い張ればよいという奸策――いや、彼が現に佐々島に捕われた時も、手前は大野三四郎、師匠の参天堂は秩父へもどりました。参天堂をお取り調べねがいたく、なぞと白々しいことを言ったそうだが、同じ一人だと断ぜられて蒼白になって罪に服したという。若さまが見破っていなければ、彼はまぬかれたかも知れない。

「……おかげをもちまして、事件は無事、落着に及びましたが、若さまにはいかなるわけにて、両人が同一人とご了解遊ばされましたので？」

と佐々島俊蔵が、一切を語りおわったのち、こう、若さまへたずねた。言わずと知れた柳橋米沢町の船宿、喜仙の例の一間だ。

「……はじめ、川村の家で、一目あの姿を見たとき、おや？　これア脅しすぎるぞ、天然自然のものにしちゃア念が入り過ぎているようだが、という気がしたのサ……つまり、これでもか

これでもかとつくり過ぎて、しっぽが露れたと言うのか……あれが、もッと手軽でガラリと違ったつくりなら、かえってわかり難かったろうよ、ハッハッハ……それに、最初俺の手に入った財布の中の書付、生薬屋と小間物屋の品書きを読むとどれもみんな役者が扮装用のものばかりだ、で、俺に斬りつけた総髪の男の顔を土台に、だんだんと、拵え描いてみると……ハッハッハッ」

「なるほど……いつもながら若さまのご活眼には、てまえ……」

「よせよ……」また、例の通り、若さまはごろりと肘枕で横になると、

「女掏摸の霞のおきたが、あとの謎を解いてくれたようなもンサ、ハッハッハッ……掏摸の腕前は下手なようだが、おかげで面白い目に会ったよ、また、俺の財布を抜いてくれないものかな……、ハッハッハッ」

「それはどうも、ハハハ……」

珍しく謹厳な佐々島俊蔵が、笑いながら、

「そう申せば、今宵は、当家の娘御が見えませぬようですが……」

「おいと坊かい？　……本郷の伯母とやらに連れられて、江の島へ遊山旅に立ったよ」

と、若さまが、もう睡そうな声でこう答えた。

曲輪(くるわ)奇談

根岸の里

〽苗や苗、茄子に胡瓜に冬瓜の苗、朝顔の苗に夕顔の苗、ほどよく下がるへちまの苗……

高くはないが、よく透る声で、また、きのうのように苗売りが触れて来る。

「あ、あア……」

誰はばからず大あくび、若さまは例のうたた寝から起き上がると、のそのそと座敷から、突っかけ草履で庭へ下りた。

呉竹の根岸の里、このへんは、ごみごみした市中と違って、そこに疎林、ここに竹藪、そのほかは畑と田を縫う大根洗いの小川、といった長閑なところだ。家といえば、百姓家のほかには、日本橋へんの大店や遊女屋の寮などが、呉竹の垣に柴の折戸、風雅なつくりの住居をところどころに見受けるだけ。

空高くヒバリが囀っている。いまは、五月になって間もないころ。満目、草も木も生々と、あたり一面、ただむせるほどの新緑の候。それにきょうは梅雨前の日本晴れ。汗ばむほどの陽気だ。

若さまは、お気に入りの柳橋米沢町、船宿喜仙が、造作の模様変えやら畳がえ、おうるさいでございましょう、というわけで、ここ根岸の喜仙の別宅に、暫時、根城を移している。

例のおいとが、三日に一度ぐらい、何がなし世話焼きに来るほかは、寮番の甚作老人と二人暮しという、気散じな明け暮れだ。

あまり広からぬ庭の隅に、紫陽花が大きく、ひときわ濃く紫に咲きほこっている。

「苗や苗、茄子や、胡瓜の苗、夕顔の苗に、朝顔の苗……」

少し遠くなった苗売りの呼び声。

「やっぱり……」

すると、紫陽花を見ていた若さまが、こんなひとり言をつぶやくと、何か気になる様子で裏木戸から表の通りへ出て行った。

山吹の花が、眼に痛いほど、黄に咲き狂って、水へひたりそうに枝を垂れた小流れを間に、向こう側斜かいに、椎の木を多く植え込んだ京都風の寮がある。その垣外に荷を下ろして、苗売りがうまそうに煙草を喫っている。

ヒバリが、しきりに囀る。根岸の三鳥といって、ウグイスとツルとヒバリはこの土地の名物だ。それだけで、なんの物音もしない、新緑の閑寂境だ。

「おッ、若様ではございませんか」

振り返って見ると、御用聞き、遠州屋小吉。

「こちらで？　喜仙の寮というのは？」

「うん、……そののち、変りもないかな」

「へえ、おかげさまで。……もっとも、きょうも例によりまして、御用筋なんで、あの……」

と、言いながら小吉は、ささ流れの斜向かいにある京都風なつくりの寮を指さし、

「新吉原、和泉屋の寮まで、ちょっとまいったような塩梅しきで……」

「面白い話か?」

若さまが、また、例の癖を出してたずねた。

「いえ、大したことでもありませんが、およろしかったら、お茶受け話にでも」

——そして二人は家へ入った。その裏木戸で、若さまがいま、何気なく振り返ると、いままで二人を注意していたものか、はッとした様子で、なぜか、その苗売りが顔をそ向けると、さあらぬ体で荷を担いだ。

「若様、お先へ……」

小吉が、こう促した。

曲輪の金には

「竈河岸の刀屋で、井筒屋藤兵衛というのが、ゆうべ、殺されましたンで……」

濡れ縁に浅く腰かけて、汗ッかきと見え小吉は、顔中、やたら手拭で、こすりながら話しはじめた。

土庇を深く、茶室にしつらえた四畳半の竹柱に、若さまは背を軽くもたせ、立てた片膝へ両

手を重ね、その手甲の上に顎を乗せて、小吉の語るのを聞いている。

軒近い、楓若葉の照り返しで、若さまの顔が、薄青く浮いて見える。

事件というのは——

日本橋、浪花町一丁目、御刀師、井筒屋藤兵衛が、わが家の土蔵で、惨殺死体となっているのを、けさがた発見されたのにはじまる。

発見したのは、手代の吾助で、土蔵のそと三五段の石段に、おびただしく血潮があふれ流れているので、驚いて内儀のおきんに告げ、家内中の者がすぐ駆けつけたが、扉には、ぴいンと鍵がかかっているので、こわごわ金網の透き間から中を覗いた。

「あッ？　旦那さまだ？」

薄暗いので、よくわからなかったが、主人藤兵衛が、頭を出口の方へ向け、俯つ伏せに倒れていた。

さア、大騒ぎになって、すぐ自身番へ届け出る。扉が開かないでは話にならないので、錠前屋を呼びにやる。遠州屋小吉が出向いたのは、やッと扉が開くようになった、いまの時間にして午前八時ごろだった。

小吉は、すぐ検死調査にかかった。

もはや、六十に近い井筒屋藤兵衛は、浴衣寝巻の上に、普段羽織を引ッかけた姿で殺されていた。致命傷は、背から胸まで突き通した刀創だ。その凶器の刀は、かたわらの古葛籠のうしろに、無造作に放り出されてあった。

あたりは一面、酷たらしいまでの血の海。

物盗りかな？　と、小吉は最初、推定したものだ。死体の脇に、手燭が転がっているところから考えて、たぶん藤兵衛はゆうべ遅くか、あるいは暁方、土蔵の方に妙な物音か、人影でも見たので、見まわりに来たのだろう。

女房のおきんの話では、主人はこの十年来というもの、ひとりで、この土蔵に近い離れ座敷で一人寝する習慣だったというから、家族の者も夜明けまで、気づかなかったわけだ。

だが、殺したあとで、わざわざ錠を下ろして行ったのはいささか妙だ。死体の発見を遅らせるためか？　小吉が、内儀や手代に訊いたところでは、土蔵中には、これといって失った品物もないという。

それに、凶行に使用した刀は、井筒屋の商品だ、と、手代の吾助は証言した。

はてな？

すると、ただの盗人ではないようだ。

この疑問は、次に小吉が、井筒屋一家の者を取り調べてゆくうちに、おのずからと氷解した。

この一家は、殺された主人の藤兵衛に、女房のおきん、養子の市太郎に、これも姪に当る、ゆくゆくは市太郎に妻合わすはずの、ことし十九になるおひろ、この四人が身内の者で、あとは奉公人の手代で、吾助と年季奉公の小僧が二人、女中といった人数だ。

「その市太郎という息子は？」

小吉は、集まった一同を見まわしたのち、それらしい者がいないので、母親のおきんに訊ねたのだが、どうしたわけか、おきんは言い渋るのだった。問い詰めると、ただいま留守だというのだが、ひどく要領を得ない。

「どこへ行ったンだ？」

と、ほかの者に訊ねても、みな、たがいに目を見合わせて、後込みするように知らないという。ふふン！　このへんが臭いな、と、小吉は、さらに手厳しく訊問した。それから近所のうわさなども訊いて見た。

それを綜合すると、まさに、小吉の眼は当っていた。

養子の市太郎というのは、ことし二十二歳、元来は気の小さな商人向きの男だったが、近ごろ、誰にそそのかされたものか、遊びの味をおぼえた。帰らない夜が、次第に多くなった。

その相手というのは、新吉原、和泉屋平左衛門抱えで、都路と呼ぶ花魁。

藤兵衛も、はじめのうちは、若い者だ、馬鹿堅い石部金吉でも弱る、と思って大目に見ていたのだが、市太郎の道楽は、だんだん激しくなった。強意見も五、六度、これが、とんと糠に釘。さすがに藤兵衛も愛想をつかし、どうせ種の違う養子、勘当するのにてまひまいらぬ、と腹を据えた。そして、姪のおひろには子飼いからの手代、吾助を後釜にすればよいと考えていた。

語りおわると、小吉は、こう断案した。

「ま、こういったわけでして、下手人は市太郎と、ほぼ見当がつきました」

「お定りの、廓の金は詰るが習い、わが家の土蔵へ忍び込んだところを、親爺の藤兵衛に見つけられ、あり合う商品の刀で、ずぶり……どこを、ほっつき歩いているか知りませんが、そこは素人(しろうと)、間もなく御用弁になるでしょう」

「その都路という花魁が、あそこの寮に……」と、若さまが、「出養生(でようじょう)にでも来ているのかい？」と、訊ねた。

「へえ、さようで……五、六日前からとか……来しなに、いま、市太郎の話を訊き出しましたが、やっこの方は大熱々(おおあつあつ)、……痩(やせ)ちゃアいますが花魁は、なかなか美(い)い女でしたよ」

「ハッハハハ！……ところで遠州屋」

若さまは、立ち上がると一緒に伸びをしながら、

「これから井筒屋へ連れてッてくれ」

と、何を思ったのか、こんなことを言った。

「ヘッ？　井筒屋へ？」

小吉は、かえって、片づかない顔つきで、

「でも、これア何も、若様の御出馬(ごしゅつば)を願うほどの話じゃアねえようですが？　下手人は、市太郎のドラときまったことだが？」

第二の殺人

「まア親分さん！」

その日の午後、遅く、来るほどの用もないのに物好きな、と、若さまを伴って小吉が、ふたたび井筒屋を訪れると、彼の姿を、一目見るやいなや、母親のおきんが、転がるように駆け寄って来て、叫ぶがごとく言った。

「い、市太郎が！」

「なに？　市太郎がどうした？　自首でもしにもどって来たか？」

「いいえ、殺されているンです？」

「えッ？　市太郎が殺された？　誰に？」

「知りません。……たッたいまし方、わたしが道具を出しに、裏の河岸寄りの物置にまいりましたら……親分さん！」

もう五十近い、まるまッちく肥った、おきんは、そのからだに似気ない小胆者と見え、恐ろしそうに声を慄わせて言うのだった。

「市太郎が……咽喉を絞められて……死んでいました……」

小吉は、思わず、若さまを振り返った。

「行ってみよう……その物置とやらへ」

例の通り、無精ッたらしい懐ろ手、さして意外そうな顔つきもせず、若さまは小吉を促すのだった。

すると、下手人は市太郎ではなかったのだろうか？　事件の底が案外深いのに、小吉は出し抜かれた思いだった。と同時に、毎度のことながら、若さまにも一本取られた形だ。

「あれでございます……」

案内して来たおきんは、少し手前で立ち止まると、これ以上、近寄りたくない顔つきで、恐る恐る指さした。

その物置は、問題の土蔵のさらに裏で、河岸とすれすれに建てられた、ぞんざいな二坪ばかりの小屋だった。

――堀割を隔てた、向こう側の武家屋敷の海鼠壁に、入り日が赫ッと血のように映っていた。

「……いきなり、両手でうしろから絞めたもんですね……指の痕ですな、これア……」

小吉は、綿密に検証しながら言う。物置の土間に、養子の市太郎は、商人育ちの華奢な身体を、両手で虚空を摑むがごとく、苦悶の表情も物凄く、仰向けに倒れていた。

「………」

若さまは、なんにも言わず、死体を一瞥しただけで、すぐ物置を出て行った。

そして、調べ終った小吉が、疑問百出の事件の新展開に、新たに頭をひねりながら出て来ると、少し離れたところで、若さまが、おいでおいでをしている。

「なんですか?」

近寄ると、小吉は自然、低声で訊ねた。

「あの、こすッからそうな面つきの町人は誰だい? 浅黄色の盲縞の着物の三十男は?」

ところが若さまは、堀割りの方を向いて皆の方――小吉の許しが出て、物置へ集まった一家の者へは背を見せているのだった。

「ヘッ？」小吉は、ちょいと振り返ってから答えた。

「手代の吾助ですよ、あいつア……」

「その隣に……擦り寄って立っている、尻軽そうな町娘は、じゃア、姪のおひろだな」

「ヘッ？　へえ。そうです……そういや、おっしゃる通り、いやに肩と肩を寄せあってやがる……はてな？　できてるのか？」

「それから……」

若さまは、いまはもう、ほんの鬼瓦だけに残った、向かいの武家屋敷の入り日を、じっと見詰めながら、また、こう訊ねた。

「侍が一人、おるな……変に、先に立って世話を焼いているようだが……あまり侍らしからぬ侍だが……親類ででもあるのか？」

「ああ、あの侍……よくは、あっしも知らねえンですが、殺された藤兵衛のとこへよくやって来る男だそうで……なんでも小石川へんのお旗本で佐川源之丞さんとか、もっともまだ御当人は部屋住みだそうですがね……まだ三十前、ご内証はよくなさそうだ……」

「侍は当今、みんな貧乏だよ……わしも喜仙の居候だしな、ハッハハハ！」

「いや、これアどうも、どうも……」

小吉は、ひどく狼狽して頭を下げた。

「それから……巴屋ッてえのはなんだい？」

若さまが、妙なことを訊ねた。

「巴屋？……さア、よくは知りませんが多分、この先、栄橋そばの船宿で、そんな名があったようですが……何か？」

「そうかい、いや、有難う」

「どういたしまして……あッ、自身番の連中が来ましたから、てまえ、ちょっと……」

「行ッといで。もう訊くこともないよ」

――小吉は、そのあと、半刻ほど井筒屋で、改めていろいろ訊問して、ひとまず引きあげようとしたとき若さまの姿が見えなかった。

「あれッ？……一人で先へお帰りになったのかな？」

立ち聴き話

「お待ち遠さま……さ、おひとつ」

「いや、構わんでくれ」

女中は、銚子だけおくとすぐ出て行った。

若さまは、ひとりきりで、ちびちびとうまそうに、手酌で酒を飲みはじめた。

久松町、栄橋袂の船宿、巴屋の二階。その堀割に沿って、三ツ並んだ部屋だ。

初夏の長い黄昏も、やっと暮れ切って、端午の節句の菖蒲を投げ上げた、町家の屋根の上に、空は裾濃の闇紫色にくッきり蒼く、星一つ、西空にこうと瞬いている。あすも天気と見える。

ことしは入梅がだいぶ遅れるようだ。

「こちらへ、どうぞ……」

小半刻も経った時分であろうか。女中に案内されて客が一人、若さまとは反対の端の部屋に通された。

「おや、すかない、ホホホホ……」

客の冗談は聞きとれなかったが、女中のかん高く上ッ調子な笑い声が聞えて来た。

「…………」

若さまは、一旦おいた盃を、また取り上げた。膳の上には徳利が四、五本。行灯の灯が明るく、表は、とっぷりと夜になった。

「あの、お連れさまが……」

間もなく、向こう端の部屋に、一人客が入って来た。冗談と、笑い声。

少し経った……。

何を思ったか、若さまは立ち上がると、そろッと、間の襖を開いた。この中の部屋には誰も客はいないので、真ッ暗だ。からだを入れるとすぐ閉めた。それから擦り足で、端れの部屋の襖際に近寄ると、若さまは耳を澄ませた。

「ところで……」

いままでの話を打ち切った口調で、変に練れた声が、低く言い出した。

「大丈夫か、吾助?」

「えッ？　何が大丈夫なんで？」

答えた、もう一人の客は、まぎれもなく、井筒屋の手代、吾助である。

「とぼけちゃアいけねえ……おめえ、思い切ったことをやったなア……」

「あれッ、冗、冗談じゃアありませんよ、佐川さん、わたしア、そんな大それた……」

もう一人は、小吉が教えてくれた佐川という旗本の部屋住みらしい。

「隠すなよ、吾助……それア、おめえが二人とも殺ったとは言わねえ。藤兵衛を殺したなア市太郎だろう。だが、あの馬鹿息子を軍鶏みてエに絞めたなア、手前に違エねえ」

侍だが、ひどく伝法な口調だ。

「そ、そんな！」

「いいッてことよ。いずれ、市太郎はおめえにとッちゃ邪魔もの、あいつを一人前の道楽者に仕立てて勘当させ、相惚れのおひろと、井筒屋を横領する筋書きだぐらいはわかってるンだ」

「そこまでは、そうですけど……けれど、あたしア市さんを殺したおぼえはねえぜ」

「悪党らしくもねえ、よせやい！　蛇の道アへびのたとえ、いまさら隠し立ても妙だぜ、おい！」

「佐川さん……あんたとは悪事の道連れ、大概のことなら勘弁するが、市さんを殺したといわれちゃア間しゃくに合わねえ。旦那は市さんが殺した、これも、あたしの指金じゃアねえ……、井筒屋をちょろまかす料簡は持ってたが、あたしにゃア人殺しはできねえ！」

「はてね？　嘘じゃアねえな、それア」

「まッ当な話でさア！」

「誰だろう？」

「佐川さん……白ばッくれて、大きに、あんたじゃアありませんか？」

「そう疑われる筋があるか？」

「大ありですよ。ヘッへへへ……あの土蔵の中にゃア、あんたのとこで欲しい、相模の住国重の一刀が、鎮座ましますンだから……あたしゃア、あんたが両方とも殺ったのかと思ってましたよ」

「……ふうん……だいぶ妙だぜ、これア」

「ふッ、悪党らしくもねえ」

「真似するな……はてなア……」

そのまま、しばらく話が途絶えた。と、急に、

「あたしゃアすぐもどらねえと、疑われてもつまりませんから……お先へ」

吾助の方が、こう言うと座を立って、やがて、階下で女中の愛想に送られて帰った。

――若さまも、そろッと部屋へ戻ると、女中を呼んで勘定をすませ、さて、廊下へ出た時だった。

彼らの部屋の前で、襖を排して出て来た、佐川源之丞に、ばったり顔が合った。

「あッ？　おてまえは……さきほど？」

源之丞は見る見る、なぜか顔色が変った。だいぶくたびれた羽二重に、酒やけした頬の色、

不摂生(ふせっせい)な生活と、無頼(ぶらい)な表情とが、一目でそれとわかる御家人(ごけにん)くずれ。だが、元来は美男と見えて、目鼻立ちは尋常以上の侍だ。

「役人か？」

「いや、……浪人」

薄く笑って、そのまま、若さまは行き過ぎようとした。その背後へ、追うように、

「聞いたか？　話を？」

と叫んだ。

「聞いたよ」

若さまは、振り向きもしないで、答えた。

「なに？　聞いたと？……待て！」

「…………」

くるッと、はじめて振り返った。若さまは珍しく、一刀の柄に手をかけてきッと、身構えた。

「いけねえ、俺は、やっとうはからッきし駄目なんだ……おい、おまえさん」

不可解な表情になって、源之丞は、まるで投げ出すように、こう言った。

「藤兵衛を殺したのも俺、市太郎を殺したのも俺、……さ、縛ってくんねえ！」

「…………」

若さまは、憫(あわれ)むような一瞥(いちべつ)を与えただけで、サッさと階段を下りて行ってしまった。

深夜の訪れ

「あッ、若さま、そんなところに……」

その翌日。

午過ぎから、次第に雲が濃くなって、暮れ近いいまは、もうすぐにも降り出しそうな空模様に変った。今夜あたりから梅雨に入るのだろう。

根岸の、喜仙の寮から小半町ほど先の藪だたみ、その前に、腰まで雑草に隠して、若さまが佇んでいる。かたわらを野良犬が二匹、しきりに吠えながら、くるくる駆けまわっている。

「ゆうべは、あれからすぐに、お帰りで?」

がさがさと、雑草を踏みわけて、小吉は近寄ると、こう声をかけた。

「小吉、これを見ろ!」

若さまが、はじめて口を開いて、こんなことを言いつつ、足もとを示した。

「ヘッ? あ! これア!」

人が殺されていた。それが、奇妙なことには、ただ一刀、見事に止めを刺されている。

「また、馬鹿に手際よく殺っつけたもンですねえ……この風体だと……苗売りですね」

「そうだ、この間うちから、このへんへよく立ちまわって来た苗売りだ。……顔を見知ってはいないか? 遠州屋?」

雑草の大きな葉が、ちょうど、死体の顔を掩っているので、小吉は、しゃがみ込むと、それを払いのけたが、一目見て叫んだ。

「あ！　こいつア新次の野郎だ！」

「何者だ？　新次というのは？」

「女衒ですよ。いや、悪党ですね。取り込み新次ッていう、可愛い娘の血の出るような身代金を、親の手へ渡さず、途中からうまいこと言っちゃア胡魔化しちまう、太エ野郎で……だが、なんだって苗売りなんぞに化けたか？」

「いや、苗売りに化けてくれたんで、わしは井筒屋へ、出かける羽目になったのサ」

「えッ？　じゃア何かこいつが」

小吉は、急き込んで訊ねた。

「この苗売りを殺したものが……さて、まだしかとは言えぬな……遠州屋、あす、やって来い。ひょッとすると、よい話が……」

雑草に、低く音たてて、ついに降り出した。


……軒うつ夜の雨が、筧に溢れて落ちる水音を、聞くともなく聞いていた、花魁都路は、まだ寝るには早い時刻、草双紙でも読もうかと、身をくねらせて、うしろの違い棚に手を延ばしたが、瞬間、

「あッ！」

と、叫んで眼を見張った。

「今晩は……ちと、所用があってまいった。泥棒ではないゆえ、心安く……ハッハハハ！」

若さまだ。いつの間に忍び込んだものか。

「…………」

一言も口をきかず、都路は、きちんと居ずまいを正した。漆黒の髪、典型的な瓜実顔、鼻筋のよく通った色白の美女だ。だが、あまり明るくない行灯のせいか、眼もと唇もとが、なんともいえず寂しい。時おり軽い咳をするところを見ると、病いは労咳であろう。艶な鴇色の縮緬の着物が、痩せたからだには重たそうにさえ見える。ただ、ちょっと、妙に思えることは、都路がこの深夜の闖入者を、女の癖にさして恐怖しないことだ。何か恃むところがあるのか、あえて毅然とした態度で、若さまを睨んだ。

「あんたは……」

ところが、若さまは相手の思惑なぞは、いっこう意に介そうともせず、勝手に床柱を背に坐り込むと、例の人なつっこい微笑を湛えながら、こう訊ね出した。

「柔術を習われたな」

都路は、やはり無言だったが、ちょっと、その表情が動いた。

「それも、なかなかどうして、大した腕前」

と、若さまは、一旦語を切ってから、次に、ズバと言ってのけた。

「なぜ、女衒の取込み新次を当身に落したのだ？」

「えッ?」

「なるほど……よく似ている……兄の源之丞にそっくりの面立ち……」

「あなたは……お役人さまで?」

「これ、人が訊くことに返事はするもの、ハッハハハ! 藤兵衛は誰が殺したのだ?」

「…………」

「市太郎を殺したのは誰だい?」

「…………」

「新次を殺したのは……あんただね」

「…………」

「わしだけにしゃべらせるとは、人が悪いぞ、おいらん、間違えたら笑ってやろうという心算なンざ、よくない。ハッハハハ! ところでと……まず、わしの考えでは、藤兵衛を殺したのは市太郎……これは動かぬところ。その市太郎をそそのかしたのは、花魁、あんただね」

「…………」

「そうだろう!……すると……待てよ、これアだいぶわかりかけて来たぞ、こうじゃアないのか、間違ったら直してくれ……その市太郎を殺したのは……苗売り、取込み新次なんだな……そして、新次をあんたが殺した。こういう順序だろう? 当っているか?」

「当っております」

正面切って、悪びれずに、都路が静かに答えた。内心彼女は、若さまの的確な推理力にカブトを脱いだものと見える。

「企んだのは誰だい？　この順を？　花魁かい？　それとも兄貴の源之丞かい？」

「いいえ、わたし一人の料簡……」

「ふむ。こわい女だぞ、そちは……」

白蠟のような顔の半面に、行灯の灯を受けた都路の姿全体から、若さまは、一種、言いようのない鬼気を受けて、慄然とした。

無言になると、雨音が急に耳近くなる……

「じゃア、なんだって、こんな筋を企む料簡になったんだ？」

「それは……」

花魁都路

小石川、小日向に、佐川孝之進という八百石ばかりの旗本が住んでいた。

江戸も、天保を過ぎると、武士階級の貧乏も底を突いて言語道断な有様、佐川一家もご多分に洩れず、ひどい左前となった。

それが、ついに去年の暮に押し詰まって、もうどうにも、やりくりがつかなくなり、これでは人間の干物ができ上ると、悪いこととは重々承知だが、背に腹は代えられず、かねて西国の親類から預かっていた名刀、相模の住国重、鍛えるところの業物を、以前から懇意にしていた、竃河岸の刀屋、井筒屋藤兵衛に事情を打ち明けて、刀を抵当に金子を融通して貰った。

それで、どうやら佐川一家は年を越せたのだが、新春そうそう、急に江戸詰めになったとやらで、その西国の親類が出府して来た。

「かねてお預け願った国重、長々、どうも有難うござった……」

返してくれ、と言われて、孝之進はじめ一同、蒼くなった。なんとか別な方法で、ひとまず刀を取りもどそうと、井筒屋へ相談に行くと、

「ご用立の金子と、お約束の利子さえ頂戴できればいつなりとも……」

手ぶらで、やって来て、藪から棒に返せは、ないだろうというもっともな挨拶。それを曲げてなんとかと、孝之進が七重の膝を八重に折って頼み込んだが、藤兵衛は因業に突ッ張ねるばかりだった。

一方からは、刀を返していただきたいと、厳重な催促。孝之進は進退きわまって、ついに、娘のはる江に因果を含めて、吉原に身を沈めて貰うことになった。

ところが、はる江の身売りについて、どこから話を聞き込んで来たものか、女衒の新次が頭を突ッ込み、こうした世界の事情にうとい孝之進を上手に騙して、遊女屋から出た身代金を、まんまと取り込み、着服して行方をくらました。

重なる不運に孝之進は、どっと病いの床についてしまった。

遊女となったはる江の都路は、人を呪い、天を呪った。

そのおり、幸か不幸か、井筒屋横領を企む手代吾助にそそのかされて、市太郎が遊びに来る

ようになったので、都路は、彼を利用して、国重の一刀を盗ませることを承知させた。ところが、そのころ、ずうずうしくも取込み新次が、都路のところに顔を出すのを幸い、市太郎があとで白状でもされたら厄介と、彼女は新次を情夫扱いに遇して、盗んだあとで市太郎を片づけてくれと頼んだ。

色男気取りになった新次は、そこは三府お構いの悪党、二つ返事で承諾した。

すると、四月末から都路の容態がひどく悪化して、根岸の寮へ出養生するからだになったので、そのじぶん、ほかの悪事から身辺に火のつきかかった新次は、苗売りに化けて、ひそかに世間の目を胡魔化し、また、寮の都路と連絡をとっていた。

こうして、市太郎は花魁のために、藤兵衛を殺し、同道してけしかけた新次に絞殺され、新次は都路に、一夜、当身を食って気絶したところを止めを刺された。

兄の源之丞は、手代の吾助と飲み仲間、心は気の弱い見せかけだけの、そのころ、多かった市井の一無頼侍に過ぎなかった。

国重の一刀は、都路の部屋に、無事に隠されてあった。

…………。

「ずいぶん、気の強い花魁ですこと。やっぱしお武家さまのお育ちですねえ……」

と、若さまの夏の衣類を持って、たまたま根岸に来たおいとが、事件落着の気やすさから全部を語った遠州屋小吉に、しみじみ、驚いたような感心したような表情で言った。

「まったく滅法かい気の強い女で……ところで若さま」

と、小吉は、仰向けに寝ころび、天井の鶉杢目を睨まえている、お行儀の悪い若さまへ訊ねた。

「毎度のようで、恐れ入りますが、若さまは、最初のあっしの井筒屋の話から、どういうご見当をつけられましたンで?」

「苗売りだよ」

若さまが、あくびまじりの声で答えた。

「あッ、苗売り?　あの新次の化けた……」

「人間はまるで知らないが……あの苗売りが妙なことには、きまッてこのへんから先へ行くと、朝顔の苗、夕顔の苗を、逆に言うのだ。つまり、夕顔の苗、朝顔の苗……ほどよく下がるへちまの苗……」

「まあ、お上手、本職はだしですねえ」

おいとが、ちょっぴり冷かした。

「まぜッ返すな。ハッハハハ！　そして逆に呼び歩いたあとで、きまって、和泉屋の垣外で一服、煙草を喫うやつサ」

「……なるほど、つまり合図なんで」

「そうらしい、と考えていた。気にするともなく気にしていた。すると、遠州屋が井筒屋一件を話して、市太郎はそこの寮にいる花魁にのぼせているという……はてな?」

「それで、一緒にいらしたンですか」

「源之丞と吾助とは、前にもいった通り小悪党、人は殺せねえやつら……、誰だろうと考えていると、あの日、いつも来る苗売りが来ないで、変なところで犬が吠えている。見るとこれが苗売り——小吉に訊けば悪女衒……こう道具が向こうさまから揃っちゃアどうでも、花魁に会って見たくなる勘定だろう」

「…………」

「会ってみると、都路おいらんは源之丞に瓜二つ。兄妹か、してみると武家出の女、苗売りに当身ぐらいはできるわけ……」

「若さまだと、不思議なほど、物事が順序よくほぐれてくるンですねえ」

おいとが、いまさらのように感心する。

「それア……若様は、こちとらと違って深く……こう……その、つまり……」

うまい言葉が、とっさに出ないで、小吉は妙な手つきをして、言葉探しに困った。

「ホホホホ……」

おいとが、それをおかしがって笑った。

また、雨の音が強く……降りみ降らずみ、卯の花くだし、梅雨は本筋になったと見える。

亡者殺し

一

「後月、二十三日の日の夕景、これなる娘ごあや女の父者、小普請入りのお旗本で三百五十石、牛込改代町に住い致しまする、跡部吉左衛門が殺害されました」

南町奉行所つき与力、佐々島俊蔵が、キチンと折目正しく坐って、例の謹厳無比な口調で、こう語り出した。

「やれやれ」

悔みともまぜっかえしともつかぬ口調で、若さまはこんな受け方をした。これも例によって床柱を背に片膝立て、右手を懐にした、はなはだ自堕落なかっこう。ここは、言うまでもなく柳橋米沢町、大川沿いの船宿喜仙の二階の一間。昨夜の雨が上がって急に暖かくなった春の午後だ。あけられた肘掛窓から、大川を越して、対岸、ところどころ赤い綿のように見えるのは桜であろう。そういえばこの町内でも、明日は花見に押し出すのだと、この喜仙の一人娘おいとなどは、けさから明日の準備に大童だ。

「愁傷なこと」

若さまは、同坐する、殺された跡部の娘、あやに、軽く辞儀した。

「恐れ入りまする」

言葉使いも、はっきりと、あやは礼儀正しく挨拶した。年齢は十九とやら、色白の目の涼しい、撫肩のなかなかな美人だ。ただ、痛々しいほど、見るからに憔悴している。

「それで下手人は？」

若さまは、川向こうの遠い桜に目をやりながらたずねた。

「下手人の儀は……」

俊蔵がまた、ていねいな調子で語り出した。

それによると、跡部吉左衛門を殺した者は、その日、午後同家を訪問した、同じ旗本、青山勘解由で、表書院で対談中いきなり、抜き討ちに斬りつけたのだ。吉左衛門も、取りあえず脇差を抜いて応じたのだが、何分にも初手の一刀で、左肩を深く切りつけられ、それに六十を越した老体、勘解由に手傷一つ負わせることもできなかった。吉左衛門を斬り伏せると、勘解由は驚き騒ぐ家人をしり目に一散に遁走してしまった。それと、ほとんど入れ違いに、息子の十兵衛が戻って来て、地団駄踏んでくやしがり、おのれ、おのれとばかり、人の止めるのも聞かず、家を飛び出すと、本所割下水なる、青山勘解由の居所指して宙を飛ンだ。

「なんで、刃傷沙汰に及ンだのか？」

若さまが、ぽつんと質問した。

「それがじつは、この娘ごあや女のことからにござりまして」

と俊蔵が説明するのにあやは、

「はい、ことの起りは、わたくしの身の上につきまして……」

と、引き取ったが、なぜか口籠って、顔を赤らめると、うつ向いてしまった。

それで、俊蔵がまた、話すのによると、あやは、幼い時から勘解由に嫁ぐ約束、いわば許婚の間柄であった。それが三年ばかり前、昔気質の父、青山源之進が死去すると、すでに母も亡くなっていた勘解由は、急に放蕩をはじめ、身を持ち崩しはじめた。

芳しからぬうわさが、ひんぴんと、跡部一族の耳にはいる。それで、吉左衛門をはじめ、息子の十兵衛も、しだいに眉を寄せ、ついに、破談ということにすると申し入れた。

勘解由は、躍り上がって怒った。

「いささか茶屋酒を嗜んだとは申せ、亡父との確い約束を破るとはもってのほか、言語道断！武士にあるまじき沙汰じゃ！」

この破談を巡って、話は、もつれにもつれた。何しろ、あやは天の成せる麗質で、勘解由が思い切れぬのも無理はなかった。

「なるほど、それで断ったか」

若さまは、こう先まわりしてうなずくと、今度は、ごろりと横になって肘枕をした。春の暖かい空気に、気だるくなったのだろう。

「ところで……」

俊蔵は話しつづける。

おのれッ、おのれッ、と憤怒の火玉となって駆け込んだ兄の十兵衛は、勘解由の乳母から意外なことを聞かされた。

「先ほど、殿さまはお帰りになりますと、気分が悪い、とこを取れ、と申され、そのままおやすみになりましたが、お薬湯(やくとう)を持って上がりますと……命切(ことき)れて、もはやご他界あそばされました」

「まことか?」

「お疑いなら、仏さまを拝まれて」

それで、十兵衛は、その乳母の案内で、奥へ通ると、安置された死人の顔を見たのだったが、それは、まぎれもなく、青山勘解由だった。顎(あご)にのこる傷もある。

医者の見立ては、頓死(とんし)だ。心身衝激のあまり心の臓を破ったものでござろうと言った。

「うウむ……」

十兵衛は、無念のやり場に困ったが、相手が死んだのではしかたがない。天罰じゃ、と、罵(のの)しって戻った。

二

「ところが、その兄なる十兵衛どのが、五日ほど前の深夜、斬られましたので……」

俊蔵が、次に、こう語りついだ。

「誰にだ?」

と、若さま。

「それが、まことに、奇妙、合点のいかざる仕儀にて……」

――その夜、遅く、十兵衛が、わが家の式台に、ぶッ倒れている姿を発見された。全身五、六カ所の手傷を負い、一番の深傷は、右肩から背へかけてのうしろ袈裟掛け一刀だった。察するところ、夜路でうしろから不意討ちを食ったに違いない。だが、気丈な十兵衛は、その最初の一撃にも屈せず、わが刀を抜いて、立ち向かったらしい。そして、戦いつつ、わが家に引いて来たのだ。

「わたくしが、抱き起しましたおりは、まだ息がございました」

とあやは言った。

「なんとか言ったかえ?」

若さまが、ざっくばらんな口調できく。

「はい。勘解由じゃ、勘解由じゃ、と、かように二言ばかり……」

「うむ? すると、亡者に斬られた、というわけかえ?」

「それゆえ、じつに奇妙にて」

「手前、察しまするに、十兵衛どの、臨終のおりの言葉は、下手人の姓名にてはこれなく、何かほかの意味合いにて……」

「待てよ」

と、若さまが軽く制した。からだを起すと、床柱に寄りかかった。

「はッ。若さまには何か天来のご妙案にても……」

「ハッハッハ！　そう、ちょッくらちょッとはわからねえよ。……ところで、それから、どうした？」

　若さまは、伝法な口調であとを促した。

「はア、それが若さま、そののち、二度ほど、これなるあや女が、得体のわからぬ者によって命を狙われ……今日までは無事でござりまするが、今後が覚束なく、父、兄と討たれましたので、家に男もなく、早い話、当家に恨みを持つ青山勘解由は頓死致しましたゆえ、そののちの、十兵衛殺し、また、あや女の身にせまる威し、これらの正体が皆目相わからず、それゆえ、若さまに、ひとつ、なんとか、その正体を見あらわしていただきたく……」

　俊蔵は、こういうと、ていねいに畳に両手をついて、頭を下げ、四角四面に頼みこんだ。

「日夜、落着かぬ気持にて……きょう、殺されるか、あす、殺されるかと……」

　あやは、これも俊蔵にならって、手をつくと、ていねいに同じく頼んだ。

「何分とも、お願いつかまつります」

「はアてね？」引き受けたとも言わず、若さまは、こんなことをばかでかい声でいうと、「つまり、亡者が人殺しをやったり、あんたを威したりしてるッてわけだが……確かに、勘解由は頓死したのだな」

　と、話を前に戻して念を押した。

「はい、それは確かでございます……兄の十兵衛は、最初は偽りを申して、胡魔化すのではないかと、仏さまには、ずいぶん、不作法と思われるほど、あの……額に手をふれて見たり、息を調べたり致したそうですが、本当に冷たく、呼吸はなく、……それに、兄は、勘解由どのとは幼馴染、同じ道場に通いました仲ゆえ、必ず見違いはなく、顎の傷までそっくり同じ勘解由どのは確かに死なれたわけにございます」

「なるほど。十兵衛の首実験なら、それァ確かだろう。すると、いまわの際に十兵衛は、なんのつもりで勘解由じゃ、と言ったものか?」

「はッ、まことに不可解千万、奇妙にて」

俊蔵は、奇妙とばかり言っている。

「ハッハッハ! 俊蔵、奇妙に感心してちゃいけねえ。ともかく亡者は人を殺さねえはずだし、勘解由は死んだンだし……と」

そして、若さまはしばらく黙って、考えこんでいる様子だったが、急に、俊蔵に、

「ちょいと、おいと坊にそういってくれ。二本つけろッてな」

と、さも重大そうに命じた。

「はッ」

俊蔵が出て行くと若さまは、

「長い春の日もやっと暮れたか、春宵一刻価千金、いや、金じゃ量れねえ」

と、独言ちた。あたりは、若さまのいうように、ようやく薄暗く暮れかけた中に、大川の面ばかりが白々と浮き上がる。とろんと肌に快い春の夕方だ。

「時に、青山勘解由の墓はどこだ?」

また、突然、若さまがたずねた。

「はい。本所五百羅漢の先にて、西願寺と申すのが青山殿の菩提所にございます」

黙然と、うつ向いていた、あやが、面食らった様子で慌てて答えた。

三

その翌日、午まえ——

「へえ、ここが割下水の青山さまのお墓でごぜえます」

西願寺の寺男、与平は、案内して来た侍にこう指さして言った。

「このごろ、葬式があったな」

案内されて来た侍は、三十四、五、着流し、無精たらしい懐手、いわずと知れた若さまだ。

「へえ、ご当主の勘解由さまが急に亡くなられまして……」

その墓をおおうように、若樹の彼岸桜がつき出ている。花期を過ぎたと見えて、花びらが地一面に散り敷いている。仰げば、薄赤い嫩葉が枝々を花の代りに飾っている。

「葬式のおり、この花は咲いていたかえ?」

「へえ、ちょうど、満開でごぜえました」

若さまは、それへ軽くうなずくと、なおも墓のあたりを、なぜか注意深く見まわしていた。

それから、ぶらぶら、本堂の方へ歩き出した。

墓まいりに来て、掌（て）を合わせるでもなく、頭一つ下げもせず、彼岸桜の盛りなどを聞いたこの侍を、与平は妙な面持（おももち）で眺めた。

「何か、妙な話はないかえ？」

すると、先に立った若さまが、ふりかえりもせずに、こうたずねた。

「ヘッ？　へえへえ、妙な話……」

きかれると与平は、小走りに若さまに追いつくと、肩を並べて低声（こごえ）で言った。

「もう、十日も前になりますか、てまえ、亡者さんを見かけました」

「侍か？　亡者は？」

「へえ……」

その夜、遅く、与平は使いに行った戻り、この墓地を抜けると、白い物が、すッと近寄って来た。

「これこれ、ここはどこだ？」

侍口調だった。白羽二重（しろはぶたえ）の着流しで、刀は差さず丸腰、何か寒そうな様子だった。

「へえ、ここは本所の西願寺で」

「本所か、すると大川はあの方角か」

と、路をたずねたのちに、声を低くして、

「わしは一度死んで埋められたらしい、ハッハッハッ！　いや命冥加（いのちみようが）」

と、言ったそうだ――。

「この年になりますが、お墓から生きかえったという人ははじめてで」

与平は半分、怖ろしそうに言った。

「どこの墓から出たのだ？」

「さア、それが、よくよく妙で。翌朝、ずいぶん念を入れて見まわりましたが、墓地には何も変ったことはないので」

「………」

「幽霊でしょうか？」

「足のある……ハッハッハッ！」

若さまは、こんな答え方をすると、寺男と別れて、一人ぶらぶらと寺の土塀に沿って歩き出した。八重桜の老木が一本、こぼれるほど花咲いている。

「あいや、土塀の向こう側の御仁」

すると、突然、こんな妙な呼び方をされたものだ。若さまは立ちどまった。相手は、向こう側にいるらしい。

「わしのことかい？」

若さまは、いとも気軽に応じた。

「青山、跡部両家のことに口出しはされぬがよい。無益……その上、貴殿の身にとっては有害。命は粗略にいたさぬもの。よいか」

注意と言いたいが、一種の脅迫だ。

「お前さん、誰だい？」

「……………」

若さまは、土塀の高さを量っていたが、何を思ったか羽織（はおり）をぬぐと、右手に持って、急にふわり、と土塀の上を越させた。

とたんに、

「えい！」

キラリと、刀身が、その羽織に光った。

「ほい！」若さまは、素早く羽織を引くと、「斬られてたまるか、この一帳羅（いっちょうら）を、ハッハッハッ！　だが、早まって俺が躍（おど）り越えねえでよかったよ。やっぱりねえ……よくよく面（つら）を知られたくねえンだな。つまり、死んだことにしておきてえンだな。ハッハッハッ」

と、笑った。

土塀の向こうからは、なんとも返事はなかった。

「ハッハッハッ！」

若さまは、もう一つ大きく笑うと、そのまま、スタスタ歩き出した。

四

その翌日の午後だった。

「へえ、ちょいと、お伺いしてエんですが、そのウ、死んだことになって、二、三日たつと生きかえるッて、これはできるもンでござんしょうかね？」

お上御用聞き、遠州屋小吉が、パッチの膝を揃えて坐り、こう若さまにたずねた。

喜仙の二階座敷。きょうは花曇り。どんよりと雲が低い。若さまはもう手前で一杯やっている。

案内して来た、喜仙の娘おいとが、そのまま坐りこんで、

「まア！　ずいぶん珍しいこと。本当ですか親分さん！」

「本当なンで」小吉は、若さまと、おいとに半々の調子で、「なんでも、南蛮渡りの秘薬とかで」

と、うなずいた。

「誰だい、その本人は？」

若さまが、盃を掌の上で、いたずらしながら口をきいた。

「いえ、それがね、おかしいンで」

小吉は、一膝乗り出すと話し出した。

「じつはこの先の並木の裏で、三郎兵衛店に、この三年ごし住んでいる貧乏浪人で、原甚七というのがおりやすが、その浪人が、借金を払ったもンなんです」

「当り前でしょう、借金なら払うの？」

　おいとが、かえって不審そうに口を挾んだ。

「ヘッヘッヘッ、そりゃア世間なみに暮している人なら当り前ですが、三郎兵衛店の連中ときた日にア、借金はおろかなこと、店賃さえ二年三年とためている手合ばっかしなんですから、その中でも、赤貧洗うがごとしッて、ヘッヘッヘッ」

　小吉は、漢文を使ったためか、いささかテレて、

「何しろ貧乏神の申し子のような、その浪人原甚七が、借金を払ったッてえンで、いやもう大事になったンで。最初、長屋のどぶ板の上で、米屋の庄吉が、甚七浪人に、どうだい、きょうはすこし払ってもらえねえか、と言ったところ、甚七さんのいわく、いくらじゃ、と大きく出たので、庄吉が笑って、まアいくらでもいいから、出せるだけ出せッて言いやすとね、そうか、これで足りぬか、とかなんとか言って、一両出したそうで。いや、庄吉が驚いて、これア大変だとばかり、あたり近所にふれまわったもんで、さア大事で。それ、いまのうちに借金を返してもらえとばかり、酒屋から八百屋、隣の婆から子守ッ子、一文二文の貸し手まで、みんなが、わッと甚七浪人のところに押しかけたもンです」

「まア、大変ねえ、ホホホホ」

　おいとが呆れて笑った。

「何がさて、三年ごしの借金でさア、それも小口が多いと来てるから面倒だ。小半日、甚七は払っていたなンてね。ヘッヘッへ。それで、全部、払い切ったそうですよ。ここまではいいですが、これから先が、ちっと奇妙になるンで」

「また、奇妙か」

若さまが薄笑いして言った。

「へえ、さっき申し上げやした南蛮秘薬になりますンで。というのは、長屋の連中が、いったい、どうして甚七つアんはこんなお金持に急になったンだ？　とたずねやした。すると、甚七浪人が、じつはこれは礼金だ。なんの礼だというと……」

――原甚七は、およそ二十日ばかり前、それまで、まるで一面識もない侍から、自分の身代りになって、一旦死んではくれまいか、礼金として百両出すと言われ、長年の貧乏暮し、百両の金に目がくらんだ。その侍は、甚七も驚くほど、自分と瓜二ツの似たり、という顔容(かおかたち)だった。顎の傷まで同じだった。

それで、同意すると、一日間だけ、つまり十二刻(こく)中息が止まり、死人と異ならず、その時間が過ぎると、また、もとのからだになれるという南蛮渡りの秘薬を飲まされた。連れて行かれた先は口外できない。

さて、それから何事が起ったか知らないが、ふと目がさめてみると、自分は白羽二重を着せられ、寺の本堂の縁側に寝かされていた。見ると枕もとに、金百両の小判がある。ははア礼金だな、と、それを懐中し、おりから来かかった寺男に路をたずねて戻って来た。

自分の死顔を何かに利用したのかも知れないが、その間のことはなんにも知らない、覚えていない。

「ま、こういうわけなンですがね、そのウ、そんな奇妙な薬ッてあるンですかねえ、若さま？」

と、小吉は、たずねた。

「眠らせ薬のたぐいだろうが……さアて、如何(どう)かな？」

昼まで持っていた盃を、そのまま、宙に浮かせて、若さまは、ちょっと、何か考えていたようだったが、急に言った。

「親分、その原甚七とやらいう浪人者のところへ連れてッてくれ」

「ヘッ？　もうご出馬(しゅつば)で」

小吉は、かえって驚いた。

五

「本日、上がりましたのは、ほかのことじゃアありませんので。じつは、あなたさまが連れて行かれたという、その家の名をうけたまわりたいので」

と、小吉が、ていねいに、物柔らかくたずねた。

貧乏浪人、にわか成金の原甚七の陋屋(ろうおく)、三郎兵衛店の長屋の一軒だ。

男世帯、それに長年の貧乏ゆえ、部屋の中は見るからに、いぶせかった。これという道具類はないが、食べッ放しの欠け茶碗の乗っている剝(は)げた膳(ぜん)が出し散らされているかと思えば、土鍋七輪の類(たぐい)が、赤ちゃけて毛ばだった畳の上に乱雑に置かれ、破けた、七ツ下がりの羽織が隅に丸められ、いま客が来たのでにわかに片づけたのであろう、綿がハミ出た夜具が二つに折られて、ネズミの通路と、中の笹竹が見える壁に押しつけられ、棚の上には、富山の薬袋が、口の欠けた茶碗と置き忘れられたり、紙くずがなんとなくころがっていたり。

　小吉と、若さまは、はいった時、どこに坐ったらよいか、迷ったほどだった。

　小吉は、御用聞きだと本職を名乗り、若さまは、同心だというふれこみである。

「その家のこと。口外いたさぬと誓い申したゆえ、どうも……」

　原甚七は、小吉の質問に渋った。年のころ、三十一、二歳。頬骨の高い、目の鋭い、顎に傷のある男だ。これと似ていた、そのため、利用されたのだろうが、旗本、青山勘解由もまたこのような容貌なのであろう。

「卒爾ながら……」すると、それまで黙っていた若さまが、片腹を手で押えると、突然口を切った。

「何か腹痛にきく薬のお持ち合わせはござらぬかな？　急に腹具合悪しく」

「腹痛の薬？」

「熊の胆か、何か……」

「さア、あいにくと、そのようなものは……身どもついぞ病いをいたさず、貧乏病みにて、ハッハッハッ！　なれど、腹痛とはお困りでござろうな」

　甚七は、慰め顔で、こんな返答をした。

「いけませんね、戻りやしょうか」

　小吉が、心配そうに言う。

「いや……ともかくご用はご用」

だが、若さまは、すぐケロリとして、小吉に訊問をつづけろ、と言った。

「お明かし願われませんか?」

それで、小吉は、重ねて問いまわした。

「ほかならぬお上のご用ゆえ、明かしたきはやまやまなれど、何分にも武士と武士とが口外せぬと誓ったこと。また、二つには、みどもは謝礼の金子まで貰い、それもはや、だいぶ費消しておることゆえ……、この儀は許されたい」

甚七は、こう断った。

「そうですかねえ……」

どうしようか、と、小吉は、若さまのほうを見ると、若さまは、また前後の連絡のないことを言い出した。

「原殿、貴殿の差料、ちょっと、拝見」

「はア? この差料でござるか?」

甚七は、いぶかしそうな顔つきになって、自分の刀を取り上げながら言った。

「これはいっこうに粗末なもの。人にお見せするほどの代物ではござらぬ」

「いや、ご謙遜、ご謙遜。拙者いささか刀剣鑑定の心得あり、ぜひ拝見」

若さまは、手を出すと無遠慮に近よっていった。

「お笑い召さるなよ」

渋々——質問には答えなかったので刀剣鑑定も重ねて断りにくくなって、甚七はおのれの大刀を手渡した。

「だいぶ、鞘が痛んでおる……」

若さまは、古道具屋のようなことを言って刀をひねくりまわした。

「長年の浪人ぐらしゆえ……」

「さよう……」若さまが「長年の浪人ぐらしの上、殺されッぱなしではつまらぬな」と、こんなことを言った。

「誰が殺されたので？」

甚七が、驚いてききかえした。

「原甚七がサ」

「えッ？　何を申される？　原甚七は拙者でござる」

「これサ、もう止さねえか。おまえさんが青山勘解由だということはわかったンだから、化けたなア！」

「なに？」

相手は、一瞬、相好が変り、すッと手を脇へ延ばしたが、

「おッとッとオ……刀はこっちにある」

と、若さまは、いまの刀を、子供のように背後へないないしながら、

「おとなしくしなよ、青山どの。ハッハッハッ！　さ、親分、こんどはあんたの番だ」

小吉が、遅まきながら、弾かれたように言った。

「ご用！　神妙にしろ！」

六

事件落着後、佐々島俊蔵は、遠州屋小吉と同道で、若さまへ礼に来た。

「段々のご配慮、まことに有難く、俊蔵、心よりお礼申し上げます」

「まア、いいやな」

若さま、こんな返答をすると、盃をまた口へ運ぶのだった。船宿喜仙の例の座敷。日が暮れて間もない時分だ。きょうは午後から雨になって、絹糸のように細かい雨脚が、音もなく、大川を、江戸の町々を濡らしている。府内の桜はあらかた散って、そろそろ小金井あたりが人の話題に上るころだ。

「ぜんたい、いかなるお見込みから、若さまは、浪人を青山勘解由とご看破あそばしたものにて？　後学のため、ぜひご教示賜り（たまわ）たく」

俊蔵が、折目正しくたずねた。

「遠州屋の聞きこみサ」

「へえ」

かわって小吉がきく。

「けれど若さま、あっしは、あの浪人は、原甚七とばかり思っていやしたンで」

「そうサ、おいらも行って見るまでは、どっちつかずだった。一度、おいら青山家の墓を見に行った。掘りかえした痕がなかった。彼岸桜の花びらが、ほかの土地と同じように散っていたのを見て、これア、この中に一人、新仏がいるンだなと考えた。すると、一人、死んだことは間違いない」

「なるほど」

「ところが、寺男が亡者を見たり、例の原甚七が、寺の本堂で目をさましたと言ったりしたから、ははア、身代りを殺しッ放しなンだな、と、勘づいた。身代りを生きているように思わせる芸当だな、と思った」

「へえ……よく、そこまで」

小吉が、感心して頭をふった。

「そこへ、親分が、原甚七、にわか長者の話を持ちこんで来た。一通り聞くと、ありそうな話だし、つまり身代りは生きていることになっている。だが、よく考えると、米屋に言われて、これで足りるかと一両出したというのがおかしい。本物の原甚七なら、おおよそ見当はついているはず。それで行って見る気になった」

「あのおり、お腹が痛むとおっしゃいましたが、何か、あれには？」

「ハッハッハッ！　狂言よ。じつはな、棚の上を見ると富山の薬袋があり、煎薬用の土瓶が並べてある。本物の原甚七は何か持病があったと見える。それで試しに薬はないか、と、きいてみた。本物なら、ともかく、あの薬袋を取り下ろすところだ。それが、きのうきょうの偽原甚七だから、ちょっと見では目のとどかない棚の上に薬のあることなンぞ知りやしねえ。ないとぬかしたンで、ははア、こいつ、素人だなと思った」

「いやもう……さてさて」

俊蔵が、がっかりしたように感心した。

「刀を取り上げたのは、いざッて時、暴れると厄介だからサ。あいつは、跡部父子を斬って真剣の場数を踏ンでいる。怪我をしてもはじまらねえと思ってね」

「恐れ入りましたな、どうも」

小吉は、若さまが、表面は、馬鹿みたいにふらふらしていながら、じつは用意周到なところに、改めて感心した。

「ともかくもだ」若さまが、まるで、しめくくりをつけるような調子で言った。「借金なンぞ払うもンじゃねえ。払ったばッかりに、足がつきやがった、ワッハッハッハ！」

「いや、これはどうも」

俊蔵と小吉も、わだかまりなく笑い合った。

「ごめんくださいまし」

そこへ、おいいとが膳を二ツ持ってはいって来た。

「あ、これは、すぐ立ち帰りますので」

と、俊蔵が言うのへ、若さまが冠せた。

「ま、いいやな。たまにゃゆっくりつき合ってゆけ。さっき、白魚のいいのが獲れたッて話だから……」

おいとが、徳利（とっくり）を持って言った。

「佐々島さま、おひとつ」

「これは痛み入る」

雨が、すこし音たてて来た。

心中歌さばき

字あまり文屋

……〽合縁奇縁は味なもの、片時忘るる暇もなく、一切、からだも、心も、やる気になったわいな、そうかいな……

清元の『文屋』のひとふしが、冷たくなった初秋の川風に送られ、聞えて来る。歌い方が少したどたどしい。二、三軒さきの船宿の二階からだ。

「だいぶ、聞けるようになったが？……」

若さまは、半分、ひとり言のように言うと盃持つ手を、宙に浮かせたまま、何を考えたか、小首を傾げた。

ここは、柳橋米沢町、船宿喜仙の大川に面した二階座敷だ。齢のころ三十二、三か、色白で、美男というほどではないが、りんとした男らしい風貌だ。が、いっこう格式張らない、ざっくばらんな人物で、いつでも春風駘蕩とした面持だ。この人は取越苦労ということを考えたこともないだろう。喜仙の居候だ。

大の酒好きで、いまも、昼間から、床柱を背に、ゆったりと構えて、この船宿喜仙の一人娘、おいとを相手に、ちびりちびりと盃を重ねている。おいとはことし十八になる。江戸育ちゆえ、お侠（きゃん）だが、目につく、瞳のぱっちりした美しい娘だ。

「揚羽（あげは）さんの、おしんさんが弾いてるンですよ。でも……」

と、言いかけて、盃を宙ぶらりんにさせている若さまへ、

「何を考えなさッて？」

と、たずねた。

「うむ？」

若さまは、改めて酌を受けながら、

「気がつかねえか、あの文屋の文句をサ」

と、侍にあるまじき、伝法（でんぼう）な口調で、こう言った。

「文句が？」

「そうよ。一ツ言葉がよけえだアね」と、言って、こんどは、節をつけ……〽一切、からだもやる気になったわいな、そうかいな」

と、うたうと、

「おや、お上手、いつお稽古（けいこ）なさいましたんです？」

と、おいとが、からかうように言った。

「いいか……」と、それには構わず、若さまは、「一切からだもやる気、という文句へ、からだの次に、心も、とはさみこんでうたっている。文句がよけえだ」

と、妙なことを気にして言った。

「おや、そうでしたか?」

おいとは、なんだつまらないといった表情で、すぐ次に、

「そう言えば、おしんさんの清元も、当分お休みになります」

「はて……」

「あら、まだご存知じゃアありませんか、あのしとのお師匠さん、延志賀さんが、ゆうべとやら、殺されなさって……」

「誰に?」

「それをいま、遠州屋の親分さんが、ご詮議さい中」

「下手人の当りはついているのかえ?」

「さア?……また、そのうち親分さん、ひとつ、そのウ、若さまのお知恵を拝借、とまかり出るでしょうよ」

と、おいとは、笑いながら言った。遠州屋小吉は、御用聞きで、これまでも、難事件に出会うと、若さまを訪ねて、いろいろ犯人捜査のヒントを与えてもらった。若さまは、こうしたことにかけては、驚くべき推理力と洞察力とを持っていた。

秋の日は、暮れるに早い。

「おや、川風の寒いこと……」

おいとは、窓の障子をたてた。

延志賀殺し

浅草、猿屋町、華徳院という寺のかたわらに住む清元の師匠、延志賀が殺されているのが発見されたのは、翌日の朝だった。

路地に向かった茶の間の長火鉢の横に、延志賀は、あお向けにのけぞっていた。両手を固く握りしめ、何かを摑むように、そして、かなり抵抗したと見えて、内股近くまで裾が乱れて、白い肌が、無気味ながら艶めかしく人々の眼を射た。

「咽喉頸を絞め上げられたな」

知らせを受けて、すぐ飛ンで来た御用聞き、遠州屋小吉は、死休のかたわらに片膝つき、綿密に検視しながら、こうつぶやいた。

その白い咽喉頸には、はっきりと強い痕が残っている。両手で力の限り絞め上げたものである。長火鉢の向かい側に、客用の座布団があり、猫板の上、徳利と盃が二つ置いてあるところを見ると、昨夜、誰か人が訪ねて来たものであろう。その客が恐らくは、延志賀を殺した下手人であろう、と小吉は、判断した。

「誰が一番最初に見つけたンだ？」

小吉は、物見高く集まっている近所の有象無象を見まわして訊ねた。

「へえ、わたしで……」

恐る恐る、こう名乗って出たのは、延志賀の家の婆や、おきんだった。

「けさがた……」割に早い時刻にもどってくると、もう台所の戸があくので、いつもは寝坊のお師匠さんにしては珍しいことがあるものと、何気なく家へ入ると、

「この有様で仰天しました」

と、婆やは答えた。

「ゆうべは、家を空(あ)けたのか?」

小吉が訊ねた。

「へえ、娘のところへ宿(とま)りました」

「急な用でもあったのかい?」

「いえ、それがその……」婆やは、ちょいと薄笑いを洩らしながら、「お師匠さんの特別のお客さまがある晩に限りまして、ひと晩、お暇が出ますので」

と、言った。

「特別の客? 誰だ?」

「へえ……ヘッヘッへ、そのウ可愛い男とでも申しましょうか」

「情人(いろ)か。誰だ、そいつア?」

「へえ……」

だが、婆やはなぜか即答しなかった。

「なぜ言わねえ? かくすとためにならねえぞ」

小吉は、きめつけるように促した。

「へえ、多分、これは、わたしだけの当て推量ですが、ひょッとしたら、駿河屋のご次男さんじゃアないか、と」

婆やは、しぶしぶ答えた。

「ふむ、駿河屋と言や、並木の呉服屋だったな。そうか」

小吉は、深くうなずいた。

「だけど、親分さん、あのご次男さんのような弱々しいお人に、こんな大それたことは、とてもできやしませんよ」

婆やは、かばうように早口で言った。

「黙ってろ、聞かねえことは言うな。それより、延志賀の旦那は誰だ?」

「へえ、元鳥越の仙蔵というお人で」

「金貸しの仙蔵か」

「へえ」

仙蔵といえば因業で聞えた金貸しだ。あいつが延志賀の旦那か、と、小吉は案外に思った。延志賀はことし二十六、年増だが、抜けるような色白で瓜実顔、背のすらりとした美しい女だ。

「おや?」

その時、小吉は、延志賀の胸の下あたりに紙片を見つけた。なんだろう? と、そッと引き出して見ると、皺くちゃになった手紙である。幸い破けてはいない。

見ると、

「おッ！」

最初の一行に、書置きのこと、と、肉太に書かれ、次に細く、長々お世話さまに相成り候、
と、これだけ書いてある。ほかには、ずっと長い巻紙の終りまで空白だ。

「女の手蹟だな」

と、小吉はつぶやいた。すると、延志賀が書いたものであろう。女は自殺する気だったのか
知ら？　それが殺された。こういうことは一体何を意味するのだろう？　何かわかりそうでい
てモヤモヤと渦を巻く。

「ほかに、ここへ出入りの者は誰だ？」

小吉が、また、訊ねた。

「へえ」婆やが「何しろ清元の稽古所でございますから、ご近所の娘さんやら、若イ衆、大勢
入れ代り立ち代り……」

「人別をみんな訊くンじゃねえ。師匠と特別に入魂にしている手合いだ」

「さようでございますねえ」

婆やは、人に迷惑のかかるのを恐れるのか、明答を避けようとした。と、急に口を出した者
がある。

「おきんさん、そら、先月まで、ちょいちょい見えていた浪人者がいたじゃアねえか」

「お前、誰だ？」

小吉が訊ねた。

「へえ、手前は、この路地の角におります桶屋の久兵衛(きゅうべえ)で、桶久(おけきゅう)で」

ぺこりと、その小男は頭を下げた。

「そうそう、舞坂(まいさか)さんというお武家さんがいましたね。いつでも、酔いくらって来ちゃアお師匠さんに無理難題を持ちかけて……」

婆やが、思い出して言った。

「その浪人者ア、どこに巣食ってるンだ?」

小吉が訊ねると、婆やはいたって心細い返事をしたものだ。

「ついぞ、お宿を伺(うかが)ったことはないので」

「誰か知ッちゃいねえか?」

人々を見まわしたが、誰も答えなかった。桶久が、こんなことを言っただけだ。

「何しろ乱暴なお武家で、あっしたちを見ると、どうじゃ、斬ってやろうか、という冗談をおっしゃる人で」

住所不明は困ったな、と、小吉は腕を組んだ。

二人の容疑者

「お前か、信之助(しんのすけ)というなア?」

辻番所で、小吉は、オドオドしながら入って来た並木の呉服屋、駿河屋の次男で、信之助という若い男にこう訊ねた。

「へえ」

齢は二十五だという。蒼白い痩せた男で、目鼻立ちの整った、まあ美男と呼ばれる類であろう。労咳でも病んでいるのか、ときおり力のない咳をする。細い指だ。

「死んだ師匠たアいつごろから馴染めたンだ?」

「へえ……もうかれこれ、一年になりますか」

「主のある女と承知でか?」

「相すみません」

「なんだッて師匠を殺したンだ?」

「えッ? と、とンでもない! わたしア、あれを殺しやしません!」

「じゃ誰だ?」

「………」

「お前にゃア、おおよその見当はつくだろう?」

「わかりません」

「おい、信之助! お上を盲人だとでも思ってやがるのか?」

「へえ」

「へえじゃアねえ。お前、何か隠してるな、ありていに申し上げろ! お前はあの晩、どこへいたンだ！　師匠のとこへ行ったンだろう？」

「行こうと思いましたが、中途で止めました」

「なぜだ？」

「…………」

信之助は、唾（つば）をゴクリと一つ飲み込んで、じっとうつ向いていたが、やにわに、顔を上げると、気違いのように取り乱して叫んだ。

「親分さん、あっしを縛ってください！　あっしが師匠を殺したンです！　あっしを獄門にしてください」

「……しょうがねえな」

小吉は、苦笑した。そして、両手を顔によよと泣き崩れる信之助を見ながら、この細い指では、人は絞め殺せない、と判断した。

信之助を帰すと、小吉は次に、元鳥越の金貸業、仙蔵の家を訪れた。

「ゆうべ、お前さんはどこへ行ってたンだな？」

小吉の最初の訊問だった。

「ゆうべですか……」

仙蔵は、五十がらみ、骨太な、堂々たる男だったが、眼は細く、鼻は無遠慮に胡坐（あぐら）をかき、下卑（げび）た顔つきの男だった。金貸しで産をなすだけあって、どこか素ばしこいところと、人をなんとも思わぬ不敵なところが見える。

金持に似合わぬ手狭な家で、二人が話す襖一枚隣は茶の間らしく、小倅の騒ぐ声などが聞える。

「三軒ばかり取りたてに歩きやした」

仙蔵は、平然と答える。

「延志賀が殺されたと覚しいころは、どこにいた？」

「さア？　何時かはっきりしやせんが、そうですね、たぶん、馬道の小料理屋、福の家かな？」

「証人がいるか？」

「証人？　へえ、一緒に飲んでいたのは、ご存知かもしれませんが、駿河屋の信之助でした」

「なに？　信之助と一緒に飲んでいた？」

これには小吉も驚いた。

「お前は、信之助と延志賀の仲は知らねえのか？」

「ヘッヘッへ、それくらいのことは知ってまさアね。それだから、あっしア信之助に言ってやったンで、人の手活けの花にしみッたれた真似しやアがるなッてね。やつア恐れ入っていやしたよ」

このことが事実だとすれば、小吉が、ひそかに考えていた下手人、仙蔵のやった仕事ではないか、という疑いは根底から覆えされてしまう。だが、信之助は、どうしてこのことを隠したのだろう？　恥だと思ったのであろうか？

「嘘じゃアなかろうなア」

　小吉は念を押した。

「親分衆に嘘をつくほど馬鹿じゃアありやせんよ、ヘッヘッヘ！」

　仙蔵は、下卑たお追従笑い（ついしょう）をした。そしてこうつけ加えた。

「信之助にお聞きになればわかりやす」

「ふむ……」

　それから、小吉は、また訊ねた。

「それで、お前にゃア、延志賀を殺した下手人は誰だか、見当はつかねえか？」

「名ざしで言うなア気の毒だが、ひょッとしたら信之助じゃアありやせんか？　あいつはこのごろ、あっしの差金（さしがね）で、延志賀から愛想づかしをくってやしたからね」

「…………？」

　だが、信之助は、そのころ、そういう仙蔵と一緒に飲んでいたはずではないか。何をいうのか、と、小吉は、仙蔵の赫（あか）ら顔を、改めて見直した。

第二の殺人

「……とまア、こんな塩梅式（あんばいしき）でやして、実のところ、下手人の当りが、ちょいとつかなくなりましたンで」

と、延志賀殺しの一件を、こまかく語ったのち小吉は、

「それで、またぞろでどうも恐れ入りやすが、若さまのお知恵を、ちょいとこれンばかり、ご拝借に上がりましたンで」

と、頭を下げた。

言うまでもなく、ここは米沢町、船宿喜仙の例の二階座敷だ。

きょうもよく晴れた秋日和で、肘掛窓の桟の端に、赤トンボが一匹、さっきから、じっととまっている。大川の水も、高く澄んだ秋空を映してひとしお碧い。

「ふむ、あまり上手い手蹟ではないな」

若さまは、延志賀の死体の下から出た書置の書き損いを、ひねくりまわして、こんな批評をしている。

「それで、手前は、もうこうなったからにゃア、例の舞坂という浪人者が臭いと、追いまわしどもをこき使って探してるンですが、それが、かいくれ姿を見せねえンで」

小吉は、四角に坐った膝頭を、なんとなく撫ぜながら言う。

「その後、色男にゃア会ったかえ？」

若さまが訊ねた。

「色男？　あ、信の字ですか、へえ、会いました。なぜ、仙蔵とあの晩、飲んだことを黙っていたンだ？　と、なじりましたら、ただもう謝るばッかりで……あいつアまったく女みてエに意久地のねえやつで」

小吉は、じれッたそうに言った。

「その二人が飲んだ馬道の小料理屋とやらは、調べなすッたかえ?」

「へえ、抜かりはありません。さっそく、福の家の小女（こおんな）に訊いたところ、仙蔵の旦那はチョイチョイ見えるそうで」

「どんなうちだえ?」

「樽へ腰掛けの追い込みで、仙蔵は、しこたま烏金（からすがね）を貯めやがったくせに、あんな風（ふう）の悪いうちへ行くンですから、こいつア手前もずいぶんしみッたれで」

と、小吉は、悪態をついた。

若さまは、書置の巻紙を輪にして、膝を叩いていたが、

「浪人の舞坂が舞い込まぬで弱るか」

と、つまらぬ洒落（しゃれ）を言った。

「ヘッヘッへ、まったくで、こうなると、その浪人者が一番そのウ……」

そこへ、おいいとが急いで入って来た。

「あの、遠州屋の親分さん」

「ヘッ?」

「子分衆がいま、大急ぎで見えて、すぐ親分にと……」

「手前に?」小吉は、反射的に立ち上がり、「なんの用だろう?」

ときくと、それへおいいとが答えた。

「よくは存じませんが、なんでも、元鳥越の仙蔵さんとかいうお人が殺されたそうで」

「えッ？　仙蔵が殺された？　誰に？」

「さア、そこまでは。子分衆がご存知でしょうよ」

「じゃア、すぐひとッ走り。若さま、ごめんくださいまし」

と、小吉が、あわただしく、出かかった時だった。

「親分、わしも行ってみよう」

若さまが、ゆっくり言った。

「えッ？　若さまご出馬(しゆつば)ですか、これアどうも」

小吉は、ニコニコして、頭を何度も安く下げた。

歌の挨拶(あいさつ)

「あの浪人者です！　舞坂の畜生です！　あん畜生です！」

半分、狂乱した形で、殺された仙蔵の女房おりきは、小吉の顔を見ると、口早にこう叫んだ。

「まア待ちねえ」制してから、現場にいる子分に、

「ほとけはこれか？」

と訊ねた。

「へえ」

ありあうこもが、草の茂った原の中に眼につく。

ここは、仙蔵の家からほど遠からぬ、さる大名の下屋敷の趾。ぐるりの塀は壊れ、中はいたずらに草生い茂る空地だった。

こもを取って見ると、

「ふむ、一突きか」

と、小吉が唸ったように、背から、胸元へ、切ッ先が出るほどの深い突き傷が、致命傷だった。

「手際よくやりゃアがったな」

と言ってから、小吉は、かたわらに茫然と立っている若さまに、

「舞坂の仕事でしょうか？」

そうだろう、と、同意を求めるかのように振り返って言った。

若さまは、なんとも答えなかった。

それから小吉は、取り乱している仙蔵の女房おりきを、なだめすかして、前後の事情を聞いてみると、話は、こうだった。

きのう、日が暮れかかるころ、浪人者の舞坂が、突然、仙蔵を訪れた。

「こりゃ、なんとしてまた、延志賀を殺しおったぞ！」

と、一番最初の挨拶がこれだった。

「何を言いなさる」

仙蔵は、びっくりして抗弁した。

「ワッハッハッ！　まアええ、あの女は、そちの手活けの花じゃ、それをそちが殺す分にゃア差支えないわい」

傍若無人に、こんな言葉を吐くと、次に、

「そこで、ちと近ごろ、無心があるンじゃが、どうじゃ、百両ばかり借用したい」

と、言ったものだ。

仙蔵が、それア自分は金貸業だから、たとえ百両が千両でも用立ててもいいが、担保はなんだ、と聞くと舞坂は、ぬッとその髯面を突き出して、

「この面よ」

と言った。

「借せぬ」

仙蔵は、ニベもなく断った。

「借さぬ？　ハッハッハッ！　借さぬか、借さぬとあらばよし。拙者においても、ちと思案の筋がある」

と、舞坂は、何かを仄めかしつつ、こんな言い方をした。そして、それから二人の間で、いろいろ言葉のやりとりがあったのち、

「では、後刻」

と、言って、どう話がまとまったものか、舞坂は自慢の朱鞘の大刀を提げて帰った。

「えらい損だ、ふむ、ふむ……」

仙蔵は、あとでくり返しこうつぶやいていた。女房のおりきが経緯をきいたが、「うるさい」とのみで、なんにもくわしいことは言わず、それから一刻ほどすると、しぶしぶ外出した。そして、朝まで帰って来なかった。おりきは心配で、一晩中まんじりともせず、もしやもしやと思っていると、この裏の原でしきりに犬が吠える。そのうち、「人殺しだ！」という声がしたので、もしやと出てみると「仙蔵さんだ、仙蔵さんだ」と言うので……

「あの浪人の舞坂です！　あいつが、うちを誘き出して殺し、お金を盗ったのです」

と、おりきは訴えた。

なるほど、仙蔵の懐中物は失われていた。盗みが目的と見て見られぬ点もない。また、その前に、舞坂と、そのようなやりとりがあったとすれば、下手人は、その浪人者と考えてもよいようだ。

「親分、もどろう」

若さまが、不意に言った。そして、もうぶらぶら歩き出す。

「へえ、その、ちょッとお待ちなすって……」

小吉は、慌てて、子分たちに用を言い置くと、ともかく、若さまと一緒に歩き出した。

「お見込みは如何でしょう？　やっぱり舞坂あたりで？　なにしろ、女と男、二人を殺ったンですから、太エ野郎で……」

「…………」

答えない。考えているのかと思うと、それとなく手拍子とって、口の中で唄をうたっている。いたって長閑(のどか)な若さまだ。小吉も諦(あきら)めて、見かけは呑気そうに、お供をした。

二人が、黙って並木の通りへ出た時だ。

「若さま、あの呉服屋が、例の信之助の駿河屋で」

と、小吉が教えた。

「あれか。信之助、いるかな？」

言いながら、若さまは、スタスタと駿河屋へ近づく。小吉もあとを追うと、若さまは、つと、裏の方へまわる。そして、心やすそうにさっさと、庭へ出る方の木戸をあけて中へ入る。小吉は面食らってつづいた。

「これこれ、あ、どなたです？」

縁側にいた番頭らしいのが、驚いて誰何(すいか)した。すかさず小吉が言った。

「信之助はいるかい？」

「えッ、あ、これア親分さんで、これアどうも……」

番頭は、相手が御用聞きと知るとにわかに慌てて、奥へ引ッ込んだ。

「どッこいしょ、と」

まだ誰も上がれとも言わないのに、若さまはさッさと縁へ、座敷へ、そして、床柱を背にして、胡坐をかいた。小吉は間誤(まご)つきながら、これも上がり込んだ。

「親分さんですか」

すぐ出て来た信之助は、小吉に丁寧（ていねい）に挨拶したのち、訝（いぶか）しそうに若さまを見た。と、小吉がなんとか紹介しようとした矢先に、若さまが、いきなりこんなことを言った。

「唄をひとつうたってやろう、聞いてくれ」

「へッ？」

信之助も驚いたようだが、小吉も驚いた。何をうたい出す気だろう？　生まれてはじめての家へ来て挨拶ひとつしないのに、唄をうたう？

「いいか、よく聞けよ。だが、まだあんまりうまかアねえが、おいと坊に言わせると、まア聞けるそうだ。ハッハッハ！　〽合縁奇縁は味なもの、片時忘るる暇もなく、一切、からだも、心も、やる気になったわいな、そうかいな……」

例の聞きおぼえの清元『文屋』の一節だ。

「あッ、あッ、あッ」

耐（こら）えきれず、といった形で信之助が泣き出した。畳に顔を押し当て、肩を激しく波うたせながら、咽（むせ）び泣きはじめた。

小吉は、若さまを見た。若さまは、痛ましそうに信之助を見ていたが、急に立ち上がった。

「はい、お邪魔さま」

そのまま、ふッと縁先から草履（ぞうり）を突ッかけると、帰ってしまった。

歌供養

「若さま、妙なことになりました」

翌日、朝早く、喜仙の二階に入って来るなり、小吉は、片づかない顔で言った。

「妙なこと？　ハッハッハ、多分は……」窓近く寄りかかって、初秋の大川を眺めていた若さまは、

「信之助が、首でも縊ッて死ンだのだろう」

と言った。

「おや？　もう誰かお知らせに上がりましたンで？」

「いや、誰も来ないよ」

「へえ？……てエと、どうして若さまには、それをご存じで？」

「きのう、唄をうたってやったろう。あの利き目がもう現われるころと存じてな」

「さようですかね」

小吉は、ますます、片づかない顔つきで、

「一体、なんだって信之助は首を縊りやがッたンでしょうね。……ひょッとすると、やつが下手人なんで？　延志賀に愛想づかしをくったンで女を殺し、仙蔵は旦つくだから、これを道連れにッてわけで……」

「親分、そういうふうに、一人で二人を殺したと考えるからむずかしくなるのだよ」

「へえ？　すると？」

「延志賀を殺したのは、仙蔵だよ」

「けれど、若さま、言葉を返すようで恐れ入りますが、あの晩は、仙蔵は信之助と馬道の福の家で飲んでいたので？」

「仙蔵がそう言うのだろう、嘘だよ。腰掛けの追い込み酒屋、わいわいと、大勢出たり入ったりの店だ。いたろうと言われれば、平素(へいそ)来ている馴染客(なじみきやく)なら、いたような気もすらアな。それに信之助は、そのことを自分の口からは言わない。つまり、信之助は、あの晩、仙蔵が延志賀を殺したところを見たのだろうよ。仙蔵は、信之助を脅(おど)して抱き込んでしまッたのだな」

「なるほど。これア、そう考えるのが、一番近路でござンすな。そして、仙蔵は舞坂に殺されたンで？」

「いや、仙蔵は、信之助に殺されたのサ」

「へえ？　また、違った……」

「ハッハッハ、親分も見たろう。仙蔵は、背中から刺されている。侍なら、あの場合、心ず斬るもの。袈裟(けさ)がけといくところだ」

「なるほど！」

「信之助は、恋しい延志賀の怨(うら)みを晴らしたのだ」

「すると、信之助は、なぜ首を縊ったンでしょう。自分に疑いはかかってなかったわけですが？」

「わしが唄をうたったからサ」

「ははア！」

だが、いっこうにわけのわからない顔つきで、小吉は、押して訊ねた。

「あの唄に何か曰くがあるンで！」

「うむ、少しある」

と、若さまは、あの文屋の一節に、心も、と言うよけいな文句があるのに気づき、これは何か合図――たとえば、延志賀の場合なら、情人の信之助に、今夜は旦那が来ているから、駄目だとか、首尾がよいぞ、とかいうのに、使っていたのではなかろうか？　延志賀はつい口癖になり弟子に教えてしまい、弟子は、正直にそれをうたっていたのを、若さまに聞き咎められてしまったのだ。

「それと、あの書置の切れッぱし」

「へえ、あれが？」

「あれを仙蔵に見られ、痴話喧嘩が昂じて、延志賀は殺されたのだ。延志賀と信之助は心中する気だったのだろう。齢を聞けば女が一つ上、これアありそうなことだ。それが信之助の方は妙なことから生き残った。どうせ死ぬ気の命だ、仙蔵をやッつけて……」

「なるほど、自分も首を縊る……」

「そこがな、むずかしいところ……わしが、二人だけしか知らないはずの唄をうたったので、信之助は、自分の秘しごとを知ってる人もいるぞ、と覚り、それで首を縊ったのだろう。わしは、信之助が、きょうになってもノメノメと生きていたら、親分の手で御用弁にするつもりだった。……文屋を歌ってやったのはわしの慈悲かの。ハッハッハッ!」

「いや、どうも……そうかがうと、まるで、やつらア、若さまの掌の上で踊ってるみたいで」

小吉は、改めて感心した。

「お待遠さまでした」

そこへ、おいとが、徳利の乗った膳を持って入って来た。若さまは、いそいそと床柱の前に坐り直した。

尻取り経文

妙な経文

「……牡丹に唐獅子、竹に虎。虎を踏まえて和唐内。内藤さんは下り藤。富士見西行うしろ向き。……」

「おや？」

新しく、お銚子を持って、這入って来た、おいとは、呆れたという表情で、

「尻取り文句ですか」

と、笑いながら、云った。

ここは、云うまでもなく、柳橋米沢町、大川沿いの船宿、喜仙の二階座敷だ。

今年も、十二月を十日の余も過ぎ、三田の魚籃観音の煤払いの開帳が、九日にあったのを筆頭に、江戸八百八町、武家も町家も、姐さん冠りに尻ッ端しょり、バタバタと一年中の塵を掃き出し、新しい吉い歳を迎えようものと大煤払いだ。

喜仙も、朝からの煤払い騒ぎなので、自分から云うところの居候なら一働きしなければならないのに、若さまは、たての物を横にもせず煤をきらって、懐手で、ぶらりと出掛けてしまった。

どこをどう、ほッつき歩いて来たものか、戻ったのは灯(ひ)ともし頃、掃除のすんだ二階座敷へ、ぬッと通ると、もうチビチビと酒を飲み初め、今、見れば、のん気らしく、尻取り文句など口ずさんでいる。

床柱(とこばしら)に背を軽く靠(もた)せ、右膝(みぎひざ)を立て、若さまは、空の猪口(ちょこ)で拍子を取っている。

色白で、眼鼻立ち尋常、きりッと侍らしい顔つきだが、特徴は、その悠揚迫らぬ、悪く極端に云えば白痴とも見えるほどな、くったくの無さだ。人品の高さだ。これは先天的な育ちの好さに依るものだろう。年の頃は、三十前後か。

「……剝き身、蛤(はまぐり)、馬鹿柱。柱は二階の縁の下。下谷上野(したやうえの)の山葛(がつら)。桂文治(かつらぶんじ)は噺(はな)し家(か)で。でんでん太鼓に笙の笛……」

「ほんとに、まア……」

おいとは、愈々(いよいよ)呆れたという表情を、大袈裟(おおげさ)に示しながら、それから感に入ったという口調で、

「若さまに、お目にかかって居ますと、年の瀬も、大晦日(おおみそか)もございませんねえ」

と、云った。

おいとは、今年十九、云うまでもなく、当船宿喜仙の一人娘だ。色は、さして白いとは云えぬが、江戸の水で育った女だけに、垢抜けして、どこか、商売柄か、お俠(きゃん)なところが見える。

「……閻魔(えんま)は盆にお正月。勝頼(かつより)さまは武田菱(たけだびし)……」

「お止しなさいな、馬鹿らしい」

「ハッハッハ！」

「ま、お熱いところを」

「ところが馬鹿らしくないぞ」

「おや、何がでございます」

「托鉢坊主めが、経文にして誦んでいやがッたものサ」

「えッ？　この尻取りを？」

「……しイな川女郎衆は十ウ文めエ……十ウ匁の鉄砲だまア……リリン、玉屋は花火の大オ元祖オ……リリン、宗匠のオ住むのは芭蕉あ、あアん……餡かけ豆腐に……」

「ぷッ！　ホホホホ！」

　おいとは、堪まらず、笑い伏すと、

「そんな、お経ッて、そんな……ホホホホ……そんな坊さんが……」

と、とぎれとぎれに抗議した。

「寔に、奇ッ怪至極」

　急に、侍言葉になると、続けて、手酌で、三杯ほど乾した。

「何処で、お見かけなさいましたえ？」

「うむ……」

　行灯を見つめながら、若さまは、

「何処と申しても……何しろ、坊主は、一軒々々、それからそれへと歩いて居ったからの」

と、真面目な表情で云った。

「それで、あの若さまは……」

おいとは、

「その、お坊さまの後から御一緒に?」

と、真逆という気持で訊ねると、

「同行致した」

ケロリとして、答えた。

「まアまア……」

匙を投げたという形で、おいとは、

「この忙しい季節だというのに、よくもまア、閑なお方が二人。お江戸もまだどこか、ノンビリして居りますこと」

と、冷かすように云った。

「閑でもなさそうだッたぞ、あの坊主……不思議な奴?」

若さまは、ちょいと深刻な表情になった。

「あの坊主?」

托鉢僧

肩が、ぶつからんばかりに、後から擦れ違って、追いこすと、その托鉢僧は、とある町家の軒先きに立った。

笠、短い黒衣、手甲脚絆、草鞋、頭陀袋を下げ、鉢を捧げ、右手の鈴を振り、声低く、誦経を初める。別に変った点もないのだが、今の擦れ違いで、若さまは、注意を魅かれたのだ。

だが、それも一顧を与えただけで、相変らず着流し懐手、若さまはぶらりぶらり行き過ぎようとしたのだが、不図、その誦む文句に耳がとまった。

経文ではないのだ。

「やッ?」

怪しんで、耳、傾けた。

天王橋を渡って、瓦町へ行く通りだった。油問屋の天水桶の傍に佇んで、その托鉢僧は誦経しているのだが……。

「経文ではないぞ」

若さまは、無遠慮に、ずいと近寄った。何を、この坊主は口ずさんでいるのだろう?

「……ままよ、さんどがァさ、よこちょォにかぶり……」

はて、奇妙な? ……若さまは今の文句を口の中で呟くと、ままよ三度笠、横ちょに冠り……頭たてに振る相模の女、女やもめに花が咲くと続く、今、巷間に流行っている尻取り文句の一節だ。

「御坊……」

若さまは、思わず、声をかけた。

「……」

托鉢僧の笠が、ちょいと動いたが、そのまま、とッと、と、歩き初めた。振りかえらない。

若さまは、暫時、立ちどまっていたが、ふと、その天水桶に気付いた。黒塗りの桶に、赤い印がついている。よく見ると、今つけたらしく、その朱色が生々しい。〆めというような形だ。

「はて?」

托鉢僧が付けて行ったものか? 益々、腑に落ちない振る舞いだ。

「越後屋、か」

若さまは、その油問屋の屋号を覚えこむと未だ遠くは去らぬ、今の托鉢僧の後を、見えがくれに尾け初めた。

経文を口にせず、尻取り文句などを誦む托鉢僧――年の暮れに迫って、一文でも欲しいと思い立った俄坊主か。それにしても、天水桶に朱で〆めは妙だ。

尾けながら、それとなく注意すると、僧は必らずしも、立ち寄った家に、朱で印をつけてゆくとは限らない。いや、ほとんど付けぬと云った方がよい。

二度目に、同じく天水桶に〆め字を朱く付けられた店は、福井町一丁目、銀杏八幡に近い太物商、井筒屋清兵衛方だった。それから、三丁目の武具商、武林彦右衛門方だった。そして、道は左衛門河岸に出る。

「あいや、御坊」

ぐッと近づくと、若さまは、莫迦でかい声を出して呼び止めた。

「ヘッ？」

托鉢僧は、飛び上らんばかりに驚いて、振り向く。

「あんた、妙なお経を読むな、何かの呪いかえ？」

若さまは、急に、下世話に砕けた口調で訊ねた。

「……」

何とも答えぬ。笠のまま、うつ向き加減なので、顔は、よくわからない。ただ角張った顎だけしか見えない。

「それから、諸々方々の天水桶に、朱ずみで、〆めと書いて歩いてるが、あれにゃア何の謂われ因縁があるンだ？　奇妙奇天烈、八宗にゃアねえ御宗旨だの？」

「……」

「ハッハッハ！　何を訊いても黙ってやがる。それじゃア、尻取り文句といくべいか」

若さまは、可笑しな調子をつけて、

「それ、いいか、初めるが。〽白蛇の出るのが柳島。縞の財布に五十両。五郎十郎曾我兄弟……後をつづけなよ。おめえの好きなお経じゃアねえか？　〽曾我兄弟と……鏡台針箱タバコ盆。坊やは好い子だ、ねんねしな。品川女郎衆は……」

　その時だった。

「おッ？」

若さまが、驚く前に、その托鉢僧は、くるり、背を見せるや否や、脱兎の如き早さで、韋駄天走りに馳け去った。

「や、走る、走る……ハッハッハ！」

若さまは、敢て追おうともせず、その後を見送っていたが、くるりと、反対の方へ歩き出した。そして、

「油問屋、太物商……それに武具……と、この三軒だったたな」

と、呟いた。

怪托鉢僧が、天水桶に、〆め字を朱ずみで記した家である。

投げ文

「どうも押しつまりまして……御多用中を飛ンだ御迷惑を、又……」

お上ご用聞き、遠州屋小吉が、座につくや否や、頭を何度も安く下げた揚句、その頭を何度も掻きながら、こう切り出した。

中一日、置いた日の午前だ。

ここは例に依って、喜仙の二階。若さまは晴れた冬空の下、冷たそうな大川の往き来の船など眺めている。

小吉は、これ亦、例に依って、若さまの御智恵拝借と罷り出たのだ。

「こんな投げ文が、昨夜、福井町一丁目、井筒屋清兵衛のところへ放りこまれましたンで……」

小吉が、こう云って差し出した一通の手紙には、次ぎのような文句が、達筆に認められてあった。

十四日丑満刻参上
金壱万両頂戴
他言無用　若し違背の節は命無之ものと御承知被下度
朱

「うまい字だの……」

若さまは、その手紙を眺めながら、

「井筒屋に参ったか」

と、云った。

「へえ……」

「他の町家で、投げ文の噂はないか?」

「いえ、ござんせん」

「ふむ……十四日と申せば今宵だの」

「何か、お心当りでも?」

「いや……その井筒屋と申すのは、太物屋であったの」

「さようでございます」

小吉が話すところに依ると、太物商井筒屋は、界隈でも指折りの豪商だった。番頭、手代、小僧の末に至るまで数え上げると、三十人に近い大身代だった。

主人の清兵衛は、今年、確か五十八、でっぷり肥った男で、お内儀さんのやすというのは一つ違いの五十七、これも主人まさりのしっかり者という評判である。

子供というのが、一人しかなかった。しかも女で、今年二十になる。いずれは養子を取らなければならぬ身の上だった。せきというのが名前だった。

この、おせきに、実は、今年の春許婚ときめられた男があった。京橋西河岸で、同じ商売、木棉問屋の次男で多之吉という今年二十四になる男が、おせきの旦那、つまりは、井筒屋の後取りになる手筈だった。婚礼は、この十一月ということだった。多之吉と、おせきとは、親が定めた仲だったが、二人とも相性だったのか、仲むつまじく、まるで恋人同志のようだった。

ここまで、調子よく運んで来たのが急にどうしたことか、今年の秋、十月の初めになると、井筒屋清兵衛は西河岸の木棉問屋に破談を申し込んだ。

話は、当然のこととして、ひどく、もつれにもつれた。いろいろな人が中に立って、なだめたり、すかしたりして大騒ぎだった。何が気に入らないのだ、と、多之吉の父親、兄貴の太吉などというのが談じこみに来たものだ。

「都合に依りまして」

ところが、破談の原因はと云うと、井筒屋夫婦は、口を揃えて、こう云うばかりであった。都合に依り――いい言葉だ。どのようにも解釈はつく。

それでは頼りない、真の理由を打ち開けてくれ、水臭いじゃアないかと、太吉などは、七重の膝を八重に折って訊ね入ったが、井筒屋は真相を話そうとしなかった。

すったもんだの果に、ともかく破談になった。

両家の事情に精しい者が、ひそかに語ったところに依ると、この夏の初め、木棉問屋は大手筋の思惑外れで、可なり手ひどい損害を受けた故、伜の多之吉を、井筒屋の養子にすれば、損害の補塡がつく、之れを、清兵衛夫婦は厭がったのだろうと、こんな風に当て推量した。

いや、この夏初めの思惑で傷手を受けたのは、木棉屋ばかりではない、井筒屋も傷を受けた筈だ。この点なら同じことだ、と、打消す人もある。

破談の真相は、遂にわからなかった。

ただ、可愛想なのは、互いに想い思われた多之吉と、おせきの二人だった。

おせきは、それ以来、人にも会いたがらず奥の一間で、気鬱の病い、多之吉は、ご定法通り、以来、茶屋酒の味を覚えて帰らぬ日も多いという。

「井筒屋の夫婦は、亭主の清兵衛も、内儀さんのおやすも、とにかくいっこくもンでござンしてね。どうも世間のつき合いが丸くいかない方で」

語り終ると、小吉は、こう付け足した。

山形千両箱

「他に、怨みを受ける筋はないか?」

若さまが、訊ねた。

「さア?　別にこれと申して他には……?」

と、小吉は、頭を捻りながら云うと、次ぎに、

「この投げ文のことで、あっしが呼ばれて参りますと、亭主の清兵衛が、実は折入ってお願いがある、他でもない、親分の親分さんの御助けを、ぜひ、と云いましたンで」

と、にやにや笑いながら云った。

「親分の親分さん?　誰のことだ?」

「ヘッヘッへ、若さまのことでして」

「ほウ、わしを知って居るのか?」

若さまが、意外そうに云った。

「へえ。多分、又聞きか何かで、若さまが捕物の名人だッてことを耳に入れて居やがったもンでしょう、それに……」

と、小吉は、一膝、乗り出すと、

「申し忘れましたが、一昨日、店先きの天水桶に、朱で〆めと書いてあったそうで。何のことかわからないが、こんな怪しいことをする手合は、恐しい奴等に違いないから、……と、まア、こんなわけで、親分の親分さんに、と……」

と云った。

「ふむ……」

若さまは、珍らしく、深刻な顔つきになって、視線を又、大川を上下する船に馳せていたが急に、

「ま、行って見るか」

と、云った。

「はア、御出馬になりますンで、これから直ぐ……」

「いや、日が暮れてからに致そう。商売の邪魔をするでもない」

そして、手をポンポンと叩いた。おいとを呼んで、午の一杯を云いつけようと云うのだろう。

その十四日の晩。

「これは、いらっしゃいまし。どうも飛ンだことをお願い致しまして……」

若さまと、小吉が、井筒屋の門を潜ると、亭主の清兵衛が、女房のやす共々、転び出てこう挨拶すると、とりあえず奥の一間へ招き入れて、お茶よ、お菓子よと立ち騒いだ。

「昼間のうち、お見えになると存じましたが」

敷居際で、女房と共に手を突いて、清兵衛は、こう云った。

「曲者が参上すると申したのは、今宵の丑三ツとあったの」

床柱の前に、例に依って自堕落な坐りようをした、若さまが云う。

「はア、左様で、ございます。それで、店の者は、もうオチオチ出来ませず……」

と、亭主が云う言葉を引き取って、若さまは、こう云った。

「それ故、わしが一晩中、居てつかわす」

「へッ？　あの？」

清兵衛よりも、小吉の方が驚いた。

「若さまには、あの、この家に、一晩中、夜明けまで御居でなので？」

「ハッハッハ！　左様サ」

ケロリとして、云うと、次ぎに、

「唯二つばかり註文がある、一つは、何時でも飲めるように、ここに酒の用意をして置くことだ。よいかな」

「へえ、畏りました」

「それから、今一つは、当家の千両箱を、一つ残らず、これへ運んで積み上げて置くことだ。

相わかったな」

「へッ？　あの千両箱を？」

「一万両の無心をされた家、一つもないことはなかろう、ハッハッハ！」

若さまは、大きく笑った。

「はッ、唯今」

清兵衛は、思いがけないことを云われて、呆れたり驚いたり、さっそく部屋を下がって行ったが、間もなく、桐の火鉢やら、銚子、猪口、小皿、料理の類が運ばれて来た。註文の一つだ。

若さまは、どういう御料簡なンだろう？　と小吉は訝しく思った。

何時もなら、店の者から、奥の者、身内と一家中の人別を改めてから、一旦は、引き上げるのに、今度に限って居坐りだ。一体、どういうてなンだろう？

そこへ、小僧や番頭が、重そうに千両箱を蔵から運びこんで来た。山形に積み上げた。全部で、十一箱だ。

「だいぶ手間取ったの、これで全部か」

若さまが云う通り、千両箱をここへ持ちこむのに、小半刻は費された。人眼にふれぬ処に、かくしてあったのだろう。

「ちょいと好い気持だぞ、ハッハッハ！」

若さまは、その千両箱を十一積み上げた前に、どっかり胡坐をかくと、手酌で、チビチビやり初めた。

「ヘッヘッヘ！」

こりゃアよい心持だろうと、小吉も思った。すると若さまは、こう命令した。

「明日の朝、よいというまで、この部屋に誰も近付いてはならぬぞ、よいか」

「畏りました」清兵衛が、「けれど、お一人きりでよろしゅうございますか？」と、暗に大勢の場合を考えて、心細そうに云ったものだ。

「ハッハッハ！　わし一人で大丈夫」

若さまは、てんから問題にしない。本当に大丈夫かな？　と、小吉も、何しろ千両箱を十も盗もうという相手だ、小人数ではなかろうかと思うと、すこし心配になったが……なに、若さまのことだ、と、思い直して、次ぎの部屋に退った。

狂言作者

夜は、更けた。

十二月の深夜だ。寒さが募る。

小吉は、時々、そッと廊下伝いに、若さまの様子を窺った。障子の隅から見ると、千両箱に倚りかかって、若さまは、飽きもせず、手酌でチビチビやっている。時々、何か、低声で唸っている。耳を澄ませて聞くと、

「……通う深草、百夜の情。酒と肴と三百ありゃアままよ。ままよ三度笠横ちょに冠り……」

と、尻取り文句だ。

長生きをなさるね、と、小吉は、その度に安心して居った。

と、もう暁近くなって、俄かに、廊下を、バタバタと足音荒く走る音が起こった。続いて、

「大変だ！　大変だ！」と、いう声が入り乱れた。

「来やがッたか？」

小吉は、思わず、身ぶるいして立ち上がると、廊下へ出た。若さまの部屋を見る。これは変りもなかった。

すると、そこへ番頭が一人、駈けて来て、

「ああ、親分さん、大変です！　旦那が殺されました！　絞め殺されて！」

と、叫ぶように告げた。

「何？　清兵衛が殺された？」小吉は、障子の中へ、どなった。「若さま、お聞きになりましたか？」

「聞いた、聞いた」

眠むそうな声で、若さまが答えた。と同時に、立ち上がったらしく、障子が開いて、

「何処だ？　場所は？」

と、訊ねた。

「離れの六畳の間でして……」

二人は、番頭に尾いて歩いた。小吉は、むき出しの千両箱の山が気になった。

渡り廊下で、庭の築山の横に建つ離れ座敷へ行くと、そこには、既に内儀のやすと、その弟になる宇兵衛とが、ぼんやり突ッ立っていた。手提行灯の灯が繊細く揺れる。

「お、こりゃア親分さん」

内儀のやすが、悲痛な顔付きで迎えるのに若さまは、熟柿くさい息を吹ッかけ、そのまま、部屋の中程に、変に行儀よく仰向けに倒れている、清兵衛の屍体へ近寄った。

頸に、一巻き、綱が巻きついて――既に息絶えている。若さまは、行灯を傍へよせると、凝然と、屍体の眼を見つめていたが、やがて立ち上がると、事もなげに云った。

「殺されたのではない。自害だ」

「えッ？」

すると、若さまは、小吉に、こんなことを云った。

「眼の中が当り前であろう。絞め殺されると、血が眼に集まって赤いもの」

「へえ、そんなもンですか」

小吉は、びっくりして若さまを見た。

「その辺の梁にぶら下っていたのだろう、初めに見たのは……」

と、若さまは、ぐるりと周りを見廻し、

「内儀か、それとも、弟とやらの宇兵衛かいずれじゃ！」と、訊ねた。

「……」

二人は、黙って、顔を見合わせていたが、いずれも、眼を伏せてしまった。

「そうか、清兵衛が自害したのを、殺されたと見せかけようとしたのは、お前たち二人ともが同意の上なのだな」

　若さまの此の訊問に、小吉が口を出した。

「何だッて、お前たちは、そんな手数のかかる狂言を仕組みやがッたンだ？」

「ハッハッハ！　待てまて、親分。今度のこの騒ぎの張本人は、この首を縊った清兵衛なンだよ」

　と、若さまが、意外なことを云った。

「ヘッ？　あの清兵衛が？　何だッて又、こんな？」

「ハッハッハ！　後で話そう。それから」

　と、若さまは、弟の宇兵衛に、

「どうだ、尻取り文句をやらかそうか。〽祭り万灯山車屋台。……そちの経文は中々、面白かったぞ、ハッハッハ！」

「恐れ入りました」

　へたへたと、宇兵衛が、急に、膝が折れたかのように、坐ってしまった。

「こいつが下手人なンで？」

　面喰らって、小吉が訊ねると、

「いや、片棒かついだだけサ。お縄にも及ぶまいよ。さ、参ろう、親分」

　と小吉を促して、一、二歩、去りかけたが、若さまは、くるりと振り向くと、内儀のやすにこう訊ねた。

「これ、女房。あの十一の千両箱、いずれも空であろうな。小判はあるまいな」

「はい」答えて、今更のように驚いて、やすは訊ねた。

「あの、どうして、それを御存じ?」

「ハッハッハッ！　親分の親分さんだからよ。ハッハッハッハッハ！」

そして、こう哄笑すると、若さまは、そのまま、さッと帰ってしまった。

釣られてみる

「どうも、その、いやもう飛ンだ狂言作者で……」

と、井筒屋一件の埒を開けた小吉が、その翌晩、喜仙の二階へ、若さまに礼に来た。

何時もの通り、床柱を背に立て膝、若さまは、おいとの酌で酒を飲んでいる。

「どんな筋ですかえ?」

おいとの方が、小吉に愛想を見せた。

「早いとこ云っちまえば、盗ッ人に這入られたと見せかけようというわけでさア」

と、小吉が語るところに依ると、井筒屋は此の夏初めの思惑外れで意想外な打撃を受け、例の西河岸の木棉問屋以上に苦境に陥入った。挽回の希望は失せてしまった。娘の縁組を破談にしたのは、この為だった。

そして、万一を頼みに店だけは張っているうち、とうとう年の暮れが迫って来た。いよいよどうにもならなくなって来た。

そこで、清兵衛は一計を案じた。女房のやすと弟の宇兵衛と相談すると、盗人にはいられて壱万両奪われたということにする、という思い付きだ。一万両盗られたとなれば、世間も同情して、貧乏は当り前、暮れの払いも延ばせるというものだ。

それには、その盗られッぷりが派手でないといけない。それで、投げ文など作って、小吉やら若さまに登場して貰おうという筋書きだった。

処が、案に相違というよりも、むしろ、有難迷惑にも、若さまが坐り込みの、その上、千両箱を積めの、という段になった。千両など元々無いのだから大慌てで、三人は、鉄物など詰めて作り上げた。小半刻も、運びこむのにかかったわけだ。

清兵衛は、これは駄目だと覚った。金を盗られなくては払わなくてはならぬ。思い余って首を縊ってしまった。弟の宇兵衛と内儀のやすは、せめて盗賊の仕業と見せかけ、こうなると邪魔な若さまに汚名を着せてやろうと一石二鳥を企んだが、これも、あえなく看破されてしまった。

「まア、人が悪い！　頼んで置きながら」

おいとが、ムキになって憤慨した。

「全くで」

と、小吉は、そっちへ返事をしてから、若さまに訊ねた。

「一体、どんな糸口から、こうだとお睨みなさッたンで?」

「なアに、坊主だよ」

「坊主?」

若さまは、例の尻取り文句を誦経する托鉢僧のことを話した後、

「段々、その坊主のことを思案すると、どうも、わしに怪しまれたい、という様子だ、と覚った。つまり、わしを釣ったのだ。わしは釣られて見た。すると、親分が来て、井筒屋では、わしに来て欲しいという。ははア、この辺に穴があるな、と勘ぐッたから、相手の上手に出て、一晩通夜の、千両箱積みを命じた。清兵衛も女房もイヤな顔をしやがったもンだ。ハッハッハ!」

と、笑った。

「なるほど、なるほど」

小吉が、手を打って肯いた。

「そして、どうするか、と見ていると、清兵衛が首を縊った。そうか、主は清兵衛か、と気がつくと、例の思惑外れと破談の一件と思い合わせ、こりゃア金がない為に、裏から仕組んだ狂言か、と、パラリと解けた」

「いつもながら……初めから終りまで」

小吉が感嘆して云うと、若さまは、

「なアに、初めから知ッちゃいねえよ。事が運ぶうちに、悪いことは向うから露れてくるも

の」

と、いう若さまは、猪口で、拍子を取りながら、

「ええと……初めから行くか。牡丹に唐獅子、竹に虎。虎を踏まえて和唐内。内藤さんは下り藤。富士見西行うしろ向き……」

と、尻取り文句を云い初めた。

「又！」

おいとが、

「妙なものにお凝りになったこと」

と、微笑した。小吉も微笑した。

後二日すれば十七日から浅草寺の歳の市、雷門から御蔵前かけて、露店が出て、橋を越えたこの辺まで、さぞ賑うことだろう。

十六剣通し

「東西東西。ここもと御覧に入れまするは、春の野に遊ぶ胡蝶の舞い。相勤めますは、花中仙一蝶……」

才蔵役の真赤な伊賀袴を穿いた小柄な男が下座に畏まって、扇子で指して、こう口上を述べ了ると、舞台中央に坐って、ぴたりと、頭を下げ切っていた女太夫、肩衣姿の花中仙一蝶が、改めてもう一度、深く頭を下げて礼をした後に立ち上った。

美しい妖艶な女だった。

年齢の頃は、もう二十五を過ぎたろうと思われる年増だが、濃化粧したその顔は、人を惹きつけずに置かない蠱惑に充ち、水色の肩衣が、憎いほど彼女を仇ッぽく見せた。

「取り出しましたる一枚の紙……」

才蔵の言葉と共に、一蝶は、懐中から半紙を取り出すと、さッと振り拡げるようにして客に見せ、

「元より種も仕掛もございません。この一枚の紙が、胡蝶になるという……アイアイ、さようでござい……」

と、いう才蔵の言葉につれて一蝶の手の中に、もみこまれていた半紙は、

「はッ！」

と、いう掛け声と共に、空中に投げ出されると、それは、折られた蝶の姿となって、ひらひらと舞うのであった。

するると、女太夫は、するりと扇子を出して拡げ、その立てた縁を、右から左へ、又、左から右へとひらひらと渡らせ、次ぎに、花を持ち出した。

菊の造花だ。

「しばらくは花に戯れまする……」

花を、下方から煽ぐと、紙の蝶は、舞い上がり舞い下がる。

そして、次ぎには、この紙の蝶が二匹となって、口上に依れば、夫婦の蝶、これが空中を、女太夫の扇子一本の風のまにまに、落ちもせず舞い狂う。

これが、すむと、水を張った大丼が持ち出され、二匹の蝶は、その縁を、追うが如く逃げるが如く伝わり舞う。

口上に依れば、これは、夫婦の蝶、湖水渡りという芸だ。

これで、この手品は了る。

女太夫、一蝶は、ぱッと紙製の二匹の蝶を見物席に投げると、にっこり笑って舞台から去った。

見物人は、やっと人心ついたように、わッと割れるばかりの拍手を送った。

「どうだい、いい女じアねえか」

芸を誉(ほ)めるのかと思えば、一蝶の女ぶりに感心している。連れのいなせなのが、

「全くよ、あれほどの女ア、吉原(よしわら)にも、一寸(ちょっと)、顔がねえ奴サ」

と、一議に及ぼす相槌(あいづち)うつ。事実、この大阪下り、大からくり、天中仙一座(てんちゅうせんいちざ)の人気は、その数々の演(だ)し物が、神変不可思議(しんぺんふかしぎ)、幻妙怪奇であることに依るのは勿論(もちろん)だが、一つは一座の花形、この花中仙一蝶の妖艶花をもあざむく美しさにあったと云えよう。ここは、浅草(あさくさ)、奥山(おくやま)の天中仙一座の小屋である。

十一月の一日から開演して、今日で七日目だが、小屋は毎日、割れるような入りだ。奥山はもとより、江戸市中には、生(いき)人形が流行して、それも、上方(かみがた)下りの細工人の出し物が多かった。その中に、たった一つ、手品の一座が出たことも、この一座の成功したわけだろう。

「あの女太夫の亭主は、一体誰だろう」

下らないことを訊く奴があると、

「きまってるじアねえか、この一座の座頭でよ、それ、幟(のぼり)に大きく名が染め抜いてある天中仙一神爺(いっしんじじ)イよ」

「惜しいねえ。ここに、こんな美(い)い男が居るのになア」

「ハッハッハッ！　今度会ったら、そう云っといてやろうか」

「それアそうと、その一神という爺イは、舞台にア出ねえようだが……」

「何でも今度の興行にア、身体(からだ)が悪くって出られねえッて話だ。……ま、爺イなんざどうでも

いいやな。一蝶太夫の顔さえ拝めるンなら……」

「それアそうだ」

そのうち、一座の奇術の順序は進行して、輪鼓(りゅうご)、豆蔵、鞠つかい、独楽(こま)廻しから、「二月堂は通いの水」という、一方の徳利(とつくり)の水を他方の空(から)徳利に、はッという一声と共に移して了う、というようなのに進み、とうとう、その日最後の大呼物たる、この一座独特の大からくり、「神変葛籠(しんぺんつづら)十六剣通し」という演(だ)し物が初まった。

この「神変葛籠十六剣通し」という奇術は、葛籠の中に、女を一人入れて置て、外からズブズブと十六本の刀を向う側まで突き抜けるほど刺し通し、さて、葛籠の蓋を開けると、中から今の女が、身体に、かすり傷ひとつない、元の儘(まま)の姿で現われるという、今の言葉で云えばスリル満点の大奇術なのであった。

この芸の、そのトリックは一子相伝と称して、この天中仙一神の一座のみが演ずるものだった。

その幕が開いた。

「東西東西！」

真赤な伊賀袴を穿いた才蔵が、一段と声張り上げて、

「番組、次第に相すみまして、ここもと御覧に入れまする、本日一の大からくりは『神変葛籠十六剣通し』！　相勤めまする太夫は花中仙一蝶、地中仙一閑(ちちゅうせんいっかん)の両名」

わッ、と、見物人は動揺した。

口上は続く。

「……されば是(ここ)に千番に一番の兼ね合い、鐘が鳴ろうか撞木(しゅもく)が鳴るか！　首尾よく参りましょうや、お手拍子……！　はッ！　初まり、はじまり！」

途端に、下座では、いぼ打ち、銅羅(どら)などを交ぜた、どこか凄味のある騒がしい合(あい)の手を弾き初めた。

見物人は、齊(ひと)しく息を呑む。

舞台の中央に、可なり大きい、だが、人一人が坐って這入(はい)るのにやっとというくらいの黒塗りの葛籠が置かれてある。

と、下手(しもて)から、江戸紫(えどむらさき)に縫取(ぬいと)りの金糸が、花鳥を描く、裲襠(かいどり)を着た、一座の花形一蝶が、しずしずと現われた。

その後から、これは二十代と思われる男、地中仙一閑が現われる。そして、その後から十六本の刀を抱えて黒子(くろご)がついて来る。

太夫二人は、一礼の後、まず、一閑が、葛籠の蓋を払った。

中を、斜めにして底まで見せる。

種も仕掛けもないというわけだ。

それがすむと、女太夫、一蝶は、見物人ににっこり笑った後に、その派手な裲襠を、するりとぬいで、それから、男の一閑の手を借りて、その葛籠の中に這入った。

最後に、その濃化粧の首だけ出してもう一度、見物に、微笑(ほほえ)んだ後に、すっと首を引っこめると、上から、一閑が、パタンと蓋をした。

それから、一閑太夫は、ぱっと、肩衣を外すと、片膝ついて、傍らの刀の一本を取ってスラリと抜く。

右手に持って、かざし、やや暫く、その刀身を、上から下まで、すっと眺めていたが、次ぎに、次ぎから次ぎへと、刀を十六本、全部、抜き放すと、そのままで脇へ並べた。

見物は思わず乗り出す。

一閑太夫は立ち上った。

すると、黒子が、刀の一本を取って、手渡した。

「やッ！」

太夫は、大声で、こう気合いをかけると、さッと、刀を葛籠めがけて突き刺した。次ぎの二本目を、すぐ黒子が渡す。

下座の囃しは狂ったように鳴り響く。いぼ打ちと銅羅と……。

「やッ！」

二本目……。

「やッ！」

三本目……。

この速度は、可なり早い、突き刺された刀は、そのままで、柄だけが残る。

「やッ！」

四本目……。

だが、どうしたのだろう？　一閑太夫は、その四本目の刀を手に持ったまま、そして、掛声だけは、かけたまま、突き刺そうとは、しないのだった。

黒子は、五本目を持って、渡そうとしながら、不思議そうに、何故か刺すのを躊躇している一閑太夫を見あげた。

「あッ！」

そして、驚いた。

太夫は、唇を、きゅっと嚙みしめ、両眼をつぶり、その額から、たらたらと油汗が垂れている。その上、剣を持つ手が、わなわなと慄えている。

「どうしやした、太夫？」

舞台に、穴を開けたくないので、黒子は、見物には、それと知れないように、低声で、こう訊いた。

「う、うむ……」

唸るように、一閑は答えると、何思ったか剣をガチャリと放り出し、すっと葛籠に近寄ると、その蓋を取って、中を覗きこんだものである。

こんな仕草はないことだ。

「太夫！」

黒子が咎め立てするように、こう声をかけたと同時に、

「た、大変だア！」

中を覗きこんだ一閑太夫は、泣き声で、どなった。

「しくじったア！」

「えッ！　しくじッたと？」

黒子は、びっくりして、弾かれたように立ち上がると、葛籠の中を覗きこんだが、これも、

「あッ！　いけねえ！」

と、思わず、大声で叫んでしまった。

その葛籠の中に、首を、くたりと仰向けにして、握りしめた両手を上方に向け、一蝶が歯を食いしばっている。そして、丁度、両方の乳房の下あたりへ、剣が二本、葛籠の裏側へ抜けるほど突き通っている。

「ど、どうしたンだ！」

そこへ、下手の幕のかげに立って、見ていた一座の座頭、天中仙一神が、飛ンで出て来たが、

「あッ！」

葛籠の中を、一眼見るなり、

「大変だア！」

と、叫ぶや否や、

「幕を引け！　幕を！」

と狂気のように、どなりつけた。

二

「……いやもう、飛ンでもねえ、しくじりをやったもンで」

御上御用聞き、遠州屋小吉は、昨日、天中仙一座で起こった事件の顚末を、逐一、語り了ると、こう、しめくくるように云って、話を切った。

ここは、柳橋米沢町、大川に沿った船宿喜仙の二階座敷である。

十一月に、はいってから、お天気つづきだが、寒さは日ごとに募って、今朝も霜のきびしい朝だった。大川を上下する船の苫などは、霜が雪のように白かった。

「ま、いやですねえ」

本当に怖ろしそうに、こう受け答えしたのは、この船宿の一人娘、今年十九になるおいとである。眼のぱっちりと涼しい、江戸育ち故、色はさして白いというのではないが、てきぱきした、お俠な娘だ。

「へえ」

小吉は、ちらッと、おいとの方を見、それから、

「なにしろ、両方の乳の下を、うしろへ抜けるほど突き刺されたンですから、一蝶は死んで居りましたが……ここンところ、どうも一寸、手前は……？」

と、小首を捻り、

「如何なもンでござんしょうか、若さまのお見込みは……」

と、訊ねた。

座敷の床柱に、例に依って若さまは、軽く背をもたせ掛け、右の立て膝、その膝の上に置いた手に盃を持っている。左の手は、無精ッたらしい懐手だ。前には、小丼と徳利を載せた膳が出ている。

若さまが、これまで、小吉の御用筋のことについて、いろいろ助言してきたことは、今更ここに云う迄もなかろう。

「手妻づかいか……」

すると、若さまは、こんな返答とも付かないことを呟くと、盃を指さきで、くるくると廻していたが、

「その女太夫、一蝶とやらの身持ちはどうなンだな？」

と、逆に訊ねた。

「へえ、……どうもこれが尻の軽い方なンでして」

小吉は、変な笑い方をすると、

「なんでも、座頭の女房と云ったわけなンだそうですが、それが、ちょいちょい、若い男に手を出したそうで。現に二月ほど前にも、そんな経緯から、一番弟子の六之助という男が破門されたそうで。この六之助は、手妻の筋が良いンで、天中仙一神は、自分の名跡をゆくゆくはゆずってやるつもりだったと云います」

と、云った。

「そのウ……しくじったのとは、どうなのだな?」

若さまが、訊ねる。

「へえ、地中仙一閑ですか」

小吉は、ひょいと前へ身体を乗り出すと、緊張した顔付きで、

「ところが、こいつは、まるで一蝶とは縁（ゆかり）がなかったようで。一座のうちじゃ女ぎらいで通っていた男でした。だから、一閑と一蝶との間は疑うだけ野暮（やぼ）で」

と、答えた。

「…………」

若さまは、無言で、徳利を取り上げたが、滴（しず）くがポトリポトリなので、黙って、その空徳利を、おいとに突き出した。

「はい」

娘は、すぐ立って行った。

「どうも、今度の一件は厄介（やっかい）で」

小吉が、何故か低声で、

「こいつを、その通りに受け取れば、しくじりですが、殺しと思えば殺しのようで。それじァ下手人は一閑かと云うと……これがそんなことをするわけがねえンで。色恋のない同士ですし、他に恨みもないようだし……けれど、それほどの大からくり、今迄も、ちょいちょいやってい

たンですから、口上のせりふじアござんせんが、やりそんじはねえ筈なンで……」

と、割り切れそうで割り切れない、この事件に対する苦問を述べた。

「その座頭は何故、この頃出ないンだな、舞台に？」

と、若さまが訊ねる。

「へえ、それが、実アわけがあるンで」

小吉は、汗の出る陽気でもないのに、それが癖の、顔を左の手の甲で、汗でも拭うように一撫ですると、

「女太夫の一蝶は、座頭の目づまを忍ンじアちょいちょい悪事を働き、それが露れては天中仙と大喧嘩、出るの引くのの騒ぎから、果は殺すの殺さないのという大立廻り。それで、この頃では、一蝶は、親方と一緒なら、十六剣通しはやらない、と、云い出したそうで」

「ふむ……」

「何しろ、ありゃあ危ッかしい芸当で。いずれ何とか種か仕掛けがあるンでござんしょうが、一つ間違えればズブリ。一蝶が天中仙とならやらないと厭がったわけで」

「…………」

「それで、当時は、天中仙の役どころを、弟子の一閑が相勤めたわけで。ところが、そんなに用心した一蝶が、一閑にズブリで、あの世へ行ったンですから……」

ここで、一息入れて小吉は、

「いやもう、ここンところが妙に、こんがらがっていやがって……座頭の天中仙が、十六剣通

しで、しくじって一蝶を殺したとすれば、こりゃア殺しだな、と一応考えられねえことでもねえンですが、これが弟子の一閑だから始末が悪い……」

と、云うと、自分の頭を整理するかのように腕を組んだ。

「お待ち遠うさま」

そこへ、おいとが新しい銚子を持って這入って来た。

若さまは、待ちかねたように盃を差し出すと、ぐッと一杯ほして、

「さアて」

と、改って大きな声を出したので、何か云うのか、と、小吉も、おいとも、一寸緊張して若さまを見ると、――別に何にも云わないで、又、飲み初めた。

肩すかしを食った形で、小吉は、まごまごすると、

「一体、こりゃア殺しでござんしょうか、それとも、千番に一番を兼ね合いそこなったと云ったものでしょうか？」

と、伺いを立てた。

若さまは、すこし火照った頰を、胸なんどから、ニュッと出した掌で撫でまわし、顎をつまみ、

「何しろ、手妻づかい、これア何処に種が仕掛けてあるか見当がつかねえ」

と、それが癖の伝法な口調になると、

「しくじったと見せて殺したので、殺したと見せて殺したのか？」

こんなことを呟くように云った。

「まア何のことです？」

おいとが聞き咎めて、その眼をくりくりと大きく見開くと、

「殺したと見せて殺したというのは？　ちっともわかりません」

と、訊ねた。

「ハッハッハッ！」

若さまは、ひとりで大きく笑うと、

「もとより、わしにも解らぬ。女子供の知るところに非ずサ」

と、いうと、急に小吉の方へ向き、

「親分、何処かそこらへ行って、手妻師を一人探して来い」

「へッ？　手妻師を？」

「その十六剣通しとやら、いずれ種、仕掛けのあることに相違ない。その種、仕掛を知った上でないと、こいつア何とも云われぬからの」

「なるほど」

小吉は、ポンと膝を叩くと、

「これア大きにそうでござンした。奴らのすることは狐じゃアねえが、どれもこれも眉つばもの。秘伝を知らねえじア話にならねえ道理で。よござンす。さっそく明日にでも手妻師一人、つかまえて参りやしょう」

と、まるで、その狐でも捕えて来るような云い方をした。

三

すると、その翌日。

昨日、夕方から時雨(しぐ)れて、朝になると、どんよりと未だ降りたりないような空模様の午前(ひるまえ)であった。

小吉は、一人で喜仙へやって来た。

おや、連れて来ると云って居た、手妻師はどうなったのだろう、と、案内したおいとが思っていると、

「若さま」

小吉は、座につくなり、急きこんだ調子で声高に、

「又、厄介事の上塗りと来ましたぜ」

と、云ったものだ。

「…………」

若さまは、相変らず、チビリチビリだ。それも、酔狂なことには、この寒いのに窓を開けている。

おいとは、先刻、お寒いでしょう、閉めましょうと云ったのだが、若さまは、いや、川に降

る時雨、又、趣きがあってよろしい、と風流がったことを答えた。おいとは、つむじ曲りの酔狂と判断した。

「何だな、その上塗りとは？」

若さまが、訊ねた。

「六之助が殺されましたンで」

「何者だ、六之助とは？」

「昨日お話申し上げました、元の天中仙の弟子なんで。殺された花中仙一蝶、あの女太夫と妙な仲だった野郎で」

と、小吉が、説明した。

ばらばらと、時雨が、又、板びさしに音たてて降り初める。小吉は、思わず襟を合わせた。

「舞台でか？」

と、若さま。

「いえ、当時、六之助が泊って居ります、水芸人の一帆斎の家の近所で。どぶ店の本蔵寺という寺の傍なンで」

そして、小吉が語るところに依ると、六之助が殺されたことを、小吉が知ったのは、昨日の夕方、若さまの処を辞した後だったが、殺されたのは、その前の日のことであるという。

それも、時もあろうに、よく考えて見ると、六之助が殺された時刻は、丁度、奥山の天中仙の一座で、女太夫一蝶が、十六剣通しのしくじりで命を落とした、その時と同時らしいというのだ。

「妙な因縁で」

と、小吉は、

「妙と云えば、その六之助が、血みどろになって、虫の息で、その本蔵寺の庫裡の入口まで這って来て、そこに居合わせた寺男に、云ったという最後の言葉、これが又、一層、妙で」

「何と云いましたかえ」

おいとが、待ちかねて、こうせっかちに後を促がす。

「その言葉というのが……」

と、小吉の語は、続く。

おい、しっかりしろ、傷は軽いぞ、と寺男が、瀕死の六之助を介抱した時、水を、水をと云ってから、

「おれを……おれを殺したなア天……天中仙……」

そして、猶、何か云おうとしながら息絶えたという。

その時の検視では、六之助は、本蔵寺の墓地で誰かと立ち話をしているうち、いきなり斬りつけられ殺されたらしいということだ。全身に突き傷五ヶ所、致命傷は、腹から胸の方へ突き上げた刀創で、凶器は多分、匕首らしいという認定だ。

六之助は、下手人が去ってから、人を呼ぼうと、庫裡の方へ、墓石の中の細い路を這って来たらしく、方々、墓石に血が付いていたという。

この殺しは、寺の境内で起ったことなので、初めの取り調べは寺社奉行の方で行い、その為、町方である小吉の耳にはいるのが一日遅れた。

そして、ここで一番問題となったことは、六之助の最後の言葉、おれを殺したのは天中仙だということだ。

初め、テンチュウセンという意味が人々にわからなかったが、これが天中仙とわかったのは、水芸の一帆斎が教えたからだ。

「全く妙で」

そして、小吉は、もう一度、妙を繰りかえすと、

「天中仙一神は、人を殺すにも何にも、その時は、一蝶が殺されたンで奥山の小屋で大騒ぎしていたんで。とても、そんな墓地まで手は廻りませんや」

と、小吉は、断定的に云った。

「すると、それは何のつもりで云ったのでしょうねえ」

と、おいとが、溜息でもつくような調子で訊ねた。

「わかりませんね」

小吉は、あっさり謝まった形で、今度は、若さまの方を向くと、

「これは一体、どんなことになるンでしょうか?」

と素人のおいとと同じようなことを、同じような言葉で訊ねたものだ。

「わからぬな」

すると、若さまは、けろりとした顔付きで小吉と同じような答え方をした。

みんなで解らなくては困るじアないか、とおいとは、ひとりで腹を立てた。

「親分」

若さまが、急に、

「頼ンで置いた手妻づかい、探してくれたかの？」

と、訊ねる。

「いえ、それがそのウ……」

小吉は、頭を掻くと、ひどく云い憎そうに、

「実は方々、心当りを探してみたのですが、例の十六剣通し、こいつア秘伝ものなのだそうで。生がいの手妻使いじアやれねえ芸当だそうです。それで、この種仕掛けを知ってる奴がまるで居りませんので」

「やれやれ」

若さまが、

「それでは盲の垣のぞき」

と、投げるようなことを云った。

「いえ」

小吉は、慌てて、

「何とか探し出して連れて参ります。何とか必ず算段して……」

と、まるで、借金の云いわけのようなことを云った。

四

小吉は、嘘をつかなかった。

その日の夕方になって、小吉は、ようよう一人見つけました、もうすこし経つと参りますから、と、喜仙の門口まで報告に来たが、日が、とっぷりと暮れた頃、彼は、約束通り、一人の手妻師を伴って現われた。

「手前、松菊丸為三と申します。この仲間から足を洗いましてから、……もう二十年の余にもなりましょうか」

丁寧に挨拶してから、小吉が連れて来た、その手妻師は、こう自己紹介した。もう余程の年齢と思われる。七十近いであろうか。白髪を長く肩まで垂らし、腰は海老のように曲っている。

行灯の灯が、その老人を、何処か此の世ならずの者のように茫と浮び上がらせる。

若さまは、晩酌の最中だ。床柱を背に例の恰好で、悠々と盃を挙げている。酔いが廻って来たのか、幾分とろんとした眼付きをしている。

「お尋ねの十六剣通しの儀……」

松菊丸老人は、低い声で、

「これには、それほどの種、仕掛けはございませぬ」

と、先ず最初に云った。

「種も仕掛けもない？」

小吉が、合点のゆかない顔つきで、口を出すと、

「だが、ああ外からズブズブ刺されたンじア、中の者は耐らねえ、蜂の巣みてえに穴だらけにされるぜ」

と、訂した。

「さ、そこが……」

老人は、手を挙げて軽く制すと、

「種や、仕掛けこそございませぬが、これは芸で、馴れますと、人が見るほど難くも、危くもないもので」

と、静かに云うのだった。

「芸のうちだというのだな」

小吉が、念を押すように云う。

「左様で」

老人は、

「親分衆も御覧になったかと存じますが、あの葛籠は相当に大きなもので。けれど、舞台の上にありますと、御見物衆には小さく見えます。又、一層、小さく見えるように、あれへ這入ります女太夫は、裲襠などを、ふわりと着まして、自分の方を大きく見せるものでございます」

と、話し初めた。

小吉も、若さまも、おいとも、黙って聞いている。

「さて、いざ葛籠へ這入ります段になると、太夫は、裲襠を手早にぬいで、すッと中へ身をかくしますが、下の衣装は出来るだけ薄着をして居りまして、葛籠の中に、前後左右に隙間を沢山取るように致します」

「なるほど」

小吉は、思わず、相槌うつ。

「そして、蓋をする。外から、やッ、と、気合声をかけて、第一剣を突き刺しますが、ここが、種といえば種、仕掛けと云えば仕掛け、と申しますのは、予め前以て、中の人間と、外の人間との間には打ち合わせが御座いまして、最初のやッでの剣は、どの辺を刺すかということが定めてあります。例えば真ン中からすこし左の方へ寄ったところ、とか、右へ寄った方とか……それ故、それを心得て居りますれば、葛籠の中で、出来るだけ反対の方へ、じッと身体を寄せて居ります。刀は刺さらないわけで」

「そうか」

小吉が、思わず合点する。

「今、申しました呼吸で、やッ、と気合声さえかけてくれれば、順はきまって居りますのですから、その度に中では、身体の場所を変えます。けれど、十本ぐらい刺して参りますと、何分にも狭い葛籠の中故、そろそろ身体の寄せ場がなくなります」

「うん、そうだな」

と、小吉。

「その頃になりますと、刺す方は、主に上の方、頭の辺を突きさします故、今度は、首を縮めて居ればよろしいわけ……まず、ざッと、こんな具合にて、十六本を突き通すのでございます」

「よくわかったよ」

小吉は、

「つまり、突き通す順序と、気合声とを間違えなければ、この芸は出来るというわけなンだな」

と、念を押した。

「左様でございます」

「すると、今度の一件、天中仙の一座のような、しくじりは、その順序を間違えたというわけか」

「ま、そんなところか、と……」

「すると、故意に、順序を間違えて刺せば中の人間は何時でも殺せるッてわけになるな」

「それはもう、殺そうと思えば、こんなやさしいことはありません」

「お前さん、どう思う？　一閑が一蝶を殺したことを？」

小吉が、ずばり急所に触れた。

「さア、何分にも……」

老人は、困ったような顔つきで、一寸、うつ向いていたが、

「手前は、その折、居合わせて居りませんので。……もっとも、どちらかが酒にでも酔って居りまして、最初の一突きを間違えましたとしたら、もう、それからは目茶苦茶と相成りますが……」

と、云って、チラリと若さまの方を見た。若さまには、この芸だけは、金輪際出来ないことだ、と、おいとは考えて、ふッと可笑しくなった。

すると、その若さまが、如何にも眠むそうな声をして、

「一閑は、最初の一突きで、一蝶を刺したと覚しいが、それなら、手応えがあった筈。手応えあれば、その時、後を続けるのを止めそうなものだが、後、二本、突き刺したそうだが、何故であろうの？」

と、大変なことを訊き初めた。

「さ、それは……」

老人は、面喰って、自分が、その一閑であるかのように、へどもどしながら、

「手前、考えますに、最初の一突きの手応えには、真逆そんなしくじりがあろうとは、と考えて、続けて二刀、三刀……あれは調子もので、下座の囃しにつれ、呼吸につれ、中の者と一心一体、さッさと片付けませんと却って危いもの。途中で、おやッと妙なことを考えたりしたら調子が狂い手元も狂う。それ故、一閑は、思わず知らず三刀まで続けたかと存じます」

と見も知らぬ一閑の為に、こんな弁解をした。

「三刀……」

若さまは、味わうように、この言葉を、もう一度繰り返すと、

「急所を、三突きされれば、先ず人は死ぬもの……」

と、ひとり言ちた。

「……？」

びっくりしたように松菊丸老人は、若さまを見た。そして、何か云おうとしたが、止めて、うつ向いた。それから、これも、ひとり言のように、

「しくじりでしょうな」

と、同じ商売の後進をかばうような云い方をするのだった。

「大儀」

すると、若さまは、いきなり、こんなことを云うと、盃を置いて、ごろりと横になると肘枕。

あら、と、おいとは、慌てて小搔巻きを取りに立った。

そして、松菊丸老人や、小吉が、未だその部屋から出ないうちに、若さまは、もう、軽く鼾をかいている。

時雨が、又、板びさしを打つ音……。

五

その翌日。

若さまが未だ起きたばかりの寝ぼけ眼でいるところへ、小吉が、早々に馳けこんで来ると、

「又、上塗りでござンす！」

と、朝の挨拶も、そこそこに、すぐ、こう云うのだった。

「誰が殺されたな、今度は？」

若さまは、寒いのか、両方懐手をして坐っている。

「天中仙一座の道具方で、留吉という野郎が、浅草田圃に近い、真崎の、一座の仮りのねぐらのわきでして」

「検視にも何にも」

小吉は、ここで一息入れると、

「処ア、あの一座のねぐら、真崎の当時無住の廃れ寺に、子分の平太を張りこまして置いたンですが、そいつが、たった今、大急ぎで注進に及びましたンで」

「傷は？」

「背中から、上の方まで突き抜いた刀創だそうで」

するとと、若さまは、何を思ったか、スッと立ち上がると、部屋から出た。小吉は、慌てて追

いすがるように訊ねた。

「あの、どちらへ？」

「ハッハッハ！　何を寝とぼけて。浅草田圃まで」

だが、こういううちにも、若さまは、さッさと二階から階段を下りる。

「へえ、御出馬でござンすか」

小吉は、うれしいのだったが、これ迄は、何を話しても酒ばかり飲んでいて、一向に話に乗って来なかった若さまが、今朝は、どうして、こう急に動き出したのか、と、不思議でならなかった。

これも慌てた、おいとの言葉を背に、若さまは、早い足で、浅草御門から茅町、瓦町、天王橋を渡って御蔵前、駒形から吾妻橋へと道を急ぐ。

朝は寒い。二日つづいた曇天が、今日は、拭うように晴れたが、それだけ猶寒い。

道々、小吉は、何か話しかけようとしたのだが、若さまは、何時にもない難かしい顔付きで何か考えこんでいる。

待乳山の下を通って、真崎稲荷のところまで来ると、小吉が、

「あッ、こちらで」

と、案内した。

そこは、浅草田圃を裏に控えた、浅草寺の末寺の土塀の裏の細い通りだった。自身番の親爺

と平太の二人が、寒そうに肩をすぼめて立っていた。

　小吉が屍体のこもを除ける。

　若さまは、しゃがんで、傷所を凝然と見詰めていた。が、やがて、

「刀きず……背から、突いて……胸へ……一刀だな……」

　と、呟いていたが、その屍体の顔や他のところは、ろくろく見ようともせずに、

「親分」

　と、小吉を呼びかけて、

「自身番まで参ろう」と、いうと、もう歩き出した。そして、未だ戸も開けきらない自身番へ、ぬッと這入ると、

「寒いな、酒でもないか」と、所望した。

　茶碗で、とりあえず差し出した冷酒を、ぐッと一息に呑むと、若さまは、

「親分、その地中仙一閑と申す男、連れて参れ」と、命じたものだ。

「ヘッ、只今」

　小吉は、さっそく飛び出して行ったが、間もなく、一閑と共に戻って来た。

　まだ若い男だ。痩せた方で手の指など細くて綺麗だ。何処か、おどおどとした様子で、一見暗い影がつきまとっている感じだ。小吉に云われて若さまの前に畏まった。

　二杯目の茶碗酒を、半分ほど飲んでいた若さまは、じろり、と、一閑を見たが、唯それだけで何にも云わない。そして何を思ったか別の茶碗に酒を注ぐと、

「飲むか」

　と、云って、差し出した。

「ヘッ?」一閑は、ひどく面喰らった体で、

「いえ、手前は一向に不調法で」と、作り笑いをして断わった。

「一閑とやら……」

　すると、若さまが、沁々とした口調で、

「その方、気の毒だな」と、云った。

「えッ?」

　一閑は、びっくりしたように若さまを見詰めていたが、急に、顔を伏せた。小吉が覗きこむようにして見ると、一閑は、下唇を、きゅッと噛んで、しきりに何かに堪えようとするもののようだった。

「そちには慈悲をかけてつかわそう」

　すると、若さまが、こういうと、一閑の肩が、激しく波うった。

「親分、参ろう」

　まだ何か訊問するのかと思えば、これだけで、茶碗の残りを、ぐッと呑みほすと、若さまは、草履を履いた。小吉が、

「あの、どちらへ?」と、訊ねた。

「天中仙一座まで」そして、猶お、こう付け加えた。

「一閑は留め置け」

六

天中仙一座は、当時無住の寺を借りて、興行中、寝泊りしていた。連中は、主に庫裡の方に集まっている。

若さまは、ずいと本堂へ上がると、小吉に
「親分。座頭の一神と申す男をこれへ」

と命じた。

「畏まりました」

若さまは、須弥壇の前の、ほこりだらけの破れ畳に、どかりと腰を下ろすと、例の右の立て膝という恰好。

丁度、今の冷酒の酔いが起き抜けの空きッ腹に廻って来たものか、ほんのり頬を赤く染めて、右手で拍子を取り、何か小唄を口ずさみ初めた。

と、そこへ、小吉が、天中仙一神を伴って現われた。見たところ五十がらみか、小肥りにふとった男だ。顔の色艶が何処かどす黒く、眼色は反対に鋭い。頬骨が、ぐッと突き上っているのが眼に付く。

「十六剣通しとやら……」

若さまは、相手が座につくかつかないうちに、直ぐ、

「ここで一番、見せてくれ」

と、飛ンでもない註文を出した。

「ヘッ？」

挨拶の中途で、まだ畳へ両手をついたままの一神は、顔だけ上げると、当惑したように若さまを見、小吉を見た。

「本式でなくてもいいやな。刀を突き通すところだけで結構。ちょッくら頼む」

若さまの言葉が、下世話に砕けたので、相手も気が軽くなったのだろう。

「只今支度を」

と、一礼すると出て行ったが、待つほどもなく、弟子達に手伝わせて、葛籠と、剣を十六本、持って来た。

「どれどれ」

すると、若さまは、立ち上がって、物珍らしそうに子供のような表情で、葛籠の表、中などを見たり、さわったりしたが、

「さ、やってくれ」

と、いうと、座に戻った。

一神は、十六本の刀を抜いて、手勝手なところに並べた。

「どれどれ」

二度、若さまは、又、同じことを云うと、立ち上がって、その抜き身のままの刀を手に取ると、何と思ったか、この部屋に射し込む朝日に透かせて、一本、一本、入念に調べ初めたものだ。

その恰好は、まるで刀剣鑑定人のような真剣な姿だった。

そして、妙なことには、時々、中の一本を脇へ取りのける。一本が二本、三本、四本と四本の刀が別に置かれた。

「一神とやら」

若さまが、はっきりした声で、

「この四本の刀、いずれも刀身に人の脂が浮いて居る。三本は確かに一閑が過まって一蝶の身体を突いた物ゆえ、人の脂が浮くに不思議はないが、この残る一本……」

「……?」

一神は、はッとして若さまを見る。

「この一本は、昨夜、留吉を突き刺した刀であろうな」

「えッ!」

「一体、何故、留吉が殺されたかと申せば、留吉は、元の弟子、六之助を殺した故、その口を止める為、又、一閑も、留吉同様、頼まれて、一蝶を殺したと、自身番で白状致した」

——おッ? と、小吉が驚いた時、

「ちくしょう!」

突然、こう叫ぶと一神は、ぱッと飛び上って駈け出した。

「待ちやアがれ！」

小吉の投げた捕縄が、まるで生き物のように、スルスルと手のうちから伸びて行くと、見事に、一神の頸に巻きついた。

＊　＊　＊

事件の原因は、寧ろ簡単なことで、不義を続けている花中仙一蝶と、元の弟子六之助の二人を、座頭の天中仙一神が、嫉妬の鬼と化して殺そうとした為だ。

一神は、その方法として、自分に直接嫌疑の掛からぬ手段を用いた。つまり、大からくり神変葛籠十六剣通し上演中の失策と見せる為、弟子の一閑に殺させた。

それから、六之助を、ほとんど同時刻に、身内の留吉に殺させた。

一閑は以前、過まって人を殺した折、一神の義俠に依って助かった恩義があるので断わり切れない弱味があった。又、留吉は元来、無宿の無頼の徒、金子をやって頼んだ。だが、これは一神に取っては自分の弱点を摑まれたことになるので、直ぐ留吉を殺したわけだ。

「いやもう、からくり手妻じゃござンせんが、種が割れてみりゃあ他愛もねえこと……」

と、一件落着の後、礼に来た小吉は、

「けれど、手前は最初のうちは、変に気味の悪いからくりに目が眩んで、続けざまに、人が殺されて行った時にゃア、正直のところ、何が何だかわからず……ヘッヘッヘ」

と、頭を掻いた。

「ハッハッハ！」

若さまも、こだわりなく笑った。

云うまでもなく、ここは船宿喜仙の二階座敷、例の通り例の恰好で、若さまは飽きもせず御酒(ごしゅ)をきこし召している。

寒い夜だった。

「それで、つかぬことを伺いますが、若さまは、どんな糸口から、そのウ、この殺しの仕掛けを？……」

これも例に依って、小吉は若さまに推理の端緒(たんちょ)を訊ねた。

「この殺し、うまいな、と思ったよ、わしはな、最初……」

若さまは、盃を見詰めながら、

「しくじりと云えばしくじり、一閑が故意に殺したと思えば一閑、一神が殺させたと思えば一神だが、……これという証拠はないから、しくじりで押し通せば通せること。うまいところをと存じた」

と云った。

「その通りで」

「すると、六之助が誰かに殺された……六之助は一蝶の情人(いろ)だ、これで、一神の芸らしいなとは疑ぐッたが、まだいかぬ。疑ぐっただけで乗ずる隙がない。わしは見送っていることにした」

成程、それで若さまは動かなかったのか、と小吉は、思い当った。

「松菊丸を呼んで仕掛けを段々に聞くと、あの芸は手練のもの。殺そうと思えば殺せると知ったので、わしは、一神と一閑とを量っていたところへ、留吉が殺された。その傷が親分も見た通り、背から胸へ抜いた、一本の突き傷、ははア、そうか、これは十六剣通しの手だな、と知った」

「そうでした！」

小吉は、思わず手を拍った。

「それで、最初、一閑を呼び出してみるとこれが可哀想な男、とても二度もつづけて人を殺せる奴ではなし、又、それほどの理由もなし……」

若さまは、酒を、ぐッと干すと、

「次ぎに一神に、十六剣通しの芸を見せろと所望して……実は刀の方が見たかった……一本、一本、調べた」

「あれには驚きました。人の脂には……」

と、小吉が云うと、若さまは

「ワッハッハッ！」

大声で笑い出すと云ったものだ。

「あれは嘘、大嘘……」

「えッ？　嘘ですッて？」

「刀は、どれもこれも、よく拭いがかけてあって、人の脂どころか、ちり一つ付いてはいなかったよ」

「へえ？」

「又、わしは四本、どけたが、一蝶を殺した三本のうちの一本で留吉を殺したかも知れず、譬(たと)え脂が浮いていたにしても、きちンと四本必ずどけられるというものではないのだ」

「へえ？　すると、あの若さまの刀選びは出鱈目(でたらめ)なンで」

「嘘も方便かな。ハッハッハ！」

「こりゃ恐れ入りました」

「留吉を殺さなかったら、このからくり推量は付いても下手人を挙げきれない殺しだった。うまいとこを一神は狙ったもの」

　と、若さまは、云い了ると、徳利を取り上げたが、空なので、ポンポンと、音高く手を拍った。

「へえ、何しろ、手前は、手妻からくりで目が眩んで」

　小吉は、苦笑した。

「上手の手から水が漏るとはこのこと。ハッハッハ！」

　若さまは、酒も廻って来たのか、ひどく、御機嫌がよい。

「まア、お賑やかなこと」

そこへ、おいいとが、新しい徳利を持って這入って来た。

からくり蠟燭(ろうそく)

検校殺し

「新年早々、飛ンでもねえ話が舞いこんで来やして……」

御上御用聞き、遠州屋小吉はキチンと四角に畏った膝頭を撫ぜながら、

「何しろ、そのウ、ふッと蠟燭が消えるてえと盲目が殺されちまッたというんですから奇妙で……」

と、ひとりで奇妙がって、こう話を切り出したものだ。

正月、松が除れて今日で三日目、空は晴れて好い天気だが、しんと泌みこむように寒さの厳しい日だ。

ここは、柳橋米沢町、船宿喜仙の大川に沿った二階座敷。

「あれ、お盲人さんなら、灯が消えたって勝手は解りそうなもの」

話に、こう口を入れたのは、この船宿の一人娘、今年十九になる、おいとだった。江戸育ち瞳のぱっちりと涼しい、お俠で気さくな娘だった。

「ハッハッハ！　これはあたりまえだな」

床柱に軽く靠れかかり、右立て膝、その上に置いた手に盃を持って、先刻から、チビチビ

と飲んでいる、若さまが、初春らしく陽気に笑って、

「いえ、それが、そのウ……」

小吉は些か気を悪くして、慌てて云いわけでもするように、

「灯が消える、その途端なンで。目明きだッて、いきなりじゃア敵いませんや」

と、力説した。

「酌」

若さまは、ぐい、と盃を、おいとの方へ突き出すと、

「どんな話だ？」

と、促した。

「へえ」

待っていました、という面持ちで、小吉は一膝、乗り出すと、首を突き出して、

「殺された盲人というなア、大瀬検校という、琴の名人だそうですが、えらい金持ちだそうで、何しろ初めは五文十文の烏金を貸して今の身代になったという男で」

そして、ちょいと声を低くして、

「こりゃア貧乏人のひがみかも知れやせんが、あんまり評判のよくねえ盲人で、へえ、強欲非道だというンで」

と、云った。

「誰が殺したのですえ？」

おいとが、単刀直入に訊ねた。

「ヘッ?……」小吉は、一瞬、妙な顔をしてから、「ヘッヘッヘ……」と、苦笑して、

「それが解ってるくらいなら、春早々、お邪魔はしねえンで」と、云った。

「あ、その下手人を……」

初めて気が付いたか、おいとは、若さまの方を見た。

若さまは、もう、よい加減、酒が廻った様子で、ひどく天下泰平な面持ちだ。すこし、物倦そうに見える。

「下柳原、船宿で、丸甚という家へ、八日の晩、客が三人、手引きを入れて四人、それに芸者が三人ほど参りました」

と、小吉は話し出した。

主人役は豊後府内の藩士で、御留守居役の佐竹伊十郎。この御留守居役というのは、当時、江戸勤めで一種の外交官とでもいう役柄だった。

正客は、今、話に出た盲人大瀬検校である。齢の頃六十五、六か、痩せて背の高い、頬骨の突がった老人だった。手引きとして、弟子の門吉というのを連れていた。云うまでもなく、これは盲ではない。

他に、相客として、画師で、浅賀南斎というのが招かれた。南画を描く、これも五十近い年頃で、佐竹伊十郎とは仲の好い、飲み友達、相棒だった。

男は、以上の四人で、その座敷には、芸者が三人呼ばれていた。

のぶ吉、小つな、はま次という、いずれも柳橋の女で、伊十郎の馴染だ。中でも、小つなは、特別、目をかけられていた。

この七人が、宵の口から、飲んだり、歌ったりしていたのだが、では一体どういうわけで、佐竹伊十郎が、大瀬検校を招いたのかというと、実は、金銭上のことで、伊十郎が検校から、いろいろ世話になって来た、その礼心なのだ。

幕府も末になると、大名の財政面は、他の武士同様、ひどく苦しくなって来た。それで諸藩は、しきりに大町人から金を借りたものだ。伊十郎の藩も御多分に洩れず、御勝手元不如意なので、大瀬検校から融通を受けたのだ。伊十郎のような御留守居役は、こんな時その腕を振ったものである。

くらやみ

……その部屋には、百目蠟燭が四基、灯されていた。

床柱の前に、大瀬検校が、悠然と坐り、右後に、手引きの門吉が畏っている。

その向って右、神田川に沿った廊下に近い方に、佐竹伊十郎が坐り、反対の左側に、画師の南斎が着席していた。

その前に、三人の芸者が、酌をしたり、お相手をしたり、女中のおうらが、座敷から、出たり入ったりしていたのだが……。

この新年から一本になった、はま次が、縁起物を舞い納めて坐った時だった。

すっ、と、神田川に沿った廊下の障子が開いた。

「おや？」

誰か、——女中のおうらでも這入って来るのだろうか？　と、一座の人々が、大して気にも止めず、ちらッと、その方を見たのだが——冷たい風が酒に酔った人々の頬をひンやりと撫ぜた時、

「あれッ」

小つなが、ちょッと腰を浮かした。

ふッと、その川に近い——伊十郎に一番近い方の燭台の灯が消えたのである。

風の為か……、と、人々が思った時、

「まア！」

今度は、左の端、画師の南斎に近い燭台が消えた。

「……すかないねえ」

小声で、舌打ちでもするように、こういうと、小つなが、立って、廊下の障子を閉めようと、二足、三足、歩き出した時、ふッ、ふッ、と続いて、後の二ツ——逆の位置にあった燭台の灯が消えてしまった。

一瞬、真ッ闇になった。

途端に、

ガチャン！　と、いう消魂しい音――それは物の壊れ散る音が起こった。

「あれエ！」

女たちは、一度に黄色い声で叫んだ。その座に居縮んでしまった。

「灯を！」

男たちのうちの誰かが呶鳴った。

その時、

「うッ、わァ！」

と、いう、凄惨な叫び声が起こり、う、うむ……という唸り声と共にどさり、と、人の身体が倒れる音が聞えた。

「……！」

人々は、息を呑んで――闇を見詰めた。今度は、誰も叫ばなかった。いや、叫べなかったのだ。闇の世界は、肌一重の外は、恐怖が充満するところだ。今、叫べば、自分の身が狙われる！　危い！

……断末魔の引き息が、その恐怖の闇の底を這った。

と、

「あッ！　お師匠さまァ！」

と、第一番に、この沈黙を破った者は、手引きの門吉だった。

そうか、大瀬検校が殺られたのか！

「灯！　灯を持て！」

外れるほどの乱暴さで内廊下の障子を開けると、画師の南斎が、階下へ向って、どなり立てた。

「急いで、灯を持て！」

遠くの方から、

「はアい……ただいま」

と、返事がして、やがて、おうらが、行灯を提げて上がって来た。

「まアまア、真ッ暗で……おや、みんな消えてしまって？」

おうらは、こう口小言めいたことを云いながら這入って来たが、

「まア！　検校さま！」

と、いうや否や、行灯を置くと共に、ペッたりと尻餅つくように坐ってしまった。そこから動けなくなった。

茫(ぼう)と灯が、部屋うちに滲みわたると、――座敷の人々は皆、立っていた。

伊十郎は、川よりの方に身を避け、手引きの門吉は、床柱を後手(うしろで)に抱き、南斎は、内廊下に近く、そして、はま次と、のぶ吉とは、下座の方にお互い手を取り合って佇(たたず)み、小つなは、一人、離れて、両手で、しっかりと胸を抱きしめていた。

人々は、床の間を見た。

そこに、大瀬検校が坐ったまま、前のめりに崩れ……

「頸筋を斬られたな」

伊十郎が、呟くように、左側の頸動脈を深く斬りこまれ、まだ生暖い血が流れ出ているのだった。

既に縡れている。

誰が、殺したのか？

一座の人々は、お互い、疑うような眼付きで見交わすのだった。

二つの謎

「ところが、これから、話が奇妙奇天烈になりますンで」

と、小吉が語り継いだ。

その座敷に、さっそく、常船宿丸甚の亭主が呼びこまれると、人々は身の明かしを立てたものだ。

まず、伊十郎が、

「拙者の脇差」

と、云って、サッと抜いて見せた、その刀身には、血のりは疎か、一点の曇りもなかった。

「手前も同様」

画師の南斎が見せた彼の脇差にも、何等、怪しむべき点は認められなかった。

この二人の他、尠くとも、この座敷にいる人々の中では、刃物を持っている人間はいない筈だ。だが、検校の致命傷は歴然たる刀傷である。

見廻すと、部屋の隅に飾られてあった、ギヤマンの大鉢が、物の見事に砕け散っていたものだ。

灯が消えた瞬間、ガチャン、という消魂しい音をたてて壊れたのはこれであったのか。恐らく、この音を立てることに依って、人々の注意をそちらへ移したものであろう。

「身共……」

佐竹伊十郎は、

「検校を殺す謂われがない。用あらば屋敷へ参れ」

と、云うと、さッさと帰ってしまった。相手が歴然たる主持ちの侍なので、これは、どうしようもない。

遠州屋小吉が、自身番や何かと、丸甚へ行った時は、その伊十郎を除いた残りの人々がいるところだった。

「どうも、飛ンだ掛かり合いになったぞ」

と、画師の南斎は、ぼやいた。

下手人は誰だろう？　このうちの誰かであるに相違はないのだが？　と、小吉は、一見やさしそうで、意外に複雑な此の事件に、どこから手を付けてよいか解らなかった。

と、ここまで語って……。

「ま、こんな按排式（あんばいしき）でござンして」

と、小吉は、若さまの表情を窺った。

「……」

黙って、空の盃を右の指先で弄（もてあそ）んでいた若さまは、

「疑えば、皆疑えるが……さて、計ッたな、これは……」

と、呟いた。

「お二人のお腰の物に血が付いていなかったのです故、斬った得物は……？」

おいとが、眼を丸くして、云った。

「左様で」

小吉が、直ぐ受けて、

「手前が考えますには、多分、下手人は、検校を殺すと、開けッ放しの障子から、外の神田川へ放り投げたのではないか、と推量するンでござんすが……」

と見込みを述べた。

「全体、障子は誰が開けたのだ？」

若さまが、ズバリと云った。

「本当に！」おいとが、居ずまいを直して、こう相槌（あいづち）うった。

「蠟燭は……」

若さまが、又、云った。

「どうして、一度に消えたのだ?」

「それは……」小吉が、「障子が開いて風が吹きこんで来たンで」と、いうと、

「ハッハッハ!」若さまは、何故か大声上げて笑うのであった。

「段々、調べますと……」小吉が、

「どうも、その佐竹というお侍が臭いンでして。というのは、検校から借りた金のうち幾らかを、自分の懐中にくすね、それが、中々返せず、検校は、ああいう因業な奴です故、手ひどく責めて、返さねば藩の重役に訴えると威し……佐竹さまに取ッては、そんなことをされたら身の破滅故、いっそ一思いに……、それに」

と、又、首を突き出して、

「もう一つ、佐竹さまは、芸者の小つなにぞっこん参っていて……小つなも、すこしはこのことに?」と、首を捻った。

「そうすると……」と、おいとが、

「その佐竹さまとやらと、小つなさんとが共謀になって……」

と、口を挾んだ。

「へえ」小吉は、「何しろ、佐竹さまのいた席は検校の右隣り、右顎を斬るには一番都合のよい手勝手で」と、云った。

するとと、若さまが、もう冷たくなった酒をぐいと一口に飲み干すと、

「障子が開いたこと……蠟燭が一度に消えたこと……この二ツ」

と、謎のようなことを云った。

容疑者たち

その翌日、小吉は、若さまの云い付けで、画師の浅賀南斎を、浜町(はまちょう)の彼の住所に訪れたものだ。

「弱りましたな、どうも、飛ンだ掛かり合いで……」

南斎は、本当に迷惑そうに、

「あの大瀬検校という男には、あの晩が初対面で。斬るの殺すのッて云うほどの恨みつらみはないわけで」

「すると、お前さんの考えでは、誰の仕事だと思いなさるね」

「さあ？」

南斎は、頭を両手で抱えるようにして、

「こりゃアいよいよ弱ったな……。そりゃア、疑えば、佐竹さんも妙だし、情人(いろ)の小つなも可(お)笑(か)しいし……そうそう」

急に、何を思い出したか、ちょッと、あたりを見廻した後で、

「実は、今、思い出しましたが、あの折、すッと、誰か一人、人があの部屋に這入って来たように思いましたよ」と、云ったものだ。

「人が、這入って来た、と?」

「左様……確に、誰か這入って来たらしいンで」

「心当りはないかえ?」

「人を疑るのはよくないが……はて?……それとも出て行ったか?……ぷンと、女の髪の毛の油を嗅いだようで」

「女の髪の油? だがあの席にゃア芸者が三人もいましたぜ?」

「左様で、それ故、あの中の一人かとも思えるが……這入って来たとも思えるし……」

南斎の言葉は、ひどく、あやふやだった。

「他に何か変ったことで?」小吉が、畳みかけて訊くと、

「殺された検校は、金貸しの方が本業みたいな人だから、思わぬところで人の恨みを買ってるでござンしょうなア」

と、常識的なことを云うだけだった。小吉は、南斎の家を辞して、次に、吉川町の芸者屋町に小つなを訪ねた。

「まア、親分さん」

小つなは、細帯一つの姿で、色ッぽいしなを作って、出迎えた。

「検校殺しは誰だろうなア?」

小吉は、いきなり、こう訊ねた。

「えッ? まア、そんな……」小つなは、面喰らって、御用聞きの真意を探るような表情で、

ちょっと黙っていたが、

「あの晩、あのお座敷に、大瀬検校さまが佐竹さまのお客になって来るということは、去年の暮ごろからきまっていて、前もって知られていたことです」

と、意外な新事実を述べ初めた。

「ふうん……」小吉は、

「すると、検校を、殺そうと思う奴なら、支度が出来たというわけか」と、念を押した。

「そうでござンす、親分さん」

小つなは、何処か、こわい顔付きだ。

「誰だえ？　その支度をした奴は？」

小吉は、突ッこんだ。

「さア……」小つなは、伏目になると、「手前には、それは申されません。女の気持ちは女同志……」と、謎のようなことを云ってから、

「こんなことを云って、無実の人に飛ンだ濡れ衣を着せたら大変」と、いうと、艶然と微笑む（ほほえ）のだった。

「世間じゃア、佐竹さんの仕事のように取沙汰しているぜ」

小吉が、探りを入れると、

「そうですか。……そう思われても仕方がありませんねえ……けれど、あの方のお腰の物は綺麗でござンしたよ」

小つなは、冷静に云うのだった。

「川の中へ放りこんだかも知れねえ」

「おや?……それもそうですねえ」

「小つな!」小吉は、ちょっと鋭い調子で、

「隠し立てすると為にゃアならねえぜ」

「はい……よく存じております。……けれど……女の手前としては……」

と、云いかけて、それなり黙ってしまうのだった。もう一押しするか、と考えたが、小吉は気を変えると、次に、お蔵前(くらまえ)にある大瀬検校の家へ向った。彼は、手引きの門吉を呼び出した。

「お前(めえ)は検校のすぐ傍にいたンだから、もうすこし何か解りそうなもんだ」と、いう小吉の問いに、

「へえ」

何処か、ひねこびて、蒼白く顔色の冴えない門吉は陰気な表情で、

「本当のことを申せば……灯が消えると、誰か一人、すッと師匠の背後(うしろ)へ廻って来た奴がいたのを覚えております。おや? と、思うと、ガチャンと物の壊れる音、とすぐ、師匠が殺られました。あッと思ったンですが、恐しくて、手前、その下手人に手出し出来なかったンで。へえ……」

「そいつは、男か、女か?」

「……」

門吉は、黙って、うつ向いていた。暫く、考えこんでいたようだが、ふと、顔を上げると、思い切ったように云った。

「どうも……女のようでした、へえ」

「女？」

瞬間、小吉の頭には、南斎が、女の髪の油を嗅いだということと思い合わせ、小つなの顔を思い浮べた。

こりゃア、ひょッとすると、佐竹伊十郎と示し合わせた、小つなの仕事なのではないか、と、推察した。

だが、小つなは、変なことを云っている。女は女同志？……これは一体、何のことだろう？　あの場にいた女と云えば、他に、芸者ののぶ吉と、はま次と……それから女中のおうらの三人だ。

「その女ア誰だと思う？」小吉が、門吉に訊ねた。

「わかりません。……かも知れないと思うだけで……それに、弟子の口から、こんなことを云うなア変ですが……」と、門吉は、云い憎そうに、「うちの師匠は今でも、随分あこぎな借金の取り立てをやっていますから、早い話、何処で誰に恨まれているものやら知れた話じゃアありません」と、云った。

小吉は、すこし解って来たような気がしたが、どうも、すぱりと割り切れない。だが、ともかく、これだけの知り得た材料を土産にして、米沢町の喜仙に伺候した。

「ま、こんな按排でござんして」

喜仙の二階座敷、例の通り、床柱に倚りかかって、盃を含む若さまへ小吉は、今日、新しく仕入れた聞き込みを、逐一、精しく報告した後で、

「どうも、この具合では、下手人は、女のようで」

と、見込みを述べた。

「親分の聞き上手で、話の筋は、よく通って来たぞ」

若さまが、こう褒めてくれたので、小吉は恐縮して、

「ヘッヘッへ、こりゃアどうも。すると、下手人は、佐竹さんと共謀になった、小つなということになりますンで？」

と、訊ねた。

「やれやれ」

若さまは、大袈裟に、がっかりした表情になると、教えるように、

「よいか、親分。あの殺しのあった晩、男四人、女三人は一ツ座敷にいたのだぞ」

と、きめつけるように云った。

「左様で」と、小吉。

「すると、障子を開けた者は誰だな?」

若さまが、試すように訊く。

「へえ……なるほど、外から開いたというンですから、この七人のうちではなさそうですな」

小吉は、どうして、若さまが、こんなに障子を開けた人物を問題にするのだろう? と訝しく思った。

「それから……」

若さまが、ゆっくりと云う。

「蠟燭が順々に消えたな」

「左様で。……風のせいで……」

「違う」

「へえ? 違いますか?」

小吉が、意外に思って、こう訊き返した。

「この節は、部屋の四隅に置く百目蠟燭が一度に消えるほどの強い風は吹かぬ」

「すると?」と、小吉。

「つまり、蠟燭は、消えるように、細工してあったものであろう」

「へえ? 細工?」

「からくり蠟燭であろうな」

「こりゃア驚きましたな。へえ、からくり蠟燭なンで?」

小吉は、初めて気が付いて、

「飛ンでもねえ話で。これから、さっそく船宿丸甚へ乗りこんで、厳重に、そのからくり蠟燭を調べなけりゃアなりやせん！」

と、意気ごんで立ち上がった。

「ついでに……」

すると、もう酒が、よい加減廻ったか、若さまは、ごろりと横になると、肘枕、物倦そうな声で、

「下手人も検べて来いよ、親分」

と、云った。

「えッ？　下手人？　……あ、そうか」

小吉は、ポンと、思わず膝頭を叩いて、合点した。

真　相

事件は——
船宿丸甚の女中おうらの父は、長年の病いの為、大瀬検校から借金をしていたが、去年の暮れにせまって、手厳しい催促を受けたところ、これが、まるで返せない。おうらの給金ぐらいでは焼け石に水。

検校は、おうらの妹を奉公に出せと云って来た。妹のおきよは美しい娘で今年十六歳。検校の色好みは隠れもない事実だ。この奉公が只の奉公でないことは判り切っている。

ところが、おうらの父は、苦悶のあまり、病勢が激変して、暮れも押し詰った頃、死んでしまった。おのれ、検校と死の床に怨みつづけながら。そして、妹のおきよは、年がかわったら検校の家へ愈々行かなければならなくなった。おきよは泣いて厭がった。

おうらは、決心した。佐竹伊十郎の座敷で、一定の時間が経つと消えるよう、蠟燭の芯を短く切って、下の方が無いのを細工して用いた。消える頃を見計って廊下の障子を開け、風のせいに見せかけて、灯が消えると、ギヤマン鉢に盃を投げて割り、人々がそちらへ注意を奪われた時に素早く大瀬検校の背後へ廻りこんで頸を斬ったのである。

小吉が、当夜の蠟燭を、丸甚で調べ初めると、芯のないのが四本、おうらの所持品の中から現れた。おうらは、悪びれず、お縄を頂戴した。

「おうらとやらには慈悲を掛けてやれよ」と、若さまがいうと、

「へえ、多分、死罪は許され、遠島ぐらいで落ちつきましょう」

小吉は、しんみりと答えた。

そこへ、おいとが、そろそろ暗くなった部屋へ、行灯と、それから徳利を乗せた膳部を運んで来ると、「冷えると思いましたら、とうとう雪に」と、一人ごとのように云った。いうまでもなく、ここは、柳橋米沢町、船宿喜仙の大川に沿った二階座敷。

菖蒲狂い

一

「そのゥ、実にどうも妙てこれんな塩梅になりまして……」

御上御用聞き遠州屋小吉が、

「そうのようでもあり、かと云って、どうも、そうのようでもなし……と思うンですが、一方から考えると、そうらしくもあり、と云ったような……」

と、ひどく、訳の解らない廻りくどい説を初めた。

「ハッハッハ！　さっぱり解らねえ」

笑ってしまい、それが癖の伝法肌な返事をしたのは、若さまだ。

若さまは、相変らず床柱に軽く背を凭せかけた右の立て膝、前には、例に依って徳利と盃の乗っている膳が出ている。すこし飲み飽きたところか、盃には手を出さず、顎鬚の伸びたのなぞを気にして引ッ張っている。

ここは、云うまでもなく柳橋米沢町、船宿喜仙の大川に沿った二階座敷。端午の節句を間近にひかえた初夏の気持よく晴れ渡った日の午前だ。かもめが二羽、先刻からしきりに川面すれすれに低く飛び交う。対岸の樹々の新緑が、眼に痛いほど鮮やかだ。

「へえ、全く解らねえ話なンで」

小吉も、苦笑して受けると、

「何しろ、当人は、自分が下手人になってもいい、構わない、と、こう云う口の下から直ぐ、いや、下手人は自分じゃねえ、とこう云い張りますンで」

と、一応、説明を加えた。

「顚動(てんどう)してるンじゃねえか」

若さまは、やッと顎鬚を一本、引き抜くと、こう云った。

「へえ、そうのようにも見えますが、そうでもなく、何かこう、覚悟の体(てい)とも受け取れますようで……」

と、話は又ぞろ訳の解らぬ方へ逆戻りしそうになった。

そこへ、当船宿の娘、おいとが、お茶とお菓子を運んで来た。皿の上には、ち、ち、ちまきが載っている。

「話して見な」

こういうと、若さまは、気だるいのか、ごろんと行儀悪く横になって肘枕。

「へえ、話は至って詰らねえ、綾も何もないような具合でして。向島(むこうじま)、寺島村(てらじまむら)の花菖蒲作りの娘が殺されましたンで。へえ、咽喉(のど)を絞め上げられまして……昨日のことでござンして……」

小吉は、ようやく、本題に、はいった。

江戸時代から、花菖蒲の名所と云えば、一口に、堀切(ほりきり)と定っていた。だが事実は、堀切を中心として、その附近の青砥、篠原、大杉などの各村も、競って菖蒲作りに精を出したものである。

その為、年々、珍奇な変種が生れ、いろいろな名前が付けられた。中でも、七福神だとか、酔美人、牡丹咲、狂咲、鵞絨芭、縮緬芭から、葵祭り、茶台、むかしむかし、宇宙、十二一重、霓裳などという花は、絶品中の絶品と称されたものだ。

寺島村、清瀧山蓮華寺という禅寺なども当時、花菖蒲の名所の一つに数えられたところで、この寺の裏に住む、甚伍兵衛という老百姓も、花菖蒲作りにかけては、近隣に名だたるものであった。

何しろ、甚伍兵衛は、毎年、定って人の意表に出る、新しい変種を咲かせた。

この花菖蒲作り甚伍兵衛の一人娘、当年十九になるおたえが、絞殺されたのである。

下手人と覚しい男は、その場で、直ぐ捕えられた。おたえとは幼馴染の恋中で、今は、御蔵前片町、呉服屋で山形屋の住込み番頭をしている、仙之助という今年二十四になる男だ。

「この仙之助に、実はひどく手こずッて居りますンで」

と、小吉は、

「自分が殺した、というそばから直ぐ、いや、自分は殺さない、という始末で」

こう、注釈を入れた。

仙之助の母親が、兼ねて御用聞き遠州屋小吉を知っていたので、あの子に限って、そんな大それた真似の出来る筈がありません、どうか親分、助けてやって下さい、と泣きつかれたので、彼は縄張り以外の土地ながら、この事件に口を入れるようになったのだ。

「……ところが、まるで仙之助の野郎、訳の解らねえことを口走るンで」

何度も、繰り返して愚痴るところを見ると、小吉は、ほとほと仙之助の態度に、困じ果てているらしい。

「殺しの現場は、どうだッたのだ？」

と、若さまが訊ねた。

「へえ、最初、見つけたのは、薬種問屋、丁子屋の倅で、吉三郎という奴で」

と、小吉が語るところに依ると、――

本町二丁目で、手広く商売をしている、老舗丁子屋の総領息子、吉三郎は、昨日花菖蒲の見物を思い立って、供も連れず一人蓮華寺へ、やって来た。

吉三郎は、今年二十七、未だ独り者だった。彼は去年も此のあたりへ菖蒲見物に来て、甚伍兵衛の作品に感心し、爾来、親しい仲になった。

「……もっとも、花菖蒲に感心したのか、娘のおたえに感心したのか、そこんところははっきりしませんが……」

と、小吉は、笑いながら云った。

というのは、吉三郎は、おたえに結婚を申しこんだ、ということだ。娘は余り色よい返事をしなかったらしい。だが、父親の甚伍兵衛は、この縁談に大乗気だそうである。これは当り前で、丁子屋ほどの大身代に嫁にやれば、親は左団扇だ。

おたえが、首を縦に振らないのは、云うまでもなく、仙之助という恋人がある為であろう。
この吉三郎が、花菖蒲見物にかこつけて昨日蓮華寺うらの甚伍兵衛の家を訪れ、自慢の菖蒲園へはいって行った時……。

「待て親分」

若さまが、何と思ったか、むっくりと起き上がると、

「吉三郎とやらに会って、その話、じかに聞きたい」

と、いうと、大小を手挟(たばさ)んだ。

「おッ、これは御出馬(ごしゅつば)で」

驚くと共に、小吉は、ほくほく喜んだ。こうなればしめたものだ。訳の解らない仙之助の話も、はっきり黒白が付くだろう。

部屋を出がけに、若さまは、送って来たおいとに云った。

「後ほど、いずれ向島まで参る故、船の支度を……」

二

「へえ、全く以て驚きました。……へえ、有体(ありてい)に申し上げます」

いろんな薬の匂いが、混じり合って、ぷンぷンする、薬種問屋、丁子屋の奥まった一室で、倅の吉三郎は、きちんと畏(かしこ)まった神妙な体で、若さまと小吉に、殺人発見の時の模様を話し初

めた。

色白、細面、吉三郎は、ちょいと美(い)い男ぶりだった。それに、大商家の息子だけに、どこか争われない品がある。

「……甚伍兵衛どんの家へ参りまして、外からいくら声を掛けましても、何の返事もございませんので、心易だてから、構わず庭の方へ……花菖蒲が、今を盛りと咲いている園の方へはいって行きますと、……一人、男の人が、こちらへ背を向けて立って居りました。見物の衆かなと、大して気にもとめず近寄って行きますと、ふいに、その人がしゃがみこみました。……」

それを、近寄った吉三郎が、ひょいと見ると、その男は女を抱き起こしているのだ。そして、その女は、娘のおたえだった。

あッ、何をしているンだろう？　と、すこし妬(ねた)ましく、思わず、もッと近寄ると、おたえはグッたりと首を仰向(あおむ)けて力なく……血の気が引いている。

どうしたンです？　と、思わず声をかけると、その男は、ぎょッとした様子で振りかえった。見れば、二三度、この家で会ったことのある仙之助だ。これも、真ッ青な色で、表情が変っている。

どうしたンです？　と、もう一度、声をかけると、死んじゃッたんで、と、仙之助がうわ言のような調子で云った。

えッ？　死んだ？　おたえさんが！　吉三郎は、仙之助に抱かれている娘を見て、額に手を当てると、これが、まるで氷のように冷たい。

ど、どうして死ンだんです？　何時です、と立てつづけに訊くと、だが、仙之助は何とも答えず、凝然と、おたえの死顔に見入っている。左の手で女の身体を抱き支え、右の手の指で、女の頸筋を撫ぜている……見れば、その頸筋に赤黒い血痣が強く残されている……。

「へえ……手前には……」

と、ここまで話して来た時、吉三郎は、若さまと小吉に、

「おたえさんを、仙之助どんが殺したとしか思えませんでした」

と、実感の籠った調子で云った。

「その場には、ほかに、誰も人は居なかったかえ？　誰も？」

小吉が訊ねた。

「へえ……誰も見当りませんでした。唯、その時ですか、前ですか……」

吉三郎は、ふッと小首を傾けると、

「どこかで、戸の閉まったような……開いたのかも知れませんが、それに似たような音を聞いたのを憶えて居りますが……人は他に居りませんでした」

と、こんなことを述べた。

「それから、どうした？」

と、小吉。

「へえ、手前は、すっかり仰天してしまいまして、すぐさま、お隣りの百姓家へ飛んで行きますと、仔細を告げてお役人を頼み、戻って参ると、甚伍兵衛どんが丁度、帰って居りました。

甚伍どんは唇を、ぶるぶる慄わせて、顔中くちゃくちゃにして、仙之助どんを口汚く罵って居りました。けれども、仙之助どんは、何処吹く風かと云った調子でぼんやり、おたえさんの死顔を見つめてばかり居て、人一人、殺すと、ああも妙になってしまうものでしょうか？」

吉三郎は、半分、感心したような口調で終りの方を云ったものだ。

「ちょいと訊くが……」

すると、小吉が、

「娘のおたえは、仙之助と好い仲だッて話だがそいつを承知で、お前は、縁談を持ちこんだのかえ？」

と、相手には痛いところを突いた。

「ヘッ？　へえ……そのウ」

吉三郎は、どきッとした表情になると、言葉に詰って、口をもぐもぐさせていたが、思い切ったように、

「そんな話は、薄々聞いては居りましたが……けれど、それほどのことじゃないだろうと存じまして……」

「おたえは、お前を断わったそうだが……つまり、お前は振られたわけだが……」

小吉は、遠慮会釈なく問いかける。

「へえ……まア、一応は断わられたようなわけですが、けれど父親の甚伍どんは、そのうち必らず、手前と添わせてくれると云うものですから……」

「お前にア仙之助は色敵なわけだな」

「へッ？　へえ、まアそういった形ですけど、けれど親分、手前は決して、恋の怨みからおたえさんを、どうのこうのと……」

吉三郎は、半ば慌て、半ば必死に弁解に努めるのだった。

そして、未だ、吉三郎が、すこし、しどろもどろになって喋っている最中に、すッと、若さまが立ち上がった。

「親分、参ろう」

「へッ？　もうよろしいので？」

それには何とも答えず、どんどん出て行くので、小吉も慌てて後について外へ出た。

丁度、昼頃で、近頃、珍らしい、うららかな好い日和だ。思いがけない横丁に、大きな鯉幟りが気持よく五月の風に吹かれて大空を泳いでいたりする。

「菖蒲見物と洒落るかな」

ちっとも、くったくのない顔付きで、相変らず懐手の若さまは、こんなことを云うと、ぶらぶらと柳橋の喜仙に戻って来た。

船の用意は既に出来ていた。

若さまと、小吉は、直ぐ乗りこんだ。

「ごきげんよう、行ってらッしゃいまし」

娘のおいとが、これは商売がら、二人を他人扱いにしたお世辞を云うと、船の艫をぐンと押しやる。

胴の間には、ちゃンと膳が出ていて、銚子が載っている。

「さ、親分、一ツ参ろう」

若さまは、楽しそうな顔付きだ。

「へ、これアどうも恐れ入ります」

小吉は、酒を飲みながら、これでは、まるで物見遊山(ものみゆさん)だ、これから下手人探索などという御用筋へ行くとは、まるで考えられない、と、妙な気がした。

船は、水のぬるんだ大川を上へ、やがて八番堀から七番堀、五番堀から首尾の松、ゆるゆると漕ぎすすむ。

若さまは、心地好さそうに、盃を重ねている。

三

船と酒に別れて、二人は向島堤へ上がると、葉桜の下を、少し、ぶらぶら行ってから、間もなく、寺島村、蓮華寺の門前へ、やって来た。

飲みつけぬ昼酒で、赤く火照(ほて)った顔を、小吉は、しきりに気にしていた。

蓮華寺の花菖蒲見物の人が、ちらり、ほらり、時には四五人組んで通る。二人は、そこを素通りして、仙之助の身柄があずけられている、土地の庄屋の家へ向った。

仙之助は、その一隅にある板の間敷きの小さな部屋に、きちンと膝を揃えて坐っていたものだ。出口の縁台に、手先きが一人煙草を呑ン気そうに吸って腰かけていたが、二人の姿を見ると慌てて立ち上がり、丁寧に挨拶した。

呼ばれて、仙之助は、出て来た。青白い顔色で、足元がふらふらしている。手先きの云うところに依ると、彼は、欲しくないと云って、昨日から、何にも口にしないのだそうである。

「仙?」

小吉は、鋭く呼びかけると、

「いいか、もう、今まで見てエに、あやふやなことばかり云ってても、通らねえぞ。性根を据えて、はっきり申し上げろ!」

と、きめつけた。

「へえ」

仙之助は、細い、低い声で答えた。

「じゃ、はなから、一通り、精しく話して見ろ」

小吉は、こう命じた。若さまは、縁台に腰かけて、半分、眼をつぶっている。船で揺られた酒が、利いて来たらしい様子だ。

「昨日も申し上げましたように……」

仙之助は話し初めたが――

彼が、甚伍兵衛の家を訪れると、父親は留守で、娘のおたえだけが居た。

二人は、花菖蒲を前に、座敷の濡れ縁に腰かけて、いろいろ話し合った。娘は、父の甚伍兵衛が、丁子屋の伜吉三郎の嫁になれと云ってきかない、と、云って泣いた。そして、嫁にやることを条件に、父は丁子屋から、何がしかの金まで借りたということだ。

二人は、お互いの不運を嘆き、決して、心変りはしないと誓い合った。しまいに、万一の時は、駈け落ちでも、心中でもしようとさえ云った。……

「何だと?」

小吉が、聞き咎めて、

「心中約束までしたンだと?」

「へえ……相すみません」

「それから?」

「こんなところを人に見られても拙いと、それに、ほんの近くへ行った父親が帰って来ると又面倒だというので、手前は戻ることにしました。帰りしな、おたえさんは、花菖蒲を三本ばかり切って土産に呉れました。それを持って、一旦、蓮華寺あたりまで来たンですが……あれが虫が知らせるとでも云いますか、どうも後髪引かれる思いで、手前は、もう一度、会いたくなって、戻って来たのです……」

「ふん……すると?」

「さっきの濡れ縁のところまで来て、おたえさんを呼びましたが、返事がないので、何となく胸騒ぎを覚え、ふらふらと、菖蒲園の方へ参りますと、あの池のふち、菖蒲の花の傍に、おたえさんが倒れているじゃありませんか！　あッと、駈け寄って抱き起こしますと、これが死んでいたのです！」

　ここまで、語ると、仙之助は、感極ったのか両手で顔を掩って、うつ向いてしまったのである。

「死んでいるのを見つけたンだな」

　小吉が、感情を無視して訊ねる。

「は、はい……」

「そして、どうしたンだ？」

「それから先きのことは……よく覚えて居りませんのでして……へえ、もう、気が、茫と遠くなりまして、何が何だか……丁字屋の若旦那が来たようでもあるし、甚伍兵衛さんが来たようでもあるし……」

　と、仙之助は、甚だ頼りないことを云うと、次ぎに、急に激したように、

「親分さん、手前はもう死んでも惜しくない身体でございます！　どうぞ、お仕置きなりと何なりと！」

　と、叫ぶように云ったものだ。

「ハッハッハ！　まア落ち着きなよ」

　小吉は、相手を、なだめるように云うと、

「それで、お前と娘とが語り合っているうち、誰も傍にア来なかったかえ？」

と、訊ねた。

「へえ……人は誰も来ませんでした。……唯、そう云えば一寸、戸の開け立てする音が聞こえたのを覚えて居りますが……」

「何、戸の開け立てする音だと？」

小吉は、思わずなぞり返した。それは奇妙である。吉三郎も、こんなことを云った。これは一体、この事件の何を意味するのであろう？

「仙之助、お前、おたえを殺したなア誰だと思う？……ひょッとして、お前が一旦、帰った後に来た、吉三郎の仕業(しわざ)とは思っちゃいねえか」

「あッ親分さん！」

仙之助は、叫ぶように云うと、

「それだッたら、畜生！　畜生！」

ふらりと、立ち上ったものだ。

「他に、心当りはねえか？」

「へえ……実は、これア、死んだ、おたえさんの話したことですが、この近在のお百姓衆は、菖蒲作りに夢中で、お互い、うまく咲かす秘伝を、盗み合ってるンだそうで。つまり葉の摘み方とか、肥やしのやり方、作り方など……それで、甚伍兵衛さんが、毎年、大した花を咲かせるので、いろんな人が、その方法を、そッと調べに来るンだそうで。中でも、三囲稲荷(みめぐりいなり)の傍に住んでいる、長兵衛(ちょうべえ)という人は、しつッこく、この家の廻りをウロついている、という話でした」

　仙之助は、意外な新事実を話した。

「なるほど……」

　これア大きに有りそうなことだと、小吉は考えた。甚伍兵衛が不在と見て、忍びこんだ長兵衛が、おたえに見付かり、何かのはずみで娘の咽喉に手が掛かる……二人が聞いたという戸の開け立ての音というのは、大きにこの見当ではあるまいか。

　その時、

「あ、あア、あア！」

と、両手を思い切り大きく伸ばして傍若無人なあくびをした者がある。若さまだ。

「どれ、参ろうか」

　立ち上がって歩き出す。小吉は、毎度のことながら些か呆れて、一体、若さまは、今の話を聞いていたのか知ら？　それとも一寝入りしていたのではあるまいか、と、疑った。

四

　外へ出て、左側に、用水の大きな溜めがある小径へ来た時、小吉が、背後から声をかけた。

「この右側の家が甚伍兵衛のところでござンすが、先きに今の話の三囲稲荷の長兵衛のところへ参りましょうか？」

彼は、どうも、この花作りの方法盗みが気になって来たのだ。怪しめば、仙之助も吉三郎も共に可怪しいが……。

「……」

若さまは、ちょいと立ちどまって、思案している様子だったが、

「道ついでだ。甚伍へ参ろう」

と、云った。

それで、二人は、花菖蒲作りの名人、甚伍兵衛の家へ寄ることにした。

訪うと、近所の手伝いに来た婆さんが迎えに出た。甚伍兵衛は、一人娘の横死を悲しんだ余りか、昨日から、一間に閉じこもったままだという。娘に死なれて、丁字屋というつまりは金蔓からも離れてしまったのだから、失望落胆するのも無理ではないと、小吉は推量した。

母屋には、今、親類が集まっていた。今夜おたえの通夜をするのだという。

二人は、そのまま、おたえの死骸が発見されたという裏庭へ廻って行ったが、そこに展けた景色を一眼、見て、小吉は、思わず、あッと叫んだ。

「大したもンだ、これア！」

一面の花菖蒲だった。

今を盛りと咲く、数知れぬ花あやめの美しさというものは、ちょッと言葉では云いつくせない趣きである。

濃い紫、薄い紫、白一色の物、白に紫の斑点のあるもの、逆に紫に白の紋散らしの花、それ

らの花が、重たげに花びらをなよなよと垂れて妍を競っている様は、見る者の魂を奪わずにはおかない。それに、作り手は名人甚伍兵衛だ。どの花も、生々と、輝くばかりの出来栄えである。

「見事……」

若さまも、思わず、こう呟いたほどだ。

「噂さ以上ですなア、これア！」

小吉は、感に堪えた様子である。

二人は、花菖蒲に誘われるまま、歩くともなく歩いて行った。

そして、家の外れのところまで来た時だった。小吉は、妙な人声を耳にした。綿々と、泣くが如く訴うるが如き、しめッぽい口調で語りかける声だった。

振り向く。

と、そこは、母屋から突き出して作られた離れの一間で、見れば、その床の間の前に、老人の百姓風体の者が一人、きちンと坐っているのだが、この老人が、一人で喋っているのだ。

二人は、近寄った。

床の間には、これも見事な花菖蒲が二本、蕾が一本、床に生けられ、その前に坐った老人が

……

「甚伍兵衛で……」

と、小吉が、若さまに教えた。

彼は、まるで、生ける人が前に居るかのように話しているのだった。

「……可哀想になア、可哀想になア……こんなことになるなンぞ、ああ！　誰が考えたろうなア！　許してくれ、な、許してくれ、おいらの油断からだッた、そうだよ、おいらが悪いンだ！　うっかりしていたばッかりに飛ンだことになってしまッた……ああ！　諦めきれねえ！　諦めきれねえ！……これも前世からの因果だろうが……ああ、神も仏もないものか！　可哀想になア……可哀想になア……！」

泣き口説いているのだ。

「おたえさんは……」

すると、一緒に案内に立った、隣の婆さんが気の毒そうに、

「たッた一人の娘ですから、それに、妙な死に方されたンで、爺ッつあんは、昨日からあの調子なンですよ。あんまり悲しんで気でも違わねばいいが、と、みんな心配しているところなンですが……」

と、云った。

「無理もねえな」

と、小吉も、相槌うって同情した。

その時だった。

「甚伍兵衛！」

若さまが、大声で、

「菖蒲を見に参った、案内致せ」

と、頭ごなしに命じたものだ。

「へッ?」

むッとした様子で、振り返った甚伍兵衛は、そこに御用聞きと、お役人かと思われる侍の姿を見ると、断わりもならず、渋々、立ち上がって出て来た。

「その花びらの大きいのは何と申す?」

若さまは、さっそく訊ねる。

「へえ、この辺では、十二一重と申して居ります」

甚伍兵衛は、面倒くさそうに、だが、言葉は丁寧に答える。

「その白いのは?」

「霓裳でございますが、手前のところは、ちょッと形が大きいので」

「あの蕾は? 大層、他と比べて長いようだが?」

「へえ、あれは万寿と申しまして……」

こんな具合に、若さまは、あれこれと、いろいろ菖蒲の名前なり咲き方なぞを、次ぎつぎと訊ねていたが、おしまいに、こんなことを訊いた。

「この中で、一番、そちの自慢の花はどれだな?」

「へえ……手前自慢の花と云いますと……」

云ひながら、すこし先きへ案内して、甚伍兵衛は、指さして云った。

「あれでございます。只今、二ツ、盛りでございます」

「あれか、成程、色といい形といい、これは又一段と立ちまさって居るな！」

「へえ……自慢出来ますのは、あれと、その隣りの二本で」

「ふむ……狂い咲きか」

若さまが感心する通り、名人甚伍兵衛作る逸品中の逸品、何時まで見ていても見飽きしない美しさだった。花菖蒲だった。

小吉も、首をかしげて感心した。

と、その時だった。

いきなり、若さまが、ズラリと、大刀を引き抜くと見る、

「えい！　えい！　えい！」

冴えた気合声と共に、刀が躍(おど)るよと見る、スパリ、スパリと、その甚伍兵衛得意中の得意の花菖蒲の花が、次ぎつぎと斬られていったものだ！

「あッ！」

甚伍兵衛は、口をポカンと開けて、一瞬硬直していたが、はッ、として、

「な、なにをしやがる！　この野郎！」

ぱッと、若さまに飛びかかると、その頸を両手で、力一杯、絞め上げながら、

「この気違い！　うぬ！　うぬ！」

あッ、と、小吉が、思った時、

「ハッハッハ！」

若さまが大声で笑い出した。素早く、自分の咽喉と相手の掌の間に左手を挟んでいたものだ。成程、これなら絞め殺されない。

「甚伍兵衛、そちは、自慢の花を、娘が剪ったので、かッとして、このように、おたえを絞め殺したな！」

「あッ！」

この若さまの言葉を聞くと、甚伍兵衛は見る見る、くたくたとなって、その両手を離し、土気色の顔を伏せた。……そうか。

「御用だ、神妙にしろ！」

初めて、一切を知った小吉が、こう叫ぶと、甚伍兵衛の肩に手を置いた。

五

事件は、むしろ非常に簡単だった。

菖蒲作りの名人甚伍兵衛は、おたえを丁子屋の吉三郎へ嫁にやろうとしたが、娘はそれを嫌って番頭の仙之助に恋しているので、とかく、うまが合わなかった。

おたえは、家出をする料簡で、父が大事にする菖蒲を剪ったら、多分怒って出て行けというだろうと思い、仙之助が来た折、土産にと一番得意の花を三本も剪った。

ところが、甚伍兵衛の花に対する愛着というものは常人の想像以上だった。怒りの余りその娘を思わず絞め殺してしまう程だった。

あの日、甚伍兵衛は、外出先から帰って見ると、仙之助と娘が話し合っているので、近くの物置きにかくれて、何を話しているのかと聞き耳を立てているうちに、仙之助が帰った様子なので、そッと出て見ると、大事な花が三本も剪られている。激怒して娘をなじり、遂に絞殺してしまった。ところへ仙之助が戻って来たので見られては拙いと又物置きへかくれた。

そこへ吉三郎が来合わせる。甚伍兵衛はそッと外へ出ると、何喰わぬ顔をして、二人の前へ現われたのだった。

仙之助、吉三郎の二人が聞いたという戸の開閉の音は、甚伍兵衛が、物置きから出入した音であった。

「いや、驚きましたなア、どうも。娘より花が大事とは飛ンだ親も世間にアあるもンでして」

事件落着の後、お礼言上（れいごんじょう）に来た小吉が、若さまに、こう云った。

「ハッハッハ！　とかく、名人と云われるような人間は、前後の見境いのつかなくなるもの。もっとも、それだから名人かの」

と、若さまが答えた。天才と狂人は紙一重というわけでもあろうか。

「一体、若さまは、何処から、甚伍兵衛の仕業とお気づきになりましたンで？」

「訳はないよ。あいつが、娘の死骸は母屋の座敷にあるのに、わざわざ一人で、菖蒲の前で涙の繰り言……聞いてるうちに、これはひょッとすると娘を惜しむのではなく、花が可愛いのではないかな、と、気が付いた故、思い切って自慢の花を斬ったまでさ。ハッハッハ！」

二本傘の秘密

一

「いやもう、大層もなく後生楽な奴があるもンで」

と、御上御用聞き、遠州屋小吉が、

「何しろ、隣りに死人が転っているのに当人は朝まで、まるで知らねえで寝ていたというンですから、もう……」

こう云ってから、相手を、一寸見ながら、

「もっとも当人は、ずぶろくに酔っぱらっていたそうで……」

相手は、——ここ柳橋米沢町、大川沿いの船宿喜仙の一人娘、おいとの呼名に従えば、例の若さまである。二階座敷の床柱に背をもたせ立膝、まだ日が高いうちから徳利の乗った膳を前に、ちびり、ちびりと 盃 を重ねている。小吉が、すこし遠慮しながら酔っぱらいについて語ったのは、この為であろう。

「まア、呆れた!」

大袈裟に、相槌うったのは、お茶を運んで来て、そのまま居坐った、おいとだ。

小吉の話すところに依ると——

のん気な、ずぶろくの酔っぱらい、桶屋の八蔵は、わが家で、朝、眼を覚ますと、入口の土間から上り端にかけて、見知らぬ人が一人、うつ伏せなっているのを見て、

「はてね、誰だろう?」

と、肩に手を当て揺すぶったが、起きそうもないので、不審に思って、顔を上げてみると、これが氷のように冷たい。

「わッ!」

死人よりも真ッ青になると、宿酔も一遍にケシ飛んで、八蔵は、自身番に馳けつけた。町役人が来て、やがて小吉が出かけた折には死人の素姓が、略々わかった。隣り町の質屋の旦那で、当年五十九になる、吉田屋の重右衛門だった。

当然、嫌疑は一応、桶屋の八蔵にかかったが、彼の申し立てに依ると昨夜は仲間の寄り合いがあり、久しぶりに大酔しそのまま帰ればよかったのだが、気の合った同志と又他所で飲み直し……

「へえ、全体、あっしは、どういう具合にして、家へけえッたのかも知らねえンで。申しわけありません」

と、まだ酒臭い息をしながら語った。

八蔵は、一人者で、至って気軽な男、人を殺すなどという芸当は出来そうもない奴だ。彼の家——つまり、現場は、浅草、新堀端の西雲寺という門前町だ。

殺された重右衛門の致命傷は、左の乳の下を、突き上げた刀創で、出血が甚だしい。前後の

模様から考えると、重右衛門は、外の通りで何者かに危害を受け、助けを求めようと逃げ出し、手近なこの八蔵の家に転りこんだのであろう。独り者で貧乏ぐらしの八蔵は、戸じまりもしないから、重傷の重右衛門は、やっと入口に辿り着き、救いを求めたのであろう。

ところが、八蔵は前後不覚のずぶろくと来ていたから、首を取られても気がつかない、ていたらくだ。まだ、その時なら何とか命は取りとめたかもわからない重右衛門は、出血多量の為め死んでしまったのだろう、と、こう小吉を初め町役人たちは判断した。

「八蔵どんが、しらふだッたらねえ」

おいとが暗に酒飲みを批難するようなことを云った。

だが、若さまは、一向、平気な顔つきで、盃をなめている。

「知らせてやったので、吉田屋から、番頭の平助と、娘のおかねが飛ンで来ました」

と、小吉が語りつぐ。

平助と、おかねは、確に重右衛門であることを認めた。

二人の云うところに依ると重右衛門は昨夜、店を終うと、供も連れず唯一人でどぶ店に住む、唐物商で、虎屋甚兵衛の家へ碁を打ちに出かけた。

この重右衛門と、甚兵衛の二人は、昔から仲の好い碁敵で、お互いに往ったり来たりして昨夜もそれだった。

ところが、昨夜は、五ツ時（今の八時）あたりから雨が降り初めた。梅雨には早い、花を散らす雨だった。

どんなに遅くなっても、人の家には泊らず必ず帰宅する習慣の重右衛門のことなので、他家に迷惑をかけるでもないと、吉田屋では番頭の平助が、傘を持って迎えに行った。

「ところが、手前が、とら屋さんに参りますと、旦那はもう帰られたというので」

と、平助が、

「旦那が、とら屋さんを出られた折は、まだ降ってはいなかったそうで」

と、云う。

それで、平助は、これアいけない、旦那は途中で降られなさッたかな、それにしては、道でお会いしないのは妙だ、と暗い雨の中を気をつけながら急いで来ると……

二

「急いで来ると……」

小吉が、冷えた茶を一息に干すと、

「追剝（おいはぎ）に会ったというのです。何でも、いきなり、物かげから待て！　と威（おど）され、はッとした時、キラリ、と突いて来たそうで。平助はびっくり仰天して、慌てて傘で防ぎ……」

と、手真似の仕方話で

「人殺しッ、と、云いながら裸足（はだし）になって一生懸命、逃げたそうです」

と、云った。

「まア、それでは……」

聞いていた、おいとが、

「重右衛門さんが、やられなさったのも、その口ですね」

「どうやら、その見当なンで」

小吉は、如才なく、相槌うつと、

「番頭の平助が云うには、そういえば、待てッといった言葉付き、暗くてよくはわからないが、その風体、チラリと見たばかりなのだが、一寸、心当りがないでもない、と、こう申しました」

「おや、誰でしょう?」

おいとが、思わず、一膝、乗り出す。

それは――

三日ばかり前だった。左の頰に刀痕のある三十七八の浪人者が、吉田屋に質入れに来たのだが、その質物を見た、番頭の平助は、

「これア、どうにも……」

と、謝った。

破れ扇子だった。それこそ、一文にもならぬ、古ぼけた破れ扇子だ。

「一両、借りたい」

ところが、その浪人は、こういうのだ。

そして、付け加えて、

「拙者は、その扇子に依って暮らしの道を立てて居る。さすれば、拙者に取っては、かけがえのない品物、一両は当然」

と、云った。

つまり、浪人は、人の門に立って、扇子で半顔を隠し、謡を歌って喜捨を得ている、というのだ。なるほど、聞けば、彼に取っては大事な商売道具かも知れないが、他人に取っては一文にもならぬ品。

ははア、云いがかりだな、と、平助が覚った時、

「然らば、この大刀は、どうじゃ」

と、浪人が、佩びていた刀を出したが、

「ごめん下さい」

と中身を改めると、これが竹光。どうにもならない。こしらえでも良ければ話は別だが、鞘も柄も剝げちょろけのボロボロだ。

平助が、扱いかねていると、主人の重右衛門が、奥の帳場格子の中から出て来て、

「折角ではございますが……」

と、言葉つきは丁寧だが、ぴったりと断ってしまった。

ああ、拙いな、ほんのすこしでもいいから包んで出せばいいのに、と、平助は思ったのだが、この重右衛門は、有名な因業親爺で通った男、出す筋がないとなったら、わら一本でも人に呉れる性質ではない。

「おのれ、恥をかかし居ったか！」

浪人者は、真ッ赤になって怒った。だが、刀の正体が竹光とわかっているので、店の者は、大して驚ろかなかった。

「覚えて居れ！」

その浪人は、こんな、すてぜりふを残して出て行った。

「……手前が思いますには」

と、平助は、小吉に、

「その浪人者の仕業ではないかとも存じますが……」

と、いうのだった――

「ほんとに」

眼を丸くして聞いていた、おいとが、すぐに、同意を示した。

「そのご浪人が？」

「いえね、あっしも、一寸、そう考える筋があるンですが……」

と、小吉が云うには重右衛門の屍体を改めると、懐中物を初め、高価な煙草入れなど何一つ盗られた物がない。これは追剝というより、遺恨と見た方が当っているのではなかろうか？

遺恨という点から見ると、この浪人なぞは有力な嫌疑者である。

「……と、まア見当を付けちアいるンです」

と、小吉が云った。

若さまは、黙って、徳利を逆さに、しきりに滴く(しずく)を待っている。

もう一本、と、云われるだろう、と、おいとが、心待ちしていると、若さまはその徳利をトンと、音をたてて置くと、

「どれ」

こんなことを云いながら、やおら立ち上がった。

おいとと、小吉が、不審そうに見上げると、それへ、

「その吉田屋とやらへ案内してくれ」

と、若さまは、云ったものだ。

「ヘッ?」

小吉は、思いがけないことなので、

「いえ、若さま、今度のことは、格別厄介(やっかい)な話でもなさそうで。そのウ、御出馬(ごしゅつば)を願うというほどの……」

と、珍らしく、こう辞退したようなことを云うのへ、

「ハッハッハ！」

若さまは、

「頼まれぬこと故、口を出してみたいやつさ、ハッハッハ！」

笑いながら襖(ふすま)を開けた。

「ヘッヘッへ、これアどうも」

小吉は、慌てて後に従った。

三

福富町(ふくとみちょう)二丁目、質商の吉田屋へ行く前に、若さまは、何を思ったか、小吉に案内をさせて西雲寺門前町、新堀端の桶屋八蔵の家へ寄り路した。

角から二軒目の、八軒長屋の一つで、見るからに、いぶせき家だった。軒先きに、青い竹が長く何本も寄せかかり、土間には、丸く輪になった竹が、しだらもなく放り出されてある。

「ああ、親分さん」

小吉の姿を見ると、八蔵は、慌てて出迎えた。重右衛門の屍体は、もう運び去られたが彼は未だ、今朝からの騒ぎと宿酔で、どこかぼんやりしている。

四十近い齢ごろで、男やもめのむさ苦しさそのままの有様だ。

「一晩、仏を抱いて寝て、どんな具合だッたな、ハッハッハ!」

若さまは、いきなり、こんな冗談を浴せたものだ。

「ヘッヘッヘ!」

八蔵は、若さまが小吉と一緒なので、同心か何の役人と思ったか、腰ひくく愛想笑いをすると、

「いけやせんよ、旦那。何しろ、何にもからきし知らねえンで。いや、驚きましたよ、全くの

と、云いわけ染みたことを云った。

「それアそうと……」

若さまは、せまい家の中を、あっちこっちと見廻しながら、

「傘は何処にある？」

と、訊ねた。

「傘？」

八蔵が、合点ゆかない顔付きで、こう訊きかえすと、

「傘だよ。雨の日、濡れない為にさして歩く道具だ」

若さまが、飛ンだ念人りな返事をした。

「あ　傘ですか。ヘッヘッへ、実ア、あっしア傘を持ってねえンで」

八蔵が、亦、妙な答えをした。

「傘を持たぬ？　雨の日は如何致す？」

「へえ、そのウ……馳け出しちまいますンで。それに降れア仕事は休みで」

「なるほど」

桶屋が路上に店を張っているのは、天気のよい日ときまっている。

「左様か」

若さまは、何を感づいたものか、ひどく重々しく、こういうと、くるりと背を見せて歩き出

した。小吉は急いで後を追う。

妙なお役人さまだ、という思い入れで八蔵は、二人の後を見送っていた。傘の有無を調べて帰って行った？……

福富町の質店、吉田屋に、若さまと小吉が現れたのは、それから間もなくだった。店は大戸を下ろし、主人の変死に、近親や、隣り近所の者が集って、ごったがえしている最中だった。

「まア、親分さん、毎度……」

こう挨拶したのは、一人娘のおかねであった。このあたりでも評判の小町娘で、今年、二十歳になる。

吉田屋の一家は、非業の死を遂げた主人の重右衛門と、一人娘のおかね、それに、もう一年この方、寝たきりの長わずらいの、女房との三人で、後は、主人と、おつかつの年齢になる通い番頭、吉之助、それから同じく番頭の平助、良三などから丁稚、女中など取りまぜて十人に近い奉公人である。

その番頭どもや　変事を聞いて馳けつけたという溜池の親類などという手合いが、腰ひくく、もみ手などしながら、小吉と若さまを迎えた。

「昨夜……」

すると、いきなり、若さまが、

「重右衛門を迎えに参った折、平助が持参に及んだという傘をこれへ出せ」

と、誰に云うともなく命じた。

「へえ」

平助が、神妙に答えると、取りに立った。おやおや、ここでも亦、雨傘詮議か、一体、若さまは何を考えて居られるのだろう？　と小吉は心で怪しみ、傘のめききなら照降町が本場だ、などと下らぬことを思った。

「これでございます」

平助が、そこへ、二本の雨傘を持って、やって来た。

「一本は、そちがさし、一本は、重右衛門に渡すつもりで、手に持って行ったのであろうな」

若さまが、言葉に、いちいち念を入れながら、こう云った。

「さようでございます」

平助が、丁寧に答える。

「どちらを、そちがさし、どちらを手に持って参ったのだ？」

「それは……」

平助は、二本の傘を一寸、調べながら、

「帰り道で、物盗りらしい者に刃物で突かれ、突差に、さしていました傘を盾に防ぎましたので……」

と、云った。

「この、大きな穴があいて居ります方が、手前、さして居りました方で」

「うん」

若さまは、バラリと傘を拡いた。なるほど一個処、大きく破けている。吉田屋と朱で太く書いた雨傘を、すぼめた。そして、破けた穴のところを、何のつもりか、すぼめた上で、しきりに見ている。

小吉を初め、その場に居た者は、みんな、若さまの手元を見つめている。

と、すッと、手を延ばすと、若さまは今一本の傘を取り上げると、拡げた。これには破れ穴はない。若さまは、くるりと、まるで奇術の大夫のように傘を一つ廻すと、すッとつぼめて、

「平助!」

凜とした声で、呼びかけた。一座の者が思わず、びりッとしたほどの威厳と、激しさが籠もっていた。

「ヘッ!」

平助は、撃たれたように、思わず両手を畳につき、頭を下げた。

「重右衛門を何故、殺害した?」

「いえ、あの……」

「黙れ! 証拠は、この傘。この二本の傘が、その方の悪事を語って居るぞ!」

「えッ?」

「よいか、この破れた方の傘、これは拡げたところを突かれたものでなく、つぼめてあるところを刃物で突いた穴、その証拠には刃物がすべって、骨のところ三本ほど、きず痕がある。拡いた傘が、こう受けたなら、相手の突く力と、受ける力で、傘は、もっと、ひどく破け、……

骨なども折れる筈。こんな生易しい破れ方じアねえ」

後の方を若さまはひどく下世話な、伝法（でんぽう）な口調で云った。

「……」

平助は、何か云おうとして、又、黙した。その顔色は、土色で血の気がなかった。

「この傘……」

若さまは、もう一本を取ると、

「これは雨に濡れている。一人がさして往復したなら、二本の傘が濡れぬわけ。……ここから考えると、平助は、重右衛門と途中で会い、雨が降るゆえ、一本はささずに主人が持って、相合傘で来るうち、何かのことから、平助は主人を突いたと見える。主人は、とりあえず、手にした傘で受ける……それがこの傷……だが、受け切れず、乳下を刺されたものであろう。殺したと思った平助は、傘を持って戻ったのだ……」

ああ、何という名判断で！　小吉はただもう感嘆して、眼前の下手人、平助に縄打つのも忘れ、若さまの、たった二本の傘からの推定に見とれてしまっていた。

自分だったら、今頃は、あの強請に来た浪人者などを追い廻していたことだろう。

「いや邪魔を致した、ハッハッハ――」

そして、云うだけ云うと、若さまは、さッさと帰ってしまった。

平助は、重右衛門に、店の金の使い込みを責められ、兼ねて縁談のあった、娘おかねと縁組みを断られたので、それを根に持ち、あの晩、もう一度、道々、哀願したが、因業にはねつけられたので、短刀で刺したのであった。

金の実(な)る木

女師匠

「どうも、お暑くなりまして」

御上御用聞き、遠州屋小吉、鷲づかみにした豆絞りの手拭でやたらに顔中なでまわしながら、

「初ッぱなのうちは大したことでもなさそうだと、多寡をくくッておりましたンですが、これが、思いもよらず根が深く……又ぞろ、ひとつ若さまに……」

と、頼みこむような云い方をした。

「思いの他に根が深く。か」若さまは、

「自然薯みたいな話だの」

と、下手な交ぜッかえしをする。あんまりよい癖と云われない。

「ヘッヘッヘッ」

毎度のことなので、小吉は、別に悪い顔もせず、お愛想笑いして、

「それが、少し暑ッくるしいお話で恐れ入りますが、女が一人、行き方知れずになりましたンで」

と、そろそろ報告に取りかかった。

ここは、云うまでもなく、柳橋米沢町、船宿喜仙の大川に沿った二階座敷。季節は、六月にはいった暑い頃なので、窓の小障子は取り払って伊予すだれ、あるかなしかの午後の川風に、時折、軒につるした風鈴の音と共に揺れる。

帷子姿で、床柱に軽く背をもたせかけた若さまは、例に依って膳を控えて、盃を手にしてはいるものの、暑いので物倦いのか、大して飲もうともしない。帰って、そろそろ午寝でもしたそうな、ぼんやりした顔付きだ。

そこへ、

「親分さん、おひとつ」

船宿の一人娘、おいとが、柳しぼりの浴衣に黒繻子の帯、十九という年恰好には、すこし老せた姿で、

「冷たいうちに」

と、麦湯を運んで来た。

「こりゃア……」小吉は、軽く会釈すると甘そうに茶碗を空けた。

何処かから、祭り囃子の太鼓が聞えてくる。それが却って眠気を催す。江戸の六月は祭礼月、天下祭りと云われた山王さまを初めとして、八百八町、毎日どこかで、お祭りがあると云えるほどだ。

「行き方知れずになりました女と申しますのは、神田連雀町に当時住居致します、お茶の師匠で、掬露とか……」

と、小吉は、名前を云い悪そうに云って、

「本名は、おたえで。三十一とか二とか。もういい年増でございますが、生れが京都のせいか、色白の大した別嬪だそうで」

と、こう話し初めた。

「独り者か」

若さまが、詰らぬことを気にして訊く。

「いいえ、亭主持ちで。これも京都生れで、以前は何でも堂上方の青侍を勤めていましたそうで。只今は別にこれと申して……まア、女房に食わせてもらッているンでしょうか」

「髪結いの亭主かの」

「ま、そんなところで」

「別嬪の女房を働かせて、ぶらぶらか。諸式高値の当節、結構な御身分だの」

「ヘッヘッへ、全くで。それだもンですから今度のようなことが起りますンで。全く人間二ツ好いことッてもなアありません。野郎、蒼くなって自身番へ馳けこんだわけでして、もう三日になるそうで。女房が出たッきり戻らねえ、と……」

「何処へ参った?」

若さまとしては、却って珍らしい侍言葉で、こう改まって訊く。

「谷中八軒町に、新しく茶席が出来ましたンで。前々からの出入りで、弟子筋に当る伊之助という者のところだと申します。これが午前に家を出たッきりで夜になっても戻りません。そのまま一日経ち二日経ち、とうとう堪りかねて四日目の昨日、亭主の池田佐太夫が訴え出たわけです」

「その伊之助とやらは？」

若さまは、大川の方を向いたままで訊く。水の面も、暑そうに日の光をキラキラと照り返している。

「こりゃア御蔵前の札差、升金屋の伜でござんして、小せえ折から身体が弱く、とてもこの分じゃア商売は勤まらねえというンで、総領の身ながら、店は次男が継いで当人は早く云えば若隠居。病身のせいか人づき合いがきれエで、婆やを一人置いて、ひっそり暮らしています。こんな男ですから若エのに、お茶なンぞに凝るんでござンしょう」

「その伊之助は、何と申して居るな？」

「ところが……」

と、小吉は、ちょっと恰好つけて一膝乗り出すと、声の調子を落した。そのまま、ずッと居坐っていた、おいとが、思わず緊張して耳傾ける。

「昨日、手前は、何はともあれ、さっそく谷中八軒町の伊之助の家へ出向いたンでございますが……」

行ってみると、伊之助の住居は、寺と寺とに挟まれた閑静なところで、いたずらに蟬の声ばかりが矢釜しかった。

茂り過ぎて邪魔な楓の葉を避けながら、小吉が訪ずれると、婆やのおとめが出て来て、若旦那さまは此の四、五日お身体具合が悪く、ずッと奥でお休みになっている、という。

ちょッと躊躇したが、人の話が出来ないほどの大病でもない様子なので、押して会うことにした。勿論、小吉は自分の身分を明かした上だ。

「むさ苦しいところで恐れ入ります」

伊之助は、丁寧に挨拶した。

通された奥の八畳間の夜具の上に、それでも彼は流石に起き直っていた。血の気のない瘦せた青白い顔で、身体全体、肉つきが薄く、肩のあたりは突ンがってさえ見えた。二十七、八と云った年頃だろうか。

「四日前、お茶の師匠の掬露がここへ来たそうだが」

小吉は、すぐ調べに取りかかった。

「へえ、かねて普請中の茶席が……」

と、云いかけて、伊之助は、ちょいと座の左隅の方を指さしたので、小吉も視線を向けると、そこに、小体な茶室が一棟、建っていた。

「あれが、やっと出来上りましたンで、師匠に炉開きをしていただこうと、お招き致しました。お約束通り、午前、お見えになり、茶席の作りを大層ほめて下さいました」

「何時頃かえったえ、師匠は？」

「小半時、後でございます。大層お急ぎでございますねと申しますと、今日は、すこし忙しい用事があるからと……お午飯の支度が無駄になりまして」

「ふむ……」午ッころには此の家を出たのか、と、小吉は思いながら、次ぎに、

「お前さんは未だ知らないのか」

と、気を引くような訊き方をした。

「えッ、何をでございますか？」

「師匠の披露は、この家を出たッきり、今もって行き方知れずさ」

「え、えッ？」

びっくりして、伊之助は、膝で詰め寄るように前へ居ざり出ると、

「あの、行く方知れず？　……どうしてでございます？　そりゃア又何故で？」

と、言葉せわしく訊き返した。

「お前さんに何か心当りはねえか」

小吉は、相手を凝然と見つめながら、こう訊く。

「はい」

痩せた膝の上へ、骨ばかりのような手を置いて、伊之助は暫くうつ向いていた。云おうか云うまいかと考えている様子だった。

「下手に隠し立てしちゃアいけねえぜ。何でも申し上げることだ」

と、小吉は誘いの水を向けた。

「はい」

伊之助は、頭を一つ下げると、思い切ったように、こんなことを云ったものだ。

「師匠を隠したのは、きッと御亭主の池田さんでございましょう。それに相違ございません」

「何だと？　亭主が隠した？　……おいおい、しっかりしろよ、伊之、その亭主が、女房が行くえ知れずと訴え出たンだぜ」

「いいえ……池田さんです。あの人は、師匠が、わたしに流儀の奥許しを授けようとしたのを大層いやがり、……いえ、わたしのところへ寄越すことさえ厭がって、自分はわたしからお金ばかり取り上げました」

「なるほど……」こりゃア大きに有りそうなことだ、と、小吉も考えた。多分、亭主の池田佐太夫は、この伊之助に嫉妬しているのかも知れない。だが、行方不明とは可笑しいことだ。或は何かの行き違いから、嫉妬に狂った佐太夫が、その妻おたえを殺してしまい、逆に、疑いを避ける為に、行方不明と云い立てたものだろうか？

「あの新建ての茶席も……」

と、伊之助は云うのだった。

「師匠の教え通りに作り……大工を三月もここへ宿りこみにさせて、……流儀の奥許しが欲しいばっかりでございました。わたしも師匠も一生懸命にこの道の為に……それが不可なかったのでございましょう」

「じゃア、師匠の行くえは心当りねえな」

小吉は、相手がこれだけの訊問のうちに、ひどく疲れて来た様子なので、もう切り上げようと立ち上がった。

「はい。……池田さんにお訊ねなされる方が早わかりかと、存じます」

挨拶する為に、つかえた両手に、疲れ切った身体の重さが、かかり過ぎたせいか、伊之助はがくりと前へのめった。

「危ねえ、大丈夫か」

小吉が、思わず、声をかけた。

「ありがとうございます」

息を切らして、嗄すれた声だった。

「まア養生するこッた」

庄太の死

病室を出ると、小吉は、送って来た婆やのおとめを、外へ連れ出した。

「この家にゃアどんな手合が出入りするんだえ？」

「さようでございます」
五十四、五と見える、おとめは、前掛けで手なぞ拭きながら、
「御覧のように、若旦那さまは年中、寝たり起きたりの御病身で、それに至って物静かな……人さまとお話するのも気が進まないと云ったお方ですので、これと云って、お客さまもございません。月に一度、御本家から大番頭さんが見え、それから、五、六日ぐらいの間で、お茶のお師匠さまがお出でになるくらいのもので、はい」

「まるで世捨人(よすてびと)だな」

「さようでございます。何が面白いのか、と思われますようなお暮らしで。けれど」

と、おとめは、その裏側だけが見える、新建ての茶席をさすと、

「あれをお建てになっておいでの間は、そりゃア御熱心なもので、わたくし共が見ましては、田舎家(いなか)に毛が生えたようなうちでございますが、あれで大層、お金がかかって居りますそうで、何しろ親分さん」

と、一足近寄って、

「大工の庄太さんを丸二月、家へも帰さずここへ宿りきりにして、指図なさったのでございます。ところが、庄太さんは運の悪いことには、あの家が出来上って、明日帰るという日に親分さん、屋根から足を滑らしたかして、敷石で頭を割って死んでしまいましたものでございます」

「そりゃア気の毒だな」

「はい。そんなせいですか、わたしは、どうもあの家は虫が好きませんので。家が出来ましてから、又、若旦那は余計、お身体具合が悪くなりましたし……それに庄太さんの友達で松五郎という同じ職人が、庄太さんの死んだことを、こちらの手落ちのように因縁付けまして、時々、小遣銭をせびりに参りましたり、本当に、あのお茶席以来、ろくなことはございません」

と、おとめは、日頃の不平をぶちまけるような調子で云った。

「その松五郎という大工は何処に住んでるンだ」

小吉は、ふッと訊ねた。

「よくは存じませんが、根津門前町の死んだ庄太さんと同じ長屋だそうで」

「茶の師匠の亭主、池田佐太夫はあんまり来ないのかえ？」

「さようでございますねえ……」

おとめは、空を見上げるような眼遣いをして、思い出すように、

「今までに二度ぐらいでしょうか」

「そんなもんか」

小吉は、却って意外に思った。すると、佐太夫と伊之助とは、当人同志は余り深い知り合いではないらしい。

「伊之助は、師匠に惚れてるだろう」

小吉は、ずばりと云った。

「えッ？　……ホホホホ」

おとめは、返答に困ったように、こう笑って誤魔化(ごまか)したが、

「まア、おきらいじゃアないようで」

と、あいまいな返事をした。

その時、小吉は、急に鋭い眼付きになってあたりを見回したが、いきなり、すッと柴折戸(しおりど)から外の通りへ出た。

と、生垣の根もとに、法被(はっぴ)姿の職人風体(ふうてい)の者が一人、じッとかがみこんでいたが、小吉を見ると慌てて立ち上がり、背を見せて急ぎ足に立ち去ろうとした。

「待ちねえ」

小吉は、御用聞きらしい調子で、

「松五郎だな、おめえ」

と、きめつけるように浴せた。

「へえ」

観念したのか、相手は、素直に肯くと立ちどまった。三十前後か。髯(ひげ)の剃り痕の青い、ちょいと小粋な男だ。

「おめえ、このうちへちょいちょい来るそうだな。何の用だ」

「へえ」

頭を一ツ下げたが、何とも云おうとしないのだ。むっつり黙りこんでいる。

「庄太が怪我(けが)をして死んだのに因縁を付け強請(ゆす)るッていうじゃねえか」

「いえ、そんな」

急に、松五郎は両手を上げ、煽(あお)ぐように振り立てて、口早に云った。

「強請るなンて大それた真似をしちゃいませんので。唯(ただ)、ちょいと旦那にお会いするだけなンで。へえ、それだけなンで」

「何の用があるンだ」

「いえ、別に、これッて用はねえンで。お暑うございます、とか、雨が欲しいところでなンて云うだけで」

「そんな下らねえ挨拶をしに、わざわざやって来るのか」

「へえ、まア、そんなところで」

「馬鹿野郎！」

小吉は、思わず一喝すると、

「挨拶はそんなとこかも知れねえが、それで伊之助が金を呉れるわけはねえ。呉れるには呉れるでそれ相応の曰(いわ)くがある筈だ」

「そりゃア……庄太が死にましたンで、それで、まア親しい友達のわっしに……」

「怪我で死んだンだろう、庄太は？」

「へえ、ドチな野郎で」

話は、これ以上、どうしても進まないのだった。小吉は大概のところで切り上げた。相手は真逆(まさか)、逃げもしまい。又、用があれば呼び出すまでだ。

袱紗(ふくさ)と穿(は)き物(もの)

「……と、まアこんなところで」

と、小吉は事件の概要を説明してから、

「たかが茶の師匠が一人行き方知れず、大したことでもねえような話で、そのうち、どッかから、のそのそ出て来そうな気もしていたンですが、今朝ンなって妙なことが起りました」

と、次ぎへ続けた。

若さまは、もう飲み飽きたか、暑さで気だるいのか、何時(いつ)か、ごろりと横になって肘枕だ。眠りこまれては困るので、小吉は、すこし早口になって喋る。

「亭主の池田佐太夫が、今朝、自身番へ、妙な面(つら)アして妙な物を持ちこんで来たンで。何でも佐太夫も今朝、初めて気が付いたそうですが、表通りに向った櫺子(れんじ)窓の隅ッこに、渋紙でくるンだ物が突ッこまれてあるので、はて、何だろう？　と、開けて見ると、驚きました。品物は二ツで、二ツとも、よく見覚えのある女房おたえの持ち物でした」

「あらッ」

未だ傍で聞いている、おいとが、思わず、こう小さく叫ぶ。

「一ツは、茶道具で、濃紫(こむらさき)の袱紗、今一ツは、おたえの穿き物で」

「まア、妙な物が?」

おいとが、頓狂に云う。

「全く、わけがわからねえ話で。一体、何だッて、選りに選ってこんな物を返したものか。佐太夫にも天から判断が付かず、さっそく自身番へ持ちこんだンですが……こりゃア一体、若さま、どういうわけで?」

と、小吉は訊ねた。

「判じ物だな」

若さまは、真面目な顔付きで云う。

「ヘッヘッへ、判じ物にゃア違いありませんが……佐太夫が云うには、この二、三日、そのへんは見なかったンで、その品が何時ごろ突ッこまれたのかわからないと云うンです。どうも、わからない、わからないで往生致します、全く……」

小吉は、困じ果てたように云った。

「ハッハッ!」

すると、いきなり、若さまは、莫迦でかい声を上げて笑い出すと、「袱紗と穿き物、ときたか」と云って、まだ何か云うのかと思うと、ごろりと向う向きに寝返って——どうやら眠る気らしい。

所詮、今日は駄目だ、明日にでも出直して来ようと、小吉は早いとこ諦めた。

と、それから三日経った日の午前。

「どうも又、わけのわからねえことが起りまして」

と、ひょッくりやって来た小吉が、浮かぬ顔付きで、座に着くなりこう云った。

「今日の演し物は何だな？」

若さまは、窓べりに置かれた、紫色の大輪な朝顔の花を、ぼんやり見ながら、こんな云い方をした。

「いえ、こないだからの続きでして」

「如何相成りましょうや、明晩の前講、か」

若さまは、講釈師のようなことを云うと、自分の膝を、ぴたりと一つ叩いた。

「ヘッヘッヘ、それが、いよいよ奇妙に相成りまして……今度は、病気の伊之助が、ふいッと居なくなりましたンで」

「伊之公が消えたか。やれやれ」

「へえ。何でも、手前が調べに参りました翌日の午過ぎあたりから居なくなった模様でござンして。婆さんのおとめが、晩飯を持って行くと床は藻抜けのから。午飯の折には確かに居たそうで。何分、病人の傍に、ずッと居るわけじゃアないので、何時、何処へ出て行ったのか解らないと申し……日が暮れても戻って来ず、御蔵前の本家へでも行ったのか、と思っていたそうですが、翌日も戻らないので変だと婆さんが本家へ行くと来ないそうで」

さア、それから騒ぎになって、升金屋では心当りを探し回る、八方へ人をやる……だが今のところまで、伊之助の行く方は、まるで解らない。

「何処へ行きやがッたもんで、あの病気の身体で？」

と、小吉が首を捻った。

「…………」

何か云おうとして、若さまは、そのまま無言で、凝然と考えこんだ。

邪魔をしても悪かろう、と、小吉は、これも黙って、窓際の朝顔の花を見ながら、自分なりに考えた。こりゃア、ひょッとすると、おたえと伊之助は、しめし合わせて馳け落ちでもしたのではあるまいか。だが、それにしちゃア穿き物と袱紗を返すというのも妙だ。この意味でも解けてくれれば……。

そこへ、おいとが、酒器を乗せた膳部（ぜんぶ）を持って這入（はい）って来た。

「お待ち遠さまでございました」

すると、その声で、眼が覚めたように、若さまは、

「親分、参ろう」

と、云うと立ち上った。

「ヘッ、どちらへ？」

「その女の亭主、池田佐太夫と申す者のところだ。それから、強請（ゆすり）に参ったとか申す大工を呼んどいてくれ」

「へえ、畏（かしこま）りました」

小吉は、いそいそとして答えた。

若さまは、徳利を、ちらッと見たがそのまま出て行く。珍らしいことだ。

佐太夫の失踪

神田連雀町の池田佐太夫の家は、裏新道の角から五軒目だった。

見ると、雨戸が閉まっている。

「留守かな?」

小吉は、暑いので開けッ放しの隣りの家へ窓から声をかけた。

「佐太夫は居ねえのかえ?」

すると、肌ぬぎになっていた女房が慌てて肩を入れながら、

「はい、ずッとお留守でして」

「ずッと留守だと? 何時からだ?」

「さア……もう三日にもなりますか」

「何処へ行くとも云い置いちゃアないかえ」

「へえ。……唯、留守をお頼みします、とそれだけで」

隣家の女房は、小吉の身分を知っているのか、いくらか、おどおどしながら答える。

「三日前から出たッきりだそうで」

小吉が、云うと、若さまは、

「これも行き方知れずか、ハッハッハ！」

と、笑った。佐太夫も亦、行方不明になったのだろうか？　すると、これで三人だ。一体、みんなどうしたのだろう？　いや、どういうわけなのだろう？

小吉は、町役人立ち合いの上で、佐太夫の家をこじ開け、中を調べてみたが、格別これと云って変ったこともない。半日ぐらい留守する気で出て行った模様だ。

「何処へ行ったもンでござんしょうか」

と、小吉が訊ねたが、若さまは、何ともそれへは答えず、せっかちに、

「大工に会おう」

と、云うと歩き出してしまった。

自身番へ来ると、子分の太平が、死んだ大工、庄太の友達だという、松五郎を連れて待っていた。

「松五郎」

若さまが、鋭く呼びつけて云った。

「死んだ庄太が、こっそりお前に喋ったことがあるだろう。何と云ったな？」

「いえ、別に、そのウ……これッていうことは、そのウ……何にも、へえ」

「これッてこたア云わねえが、後で話すとか何とか、そッと小声で云われたことはあるだろう」

「へえ。そりゃアございました」

松五郎は、びっくりしたような表情で答えた。この人は見ていたのか?

「それだけか?　それだけらしいな」

後の方は、若さま、独り言のように云う。

「へえ、全く、それだけなンで」

松五郎は、伊之助に、心の中を見透されているような気がしたと見えて、眼をくりくりさせた。

「お前は、伊之助に、庄太の野郎から、ちょいと小耳に入れたことがありましてね、とこの位のことを云ッちゃ、伊之公から金を貰っていたンだろう」

「へえ。恐れ入りました」

「ハッハッハ!　肝腎(かんじん)のことは知らねえのに、相手が伊之だから通じたんだな。ハッハッハ!するど、いよいよ」と、云いかけて、急に、「親分、谷中八軒町へ参るとしよう。松五郎も太平も来い。人手が欲しいところだ」と、まるで引ッ越しみたいなことを云うと自身番を出た。

午近くなって、日ざしはきびしく、暑さは加って来た。若さま初め四人は日陰を選んで歩いた。八軒町へ行って、婆さんのおとめを調べてみても……どうも大した種がありそうにも思えない、と、小吉は道々、こりゃア汗のかき損に終るだけだろう、と、考えたりした。

蟬の声が、うるさいほどの木立ちの中、寺の隣りの伊之助の家は流石、市中と違って何処か涼し気に見えた。

婆やのおとめと、他に本家から番頭が一人来ていて、四人を迎えた。若旦那の行くえは相変らず解らないという。

若さまは、庭先きを回って、いろいろ問題を起した新建ての茶席を眺める。

入母屋、草庵作りの四畳半で、躙口、突上窓、下地窓、櫺子窓、中柱と型通りで、天井は網代、床は一枚板の踏込だった。未だ新築のせいか、侘びというような味よりは遠いものに見えた。


と、何を思ったか、若さまは、躙口から、かがみこんで座敷へ上がりこんだ。

小吉は、濡れ縁に腰かけていた。

子分の太平と大工の松五郎、それから本家から来た番頭の三人は、手持無沙汰の体で、庭へ突ッ立っていた。

「ほウ、織部か」

上がりこんだ若さまは、そこにあった茶道具を勝手に、いじり回していたが、

「親分、炭火と、水を頼んでくれ」

と、こう命じたものだ。

茶を立てる気だと見える。のん気なお方だよ、全く。と、小吉は今更思うのだった。

底知れぬ泥沼

暫くして、釜の湯が、たぎってくると、

「おいおい」と、若さまは、皆を呼び入れた。「それへ、ずッと坐れ、茶を立ててやろう」と、

云った。

こんなことには馴れない連中なので、小吉を初め四人は、ぎごちなく坐りこんだ。

若さまのお手前は、案外、格に入ったものだった。普段は行儀の悪い立て膝姿が、この時ばかりは、ちゃンと四角に坐っていた。

そして、茶が終った時だった。

「親分……そうだろう」

と、こう、若さまは独り言を呟くと、急に立ち上がって命じた。

「さ、皆して畳を上げてくれ」

「へッ？　畳を上げますンで？」

面喰ったが、若さまの云うことだ。四人は端から畳を上げにかかったが、釜の前の一枚だけが、どうしても上がらない。下の床板に食ッ付いていると見える。

「床板とも剝がせ、用心してやれ」

と、若さまが、注意した。

大工の松五郎が、そこは商売、梃子を入れて、ぐいと力を掛けた時、どういう仕掛けになっていたものか、くるり、と、床板もろとも畳は、がんどう返しに撥ね上がった。

「あッ！」

人々は、叫ぶと共に、思わず鼻を掩った。何とも云えない、いやな匂いが、その下——暗い穴の中から漂い出た。

いち早く、穴を覗きこんだ小吉が叫んだ。

「人が、死んでるぞ！」

誰であろう？　直ぐ梯子を持ちこんだ。やっと下にとどいたほど深い穴だった。いやな匂い、死臭を我慢して、子分の太平が、恐るおそる降りて行ったが、

「親分！　縄を二つ下げておくンなさい」

と、どなった。

そして、その二ツの縄を引き上げた時、人々は、男と女の死骸を見た。両方とも尻から胸へかけての酷(むご)たらしい槍傷。

「臭エ、臭エ、こりゃア敵(かな)わねえ」

と、云いながら太平が上がって来た。見れば手に槍を持っている。しかも二本だ。

「こいつが、土の中へ深く突ッ刺さっていましてね。穴の中にゃアもう一ツ、横穴がありまして、そっちへ、女の死骸は片寄せられていましたよ」

明かに計画された人殺しである。

「男は、池田佐太夫、女は、女房のおたえですね」と、小吉は唸(うな)るように云った。下手人は伊之助であることは云うまでもないことだ。

「伊之助は何処へ逃げたもので？」

小吉が、こういうと若さまが、いつか傍へ来て眼を丸くしていた婆やのおとめに、

「あの物置小屋……」と、裏庭の一隅を指さして、「ありゃア近頃開けねえか」と、こう訊ね

た。

「はい。あの小屋は、このお茶席を建てる時、材木や何かを入れて置いたもので、この節は、まるでもう……」

「親分」と、若さまが引き取って、「あの小屋の中に、多分、伊之助が、ぶら下がっているだろうよ」

と、云った。

小吉を初め、人々は馳けつけた。戸を開けて見ると、果して伊之助が、首を縊って死んでいた。その懐中から手紙が出た。

「書き置きでござんすかね」

と、小吉は、若さまに渡した。

一読すると、若さまは、すぐ戻して、

「どっちもどっちだ」と、呟いた。

その書き置きには、大要次ぎのようなことが書かれてあった。

伊之助は、おたえの美貌に魅かれて、何時か師弟の道を踏み越えてしまった。すると、亭主の佐太夫が乗り込んで来て、姦通罪で威し、内済にするからと多くの金を取って行ったのだが、妙なことには、それ以来も、おたえはやって来て、又ずるずるとなり、佐太夫が、ちょいちょい来ては金を取り立てた。何のことはない、夫婦馴れ合いの淫売だった。金銭に不自由はないと云っても限度がある。伊之助はやり切れなくなり、それに夫婦のあくどいやり方に心から憤怒した。おたえと縁を切ろうとすれば逆に今迄の姦通で脅す。云わば底知れぬ泥沼で、伊之助は金の実る木にされたのだ。彼は二人を殺そうと決心した。

それで、仕掛け茶席を作ると、二人を首尾よく殺したのだが、わが身も御用聞きが眼を光らせるようになったし、病弱の身、自殺する気になったのだ。

相手が坐った畳が、どんでん返しとなって穴へ落ちると、逆さに植えた槍で串刺しにする、からくりを作ったので、大工の庄太には口止めとして多額の金を与えたが、それでも秘密の洩れるのを恐れて、建築が終った日に庄太の後頭部を金槌で滅多撃ちに撃って殺した。人には屋根から落ちたと云った。庄太が松五郎に云ったことは、この仕掛けではなく「こわい家だぞ」の一言だった。庄太も一応は、約束の秘密を守ったのだが、伊之助は、却って洩らされたと感づいて松五郎に強請られたのだ。

——事件が片付いてから、御礼に参上した小吉が、例に依って、調べの勘どころを訊ねた時、若さまは、こう簡単に答えた。

「大工が、いやにチラチラするんで、茶席が気になったのサ。ハッハッハ！」

「あの袱紗と穿き物は？」

「ありゃア多分、亭主の小刀細工だろう。一体、佐太夫は、初めから知っていたンだが、下手すれば自分の身体に火が付く。何とか、うまく伊之助を罪に陥し入れようと考えていたらしいな。だが、茶席に、あんな、からくりがあるとは知らなかった……ま、死人に口なし、か」と、格言めいたことを云ってから、もう一ツ追加した。

「小人閑居して不善をなすと云ってな、得てして、金のある奴がブラブラすると、ろくなことは考えねえらしい。ハッハッハ！」

「ヘッヘッへ。全くで。手前なんざア、貧乏暇なし。この方がよろしいようで」

「まず……」と、云ってから、若さまは「遅いな」と、呟いた。そう云えば、今日はまだ素面だ。酒の支度が手間取るようだ。

「見て参りましょう」

小吉が気軽に立った。

あやふや人形

一

「どうも、こりゃア若さま、だいぶ、およろしい陽気になりました」

まかり出た、お上御用聞き遠州屋小吉が、四角に坐って慇懃に挨拶した。

「そろそろ菊が見ごろのようで。なんでも染井へんの作り菊には、たいそうなものが、あるそうでして……」

「ハッハッハ！　親分、植木屋の引き札でも持って来たのかな」

ここは柳橋米沢町、船宿喜仙の大川に沿った二階座敷。床柱に軽く背をもたせかけて、右の立膝。若さまはいつも通りのかっこうで、これもいつものとおり、前には徳利を載せた高脚、黒塗りの膳部を控え、あきもせずご酒を召している。

十月になって間もないころで、しっとりと落ち着いた中秋の午後。

すこし冷たそうに見える大川の上を、白雲が一片、動くともなく浮いている。時おり、ついと黒く横切るのはトビでもあろうか。

遠く近く、思い出したように、法華太鼓の音が聞えて来る。

「ヘッヘッヘ」ご愛想笑いを一ツしてから、小吉は、

「またぞろ、妙てこりんな話を持って上がったのですが……」

と、ここで、口調を改めると、

「御蔵前の呉服屋で、丸五……番頭手代あわせて二十人もいようという大店ですが、ここのひとり娘で、おしま、これがゆうべ、殺されましたンで」

と、言った。

そこへ、当船宿のひとり娘、ことし十九になるおいとが、新しい徳利を持って上がってきた。

「おしまというのは近所でも評判の器量よしで、年齢は十六、蕾が咲きかけようという娘ざかりで」

「まアそのひとが殺されたンですか、親分さん……可哀そうに」

おいとは、一も二もなく同情した。

「場所は、新堀端の西福寺の塀際で。咽喉を絞め上げられていました。たかが十六の小娘で、殺すのに手間はかからなかったでしょう」

「そんな小娘が、なんの用事で、夜中？」

と、若さまがたずねた。

「へえ、おしまは、夏のうちから、ずッと、元鳥越の清元の師匠のところへ稽古に通っておりまして……秋になって日が短くなったので、これからは午前にしようといっていた矢先だったそうで、夜分といっても、まだ暮れ六ツ前なンですが」

「咽喉を絞められただけか」

と、若さま。

「へえ。……そうそう」と、小吉は、新しく思い出して、「手向かいしたかして、両方の膝ッ小僧が、いやッというほど、すり剝(む)けておりました」

「下手人の心当りは?」

「ヘッヘッへ!」

すると、なんと思ったか、小吉は笑い出してこう答えた。

「いえね、下手人にもなんにも、その西福寺の境内(けいだい)の名物大銀杏(おおいちょう)、それへ、細引をひっ掛けて、ひとり、ぶら下がっておりましたンで」

「誰だえ?」

「すぐわかりました。その首くくりは、丸五の手代で、宗兵衛(そうべえ)という年齢は二十四とか。なんでも十日ほど前、人のいないところで、当の娘、おしまを口説いていやがるのを、力ずくでものにしようとしたところを見つけられ、追い出されたという男で」

「色恋沙汰か」

「さようで。振られたのと、から傘一本で追ン出されたのと、その二ツの逆恨みで。……けれど、首をくくったところをみると、無理心中とも受け取れるようで。そこンところは死人に口なしで」

「では片がついたな」

若さまは、すんだ話を——それも、そう大して珍しいというほどの殺しでもないことを、小吉が、わざわざ持ちこんで来たのを、かえって、いぶかるような表情を示した。つまらなそうに、盃を含む。

「ところが、若さま」すると、小吉はそれが違うンだという顔つきになって、一膝、乗り出すと、「じつは、いまから五日ほど前、門跡さまの前に住んでいた、金貸しで阿波次郎というのが、殺されましたンで。それが……」と、小吉は、仕方話のいきで、「ところもあろうに、その西福寺の塀際、ぴったり、同じ場所なんだから驚くじゃアありませんか」

と、どうだという顔つきになった。

「下手人は？」

若さまの目が、ちらッと動く。

二

「いえ、こっちのほうの下手人はまだわかっちゃアいねえンですが」小吉は、すこし慌て気味で、

「心当りのないもので」

と、言いわけがましく答えた。

「傷は？」

と、若さま。

「頭のうしろを割られていました。何か重い物で滅多打ち、といったあんばいで。……そうそう、こいつも両膝を、ひどく怪我していましたっけ」

「心当りとやらは？」

「へえ。このほうは、なにぶんにも商売が、人の恨みを買う金貸し。貸りたやつア誰も彼も、阿波次郎をよくは思ッちゃいねえでしょうが、手前が小耳に挟んだところでは、近くの三間町にいる浪人で、大須賀五郎兵衛、この人なンざあ、どうも……」

と、言って、小首を傾げた。

「その浪人者が、なぜ、怪しい？」

若さまは、盃の糸底などを撫ぜながら、ゆっくりした口ぶりだ。

「いえね、これッて手証があるわけじゃアござんせんが、なんでも、一度、阿波次郎が手ひどく貸金の催促をしに行った時に、どうでも浪人さんは払えない……長わずらいで寝たッきりなんだそうで。ご新造というのが、ぐッと歳が若く、貧乏ぐらしでしおれちゃアいますが、なかなかの別嬪だという話で。阿波次郎が、止しゃアいいのに、こう言ったそうで」と、小吉は、

「いつ、来てもないじゃアすまない。見れば大小があるじゃないか。あれを売って金にするなり、また、わしへカタに渡すなり……と言ったンで、さア浪人、眼の色を変えて怒ったそうです。大小は侍の魂、何を無礼なことを言うかッて、まアわけで」

「ふん……」

若さまは、あんまり面白そうな様子にも見えない。

「阿波次郎も、それで引きさがりゃアいいのに。大小がいやなら、たッてとは言わない、その代り、と、じろりとご新造のほうを見て、親が重病だと、孝行な娘なら、人参代に身売りすることも珍しくはない。ご亭主が、長わずらいで借金で困っているンだ、だから、ここンところはご新造がなんとか……と、まるで、身売りしたらいいだろう、と言わんばかりなことをしゃべったので、五郎兵衛さん、なおのこと腹を立てて、いきなり、抜き討ちをかけたそうで。病身で腰ッ骨がいうことをきかなかったからよかったようなものの、あと五分、というところで阿波次郎、袈裟がけに斬られるはずだったと言います」

「ハッハッハ！　口は禍のもとかの」若さまは、柄にもない格言を言った。それから、「その話だけは、なんとも申せぬな」

と、つぶやいた。

「さようで」

「同じところで、この五日六日のうちに、二度の殺し……？」

「へえ、そこンところが奇妙なンで、手前も、若さまへ持ちこむ気になりましたんですが、じつは……………」

と、相手の顔色をうかがうように、小吉は、

「もう一ツこれにからンだ、面妖な話がございますンで」と、言った。

「何、まだあると？　殺しか？」

「いいえ、ちょいと、まじないみてェなンですが」

「まじない？」

若さまは、変な顔をした。

「まじないで、たびたび、人が殺されるとでもいうのかな」

「いいえ、当てましたンで。西福寺の塀の通りで、人殺しがあると、二度とも、ぴったりと当てたやつがあるンで」

「ほウ！」

若さまは、素直に驚くと、たずねた。

「誰だな？」

「新堀端よりの阿部川町で、甚左衛門差配の八軒長屋のどんづまり、以前は桶屋をやっていたそうですが、この春ごろからか、よいよいで足腰がままにならず、寝たッ切りの汚ねえ爺イで、確か名前は彦右衛門と言いました」

「それが、まじないをやるのか」

「へえ」

小吉は、うなずくと、前に出ていた渋茶で、咽喉を潤し、

「それについちゃア、ちょっと妙てこれんな話がございますンで」

と次のように話し出した。

三

いまからおよそ三月ほど前。七月の末で、そろそろ吹く風が、どこかうら佗びしく、肌身に冷たく思える、秋のはじめ。その日暮れ方、杖にすがりすがり、とぼとぼと、よいよいの彦右衛門は、ご府内はずれの道灌山の裾を歩いていた。

早くもどろうと思うのだが、足が言うことをきかない。あたりは、うす鼠色に暮れかかって、カラスがカア、カア。

腰を叩きながら、とある畑地の小流れを渡ろうとした時だ。ひょいと下を見ると、板一枚を渡しただけの橋の下、水藻の間に何やら見える。

「なんだろう?」

痛む腰を、わざわざ曲げて覗きこむと、

「おや、人形か」

塗りの剝げた板切れの上に、ちょこんと、彩色された人形が乗っている。もッと上流から流れて来て、この水藻にひっかかったものと見える。

好奇心とともに、ひろい上げて、手にとってみると、人形は、ありがとう、と礼を言った気に思えた。彦右衛門は、前後の考えもなく懐中に押しこむと、暮れ急ぐ野路を、とッとと歩き出した。なぜか、その人形を懐中に入れてから、足がいままでよりも、ずッと軽くなったようである。

阿部川町のわが家にもどった時は、もう、とっぷり日は暮れ切っていた。

彦右衛門は、誰にもわからぬように、その人形を押入れの中にしまいこんだ。

すると、その晩のことである。

夢うつつに、彦右衛門は、起されたような気がした。と言って、からだを起したのではない。神経だけが、どこか遠くで眼覚(めざ)めたという具合なのだ。

「……あすは雨だぞ」

と、誰かが教えてくれるのだった。

「そうですか」

と、彦右衛門は、ぼんやり答えた。と、次に、

「相長屋(あいながや)の三吉(さんきち)が怪我するぞ」

と、またもや誰かが教えるのである。

そうですか、と、彦右衛門は、やはり同じように、薄ぼんやりと答えた。

こんなふうに、彼は、その昼、五ツか六ツ、これから先のことを教えてもらった。そのうちぐっすり眠ってしまった……。

ところが、驚いたことには、夜が明けてみると、きょうの暮れ方には夕焼けまでしていたのに、変りやすい秋の空か、きょうは朝から、しとしとと寂(さび)し気な秋雨が降りそそいでいたものだ。

それから、シジミ売りの三吉が、出会頭に大八車にぶつかって、右の向こう脛に大怪我をしたものだ。

「はてな？」

口の欠けた土瓶から雑炊を吸っていた彦右衛門は、三吉の怪我を耳にした時、どきンとした。雨といい怪我といい、みんな、自分がゆうべ夢うつつのおりに、誰かに聞かされたことばかりだ。そして、まったく当っているではないか、嘘ではないのだ。

誰が教えてくれたのだろう？

自分には、いままで、こんな不思議な能力はなかった。自分ではない。

その時、彼は、ゆうべひろって来たあの人形のことを思い出した。そうだ、これア、あの人形が告げてくれたのに相違ない。彦右衛門は、恐ろしいと思うと同時に、尊敬の念も起した。

押入から、あの人形を取り出すと、破れつづらの上に安置して合掌した。

それから彼は、なにくれとなく面倒をみてくれる、隣の煮豆売りの婆さんに、この奇蹟を語った。婆さんはたちまち信じた。うわさはすぐ長屋中にひろがった。人々は、好奇心と、畏敬と半分半分の表情で、その人形に参詣に来た。お賽金を置いて行く者もある。

そして、それから夜ごと、彦右衛門は、夢うつつのうちに、人形のお告げを聞いた。ほとんど当った。

彦右衛門さんの人形は、生きた人形だ、あれア神さまが乗り移っていられるのだ……それから人々は、わが運命の相談にやって来た。人形に聞いてくれというのだ。彼は一種の易者になった。

その彦右衛門が、いまから七日前に、あす、新堀端の西福寺のそばで人殺しがあるぞ、という お告げを言ったのだ。

元来、この人形は、誰にも関係のないことを、これまでも予言した。今度のも、その類だった、そして、予言どおり、金貸しの阿波次郎が殺された。人々は、いまさらのように信を厚くした。と、また、同じ場所の殺人を、いま一度予言した。丸五の娘、おしまが殺されたのだ。人々はいよいよ信じこんだ。

「……と、まアこういうわけでして、彦右衛門の生き人形の言うとおりというわけで、まぐれ当りか、それとも……」

と、小吉は、ここまで話して来て、ふと、話し止めて見上げた。若さまが、すッと立ち上がったからだ。

「親分、その新堀端の寺とやらへ案内してくれ」

「へ、これアご出馬で」

小吉は、若さまの引き出しに成功したので、いそいそと立ち上がった。

四

新堀端、西福寺わきは、片方は堀割り、その向こう側は、役人の同じような構えの武家屋敷、そのこちら側は、西福寺の築地塀が、小半町もつづくという、夜などは寂しい通りだ。

「ここンところでして……」

　案内して来た小吉が、立ち止まると、地面を指さして説明した。

　そこは、寺の築地外に、一本、松の大木が生い茂っている、その木の下から堀割りへかけてのところだった。

「二度とも、ちょうど、こんなところで……まったく妙でござンして。……それに、妙と言えば若さま、今度の二ツの殺し、両方ともが、おたがい縁もゆかりもござンせんので……おしま殺しの手代、宗兵衛は、金貸しの阿波次郎とはなんのかかわりもなし、……また、人形の彦右衛門は、おしまなんぞ、テンから知らず、怨みつらみもなし、金貸しもまた知らずといった他人同士……つまり、まアみんながみんな、てんでんばらばらで。……じつは若さま」と、小吉は、ここで声をひそめると、「手前は、この同じ場所ッていうことが、どうにも奇妙、まとまりがつかないンで、弱っておりますんで……。まさかそのウ、ヘッヘッへ、人形のせりふを飲みこむほどのありがたや連でもねえンですが……」

と、まとまりのつかない弱った表情をしたものだ。

　まったく小吉の言うとおり、事件は相ついで二ツ起ったが、同じ場所という一点を除けば全然無関係なのだ。そして、この同じ場所ということが、なんとも神秘なのだ。

　小吉の言葉を聞いているのかいないのか、若さまは例の着流し懐手、ぶらりぶらりとその辺を行ったり来たりしている。堀割りに近い捨石に腰かけてみたり、かと思えば松の木の根方へ近よってみたり、何か思案している体だ。

考えごとの邪魔をしても悪かろうと、小吉は、黙って控えていたが、若さまが、いきなり、その松の根本へしゃがみこむと、笹が生い茂った中へ手を突ッこんで、ガサガサはじめたので、なんだろうと近寄った。

「何か、ございましたか」

「あったな」若さまが、弾ンだ声で、「これを見ろ」

と、言った。

覗きこんでみると、笹で隠れていて、ちょっと見たくらいでは気がつかないが、赤い布が、きつく松の根に結びつけられていた。

「へえ?」

小吉は、片づかない返事をする。

若さまは、それを、ほどくと、手に取り、

「これは……女の下締めかな……この端は無理に引きちぎったらしい……古物だな」

と、ひとり言のように鑑定する。

「さようでございますな」

相槌は打つが、小吉には、それがなんのためのものなのかわからないので実が入らない。

「親分」若さまが、復習するように、「娘のおしまも、金貸しも、膝ッ小僧をすり剝いていたと申したな」

と、念を押した。

「さようで」

答えはしたが、小吉にはまだわからない。若さまは、それを渡すと、強く言った。

「大事な代物だ、あずけたぞ」

「へえ、確かに」

何かは知らず、小吉は古物の切れッぱしを、うやうやしく懐中へおさめた。

「ところで……」もう、ぶらぶら歩きはじめた若さまが、「阿部川町へまいろう。彦どんの人形を拝見するとしよう」

と、言う。

「へえ、ご案内致します」

五

御用聞きと聞いて、よいよいの彦右衛門は、かたわらにいた婆さんの手を借りて、それでも、やっと床の上に起き上がった。

五十年配か。白髪頭（しらがあたま）の瘦（や）せた、貧相な小男で、しょぼしょぼした目つきで、はいってきた小吉と若さまに、ぺこぺこお辞儀をする。お役人と聞くと、なんとなく怖がる気の小さな連中の一人だ。

人形のおかげか、夜具の類も真新しく、部屋の中は、小ざっぱりしている。一方の壁に寄せて、白木の台の上に、厨子(ずし)が置いてあって、前に花やお供物(くもつ)が並べてある。

小吉は、ふと、気がついて、念のため、こうたずねた。

「五日前の晩、おめえはどこにいた?」

「ヘッ? 五日前と言いますと……」

彦右衛門は、指折り数えながら、

「五日前にも、あっしは足腰が立ちませんので、ずッとここに寝たッきりで」

「証人はあるかえ?」

「えッ、証人?……証人と申しましても……この婆さんと」

と、かたわらにいるのを指さしてから、

「そうそう、差配の甚左衛門さんが来て子供の病気のことを頼まれ……それから、角の葉茶屋の……」

「ゆうべは?」

と、小吉。

「ゆうべは、いろいろたくさんに見えて、この狭いところには入れず……」

するとかたわらから、婆さんが口を挟んだ。

「そこへ、例の西福寺の二度目の人殺し騒ぎが知らされて来ましてね、親分さん」

「そうか」

彦右衛門は、両度の事件の夜、自宅にいたのだ。

と、若さまはすッと立ち上がると、つかつかと厨子の前へ行ったが、すぐ、躊躇するところなく扉を開いて、

「あッ！　それは！」

と言う彦右衛門の言葉など意に介せず、中から、一個の泥人形を取り出した。

小吉も、そばによって見た。

五、六寸の物で、まことに粗末な細工だ。彩色は一応施してあるのだが、古いためか、あらかた剥げ落ち、生の泥が、爪でこすれば、ぼろぼろとこぼれる。稚児の服装なのだが、その顔はあながち子供とも受けとれない。

「うむ……これは奇ッ怪な……」

若さまが思わず、唸った。

そのとおりで、その人形の顔は一風も二風も変っていた。子供かと思えば、成人の女のようでもあり、その女も、すこし角度を変えてみれば、非常な善人に見え、また、ある位置に変えると気味の悪い死人の面とも見え……見る人の位置によって、どのようにも変るという奇妙な作りだった。

「いやな人形でござンすね」

と、小吉も、思わず、こうつぶやいた。

「彦右衛門」若さまが、「一晩借りるぞっ、これを」

と、言うと、ポイとふところへ入れてしまった。

「あッそれは、そのウ……」

抗おうとしたが、小吉が、じろりと見ると力なげに、諦めた体でうつ向いた。

「ハッハッハ！　心配せずといいよ、彦どん」若さまが、ざっくばらんな調子で、「この人形は、いろいろ教えてくれるそうだから、今夜は、わたしがすこしきいてみようと思うのサ。あしたンなったら取りに来い。彦どんの飯の種を取り上げるとは言わねえ。ハッハッハ！」

言うだけ言うと、もう、さっさと土間へ下り立った。

六

その翌朝。

まだ若さまが、朝の一杯をはじめぬうちに、よほど気になると見えて、彦右衛門は駕籠に乗って船宿喜仙へやってきた。

「ハッハッハ、早いな、彦」

二階へ、やっと上がって来た彦右衛門は、ぐらぐらするからだを懸命に支えながら、

「人形を、お返しください」

と、哀願するように言った。

「安心するがいい。ちゃンとあるよ」

若さまが指さした違い棚に、あの奇妙な人形は、ちょこんと置いている。

「ゆうべは面白かったぞ、彦」

「ヘッ？　あの……あの、人形が何かしゃべりましたか」

「ああ、いろいろ教えてくれたよ、ハッハッハ！　この人形は気がいいと見えて、わしのきくことにはなんとでも答えてくれたな」

「………」

彦右衛門は、黙って、疑わしそうな面持で若さまを見つめる。

「人形はな、怒っていたぞ」

「えッ？」

「自分が教えもしないことをしゃべり立てて、迷惑至極で、とな」

「いえ、そんな……いえ、手前は……」

彦右衛門は、苦しそうに狼狽し出した。根が気の小さい正直者、太々しく空ッとぼけるということができないのだ。

「ハッハッハ！　人形はな、彦右衛門は嘘つきだ、と、このように申したぞ」

「そんな……人形が言うわけがねえ」

「なに？　人形が言うわけがない、と？」

「いえ、いえ……人形は、手前にだけ教えてくれますンで。ほかの人には……」

「ハッハッハ！　そんな虫のいいことはないよ。わしにも、ちゃンとしゃべったよ」

「…………」

彦右衛門は喘ぐような息使いをして、うつ向いてしまった。

そこへ、小吉が、はいって来た。

「あったか！」と、若さま。

「下締めがございました」

と、小吉。

「ハッハッハ！　それで片がついたの」

「悪びれず、思いのほか、すらすらと白状いたしました」

「ハッハッハ！　そうか。彦右衛門、白状したとサ。どうだな！」

「だ、誰が、な、な、何をで？」

「まだ言わねえ気かな。白状したのは、浪人の大須賀五郎兵衛の女房だよ。……そうだろう、親分」

「さようで」

「いけねえ！」

逃げる気か、立とうとして、腰が立たず。また、ぺたりと坐ってしまうと彦右衛門は、観念したか、早口で言い出した。

「大須賀のご新造さんがなんと申し上げたか存じませんが、手前は人殺しなンぞいたしません。このからだで人が殺せるものかどうか、皆さまにはおわかりでございましょう。こうなれば本当のことを申し上げますが、ご新造が、ある晩一人で来て、人形のお告げだと言って、新堀端の西福寺わきで人が殺される、と、言いふらしてくれと頼まれ、そんなことはできないと断りますと、いや、そう言ったほうが、お前にとって得だろう、必ず人が殺されるのだからと言われ……まことに悪いことではございますが、必ずそうでしたら、手前の人形は、ますます人々から信じられると、こう思案いたしまして、お告げだと申して言いふらしたのでございます。……あとから思うと、ご新造さんは、手前をダシに使って、自分の罪を胡魔化して、儲けようとしたンで、へえ……」

「娘のおしまの方は？」

「あれは……一ツ悪いことをいたしますとつづくもので……ご新造さんが、人殺しをやったのを見ていたのが手代の宗兵衛で、なんでも娘が、いつでもそこを通るので待ち伏せしていたところだとか。その時、宗兵衛が、じつは自分も恨みに思う女を一人殺すつもりだと話したそうで。恐ろしいことでございます。それをご新造さまが、また、手前のところへまいって、あしたの晩、西福寺わきでもうひとつ人殺しがある、ついでに、それも、お告げだと言いふらしたらいいだろうと言われ……よせばよかったンですが、人形をありがたく思わせ、得したいばかりに……けれど、二度とも、ご新造さんに割前をたくさんに取られましたが……へえ、相すみません。大それたことを致しました」

「それで……」若さまが、小吉に、けろりとして、

「大須賀の女房は、どうした？」

「きのう、浪人大須賀五郎兵衛は死去つかまつり、そのあとを追いましたものか。手前がまいりますすこし前に、女房いそは自害して果て……」

「えッ？」

驚いたのは、彦右衛門だった。

「あの、あの……ご新造は、自害……親分が行く前に……すると白状したのは？」

「ふッふッ」

小吉が含み笑いした。

その時、若さまが、視線を、ゆっくりと例の人形のほうへうつし、静かに言った。

「彦右衛門、この人形が、お前に乗り移ってしゃべったものと見えるなあ」

「えッ？」

彦右衛門は、瞬間、真ッ青になると畳へ、頭をすりつけた。小吉にも、その人形が妖しく気味の悪いものに見えた。

×　　×　　×

「若さまには、この下締めの切れッぱしが、浪人五郎兵衛の女房の持ち物と、ぴったり合えばしめたもの、白状したも同様とおっしゃり、またそのとおりになり、途端に、彦の爺イがすら すら白状はじめたんですが、これアいったい、どういうわけで？　ひとつ若さまのお考えを？」

事件が片づいたあとのある日、お礼に出た小吉が、船宿喜仙の二階座敷で、下締めの長いのと、松の根ッこに結んであったほうの短いのを差し出して、たずねた。

「ハッハッハ！　一番、肝腎かなめのところがまだわからぬとは困ったな、親分」

若さまは、例によって酒を含みながら、

「娘のおしまも、金貸し阿波次郎も、二人とも向こう脛、膝ッ小僧を、すり剝いている……これアころんだのだなと思った。ころんだところをうしろから殺す、これは立っているやつをやるよりはやさしい。あの地面を見たが、特別に、ころぶほど凸凹もない。いろいろ見ているうちに、松の根ッこに、その切れッぱしの結びッ玉。ははアそうか、綱を張って、捨石のかげに隠れ、来たところでピンと引けば、暗さは暗し、誰でも、けつまずいてころぶ」

「あッそこを！」

「そうだよ、浪人の女房は、手代の宗兵衛が来たので、慌てて下締めを引きちぎって、そのままになっていたのだな。宗兵衛は、女房の故知にならって、娘をころばせてから絞め殺し、今度は、ころばすのに使った細引で、自分が首をくくったのだな。無駄がないな」

「ヘッヘッへ。なるほど、こりゃ無駄がねえようで。いえ、そう申しちゃアなんですが、若さまのお考えも無駄がない」

と、小吉は感じ入ってから、次に、

「あの、彦右衛門の人形、あれア、どうも薄ッ気味の悪いもンでござんした」

と、顔をしかめた。

「あれはな……」若さまは、「なんでも、元禄（げんろく）のころちょッと流行（はや）ったとかいうやつでな、名前を、あやふや人形」

「へえ？　あやふや人形ですかねえ」

「こんな狂歌がある。……半面は美人やらまた悪女、この人形の顔のあやふや」

そして、ちょッと黙ったあとで若さまは、こう言った。

「人形の古いのは、とかく気持が悪いな。……うん、あれは寺へあずけたよ」

さくら船

船中の殺し

「船頭さん……吉(き)っつぁん」

屋形船の中から、おちよは、何処(どこ)か気だるい調子で呼びかけた。

「そろそろ、戻ろうじアないかえ」

はら、はらと桜の花びらが、散るともなく、溢(こぼ)れるように舞って来て、一ひらは船の屋形に後二ひらは川に落ちて、そのまま、ゆるく流れ去っていく。

「へえ、畏(かしこ)まりました」

艫(とも)で、中腰になっていた船頭の吉之助(きちのすけ)は、煙管(きせる)を筒に入れて、やおら立ち上った。鉢巻きをしめ直す。

隅田川(すみだがわ)も、ずッと上流の木母寺(もくぼじ)に近いあたりの堤下(どてした)、一間(けん)ほどの歩み板が突き出している川中に、今までこの屋形船は泊まっていたのだ。もう、かれこれ小半刻にもなるだろうか。

長い春の日も、ようやく暮れかかって、はるか川下に見える、夕焼け空を背景にして待乳山(まつちやま)の暮れ六ツの鐘が鳴るのも、もう直ぐであろう。

屋形船は、ぐらりと一ツ大きく揺れてから動き出す。こんなに上流(かみ)まで漕ぎ登ってくるのは尠いと見えて、広い河幅に、一隻、取り残されたように浮かび出る。

向島堤は、今、桜が丁度見ごろだ。ぼウと薄紅の綿でも置いたように、丸く盛り上って桜の花が咲き続いている。その下を、花に浮かれた人々が、もう夕暮だというのに、さして急ぐでもない足どりで往き来しているのが小さく見える。

川風に乗って時折、三味線の浮きうきした音色が、大きく、又、小さく聞えてもくるのだった。

ギイ、ギイという、これも何処か物倦い櫓拍子と共に、船頭の吉之助が、中へ、声をかけた。

「未だ、おやすみですかえ、旦那は！」

すこし間を置いて、髪かたちでも直している様子で、おちよが、

「何か、お云いかえ、吉ッつぁん」

と訊き返した。

「いえね、旦那は未だお寝ッてらッしゃるのか、と伺いましたンで。何でしたら、一本お燗けしようかと思いやして……」

「おや、そうかい……、本当に、よくおやすみになっちまったもンだねえ……ふッふッふ」とおちよは何故か含み笑いをすると、「無理もないのさ、あんまり、あたしを、いじめたからねえ」と、云う。

「ヘッヘッヘ」

吉之助は、苦笑する。

「でも、もう、お起ししようね。……一本、燗けて貰おうよ」

「へえ」

そのまま、二人の会話は絶える。船は流されるように下る。今、この屋形船と平行してもう一隻、下って行く屋形船がある。間は、かれこれ十間の余も離れているだろうか。

中で、おちよが、

「旦那、旦那、まア頭からお羽織なんぞかぶッちまって、……もし、旦那、ちょいと……」

と、揺り起しているようだったが、ふッと黙ってしまった。変にしんとする。吉之助は、鉄瓶から出した徳利の底へ、一寸、指を当てる。

その時だった。

「き、吉ッつぁん」

中から艫へ這い上がって来た感じで、おちよが表情を恐怖で、醜くゆがめ、血の気の引いた唇を慄わせながら、

「死ンで……殺されて……」

「えッ？　何だッて？」

「旦那が……旦那が……」

左手で、背後を指さしながら、とぎれとぎれに訴えた。

「旦那が殺されてるッて？」

「そうなンだよ、吉ッつぁん！」

「それア大変だ」

吉之助は、おちよを押しのけるようにして中へ潜りこんだ。居ざり寄るようにして、近付くと、旦那の駿河屋徳兵衛は、木枕に頭を乗ッけたまま右下の横臥の姿勢で、死んでいた。

「咽喉ッくびを見なせえ……これア絞め上げられたンだ」

吉之助が、呟くように云った。

なるべく、死体を見ないようにしながら、おちよが云う。

「どうして、こんなことになっちまッたんだろう？　あたしア……あたしア知らないよ……ねえ、吉ッつぁん、おまえさん、証人になっておくれだろうねえ。……あたしが、旦那を殺す謂われがない！」

もう、取り乱した口調である。

「まア落ち着きなせえよ、姐さん。今更、こんなところで騒いだッてしようがねえ……だが妙だなア……ずッと、この船にア、旦那と、姐さんと、あっしの三人だけしか居なかったンだから」

吉之助が、小首を傾げると、

「あたしア……あたしア、どうしよう！」

おちよは、痛いところへ触られたように叫んだ。

と、外の川面から、

「やいやい、気を付けやがれッ！　船頭は居ねえのか、船頭は！……船を、ぶつけようッて気か！」

と、激しく怒鳴られた。

「あッ、いけねえ」

吉之助は、慌てて飛び出した。

先刻の平行して来た屋形船が、危く衝突しそうになって、船ばたが擦れすれだ。

「相すみません」吉之助は、舵を大きく取る。向うの船からは三人ばかり、酒で赤くなった男たちが顔を出していたが、その中の一人、未だ二十五、六と見える若旦那風の者とおちよは、ひょいと顔が会った。

「あらッ」

ぐい、と、両方の船は間を拡げた。

もう、川面は、うす鼠色に、暮れなずんでいた。

桜に濡れて

「こいつア、若さま……」

と、御上御用聞き遠州屋小吉は、ここまで事件を語ってくると、ちょいと一息ついてから、

「どうしたッて、誰の眼にも、おちよの仕業としか思えないところですが……それが、どうも、おちよじアねえような塩梅なンで、実は、そのウ罷り出でましたわけで……」

と、云って、何ということなく、ぼんの窪など掻いたりした。

「おや？」

軽く、当船宿の一人娘、おいとが、疑問を挟む。

ここは、柳橋米沢町、船宿喜仙の大川に沿った二階座敷。若さまは十年一日の如く、例に依って、酒器の並んだ膳部を前に、床柱に靠りかかった右の立て膝という恰好だ。何時見ても、何の苦労もなさそうな至って天下泰平な面持である。

折々、盃を口へ運ぶ。それが、ひどく折々のところを見ると、既にすこし酒に飽きて来たらしい。その為か、眼が、とろんと眠たそうだ。

眠たそうといえば、陽気も暖かくなった春の日の午下り、酒が手伝わなくっても、つい居眠りが出そうな頃だ。

川筋から、三味線の賑やかな囃しが聞えてくるが、向島へ花見に押し出す連中の船であろう。桜は一夜で散ってしまう。

「ここいらで、ちょッと三人の身もと調べをやって置きましょう」

小吉が、御用聞きらしい、テキパキした口調になると、

「殺された旦那ていうのは、小網町の回船問屋で、前にも申し上げました駿河屋徳兵衛。洩れ荷を扱う田舎船ではございますが、千石積も、二、三艘持っていようという、中々の身上で。今年五十二か、三。……気の強い男だそうです」

と、説明した。

「その、おちよッて人は？」

そこは女同士、おいとが気にして訊ねる。

「これア以前、芳町で芸者稼業、去年の暮までは左褄を取っていたそうですが、徳兵衛に根引されて、今じアお妾。親爺橋に近い堀江町の裏新道に、お定まりの囲い者、猫と婆やきりの暮し。……年齢は確か二十二とか聞きました。芸者の折は、本名に小の字を付けた、小ちよ、どこか舌ッ足らずのように、甘ッたるい口の利きようをする女で」

と、小吉は、隅から隅まで残りなく申し上げる。続けて、

「船は、おちよと、同町内の堀江の上総やという船宿で仕立てました。この上総やは、駿河屋の徳兵衛には永年引き立てて貰っていたそうで。当日の船頭、吉之助ッて男も、身もとの確かな若いもンだと、こう上総やでは申します」

と、その折の三名を精しく洗い立てた。

「殺された徳兵衛は……」

若さまが、初めて口を利いた。

「全体、何時ごろまで生きていたンだ？」

「へえ、そこンところが大切な要点で。手前も、二人に、しつッこく訊きますと、木母寺の堤下に船を泊めろ、と云ったのは徳兵衛でござんして、纜いますと、間もなく、ごろりと横になって、初めのうちは、おちよの膝枕で、冗談口を云ってたそうですが……何時か眠ったそうで」

「膝枕で……？」

聞いている、おいとが、なぞるように云った。徳兵衛の咽喉頸を絞め上げるのだったら、寔に好機会である。

「すっかり寝入ったらしいので、おちよは膝を外して木枕に代えました。徳兵衛は、それでも気が付かなかったそうで。余程、ぐっすり寝込んだらしく、飲み過ぎかえ、と、手前が訊ねますと、おちよは、いいえ……と、云って顔を赤くしました。ヘッヘッヘ」

小吉が、具合悪そうに笑う。

「ま、いやな親分さん」

おいとが、やさしく睨む。

「どうも……御用筋だと、ちょいちょい白痴にされますよ。そのまんま、ずッと刻が経ったンだそうで。小半刻ぐれえでしょうかね。その間、二人のうち、船頭の吉之助が、一度、水を貰いに、おちよに断って陸へ上がり、近くの茶店へ行ったそうです。戻って来た時にも、おちよは、船の中に居たそうで」

「すると、初めから終りまで……」

と、おいとが、口を挟んだ。

「おちよさんは旦那の傍にいたわけなンですねえ」

「そういうわけになるンですが……船頭が水を貰いに上がった間は、おちよ一人きりで。……ここなンで」

と、小吉が、言葉に力を入れた。

「そこンところを……」

若さまが、訊ねた。

「おちよは何と云ってるな?」

「へえ。……妙なンですが、女は、最初のうちは、ずッと居たと云ってましたが、何を考えやがったか、一寸、上がったと後になって云い張り出しました。そうでしょう、いたッきりだとなったら、どうしても自分が下手人にならなけれアなりませんからね。上がって、どうしたと問い詰めると、長いこと船の中にばかりいて、気がクサクサしてきたから、すぐ近場をすこしぶらぶら歩いたと、こう、云うンです」

「おかで、誰かに会わなかったのかな」

と、若さま。

「へえ、手前も、そこが肝腎(かんじん)と、知り合いに会わなかったかと訊きましたが、おちよは、いいえと答えたもンで」

「やれやれ」

若さまが、哀れむように云う。

「全くで。誰にも会ッちゃいねえということになると、おちよが船を留守にしたことは証人がないわけで。出鱈目(でたらめ)とも云えます」

「すると、やっぱり……」

おいとが、諦めたような云い方で訊く。

「その、おちよさんが下手人?」

おちよの情人(いろ)

「ところが、ここに、そうだと云い切れねえことがあるんで」

小吉が、一膝乗り出す。

「それで、どうにも弱ッちまいまして、実は、こちらへ又ぞろ参上に及ンだというわけなンですが……おちよは、左の人差指に怪我(けが)をして包帯をしてますンで。解いて見ましたところ、たてにズバリとかなり深く切り込んであり、何でも、その日の朝、庖丁で、うっかりやったそうで。曲げても痛そうで。無理に見た時も未だ血が染(そ)んでいました」

「なるほど」

若さまは、却って面白そうに、立てた右膝など軽く叩きながら云う。

「女の手で、男を絞め殺そうというのも、随分、力の入る仕事。指がそれじア片手のわけ。……。ふむ」

考えこんでいるようなので、小吉は、ちょッと黙っていたが、やがて訊ねた。

「若さまのお見込みは如何(いか)さまで?」

「ハッハッハ! それだけじアわからねえよ。それアそうと、よくあるやつだが、その女にア情人はねえのか」

「ございます。ちゃンと調べ上げて置きました。おちよが、芸者の頃からの深い馴染で照降町の下駄問屋、角二の伜で、治作、取って二十五とか六になるそうで」

　若さまは空の盃をしきりに撫でる。

「これについちア耳寄りな話がありますンで。船頭の吉之助が、そッと云ったンですが、こんなことを話すのは姐さんにア気の毒だが、あの日、大川の船の上で、向うも船、二人はぱッたり会ったそうで」

「あらッ？」

　おいとが、好奇の眼を見張る。

「さっそく、治作を呼びつけて、あの日、船で花見へ行ったか、と訊くと、友達三人ほどで出かけました。なるほど、お互い船と船で、顔は会ったが、それッきり、話ひとつ交した覚えはないというンで」

「殺された徳兵衛ッて男は、全体、どンな奴なンだ？」

　と、若さま。

「それがあんまり評判の好くねえ爺イでして。商売のやり方がアクどいと云われて居ります。仲間うちの取りきめを直ぐ破ッちまっちア自分一人、うまい汁を吸うッていうんで、中には、おかげで身代限りしたなンていう奴も居りまして……」

「敵が多いわけか」

「へえ、その上、薄情だそうで。……女にアどうだか知りませんがね。ヘッヘッヘ」

と、小吉は、可笑しそうに云う。

「わかりませんねえ」

おいとが、溜息でも吐くように、

「この殺し方、よッぽど器用な人ですねえ……おちよさんでないとしたら」

と、匙を投げたような云い方をした。

「へえ。もっとも、おちよがやったことなら、こんな当り前みてエなこともない訳で。手間暇かけるがもなアござンせん」

と、云いながら、小吉は、探るような眼付きで若さまを見る。

「ところで……」

すると、若さまが、何処か一拍子違った声で云ったので、小吉は、ヘッと期待を懸けて乗り出すと、

「酒を持って参れ。春宵一刻……」

と、こんな詰らないことを云ったので、がっかりした。はい、とおいとは直ぐ立って行く。

そう云えば、あたりは何時か艶めかしい春の黄昏、残ンの夕日照が桜のようにうす赤い。

半信半疑

冬うちとは違って、夜が更けても、外の人通りが多い。

その足音に、つい、おちよは耳傾ける。

「……又、違った……」

長火鉢の前に、立て膝で、猫板(ねこいた)に頬杖つき何やら凝然(じっ)と考えこんでいる。

堀江町の裏新道、徳兵衛の妾宅(しょうたく)だ。もっとも死んだ旦那が来るわけもないが、それなのに、おちよは何処やら人待顔だ。

小柄で色白、顔立ちも小さく丸くまとまって、おちょぼ口、何でも小さく出来ているせいか、二十二という歳よりも若く、生々しく見える。

コトリ、と、裏の台所口で音がした。

おちよは、はッと顔を上げる。

そッと戸を閉める音。

「若旦那」

低い、押しころした声で、おちよは云うと共に立ち上がって、弾んだ物腰で、間(あい)の障子を開けると、

「まッ！」

両袖で、抱くようにして、若い男を一人、茶の間へ連れてくる。男の肩を押すように坐らせると、自分も、そのまま、右側へ、ぺたりと腰を落して、すぐ、相手の膝へ右手を突き、下から見上げるようにして、

「会いたかった!……よく来てくれました!」

と、心から、うれしそうに、いくらか舌たらずな口調で云う。

「危い橋さ」

男の方は、何か他のことを考えているような口調で、すッと手を延ばして、傍の朱羅宇を取る。

「おや、煙草かえ」

二の腕まで白く捲くれるほど無理に手を延ばして、男の手から煙管を引ッたくると、刻みを詰め一口吸ってから、

「あい」

吸口を男の口へ当がう。

すこし迷惑そうに、一服すると、男は、いよいよむつかしい顔付きを装って云う。

「困ったことが起きたな。おいらまで、岡ッ引きの遠州屋に番屋まで呼ばれたぜ。まアいい加減に誤魔化しちア来たが、こいつア所詮、隠しきれねえようだ」

「大丈夫ですよ」

すっかり身体を男にあずけて、その左の手を自分の両掌の中へ押さえこみ、

「何も若旦那が殺したわけじアなし、そうビクビクなさることはありませんのさ」と、強く云い切った。

「そうもいかねえ……それアそうと、おちよ、お前本当に……その……」

男は、身体をすこし斜めにして女の顔を正面から見つめながら「おまえが……いえさ、おまえの知らないことなンだろうね」と、半信半疑の表情で、臆病そうに訊ねた。

「まア、しどい！」

流石に、おちよは真顔になって、一旦、身体を引いたが、直ぐ、今度は、相手の胸へわが顔を埋めるようにして、泣き声で、

「あたしに、あんな、おっかない真似が出来ると思うンですかえ？　ああ……しどい、しどい！」

肩も、顔も、いやいやというように揺すって、

「若旦那だッてご存知じゃアありませんか。船頭さんが水を貰いに行った隙に、堤のうえから、あなたが、おいでおいでをするから、あたしア、旦那がよく眠入っているのを見澄まし、大いそぎでおかへ上がったンですよ」

「それア知ってる……」

「そんなら何も……」

「おまえが戻って行った時にア、もう駿河屋は殺されていたのかえ？」

「知りません」

おちよは、何処か、つんとした表情で、素気なく答えた。

「知らないッたって、おまえ……」

男が、猶も云い続けようとすると、

「やめて！」

おちよは、いきなり男の口を左掌で押さえて、

「そんな岡ッ引きみたいなことを話しに来たわけじアないでしょう。やめて、もう！　そんなことより……ね、こっちを向いて……その手を、ここへ……」

そして我が頬を相手の頬へ付け、そのまま顔の向きを変えてゆく。おちょぼ口を近付ける。

「ふッ、しようがねえなア、相変らず、お前はねんねえだなア……」

だが、男の様子は、その云う言葉とは裏腹になって行く。

その時だった。

「すまねえ、ちょッと待ってくれ、野暮なようだが」

と、云いながら、すッと台所との間の障子を開けた者がある。

「ま、誰だえ?」

どきンとして、瞳が大きく、おちよが叫ぶように云った。期せずして二人の身体は離れる。

男は何故か、もう真青に顔色を変えている。歯の根が合わぬという表情だ。

「ハッハッハ！　手間は取らせねえ。すこしばかり聞きてえことがあっての。ざっくばらんに答えてくれ」

若さまだった。遠慮なしに、長火鉢の向側へ腰を下ろす。

「誰だよ、お前さんは？」

おちよの方が、気丈に云う。

「なアに遠州屋に頼まれたンでな」

「えッ？　じア、お役人さま！」

「ハッハッハ！　そんな不粋な者じアねえから安心しな。時に、おめえは角二の倅で、治作だな」

「…………」

男は無言で眼を伏せた。おちよは、不安そうに若さまを見詰めている。

「何だッて二人は、あの折、堤の上で出会ったことを打ち明けねえンだ？　その方が、おちよに取ッちゃ身の為だが」

二人は暫らく黙りこくっていたが、今度は男の方が決心したように口を切った。

「この、おちよと手を切るについて、実は小舟町の貸元、丹波屋の親分さんの口ききで今後、一切、会いませぬ、と、一札入れましたンで。へえ、駿河屋が身受けする時の話です。もし、二人が会ったら、命は、丹波屋さんの御存分に、という誓紙で」

「なるほど。よく解った。……これアうっかり喋べれねえところか」

と、若さまは、大きく肯くと、次に、女に訊ねた。

「ちよ坊、おめえが、治作と別れて船に戻って来た折、誰かいなかったかえ？」

「はい……誰も」

「水を貰いに行ったッていう船頭も戻っちゃいなかったか？」

「はい。……船頭さんが戻っていなかったンで、実のところ、あたしアほッと安心したンです」

「ハッハッハ！　それで、二人の出会いはどれくれえの間だッた？」

「さア？」

おちよは、治作を見る。二人は顔を見合わせていたが、どうしたのか、女は顔を赤らめてうつ向き、男は頭を掻いた。

「ハッハッハ！　よし、解った」

哄笑と共に、若さまは立ち上がった。台所の方へ行く。

「あの、お帰りで」

何となく、親しみを感じたおちよが、追いかけるように云うと、

「ふん。……夜逃げなンぞするなよ」

振り向きもせず出て行った。

水を貰いに来た男

その翌日。午ごろ。向島堤は、人が出盛っていた。

花が、しきりに散り初めている。川に、土手に、肩に、髪に。昨日あたりが見頃だったのだ

ろう。着流し、懐手(ふところで)、若さまは、ぶらりぶらりと歩いて行く。小吉も一緒だ。

例の船を繋(つな)いだところへ行く、というので出掛けて来たのだが、それは実地検分というわけで至極当然ながら、わからないのは、若さまが、小吉に、今日ここへ来ることを、人に知れるように喋べり立てて置け、と命じたことだ。何のおつもりなンだろうと、小吉には飲みこめなかった。

一きわ、花が咲き誇る下あたりへ来ると、

「ちょいと、やろう」

若さまは、茶店の縁台へ腰かけた。酒を命じる。ぐびりぐびり初める。仕方がないと云った顔付きで小吉もおつき合いする。

幕を張って、三味線の音も高く踊っている連中もあれば、生酔いで、きゃッ、きゃッと逃げ回る女を追いかける者もいる。仮装が半分こわれて妙な恰好になった者や、花見手拭で頰かむりして、人の遊びを見ている閑(ひま)なのもいる。

今日は、昨日と変って、何処か、どんよりとした花曇(はなぐもり)。

「参ろうか」

やっと、若さまが腰を上げた。やれ助かったと、小吉は、赤くなった頰を撫(な)ぜながら歩き出した。木母寺のあたりまで来ると、花もすくなくなると共に、人も疎(まば)らになる。

「そこのところで」

小吉が、一昨日(おととい)、見ているので、土手下を指さして、一間ほど、水へ突き出た板を教えるのだった。

「ここか」

若さまは、何を思ったか振り返って、あたりを見回す。近いところに家はない。上流の方へ行くと五、六本の樹立の陰に、百姓家が一軒ある、車井戸が見える。

「おいおい」

そこで、菜ッ葉を洗っていた婆さんに、若さまは声を掛けた。

「へい。これはこれは」

相手が武家なので、挨拶（あいさつ）は丁寧だ。

「一昨日、夕方、船頭が水を貰いに来たであろうが」

「おとといの夕方……そうそう来ましたよ。水を呉れッて……」

「貰ってすぐ立ち去ったかな」

「へえ、手桶に汲みこむとすぐ行っちまいましたが、又、来ました」

「又、来た？……二度、来たのか」

「へえ。……何ですか、水を途中で、こぼしてしまったからッてね。へえ」

「二度目の折も、すぐ立ち去ったかな」

「いえ。汲みこむと、ちょッと、ここで無駄話をして居りましてね、へえ、大層な人出だとか、今日はいい天気だとか……」

「そうか。二度、来たか」

と、半分は独り言のように呟くと、くるりと背を見せて、若さまは歩き出した。小吉の方が、婆さんに邪魔アしたたな、と挨拶をした。若さまは、しきりに考えながら歩いて行ったが、急に立ちどまった。例の船が着いていた土手あたりだ。

「これだけの道のり……」

と、今の百姓家を振り返ってから呟くと、

「親分、下手人は解ったよ」

云いながら、すこし早足で歩き出す。

「えッ？　誰でござンす」

「船頭だ」

「あの、吉之助の野郎で？」

「うん」

「そうですか、太エ野郎だ。さっそく堀江町へ参って……」

「そんな遠くまで行かなくッてもいいよ」

云うと、若さまの足は、猶、早くなって、小吉が思わず、小走りになった時、

「待ちねえ」

ぶらぶら歩いて行く、花見手拭で頬かぶりをした男の右腕を摑んで、若さまが引き戻す。

「あッ、何をするンで？」

その男が、抗う前に、若さまは、花見手拭を、パラリと外した。

「あッ、吉之助だな、手前！」

叫んだのは、小吉だった。

原因は、吉之助の兄は、駿河屋徳兵衛に使われていた船頭だったが、去年の秋口、遠州からの戻り船が、途中、荒天を食って積荷を全部濡らして水浸しにしてしまった。こんなことはこの商売には有り勝なことなのだが、根が薄情で、因業な徳兵衛は、兄をクビにするばかりではなく、損害をつぐなえ、と、兄の財産を根こそぎ奪い、その為、義姉は身売りまでした。

加えて病気になった兄は、畜生畜生と云いながら、とうとう憤死してしまった。

謂わば、吉之助は兄の仇を討ったとでもいうわけである。

一件落着の後、御礼言上に、喜仙へ参上した小吉は、例に依って、謎解きの勘どころを訊ねた。

「一体、若さまは、どのへんの呼吸で、そのウ、吉が怪しいとお睨みなすったンで？」

「ハッハッハ！」相変らず、一杯きこし召している若さまは何のこともなさそうに答えた。

「二人いるのに殺される……出来ねえことだな。ところが水汲みに船頭が出て行った。ここだなと考えた」

「それじア、おちよの方が？」

「だが、おちよじアなさそうだ……行って見ると、二度、水汲みに来たという。二度……ここを勘ぐらねえといけねえ。わしは、こう段取りをしてみた。水を汲みに行って戻ってくると、おちよが、船から出て行く姿を見る……やり過して、一人で寝ている徳兵衛を殺して、それから水をこぼしたとか何とか云って、もう一度、汲みに戻る……すこし間を置いてから、船へ帰る、おちよは、もう戻っている……女は船から出ないことになっている……殺されたのは自分がいないうち」

「ふむ！」小吉は、腕を組んで、

「うめエとこへ、気が付きやがって！　又、そこへ、お目を付けられた、若さまも若さまでござンすなア！」

と、腹の底から感服した。

「ハッハッハ！　それから、親分に、もう一度、現場へ行くとふれさせたのは、ひょッとすると下手人が立ち回るだろうと思ったからさ。えてして、下手人は、その場が気になって仕方のないもの」

「なるほど！」

「ハッハッハ！」若さまは、ゆっくり盃を運ぶ。

今日は、一入（ひとしお）、どんよりとした花曇、それに陽気が暖か過ぎるから、夕方から、ぽつり、ぽつりと春雨になるかも知れない。

お色検校

一

「何とも、どうも訳の解らねえことが起りまして……世間にゃア、飛ンだ忍術使いもいるもんだと、実は……」

御上御用聞き、遠州屋小吉が、四角張って行儀正しく坐りながら、その表情の方は、ひどく纏らないで、こう話し出した。

「それで、まア、こりゃアどうでも又、若さまの御智慧を拝借しないことには埒アあかねえと、ヘッヘッヘ」

そして、ひとつ、頭を下げた。

「誰が殺されたンだ、今度ア?」

と、若さま。

その若さまは、床柱に軽く背をもたせかけて右の立て膝。前に、徳利の乗った膳部が出ている。飲むでなく、飲まぬでもなく、何となく盃を上げたり下したり。それでも、三度に一度ぐらいは、もうすっかり冷え切った酒をぐいと傾ける。

ここは柳橋米沢町、船宿喜仙の大川に沿った二階座敷。陽気も、しっとりと落着いた九月中旬、よく晴れた菊日和の午頃。そう云えば、今年は染井の菊が殊の外、美事だという評判である。

「へえ、殺されましたのは秀ノ市という盲人で。何でも、検校という位持だそうでございます」

と、小吉が、

「ところが、この秀ノ市、本業というのは按摩でもなし音曲ものでもなし、世間でよく云います烏金、高利貸しなんでござんして、町家は元より、武家方へも大層に貸しつけてあって豪勢な金持という話で」

「とかく恨みを買うやつサ」

と、云いながら、若さまは、徳利を逆さに振って、滴もないと知ると、ポンポンと好い音に掌を拍った。

「全くで……」

と、受けて置いて、小吉は、

「この秀ノ市、ひどく偏屈な性質と見えまして、これまで、たった独り暮らし、親もなければ女房子もなく、弟子も置かず、何が楽しみで金ばかり貯めるのやら、……それが、この春、どっと大病の床に就き、やっと癒ってから料簡が変りました」

「貯めた金で、お救い小屋でも始めたか」

「いいえ、飛ンでもない、そんな仏心でも出しゃア、今度のように殺されなんぞしねえンでしょうが、そこが凡夫の浅ましさ」

と、云って、自分の言葉に、ちょいとテレながら、小吉は次ぎに調子を変えて、

「秀ノ市が住んでいるところが、ちょッと変って居りまして、谷中は笠森稲荷の先きで、坂下町、裏が畑へ続く可児という家の庭はずれの土蔵。当主は可児勝三郎と云って親の代からの浪人者。その土蔵を、そっくり借りて住んで居りました。秀ノ市の考えでは、土蔵なら、ご存じのように一方口、窓は一ツ、用心にはこの上もないと勘考したようで」

「ハッハッハ！　違エねえ」

若さまが、大笑いした時、当船宿の一人娘おいとが、新しい徳利を持って上って来た。

「お待ち遠さま。御用は、これでございましょう?」

と、お酌をする。

「や、よく気が付いた。……親分の話が面白い故、酒によい肴」

「まア、そんなに面白いお話」

おいとは、そのまま坐りこむ。

「ヘッヘッヘ、こりゃアどうも。手前のところは一向に話下手でして……」

苦笑しながら、さて、小吉は、話をすすめる。

「秀ノ市が、どう料簡を変えたかと申しますと、この夏前の或日、家主の勝三郎さんにこんなことを云って頼んだそうです……」

——知っての通り、自分には親もなければ妻子もない。実は、そんなものは無駄な費えと考

えて、ただもう金の貯まるのを後生大事と生きて来た。ところが、この春の大病以来めっきり身体も弱り、それに自分も今年五十八、もう長い命とも思えない。それで、このままで、人のするような楽しみもしないで死んで行くのかと思ったら、急に馬鹿馬鹿しく寂しくなって来た。自分もこれが最初の最後――清水の舞台から飛び下りた気で、ひとつ若い女と寝たいものだと決心した。……どうだろう？　すまないが、可児さん、今年十七か十八という綺麗な女を世話しちゃアくれまいか。お給金は充分に出すから――

「いや、驚いたもので」と、小吉は「墓場へ片足突っこむ頃になって、慌てて色気づきやがッて」

「ハッハッハ！　正直でよい」

と、若さま。

「ヘッヘッへ、ひどく正直で。それで、まア、世話してやったそうですが、それが三人めでやっとお気に召したそうで、相手が盲人だからと思って、最初は齢は若いが在方のポット出を連れてッたところ、顔や方々、ひどく撫で廻した揚句、こんなぶ女は駄目だと怒られたそうです。次ぎが、齢はいってるけれどちょいと渋皮の剝けた小綺麗なのを向けたところ、やはり撫で廻しの上、これは十代ではないと見破られ、可児さん、すっかり閉口して、とうとう、取って置きの美形、両国薬研堀の不動さまの前の楊弓店の女で、評判のおさい、これは今年十九、盲人には惜しい代物ですが、これに因果を含めると、何しろ給金が月に二両。うんと云いました。……秀ノ市め、例の撫で廻しの上、こりゃア美しいとひどく御満悦だッたと云います」

「眼も見えないのに、よくねえ！」

と、おいとが、不思議そうに感心する。

「全くで。盲人も検校ほどになると、眼明き以上だと見えます」

と、相槌をうってから、小吉は、

「一緒に暮らすようになって、おさいは水商売上りにも似合わず、親切に、よく面倒をみてやったそうです。秀ノ市も、ホクホク喜んで来る人ごとに自慢したそうで……そりゃア女の方にしてみれア、老い先き短い秀ノ市が死にゃア、有金はそっくり自分の物、という下心はあったンでしょうが、表面は、イヤらしいほど仲が好かったそうで」

と、云ってから、小吉は、調子を変え御用聞きらしい態度になって、

「その秀ノ市が殺されましたンで。へえ、その土蔵の中、しかも、ずッと鍵が掛っていて、他人が這入れないうちに……下手人は忍術使いじゃアねえかと、ヘッヘッヘ」

と、話を、一番最初へ引き戻した。

二

昨日、午すこし前、おさいは出掛ける時に土蔵の戸前には鍵を掛けた。これは何時もの習慣で、秀ノ市は、自分が中で一人でいる時は、必ず鍵を掛けさせた。とかく、恨を買いやすい高利貸という商売柄、一人対一人の面会を、近頃は不安がり、他人と会う折には、常に、おさい

を同座させていた。

鍵は、後にも前にも、唯一ツしかなく、それは、そのままおさいが持って出た。ひどく古風な作りの鍵で、模造することはちょッと不可能に思われる代物である。

三刻近く（今の五時間ぐらい）経って、そろそろ雀色に黄昏れかけて来た頃、おさいは兄の大工職、由兵衛と一緒に戻って来た。そして、戸前を明け、

「遅くなりました」

と、云いながら、先きへ、屏風で仕切った奥の間へ、おさいは這入って行ったのだが「あれエ！」と、絶叫して、ヘタヘタと坐ってしまった。

「どうした、馬鹿な声出しやがッて」

と、兄の由兵衛が、ひょいと顔を突き出したが、これも「あッ！」と、云って立ちすくンでしまった。

布団の上に仰臥した、秀ノ市の胸のあたりから、もう黒く変色しかかった血汐が、どッぷりと溢れ出て、既に命絶れていた。傍に、兇器と覚しい匕首が血に染んで轉っている。

「まア、誰に殺されたんだろう？」

見廻したが、元より下手人がいるわけがなく、それに、部屋の中も荒された様子はない。もしや、と、秀ノ市の手文庫、現金の納ってある箱などを調べたが、これにも、すこしも異常はない。

すぐ自身番に届け出た。

小吉が、出張ったのは、今朝のことだ。

検死に来た、常廻り同心、尾形の旦那は、

「どうも解らねえ殺しだ。相鍵がなければどうも片の付かねえ話。……おさいを洗ってみるンだな。じゃ頼むぜ、遠州屋」

と、云うと、くるり、巻き羽織の背中を見せて、さッさと行ってしまった。

「へえ……」

と、受け合ったものの、実は、小吉も、ひどく当惑した。下手人は、どうして這入ったのだろう？　なるほど、疑われてよいのは、唯一の鍵を持っている、おさいである。

だが、おさいが昨日、行った先きというのが、谷中の豊泉寺。そこで、先日死んだ、実母の四十九日の法事に参列したのだ。寺へ集った十五六人の親類縁者を調べてみると、皆、異口同音に、おさいさんは夕方まで、ずッと一緒に居りましたと云う。途中で、座を抜けて殺してから又戻るというのは、時間的にも距離的にも考えられない。

それでは、戻って来た時に、兄と謀って、殺したのかと考えても、これも、訴えを聞いて直ぐ駈けつけた自身番の連中、町役人の言葉では、「あの血の色、又、かたまり加減、殺したばかりとは思えない、もっと前だ」と、いうのだから、これも駄目だ。

それでは、と、もう一ツの場合。それは、おさいが出掛ける前、既に殺して置いて、何喰わぬ顔をして戻って来たのではないか、という疑問があるのだがこれも亦、家主の可児勝三郎の証言で、くつがえされた。

それは、

「午過ぎでもござろうか。立派な風体(ふうてい)の武家が一人訪れ、秀ノ市の住居を訊ねました故案内致し、戸前が開かぬので、窓下より秀ノ市どの御在宿かな、客人が見えた、と申し入れますと、中から、秀ノ市の声で、今日は、おさいが留守ゆえ明日お出向き願いたいと答え申した」

と、云うのだ。

つまり、秀ノ市は、おさいが外出してから一刻近く後までは確(たしか)に生きていたのだ。女が殺して置いて出かけたという疑問はこれで成立しなくなった。

こう、考えてくると、鍵を持っている唯一の者、おさいに対する嫌疑は全部なくなってしまった。おさいを洗えという尾形の旦那の見込は外れてしまった。

では、下手人は誰だろう?

急に、その範囲が、ぐッと広くなった。

それに解らないことは、どのようにして這入って殺したかということだ。相鍵を使ったと考えれば容易だが、それにしては内部(なか)が荒らされてなく、おさいの証言では、金子も盗られてはないと云う。

ここで、頭に浮ぶのは、土蔵の窓だ。

窓から?

調べて見ると、窓の高さは、地面から凡そ九尺近く、それに鉄棒の桟が目を細く並べられてあり、指は這入るが手頸(てくび)はもう通らない幅しかない。匕首をポトリと落とすことは出来ても狙い定めて投げることは不可能である。又、秀ノ市の寝ていたところは、窓の下ではなく、もっと奥の方だ。

いや、第一、秀ノ市の胸に受けた傷というものは、左の胸部を背へ抜けるほど深く、ぐッと近くから突いたとしか考えられないものである。

だが、小吉には未だ窓が思い切れない。

「お宅さまにゃア梯子がありますかい?」

と、家主の可児勝三郎に訊ねた。

「一ツ、御座るが……」

そして、物置に立てかけられてある、その梯子(はしご)を見た時、小吉は完全に失望した。長さが五尺たらず——これでは九尺の高さの窓には、とどきッこない。

三

「そこで、お訊ねしますが……」

と、小吉は、勝三郎に、

「おまえ様が案内したと云う武家、どんな人で? ひとつ、詳しく……」

と、侵入方法よりも、容疑者らしきものを片端から洗い立てようと思案しました。

「そう訊かれても困りますが……」勝三郎は、迷惑そうに、「左様、年齢(とし)の頃は四十前後か、額に青筋強く、口幅大きく……ま、短気な仁と見受けた。秀ノ市に断られると、盲人の癖に無礼至極と怒っていた様子。お住居は遠いので御座るかと訊けば、本所南割下水とやら、御家人と思われるが……」

「それで、とも角、帰りましたンで」

「左様……」と、答えて、勝三郎は、いよいよ云い難そうに、「実は、こういうことを申すのは、如何かと思われるのだが……拙者が、それから小半刻の後、外へ出て見ると最前の武士が、土蔵の窓の下あたりに佇み居ったので、又、引ッ返して来たのか、と見ていると、拙者に気づき、慌てて目礼して立ち去り申した」

「なるほど。それで、そのお武家のお名前は？」

「いや、訊ねなんだ。……こういうこと、申したくないが……」

小吉は、それから、おさいに、金を借りている連中のことを訊き出した。その中から、これは、と思われるものが二ツ浮び上って来た。

向柳原で瀬戸物商い、表通りで間口も広く奉公人の五六人も使っていた、中村屋多左衛門、今年もう五十の坂を越した、分別も充分にある男だったが、これが、うっかり馴れない商売、海産物の売買に手を出した。ところが失敗続き、これは不可いと気が付いた時には屋台骨が危くなっていた。

それで、急場の凌ぎをつけるつもりで、つい借りたのが、秀ノ市の高利。半年経つか経たないうちに、瀬戸物店をそっくり、カタに取られる破目になってしまった。

多左衛門は、七重の膝を八重に折って、哀訴嘆願したが、秀ノ市は決して許さなかったばかりか、実は明日、人足を頼んで、家の明け渡しを迫り、訊き入れなければ、家財道具から何から、外へ追ッ放り出す手筈になっていたという。

「……あんまり、お気の毒なので」と、おさいは、旦那に、すこし待って上げたら、と云ったのだが、秀ノ市は、テンから取り合わなかった。

多左衛門は、昨日も、血走った形相で、ここへ来ると、見るも可哀そうなくらい掌を合わせて頼んだ揚句、駄目だと知ると、バリバリと歯がみして「よし、覚えてろよ！」と、凄い顔付きになったという。

後で、おさいが、仕返しでもされたら、と怖がると、秀ノ市は呵々大笑して、この道にあんなことは付き物、それが怖くては商売にならない、と、眉一つ動かすでなかった。

もう一つは――

「これは、もっと、ひどいお話なンですよ親分さん」

と、おさいが、その美しい顔をしかめて話すには、花川戸に住んでいる、錺物職人で、庄吉。今年未だ二十七とか八。実母の永わずらいで、つい金を借りた。看護の甲斐もなく、実母は、この秋口に死んでしまったが、途方もない額に増えた借金が残った。一介の職人に過ぎない庄吉が、一生かかって働いても、恐らく返せそうもない高だった。

秀ノ市は、手強く責めて、とうとう、庄吉の恋女房で今年二十歳になる、おせんを、当人たちの知らない間に、女衒の勘蔵と組んで、吉原へ身売りしてしまった。庄吉は、二度ばかり、匕首を呑んで此の辺を立ち廻ったという。おさいが外出する時には土蔵へ鍵を掛けさせるのは、こんなことの為であろう。

庄吉は、それ以来、お店(たな)へも顔を出さず、行方知れずになったという。

——「と、まア……」

小吉が、話を締めくくりでもするように、ちょッと揉み手をして、

「こんなところで。何しろ相手が人に恨みを買う高利貸し、この他にも、畜生、覚えてやがれと思ってる連中もございましょうが、今ンところは、この三人のようで。本所南割下水の御家人、瀬戸物屋の多左衛門、それと庄吉」

と、指を三本折った。

「それも、そうだが……」

若さまは、盃を宙に浮かせたまま、ぽつりと呟(つぶや)いた。

「どうして殺したか、その、やり方?」

「左様でございます。そいつが解りさえすりゃア訳はねえンですが……どうも、誰がやったッて云う手証が付かねえンでして」

小吉は、仔細らしく腕を組んだ。

「ハッハッハ!」若さまは、笑うと盃を置いて「ここで頭を捻(ひね)ッていても始まらねえ、どれ……」立ち上った。

「御案内、仕ります」

小吉も、いそいそと立つ。

「おや、お出かけ」

おいとは、先きに階段を早足で下りる。

四

「……まアまア、親分さん、たびたび」

と、出迎えたおさいは、ちょいと衣紋を取り繕う。前身が前身だけに垢抜けして、ひどく色ッぽい。ふっくらした頰、小ぶとりな身体、滑らかな白い肌——盲人の手かけには惜しい美貌だ。

谷中、坂下町——と云っても、もう半分は畑と云う、その端れにある可児家の例の土蔵の前だ。薄暗い中に、秀ノ市の弟子だの、おさいの親類筋、町役人などが、五、六人集っている。

「鍵を見せてくれ」

と、若さま。

「へえ」

小吉が、おさいから、唯一ツしかない例の鍵を受け取って、渡す。

若さまは、もっともらしく、ひねくり廻していたが、何を思ったか戸前を閉め、ガチャリと鍵を掛ける。それから、改めて戸前を、力を入れて押して見たり、叩いたり。

造りが良いと見えて戸は、びくともしなかった。

「なにさま、これは堅固」

鍵の検分が終ると、次ぎに、若さまは、土蔵の中へ這入って行った。人々は、お役人だと思って丁寧(ていねい)に頭を下げる。

「親分。仏さまを、ちょいと見せてくれ」

「へえ」

小吉は、おさいにも手伝わせて、秀ノ市の死体——その胸の傷口を拡げて見せた。

「おさいとやら」若さまが「おめえが最初見た時にゃア、どこで死んでいたえ?」

と、訊ねた。

「はい」

ふッと、あたりを見廻してから、おさいは傍に居る兄、由兵衛にも同意を求めるような口調で答えた。

「ねえ、あにさん、旦那は……丁度、ここンところ、今と同じ場所でしたねえ」

「そうだ。丁度ここんところだ。へえ、お役人さまに申し上げます。やっぱり、そこンところで。今と同じように仰向(あおむ)いたまま……」

「昼寝でもしているところをやられたんでござンすね」

と、小吉。

若さまは、無言で振り返る。窓はぐっと高い処にあって、その反対の壁際に布団がしかれ、それへ秀ノ市は俯臥(うつぶ)していたというわけになる。

「あの窓から……」

と、半分は、独り言のような口調で、若さまは呟く。

「匕首を、どう投げても、この胸の傷ほどのものはつけられねえ……、ま、浅い傷が、やッと……死ぬ程じゃアねえ」

「左様でございますな」

小吉も、共々、肯く。だが、とすれば下手人は、どのようにして此の土蔵の中へ這入って来たのであろう?

若さまは、外へ出る。

小吉も、続いて出ると、後から、袂(たもと)を引かれた。振り返って見ると盲人。殺された秀ノ市の弟子で、高ノ市という四十前後の男。ひどいアバタ面(づら)だ。この男が直接、借金の取り立てに廻っている。

「何だ?」

訝(いぶか)しく訊く小吉へ、高ノ市は、見えない瞳を、ぐりぐりと、醜く開けて、声をひそめ、

「あの、御用聞きの親分さんでございましょうね」

と、念を押すような云い方をした。

「そうだったら何か用か?」

「へえ、ちょッと、お耳に入れて置きたいことがございますンですが……」と、盲人の仕草で、

あたりを見廻しながら、「そのウ四辺に人の居ねえところへ」と頼む。

小吉は、土蔵を離れて、母屋の物置小屋の方へ行く。と、そこに、若さまが、例の短い梯子を、しきりに見ている。横にしたり、たてにしたり、木口を見たり、

「さ、ここなら安心して話せる」

小吉が、こう促すと、高ノ市は、それでも未だ心配そうに見えない眼で、あたりを見廻してから、低い声で、

「親分さん、こりゃア殺された師匠秀ノ市が手前に話したことなンですが、あの、おさい姐さん、あれにゃアどうも情人がいるンでございます」

「仲ア好かったッて話だが……」

「相手は、誰だ？」

「へえ、師匠は首ッたけ惚れてるンでございますが、何しろ手前同様、眼が見えず……つまり、目褄をしのぶッてやつで、ヘッヘッへ。どうも、しのばれちまッた模様で」

「それが解らねえンで。お前も気を付けてくれッて云われてましたが、何にしても盲の悲しさ、間男をつかまえるわけにはいかず……何しろ師匠の話じゃア、あの土蔵の中で、見えねえのをいいことに、そっと乳くり合ったこともあるそうで……へえ、そりゃア勘で解ります。いくら、声を立てないと云っても……」

「おめえに心当りはねえのか？」

「それが、どうも……」と、坊主頭を邪険に掻いて「何しろおさい姐さんッてもなア利口なお

らねえ」

「へえ。そりゃア実は有り過ぎるくれえで。うちの師匠は、ちッとやり方が阿漕過ぎましたか
と、小吉。

「そりゃアそれとして、下手人の方の見当は付かねえか？」

人でございますよ」と、云うのだった。

五

「親分」

——一旦、高ノ市と土蔵の入口まで行き、もう一度、戻って来た、小吉は、遠くから若さまに呼ばれた。

「へえ、只今」

急ぎ足で、近寄る。若さまは、今、可児の家の台所口から出て来たところだ。何のつもりか知らないが、右手に一尺以上の薪雑把のような物をぶら下げている。

二人が、又、物置の処で落ち合うと、若さまが、

「梯子は、これだけしかねえンだな」

と、例の五尺足らずの短い梯子を指さして云った。

「へえ、そうなンで。その短い奴しかねえというンで弱りものので。これが普通の代物なら、あ

の土蔵の窓へもとどき、いろいろ考えようもあるンでござんすが」

と、小吉が、惜しそうに言うと、

「ハッハッハ！　ところが親分」

若さまは、何故か、面白そうに笑うと、

「この梯子が短いので話になるのサ。当り前だったら、つまらねえ」

と、こんな妙なことを云った。

「へえ？」

小吉には、何が何だか解らない。きょとンとしていると、

「親分、ここの家主から土蔵の中の連中、みんなここへ集めてくれ」

と、若さまが命じた。

「へえ、畏りました」

――やがて、おさい、高ノ市、兄の由兵衛から、可児勝三郎、町役人、親類が二人、ぞろぞろと、けげんな顔付きでやって来た。自然と、若さまを前に、半円を描く。蟇(がま)の油でも売り出しそうな場面になる。

「これで、今のところ、皆揃いましたが」

と小吉が云うと、

「多分、こんなことだろうと思うンだが、違っていたら直してくれ」

と、若さまが、妙なことを云い始めた。今の薪雑把の上に腰を下ろし、立てた両膝を抱えこ

んでいる。

「秀ノ市を殺した奴は、土蔵の中へは這入らなかったンだな」

「へえ？　すると？」

小吉は、思わず訊き返すと、

「匕首は、窓から放りこんだもの。……つまり、這入ったように思わせる為」

「へえ？　左様でござンすかね」

小吉は、未だ半信半疑の面持だ。高ノ市がしきりに顎を突き出して聞き入る。

「殺しの手口は、窓からだよ」

「窓から？　と申しますと？」

「窓から、弓……半弓であろうな。それで矢を射込んだものサ。その矢に紐か何かを付けて、よしと見た時、手元に、手繰り寄せたンだな」

「あッ、なるほど！」

小吉が、叫ぶように云った。人々も、思わず動揺した。

「けれど、若さま」

小吉は、すぐ気が付いたように、

「すると、梯子をかけての話でございますが……遠くから担いで来たわけで？」

と、訊ねた。

「ハッハッハ！　売るンじゃあるめえし、遠くから担いでなンか来ちゃア人目に付く。そんな間抜けた真似はしねえ」

「てエと、そのウ？」

小吉の眼が、何となく、五尺にも足らない梯子へ移る。若さまが応じた。

「そうだよ、親分、それだよ」

「けれど、とどきませんが。まるッきし、あの窓には？」

「昨日は、とどいたのサ。その梯子を持って来てみな……」

運ばれた、問題の梯子の一方の柱の末端を見せると、若さまは云うのだった。

「よく見ろ。ほれ、こいつァ切られたものだ。切口が未だ真新しい。それと……」云いながら、腰かけていた例の薪雑把を持ち出すと、梯子の切口に合わせ「ほウら、木口がピタリと合うだろう。わざわざ一人前の梯子を、用がすンだので切ったのサ。ハッハッハ！」

「誰が、その梯子を切りやがったんで？」

と、小吉が勢いこんで訊くと、若さまはゆっくり答えた。

「この薪雑把が、可児さんの台所のへっついに押しこまれていたから、多分勝三郎さんが斬って短かくしたンだろうよ」

「あッ！」

人々は、思わず、息を呑ンで、可児勝三郎を見た。

勝三郎は、一瞬、土気色になって、キョロキョロと四辺を見廻したが、小吉の十手を見ると、観念したように、うつ向いた。肩の辺から空気が抜けてゆくように見えた。

おさいが切なそうに叫ぶのだった。

「勝つァん！」

勝三郎は、おさいと、女が薬研堀の楊弓店に勤めている時から恋仲だった。その自分の情人を、盲人秀ノ市の妾に世話したのは、元より秀ノ市が死ねば、莫大な遺産が、おさいの物になる、そうしたら、一緒になろうという二人の密約があるからだった。

ところが、案に相違して秀ノ市は中々死にそうもない。おさいは、どうやら盲人と本当に仲が好いらしい。それに勝三郎は益々不如意になって凌ぎ切れなくなったので、嫉妬と慾の二人連れ、秀ノ市を殺すことになったのだ。それも、おさいと自分には絶対に疑いのかからない方法で。

——事件が落着した後で、若さまは、小吉に、こう云ったものだ。

「とかく小細工をすると露れるもの。あの梯子も斬らずに置けば、窓から矢を射たとは解っても、下手人が勝三郎とは断じ難い。それを、なまじ細工をした為に……ハッハッハ！」

「いえ、若さまですから、そうお解りになりましたンで。手前などは、梯子は短いと頭からきめてかかってしまい、その小細工に騙された方で、ヘッヘッヘ、どうも」

雪見酒

一

「これは、若さま」

御上御用聞き、遠州屋小吉は、寒そうに揉み手などしながら、

「どうも、よく降ります。本年は、これで二度目で。節季になって雪に降られますと難儀で。とかく出歩く用がふえると云うのに足元の悪いッてもなア敵いません」

と、泥ンこ道に、ほとほと、うんざりしたと云う顔付きをする。

　そう云えば、昨日も夕方から降り出して、今朝になって止みはしたが、積もることは、よく積もった。今年も何時か、押し詰って数え日、十二月二十日過ぎ、浅草寺を皮切りに、毎日どこかで年の市がある頃だ。

「なアに、雪も風流」

若さまは、こんな薄情なことを云う。床柱に軽く背を寄せ掛けて右の立て膝。相変らずのだらだら酒。

ここは柳橋米沢町、船宿喜仙の大川に沿った二階座敷。

「ヘッヘッへ、風流でもございましょうが、何分、後が厄介で」

と小吉が云うと、

「若さまは、降りさえすれば雪見酒。普段より余計に召し上がります」

と、当船宿の一人娘、おいとが、告げ口でもするような調子で云う。

「ハッハッハ！」

若さまは、

「時に、今日は何を持ち込んだな」

と、お出入りの骨董屋相手みたいな訊き方をする。

「ヘッ、今日のところは……」

小吉が、これは魚屋のような返事をして、

「この雪が、後で厄介になったと云うお話で。どうにも勘定の付かねえことが、ちゃアんと出来てるッて経緯で」

と、ひどく念を押した云い方をする。

「はて、雪が塩にでも変ったか」

若さまが、下らない交ぜっ返しをしたが、小吉は別に気を悪くもせず、

「いえ、真ッ白な雪の上に、女が一人、殺されていたンですが、これが、その周囲に、足跡一ツもないと云うンで。へえ。足跡どころか、毛でついたほどの跡ひとつなく、どうしても、そのウ、天から、ふわッと雪の上へ放り出したッて塩梅で」

と、奇妙なことを喋り出した。

「その仏は、雪を、かぶッちゃいねえのかえ、それとも……」

若さまが、訊ねると、

「へえ、身体に雪が積もっておりますれば足跡は雪に埋もれたッてことになりますが、まるで、降りかかってはおりません。今朝がた、雪がやんでからのことらしいンで」

と、時間の点を明瞭にする。

「殺しの模様は？」

と、若さまが興の動いた表情で、

「凍え死にかえ？」

「いえ、絞め上げられたもンで。頸の廻りに血痣が残っております。それが又、ご丁寧にも、後手、こう、高手小手のがんじがらめに、厳重に縛りつけてありまして……縛った上で絞め殺したものか……」

「そんな、ひどいことをしているのに」

と、おいとが、思わず、

「あたりの雪が、まるで踏み荒されていないなンて、親分さん？」

有り得ないことではないか、と、抗議口調で云う。

「へえ。ですから妙ちきりんなンで。まア持って来て置いたもンでござンしょうが」

と小吉が云うと、

「だッて親分さん、その足跡ひとつないッて云うじアありませんか！」

「ですから、このウ、天から、ふわッと、まア、ヘッヘッヘ」

説明が付かず、謝った形で、苦笑しながら若さまを見ると、

「女の素姓は?」

と、被害者の身許を訊かれた。

「へツ。この方は直ぐ解りました。深川、仲町の芸者で、おしゅん、当年二十一歳とか。気ッ風が面白いンで売れた妓で。……差し当って怨みを受ける筋もないようだ、と云うことなンですが。もっとも、酒ぐせが、あんまりいい方じアなかったようで、ヘッヘッ」

と、ちょいと頭など掻いている。

「何処の雪の上だ?」

と若さま。

「ヘッ、これア申し遅れました。やはり深川、浄心寺の裏で、御浪人、沼木三左衛門と云う人の庭先きで。今朝、雨戸を開けて、見ると、庭の真ン中に見知らぬ女が倒れている。あッと思って……」

ここで、小吉は、ちょいと居ずまいを直すと、語り口を変えた。

二

……女の殺しがあると云うので、年の瀬は何かと立て混むものだ、と、小吉は、今朝がた早

く、子分の千造を連れて、深川、浄心寺の裏、沼木三左衛門の家へ出張った。

晴れてはいたが、大雪の今日、吹く風は痛いように冷たかった。

「待ちかねた。……迷惑至極」

すぐに出迎えた、三左衛門は、二人を内へ上げると、二間ばかりの座敷を通り抜けて縁先へ案内した。見ると、その縁先き五間ばかりの庭の積雪の上に、派手な着付の女が、後手に縛り上げられたまま、横ッ倒しになっているので、千造が、気早に縁から下りようとすると、

「あッ、待たれい」

三左衛門は、押しとどめて、

「御両所、よく見とどけて置いて貰いたいが、この庭、雪の上、どこにも足跡が御座らぬぞ。な、あるまい」

と、強く念を押した。

「なるほど、未だ犬ッころ一匹、通ッちゃおりませんね」

と、小吉が、何でもなく云うと、

「そこだ。拙者、あれを見付けた最初より不思議に思いおるが……如何にして、あの死骸を、あれへ持ちこんだものか」

「それア」

誰かが抱えるか何かしてと云おうとして、小吉は、足跡が一つもないという大事に逢着して、あッと思った。

「なるほど、足跡がありませんね」

と再確認した。

「これア奇妙ですぜ、親分」

千造も、同じ思いで、しきりに、あたりをキョロキョロ見廻したが、意地が悪いほど、降り積もった雪は白く、唯白く、何の跡をも残していない。そして、死骸は、雪がかかっていない。

「はてね？」

千造は、小首を捻りながら、

「この縁側から放り出しても……」

とても、五間の余も先方まで、人間一人の身体を投げつけられるものではない。それにその死骸は、すこしも雪に減入りこんでいない。ふわッと置いてある感じなのだ。

「拙者も、いろいろ思案してみたが、一向に解せぬ。……では、検視されるが、よろしかろう」

と、もう五十がらみ、髪に白髪を多く交じえる、痩せぎすの三左衛門が、許すような口調で云った。

小吉も、千造も、この大きな奇蹟を、こわしたくないような気持も手伝って、暫く雪の上へ下りなかった。どうして運んだのであろう？　解らない。

「さ、仏を改めよう。突ッ立っていても埒ア開かねえ」

二人は、思い切って処女雪に跡を付けながら死骸に近付き、型通り検視した。この女が深川芸者、おしゅんだと云うことは、千造が知っていた。死因は絞殺。

　縁側へ戻って来て、小吉が、三左衛門を訊問すると、

「まるで、会ったことも見たこともない女だ。どうして、うちの庭で死ンでいるのか、とんと解らぬ。昨夜は、雪が又降り初めたので、他に用もない一人暮らし、さッさと眠（ね）てしまったので、夜中何事が起こったか、一切知らぬ。どうも飛ンだ迷惑」

　と、怒ったように答えた。

　この家（うち）は、間数も多く可なり広い。家族と云えば、この三左衛門と、夫婦者の老人の召使の三人だけだ。それは別棟で寝ているのだから、すこし位の物音がしても解らない。

　老人夫婦、亭主は久蔵（きゅうぞう）と云い六十三になると云う。未だ腰も曲がらず、丈夫な男だ。女房は、おきんと云って五十五。これも丈夫そうな婆さんだ。

「何にも存じません。今朝から、唯もう、びっくりしておりますばかりで、へえ」

　これが、二人の陳述である。

　そのうち、定廻り同心の小堀（こぼり）の旦那が、巻き羽織（ばおり）、足袋（たび）に泥のはねかかるのを気にしながら、やって来たが、

「おしゅんが殺されたそうだな。惜しいことをしたよ。あいつア浮気だから、どうせ色出入りだろうサ。そッちを調べるンだな」

　と、さばさばした口調で云ったが、小吉に足跡が無いと云う一件を聞かされると、

「しっかりしろよ。真逆（まさか）、天から降ったンじゃあるめエし。ハッハッハ！」

と、てんで考えようともしないで、

「後を頼むよ。……どうも、ひでエ道だ」

と、雪解け道を苦労しながら行ってしまった。

小吉は、殺された芸者おしゅんの身持ち調べを千造に云いつけると、足跡が皆無と云う奇蹟について真剣に取ッ組んだ。

三

「下手の考え休むに似たり、とか申しますが、全く、どうも……」

ひとわたり語り了った小吉は、

「いくら思案を重ねましても、いけませんようで」

と、投げたように云った。

「なるほどなア」

若さまが、珍らしく真剣な表情で、

「そこが解れア、下手人も天然自然と解ってくる道理か。解らねえとなると、何時まで経っても下手人は相解らずか、これア、うまく仕組ンだ……ところで、どうした、おしゅんなる芸者の色出入りの方は？」

と、小堀の旦那のようなことを云った。

「へえ、これは粗方、調べ上げました。旦那筋が二人、一人は御蔵前の札差し、青柳屋の番頭を勤めております助五郎、四十過ぎの男で、何しろ金廻りは御承知のように、ひどく、よろしい方で。今までも、何遍か、落籍して手生けの花と眺めようとしたンでございますが、肝腎のおしゅんが首を竪に振らなかったそうで、そのくせ、きらいじアなかったと云います。云わば金蔓でござンしょうか」

「まア」

おいとが、すこし呆れ顔になる。

「それから、もう一人、両替屋が看板でございますが、金子も融通すると云う、室町に住んでおります会津屋儀兵衛、これも好い旦那だったと申します。遊びが綺麗なンで、茶屋の方が、おしゅんを説きつけていたと云う話もございますが、女も、万更ではなかった様子で」

「情人の方は？」

若さまが、品の悪い訊き方をする。

「へえ、これが実は……千造の野郎も困っておりました。何しろ、聞けば聞くほど、段々、人数がふえていって、一体、誰が本当の情人やらマブやら迷ったそうで」

「ハッハッハ！」

若さまが、大きな声で笑うと、

「いくら商売でもねえ」

と、おいとが、愈々、呆れ顔になる。

「ヘッヘッへ、どうも腕の達者な女でござンしたようで」

小吉も、笑いながら、

「その中で、一人、これが、どうやら本筋の情人だろうと見当の付いたのが見ツかりました。半次郎と云う、御家人の御次男さん。何でも本所北割下水にお住居だそうで。茶屋じア、半さんで通っておりまして、苗字は誰も知らないと云うンで、ヘッヘッへ、どうも変なお話で恐れ入ります」

「どうして又、半さんが真情人なンだえ」

と、若さまが物好きに訊く。

「へえ。……まア御承知でもございましょうが、割下水辺のご身分で御次男、これア御内証は苦しいのが当り前。それが、ちょいちょいお通いになる。何故かッて申しますと、何時でもおしゅんが達引いてるンだそうで。云わば悪足。もっとも、半さんは決して悪じアないようで。むッつりと口数の少い好い男前だってェ話で。そうそう」

小吉は、何を思い出したか、急に、にやにやすると、

「今、申し上げましたが、札差しの番頭で助五郎、これが囲おうと云った時、おしゅんが、半さんと会うのを黙って見て見ぬふりをしてくれるンなら囲われましょう、と云ったそうで、流石の助五郎も興醒め顔だった、と、こんな話もございます。ヘッヘッ」

「大変……」

おいとは、呆れを通り越したらしい。

「へえ、もう、このおしゅんは全く大変もんで。……おッ、うっかり忘れるところでございました」

　小吉は、一膝、乗り出すと、

「この、おしゅん、これが昨夜（ゆうべ）、行った先きが解りませんので、へえ。うちを出て、はま屋と云う料理茶屋へ参りましたンですが、それッ切りで。茶屋へは参って、何ですか、大変に酒を飲んだそうで。近くの矢張り料理茶屋で、つた善（よし）、ここで、旦那の助五郎が待っていたそうですが、とうとう行かなかったと云います。何でも、足もとが危（あやう）いぐらい酔っていて……みんなは、半さんと、どっかへシケこんだンだろう、この雪だ、うまくやってるねえ位に、深くも考えずにいたところ、今朝になって、一件が伝わり、いやもう大騒ぎになったと云うことで」

「行き方知れずか。……これは、いよいよ厄介」

　若さまが、至極、厄介そうに云う。

「それで、実は、半さんじアねえかと方々尋ねてみましたが、これが都合が悪い……と云いますか、どうも昨夜は、半さん、お宅で膝ッ小僧を抱いていた塩梅（あんばい）で」

　と、小吉は、見込みなさそうに云った。

「すると、これア」

　若さまが、

「どうでも初めに戻って、足跡が何故ねえのか、と云うやつを考えにアならねえ」

　と、観念したように云う。

「へえ。振り出しへ戻りますンで」

双六でもしているように云う。

何時か、日が暮れかかって来た。屋根の雪が、時々、ざ、ざアと辷り落ちる。

おいとが、行灯を取りに立つ。

「今夜は大丈夫でございましょう」

と、小吉が、ポツリと云った。雪の降る降らないである。

四

すると、その翌日。

眠足りないような顔付きで、小吉が、当人は恐縮しきって、又ぞろ、船宿喜仙へ参上すると、若さまは、

「ハッハッハ！　親分」

半分ぐらいは同情を表した顔付きで、

「ここで、ああでもねえ、こうでもねえと評定していたところで初まらねえ。ひとつ、その足跡のねえ庭と云うのを拝見しようじアねえか」

と、云うと、気軽に立ち上がった。

「これアどうも恐れ入ります」

小吉は、喜んで頭を何度も下げた。

おいとに送られて喜仙を出ると、広小路を横切って両国橋。

年の暮れなので、人の往き来が何時もより激しい。みんな、前こごみになって、せかせかと歩いている。借金取りやら逃げている者など。大きな風呂敷を首から背負っている小僧が、欄干から大川を見下ろしている。逝く水の流れと悟ったか、どうか。

渡り切って、大川沿いに、小名木川を万年橋で越えて左へ。大工町の自身番の前へ来た時だ。中から、千造が走り出してくると、先ず、若さまに丁寧に一礼してから小吉に、

「親分。水野さんが来てますぜ。ぜひとも遠州屋の親分に会って、お話したいと、先刻から……もう小半刻近く待ってます」

「水野……さん？　誰だえ？」

「いやだな、親分、水野半次郎でさア」

「あ、半さんか」

小吉は、若さまを目顔で誘うと、三人、自身番へ這入った。

その上り端に、七ツ下がりに色は褪せてはおれ羽織袴、一人の未だ若い武士が、端然と腰掛けていた。二十八九か。色艶は冴えないが眉目秀麗、中々、立派な男だ。

「水野さまで」

相手は、ともかく直参の次男、小吉は辞を低く挨拶した。

「手前、御上御用を承わっております遠州屋小吉と申す者」

「拙者、水野半次郎」

と、殺された、おしゅんの情人は、口重く云ってから、むしろ素朴に、

「おしゅんを殺した下手人、未だに召し捕えぬと聞き及ぶが真（まこと）か」

と、却って訊問するような調子で云う。

「へえ、未だでございます」

「何故、召し捕えぬ？　緩怠至極（かんたいしごく）」

「いえ、何も、ぼんやりしているわけじアありませんので。そのウ……」

小吉は、すこし云い辛そうに云った。

「下手人が、今のところ、ちょいと、そのウ目星が付かねえもンでして、それで……」

「なに、未だ下手人が解らぬ？」

半次郎は、呆れ返ったと云う表情と共に、幾分憫（あわれ）むように、

「そのようなことで御上御用が勤まるか」

と、叱りつけたものだ。

ちッ、いまいましい、こんな小僧ッ子に、と思ったが、うん、と我慢して小吉は、逆に皮肉まじりに訊ねた。

「水野さまは下手人を御存じなンで？」

「如何にも。よく存じておる」

堂々と云い放った。小吉は驚いて、

「へえ？　御存じ？　では誰でございましょう。お差し支えなかったら、ひとつ伺わせていただきたく」

「なんの、差し支えなぞあろう。おしゅんを殺した男は、札差し青柳屋の番頭、助五郎と申す者だ」

「はア」

小吉は、相手の顔を凝視しながら、

「助五郎で？　何かのっぴきならぬ手証がございますンで？」

「手証？」

これは意外だと云う面持で、半次郎は、

「そのようなことは不用だ。助五郎が殺したに相違ないのだ。直ちに御蔵前へ参って召し捕えろッ」

「へえ……」

気違いではないかと思ったがそうではないらしい。小吉が、首を捻っていると、

「何を愚図愚図致しておる。その方が参らねば、拙者、これより出向いて、一刀の下に斬り捨てて来る！」

と、立ち上がったものだ。

「ま、ま、お待ちなすッて下さい」

小吉は、慌てて制すると、これは放って置けば乗りこみかねないと、なだめるように、

「一両日、お待ち下さい。何分にも、このウ証拠がございませんと、手前どもは、お縄をいただかせることが出来ません定めになっております。何卒、もう一両日御猶予をお願い致します。必ず、下手人を捕えてごらんに入れます」

「左様か。法とあれば止むを得ない。では必ず、下手人助五郎を捕えよ」

云うと、半次郎は、悠々と立って、自身番を出て行った。

「大変なサムライですね、親分」

千造が、小声で笑いながら云う。

「妙な男を情人にしたもンだ……だが、待てよ、これア?」

小吉が、腕を組んで考えこんだ時だ。

「親分、参ろう」

それまで、出入口の柱に凭れかかっていた若さまが、大声で促した。

「ヘッ、只今」

五

浄心寺と背中合わせに麗厳寺と云う、これも大きな寺がある。その中間に挟まって町家としもたやがズラリと建っている。

沼木三左衛門の浪宅は、庭先きが浄心寺の墓地と接するところにあって、中々、大きな構えである。

「未だ相解らぬか、下手人は？」

ここでも、小吉は、会うなり主人の三左衛門から、こう訊かれて腐りながら、

「もう一度、場所を改めませんことには」

と、こんな返事をした。

「何度でも見るがよい。但し、もう雪は乱れておるが」

三左衛門は、着流し姿の若さまを見ると、同心とでも思ったのか、いくらか丁寧に、例の縁先きへ案内した。

立って、指さしながら、

「このあたり、今、飛石が頭を出しておるが、丁度、あの上あたりに死骸は御座った。……向うの離れ」

と、茶席風に建てられた小さな家を教えながら、

「あれまで、十二三間も御座ろうか。その中ほど。……雪には何の足跡もなく、拙者、まことに奇異なる思いを致した」

と、併せて感想を述べた。

若さまは、懐手(ふところで)で、ポカンと庭を眺めている。可なり広い。ひとつ大きく曲った池が、座敷の廻り縁に従って曲り、築山も見事にしつらえてある。今は未だ雪が、ところどころ綿帽子のように残っている。

すると、若さまは、何を思ったか、その座敷の縁先きへ近い畳に大胡坐をかくと、

「御亭主。酒を馳走になりたい」

と、大変な註文を出した。

「酒？　酒でござるか」

三左衛門は、びっくりして云い返した。小吉と千造は、くすりと笑って、ともかく酒の支度をさせた。

やがて、菜ッ葉の香の物など添えて、黒塗の膳部に燗徳利を乗せ、おきん婆さんが恐るおそる運んで来た。若さまは、いそいそとして手酌で初める。三左衛門は、すこし離れたところに坐って、苦々しそうな顔付きで睨んでいる。小吉と、千造は、縁側に坐って待っていた。

誰も、口を利かない。

変に白々しい空気である。

若さまは、しきりに手酌で飲んでいる。二本目から三本目。

「何を調べておられるのだ？」

たまりかねたか、三左衛門が、皮肉まじりに、こう云ったものだ。

「酒の吟味でござるか？」

「なに、この酒は上物」

すると、若さまは、気にもしない様子で、

「貴公、武芸は出来る方だの」

と、いきなり籔から棒みたいに云う。

「うッ、うむ……些(いささ)か、たしなみはある」

「いや、相当の腕だ」

「いやいや、ハッハッハ」

褒められて、いやな気もせず、三左衛門は鷹揚(おうよう)に笑ったりした。酒を飲ましてくれた礼でお世辞を使っているンだろう、と、千造は失礼な推測をした。

「一昨日(おととい)の晩は、朝まで、ずッと家に居たンだな、貴公」

と、若さま。

「如何にも。雪は降る、寒さは寒し。一足も外へは出なンだ」

三左衛門は、はっきり云い切る。

「あの離れ座敷」

と、盃(さかずき)を持ったままの手で、若さまは、指し示しながら、

「あの向う側の躙口(にじりぐち)へは、築山の裏の方から行っても行かれるな」

と、こんなことを云った。

「それは……参ろうと思えば何処からでも行かれる」

「なアに、この眼の前の庭の雪に足跡を付けないように行くには、だよ。ここから」

「…………」

三左衛門は、相手を凝然(ぎょうぜん)と見詰める。

「さアて、と」

盃を置くと、やおら立ち上がり、若さまは縁側へ出て庭下駄を突ッかけた。小吉も千造も庭に下りる。三左衛門も、これも同じく庭へ出る。

若さまは、さッさと庭を突ッ切って、向う側の離れ座敷に近付くと、雨戸を開け、しきりに中やら外やら見廻した後、一本の太い丸柱を撫で初めた。

上の方を見る。

そこに、お札が張ってある。

若さまは、いきなり、そのお札を引ッぺ剝がした。そして、

「ははア、あった、あったッ、やッぱりこのてか。ハッハッハ!」

と、愉快そうに笑った。

六

「へッ?」

小吉が、まるで訳が解らず、そのお札の痕を見ると、ぷつりと、未だま新しい穴が一ッあいている。

「いいか、親分。こういう仕掛けだ」

と、若さまが、酒くさい息をしながら、

「向うの縁側から、これへ向って、手裏剣を、え、やッと飛ばす。尻に細い紐を付けて置くな。すると紐が一本、張り渡る。その紐の尻へ今度は丈夫な縄を付けて引いて行く。てエと、向うと、こっちに、縄が一本、ピンと張られる、柱に結んで、さて、厳重に縛り上げた死骸の縄へ、張った縄を通し、向うを高く、こちらを低くすると、ずるずる、ずるずると死骸は縄を滑って行く。よいか。いいところで、雪の上へ下ろし、縄の片方を切り片方を手元へ引いちまえば、それ、足跡は無くッても、雪の上へ、死骸が、ふンわりと置けるじアねえか」

「あッ、なるほど！」

「この手裏剣の穴、これが証拠、それに、隠そうッて云うンで、張ったお札、これがいけないよ。親分」

と、お札を見せながら、

「これア、荒神さまのお札じアねえか。荒神さまと云や大概、台所に張るもの。風流な茶室に張る馬鹿もねえじアねえか。ハッハッハ！　当家の台所を見な、きッと剝がした後があるに違げェねえ」

と、云ってから、何か云おうとして唇を、ぷるぷる慄わせている三左衛門に、

「あんたア、あの晩、ずッと家にいて、一足も外へ出ねえと云ったね、真逆、こんな大仕事を、知らねえで寝ていたわけアねえだろう」

「…………」

うつ向いてしまったが、絞り出すような声で低く云った。

「頼まれた……断われず……」

「誰に頼まれたえ？」

「………」

「多分、助五郎番頭だろう」

「えッ？　よく存じておられる！」

×　×　×

事件は、おしゅんを我が物にしたい一心の助五郎が、女を外へ連れ出し、知己（ちき）の三左衛門の家へ来るうち、酔った女の悪態に、つい腹を立て、殺すなら殺せと云われ、当人は殺す気はなかったのだが、咽喉（のど）を絞めたところガクリといってしまった。

狼狽（ろうばい）した助五郎は、死骸を三左衛門の家（うち）へそッと担ぎこみ、さて二人で始末を考え抜いた末、思い付いたのが足跡を残さぬ置き去りの法だった。

助五郎は、三左衛門が某藩の御勘定方（ごかんじょうかた）を勤めている頃、禄米（ろくまい）の受け渡しにからんで、二人で甘い汁を吸った仲だ。それが露（ば）れて、三左衛門は永のお暇（いとま）と云うことになったのだ。二人は、爾来（じらい）、妙な親友になっていた。

一件、落着の後、御礼言上（おれいごんじょう）に船宿喜仙へ罷（まか）り出た小吉は、

「例の半さん、それ見たことかと大威張りで。ヘッヘッヘ、勘でござンしょうなア」

「色恋の怨み、こわいな」

若さまは、こんな返事をした。

「それにしても、よく、あの謎がおわかりになりましたもンで。手前なンざ、上から降ること
ばかり考えておりまして」

「人間が考えたことア人間にわかるサ」

——日暮れ近く、今日も大層冷える。又、雪になるかも知れない。

花見船

一

「これは、若さま」

御上御用聞き、遠州屋小吉は、鷲づかみの手拭で、額を横に、邪険にひと撫ですると、

「どうも、このウ、花見、花見で世間さまは浮わついておりますが、手前のところは相変らずの人殺し沙汰、いやもう、埒アあきませんようで」

と、すこし自嘲めいた口ぶりで云う。

「稼業一筋かな」

若さま、おっとりと褒めたような云い方をする。

その若さまは、床柱を背に右の立て膝、前に膳部を控えて、盃を手から離そうとはしない。

ここは柳橋米沢町、船宿喜仙の大川に臨んだ二階座敷。出窓に、桜の枝を生けた手桶が置いてある。

時折、川筋から賑やかな三味線が聞こえてくるが、向島あたりへ繰り出す花見船だろう。

「それで、今日の外題は何だえ？」

若さまが促すように訊くと、

「へえ」

小吉は、心持ち乗り出すように、

「矢でございまして……」

弓を引く恰好をして、

「いきなり、何処とも知れず、ぴゅッと矢が飛ンで参りまして、背中へ、ぷつり、殺されました」

「そいつア危ねえなア。土弓場の傍ででもウロついてたのかえ?」

「いえ、川ン中で」

そこへ、当船宿の一人娘、おいとが、新しい徳利を運んでくると、盃の糸底などを繁々見つめていた若さまが、待ちかねたように突き出す。

お初を、ぐッと一杯空けたところで、

「川の中……」

鸚鵡返しに云うと、小吉が、口早に、

「いえ、大川を向島へ漕ぐ花見船でございます。これへ乗っておりました娘の背中へ矢が立ちましたンで」

「まア、何時です親分さん?」

おいとが、眼をくりくりとさせる。

「一昨日のことで……」

と、云ってから、整理するように小吉は、

「向柳原、久右衛門町で、清元の師匠、小美佐。ご存じですかどうですか、芸が立つので評判でございますが、この師匠が、弟子たち若い娘を十数人……男も三人ばかり混じっておりましたが、これが、お花見だッて云うンで、わッと神田川から船を出しました。幔幕を張って赤の毛氈を敷き、太鼓まで持ちこむ騒ぎ、大陽気に浮かれながら、大川へ出て丁度、首尾の松を過ぎた時分……」

ちょッと、言葉の出穂を思案しているようだったが、

「ぴゅッと、矢で。へえ、いきなりで。きゃッと云うと、おしなが、のけぞる。わッ大変だア、と、参州屋が怒鳴る。……その折船の中の連中は、船頭初め皆、丁度そこへ来た人形町の花見船で、仮装していたのに気を取られていたと申しますが、びっくりして振り向くと、この有り様。へえ、背中から深く矢がぷつり、おしなは、間もなく命絶れました」

「まア、可哀相に」

おいとは、すぐ感傷的になる。

「へえ、船ン中は、もう大騒ぎで。花見どころじアございません。中でも、おしなと此の秋、祝言する筈だった丸正の市五郎なンざ気違いみてエになって、誰だ、こんなことをしたのはと血眼。……ところが、妙なことには、これは船頭の九助が申しましたが、矢を射って来たと覚しい側には、船が一隻も見当らなかったそうで」

「そうすると親分さん、陸から？」

おいとが釣りこまれたように訊く。

「これア、どうあっても陸から射ったとしか思えねえンですが、あすこは、三番堀、二番堀、一番堀、ずッと御米蔵でございまして人がいるッてものでもなく、……もう、すこし上流(かみ)へ参りますと、御厩(おんまや)の渡し、ひょッとすると、あの岸からか、とも考えられるンでございますが、これはすこし矢頃が遠過ぎますし……どうも、今ンところ、矢を射ったところが見当つかず……」

「外(そ)れ矢……」

若さまが、ぽつりと云うと、

「へえ、ともかく外れ矢だろうと、手前も一旦は考えたンでございますが、段々、調べて参りますうち、どうも、そうじアねえような具合になってきまして。唯(ただ)の災難じアねえと……へえ、ちゃンとおしなを狙って射たらしいと……」

「名手だの、弓術」

若さまが、

「波の上のものを射る。那須(なす)の余一(よいち)」

「ヘッヘッへ、それほどでもねえンでございましょうが……」

二

「外れ矢でねえとすると」

　若さまが、興味を覚えた顔付きで訊く、

「つまり、おしな……射殺された娘に怨みを持っている者と、こう云うことになりますンですが、この、おしなと云う者は、久右衛門町と通り一ツ向うの佐久間町で、葉茶屋宇治藤の娘です。今年十九、厄でございますが、もう五年この方、清元を小美佐のところへ習いに参っております。筋は好いそうで、それに何しろ滅法、縹緻よし。……どうも、なんでございますな、この余り美しいと云うものは、とかく事を起しますようで」

「傾城、傾国の美かな。毒だな」

　若さま、横町の隠居のようなことを云う。

「そんな塩梅でして……」

　よく飲みこめなかったが、取りあえず、バツを合わせると、小吉は、

「この、おしなに惚れて夢中と云う男が二人おりまして、……いえ、もっと居ることは居るンでございましょうが、ちゃんと夫婦になってくれと然る可き者を立てて申しこんだのが二人で、一人は、さきほども申し上げました丸正の伜市五郎。福井町一丁目、銀杏八幡の傍で手広く古着類を商っております家の後取りで。二十六になりますか。当日も、一緒に船に乗っておりま

した。……死骸に取りすがって搔き口説き、見てはおられなかったと申します。へえ、ひょッとして自害でもされたら敵わないと云うので、双親が目を離さないとか……」

「もう一人ッてなア？」

と、若さま。

「へえ、これは……」

小吉は、手拭を絞るような、手付きを無意識にしながら、

「親御さんの代から御浪人でございます。もっとも商売は……商売と申しますのか、お茶の師匠でございます。おとッつあんと云う方も未だ存命で……八十くらいにもなりましょうか、尾州の御浪人だそうで。御当人は三十四五。けれども、中々、年には見えません、よい男前で。一度、女房を持ったそうですが、只今は別れたかして独り者で」

と、云ってから、ふッと思い付き、

「そうそう荒井猛之進と云う、どうも荒ッぽい名前でございますが、人間は今も申した通り役者のような優男でございます」

「話も、だいぶ役者が揃ってきたな」

と、若さま、余計なことを云う。

「ヘッヘッヘ」

御愛想笑いして、小吉が
「まだまだ出るンでございますが……」

と、云いかけると、遮(さえぎ)るように、

「そう云やア、親分、大変だアと参州屋が怒鳴ッたって先刻(さっき)云ったが、参州屋ッてなア何だえ?」

「へえ。これは……」

小吉は、口調を改めて、

「横山町(よこやまちょう)一丁目に店を張っております蒔絵(まきえ)道具の問屋で、この道では名の知れました男。一代で今日(こんにち)の身代を築いたと云う強(したた)か者でございます。もう五十を越した白髪頭(しらがあたま)で、内々では、師匠の小美佐のコレでして……」

と、親指など、ちょいと立て、

「馬鹿ッ騒ぎの好きな、根は陽気な男でございます。年甲斐もなく先きに立って浮かれると云う……今度の花見船でも、師匠の小美佐が云い出したようではございますが、内実は、船から何からの費用は、この参州屋吉兵衛(きちべえ)が出しましたもんで」

「すると……」

若さまが、結論を急ぐみたいに、

「荒井猛之進なる仁(じん)は振られたッてわけなンだな」

と云った。

「へえ、まア、表面では振られたッてわけなんでございますが実は、ここンところが一寸(ちょっと)妙なんでヘッヘッヘ」

と、小吉は、意味あり気に笑って、

「小美佐のところへ稽古に来る、他の娘たちに訊いてみますと、殺された、おしなは、猛之進の方が好きだッたようで。それを親から云われて、仕方なく市五郎と祝言することになったンだと申します」

「まア、辛いところですね」

と、おいと。

「へえ、まア辛いような、そのウ……それに、猛之進は、そのうち、おしなは市五郎と別れて、やがて自分の女房になる。と、こんなことも申していたようで」

「そこンところ、入り組んでるな」

若さまが、綾取りの糸でも突き出されたような顔つきで云う。

「へえ、どっちも、どっちと云う自惚れようでして……」

「てエと……」

若さまが、

「猛之進のそんな料簡方を、市五郎が、まるまる知らねえこともねえだろうから、おしなは、市五郎から怨まれねえものでもねえ」

と、ややこしい云い方をした。

「左様でございます」

と、受けてから、小吉がずばりと次ぎに、こんなことを云った。

「ところが若さま。この猛之進と云う人は弓が上手なんでございます」

三

「あらッ」

おいとは、正直に驚いて、

「それじア、その猛之進さんが？」

「ここンところがどうも手前、めどが付かないンで大弱りでして……」

頭など、ちょいと掻いて、小吉は、

「手前、さっそく、第六天門(だいろくてんもん)前に住んでおります猛之進さんを訪ねますと……」

――矢を射込まれて、おしなが船中で死んだと聞くと、

「えッ、矢、あの矢で！」

猛之進の顔は、見るみるいびつになったが、すぐうつ向いた。

「それで、つかぬことをお訊ねするようですが……」

小吉は、相手が侍なので言葉つきも丁寧(ていねい)に、

「昨日、午(ひる)ッ頃(ころ)、あなた様は、どちらにおいででございましたでしょうか？」

と、アリバイを先(ま)ず訊ねた。

「昨日……午頃……」

猛之進は、ゆっくり、その言葉を繰り返しながら、

「午頃と申せば、拙者、本所石原、お旗本植村右近さまへ、お茶の会にて参った折かと思うが……」

「本所の石原……」

小吉は、強くなぞると、

「道筋は……両国橋から？」

「いや、ちと所用があって御蔵前を……」

と、云いかけたが、猛之進は、急に気が付いたように、ふッと語を切った。

「御蔵前から……？」

小吉が、さり気なく、

「ずッと参りますと御厩の渡しが順でございますな、本所石原へは？」

「………」

猛之進は、黙っている。相手を睨むように見すえている。

「どう、おいでになりましたンで？」

「吾妻橋を渡った」

「へえ、大層、遠廻りで？」

――嘘だな、と、小吉は覚った。御厩の渡しを渡ったに相違ないのだ。それを隠す。何故だろう？

「遠廻りは承知。並木のあたりに所用があった故」

「左様でござりますか」

ちょいと外して、小吉は、

「こちら様は弓が御上手と伺っておりますが、御厩の渡し、あのあたりからですと、矢は、どの辺までとどくもので」

「人に依る」

「へえ、人に依りますか。失礼ではございますが、あなた様ですと、どれ位？」

「だ、黙らッしゃい！」

いきなり、猛之進は、堪忍袋の緒が切れたと云った表情になると、

「構えて、この拙者が、おしな殿など殺すわけがない。もし、丸正の伜を射たと云うなら未だしも謂われが立とうがおしな殿を何しに、拙者が！……」

「お気にさわりましたら、ごめん下さい」

「つまらぬ係り合いになるかと思う故、御厩の渡しを渡らぬと云ったばかりに、余計、疑いを深めた……」

それから、わざと声を張ると猛之進は、

「如何にも、拙者、御厩の渡しを渡った」

「…………」

今度は、小吉が黙った。嘘が表なのか、その裏なのか咄嗟に判断が付かないでいると、更に

猛之進は、やけみたいに、

「はっきり申そう。拙者の弓勢（ゆんぜい）なら、あの渡しの岸より矢を放せば、一番堀……弓にも依るが、二番堀あたりまでとどこう」

「とどきますか」

小吉は、思わず眼を見張った。

「三十三間堂（さんじゅうさんげんどう）の通し矢、生涯に一度は試みたいと存じておる拙者だ。その位のことは出来る。だが、おしな殿を射殺すなど、そのような愚かな真似は弓矢八幡、決して致さぬ！」

——それで……。

「ともかく一旦、手前、戻りましたンでございますが……」

と、小吉は、話を了（おわ）って、

「このウ、猛之進と申すお人、どう扱いましたら？」

と、半信半疑の顔付きになった。

「そうよなア」

若さまは、立てた右膝など叩いて、

「身を捨ててこそ浮ぶ瀬もあれ……猛之進なる者……」

考えていたが、

「その船ン中の模様を、もっとよく知らねえと……」

盃を置くと、

「親分、清元の師匠ンちへ案内してくれ。いろいろと……」

云いながら立ち上がる。

四

浅草御門から橋を渡って左へ、町家を抜けて左衛門河岸、それから久右衛門町と、若様と小吉の二人は肩を並べて行く。花見がえりか、桜の枝をかついだ赤い顔の人に往き会う。

「ひとつ、景気よく、どッと押し出したいもンで」

その人々を振り返りながら、小吉がすこし羨しそうに云う。

「ハッハッハ、これが片付いたら行くサ」

「散りましょう」

「落花の風情、亦乙だぜ親分」

――久右衛門町の清元の師匠、小美佐の家は磨きこまれた桟格子、御神灯、いきな作りである。

「ごめんよ」

その小吉の顔を見ると、師匠の小美佐は瞬間、いやな顔になったが、すぐ、商売的な滾れるような笑顔を造って、

「まアまア親分さん、さア、どうぞ、こちらへ。取り散らしております」

と、二人を茶の間の隣り座敷へ招いた。

家の中は、しんとしている。あんなことのあった後なので、当分、世間に遠慮して稽古は休むつもりだろう。茶の間に、誰かうちの者がいるらしいが、師匠は、ぴたりと襖(ふすま)を立て切った。

「ところで、師匠」

出窓へよりかかって、ここでも行儀の悪い立て膝の若さまが、

「船の中で、殺されたおしなは何処に坐(すわ)ってたンだえ？」

と、さっそく訊き初めた。

「はい」

小美佐は、ちょッと、思い出そうとしてかうつ向く。年の頃三十丁度ぐらいか。色は白いと云う方ではないが、目鼻立ちが、きりッと整って、どこか女形(おやま)のような美しさがある年頃だ。

「おしなが……」

若さまは、誘い水のように、

「矢が立った時、御米蔵の方を背中にしていたことは解ってるが、その右にア誰が並んでたえ？……参州屋か？」

「え、いえ、参州屋さんは、おしなちゃんの左側で。あの子は、参州屋さんが常々、馬鹿なことばかり云って笑わせるンで、あの日も面白がって、自分から傍へ行って……」

「すると、右ッては、これア多分、丸正の市五郎だな」

「はい」

小美佐は、何故か低く答える。

「その前ッ側の連中は？」

「それが……大勢おりましたンで、誰がどこと申して、それに、いろいろ立ったり坐ったり、一度なんか、船頭さんに坐って坐ってと怒られたりしまして」

「なるほど。隣り合わせに坐ってたンじゃ矢が飛ンで来た時、両隣りの参州屋、市五郎が先ず騒ぎ立てるわけ」

若さま、至極、当り前のことを改めて認識している。

小美佐は、

「そうでございます」

「参州屋さんなんざ、年甲斐もなく、すっかり慌ててしまって、立った矢を抜こうとするンで、市五郎さんが、いけない、いけない、手を離せッて……抜くと余計、血が出るもンだそうでございますね」

「市五郎と、おしな……」

若さまが、

「仲アよかったかえ、船ン中で？」

「それが……」

小美佐は、ちょッと云い澱(よど)んだが、

「若いうちはよくあることなんですけど、つまらないことから口喧嘩(くちげんか)なんかしまして、おしなちゃんが又、あれが、きかない性質(たち)の子でございますもンで、市(い)ッつあんなンかきらい、小父(おじ)

さん大好き、なンて云いましてね、参州屋さんの膝なんどへ、もたれかかったりしますんで、市五郎さん、いよいよ面白くなくッて……」

「ハッハッハ！　おしな、浮気性だな。猛之進にも、そのてで口を掛けて置いたか」

と、若さまが云うと、小美佐は、まじまじとした顔付きになって、低い声で、

「あまり人さまのことは云いたくございませんが、お名前が出ましたから申し上げますけど、市五郎さんが内々で云いますには、あの矢は、実は自分を狙って、間違って、おしなちゃんへ当ったものだ。下手人は、荒井猛之進だ、と、こうで……何でも、大層、弓がお上手と云うお話ですけど」

五

それから——

若さまと小吉の二人は、左衛門河岸を戻って来る。

「間違えて、おしなに当った……ありそうなことで」

小吉が、云うと、

「そこなンだが……」

若さまは、ゆっくりした口調で、

「云わば三人が……市五郎、おしな、参州屋と、狭い船ン中で、肩がくッつくほどに並んでい

る。これへ遠矢、まして波の上……こいつア余ッぽど腕に覚えがねえと……それにそれ程の腕だとすれア、これア今度は、万に一ツの外れもねえ」

「左様でございますかね。すると、やっぱし、おしなを狙ったもンで？」

「そこなンだが……」

若さまは又、同じことを繰り返して云ったが、

「弓は射るもの、槍は刺すもの」

と、独り言のように呟（つぶや）くのへ、小吉は釣りこまれて、

「へえ、刀は斬るもので」

「ハッハッハ！」

若さまは、大きく笑うと、ふッと立ちどまった。茅町（かやちょう）の通りだ。と、

「親分。猛之進の住居、この近くだな」

「へえ、つい向うの第六天門前で」

「行ってみよう」

そして、その家の黒塀（くろべい）に沿って来た時、若さまは、思わず歩を止めて耳を澄ます。小吉も立ちどまると、何を思ったか、若さまは、その長い黒塀の隅にある潜（くぐ）りを押して、無断で、すいと中へ這入る。

続いて、小吉も潜って見てあッと驚いて眼を見張った。

二人の方には背を見せているが、そこに、猛之進が、立派な態度で、作法正しく弓を引いて

いるのだ。稽古の最中らしい。

そこは家の裏庭らしく、細長く、十四五間もあろうか。突き当りに土壇が築かれ、三ツ的が並んで掛けられてある。既に左の端の的には矢が五六本近く突き刺さっているが、小吉は、その矢が、いずれも中心の赤丸に集中しているのを知った。

——これア大した腕前だ。小吉は舌を捲(ま)いた。

矢を取ると、猛之進はおもむろに番(つが)えてから、きりきりと引く。と、見る、ぴゅッと切って放せば、見事な尾を引いて、ぷつり、矢は、中央の的の中心へ突き刺さる。

「美事！」

若さまが、思わず感嘆する。

はッとしたらしく、猛之進は振り向いたが其処(そこ)に小吉の姿を見ると、いきなり、眼に角立てて、

「これッ、他人の屋敷うちへ無断で這入ると云うことがあるか。出ろッ、失せい」

と、怒鳴り立てたが、

「いや、うまいな」

若さまが、何にも気にしない顔つきで、近寄って行くと、

「久しぶりで妙技を見た。胸の透く思い、わしにも、ちょッと貸してくれ」

云うと、いいも悪いもなしで、勝手に弓を取ると、ぴたりと位置を取る。矢を、つがえて、きりきりと引く。小吉は驚いた。おッ、これア立派なものだ。流石(さすが)は若さま、酒飲むだけだと

思うと大違い……。

　ぴゅッ！

　ぷすッ！

「お美事！」

今度は小吉が、思わず叫んでしまった。矢は、一番右の新しい的の中心へ突き刺さっている。

「貴殿も、よう引かれる」

猛之進が、同好の士と云う感じで、褒められたお返しのように云った。

「ハッハッハ」

若さまは、開けッ放しに笑うと、

「あんたア、どう間違っても、的を外すッてこたアねえな」

急に、下世話な口調で、こんなことを云うと、くるり、背を見せて、潜りから出て行くのだった。小吉も、呆気に取られている猛之進に軽く頭を下げると外へ出る。

もう、黄昏(たそが)れかけていた。

追い付いて、小吉が、

「如何(いかが)なもので？」

「矢だよ」

「へえ、矢で？」

「矢は、飛ぶものだな親分」

「ヘッヘッへ、昔ッからそうときまっておりますようで」

「だから厄介(やっかい)」

「へえ……」

小吉には、若さまが何を考えているのか解らなかった。

六

ところが、その翌日。午近い頃だった。

「若さま！」

飛びこんで来るなり、小吉が、膝を突いたきりの姿勢で、

「又、殺(や)られました！」

「誰だえ?」

例の一杯きこし召している、若さまが、盃を宙に浮かせて訊き返すと、

「市五郎で。へえ、丸正の伜市五郎で！」

「殺しの模様は?」

「それが、矢で！　又、背中へ、ぐッさり矢を射込まれまして……」

「未だ、そのままか」

盃を置く。

「へえ、たッた今し方らしく……」

「よオし」

若さまは、直ぐ立ち上がった。

そして――

福井町一丁目、銀杏八幡の前通り、古着屋、丸正の家は、船宿喜仙から、そんなに遠くはない。浅草御門を出れば間もなくだ。

丸正の店は、ごった返していた。

父親の松右衛門は、唯もう、オロオロしている。一人息子の横死だから無理もない。

市五郎が殺されているところは、奥の土蔵の脇の部屋で狭い、空地のような庭に面した長四畳である。

子分の千造が見張っていた。御検視は未だと云う。

市五郎の死体は、縁側よりに、うつ俯せになり、見ればその背中へ、ぐッさりと深く黒羽の矢が突きささっている。千造が、

「あの塀……」

と、庭向うの高い黒板塀を指さして、

「あれから射込んだもンでござンしょうかね」

と、云う。

若さまは、その背中を凝然と見ていたが、

「親分、傷は二カ所だ」

「へえ、矢を二通、射たわけでござンすね。これア」

一ツには矢が突き立ち、もう一ツは着物を裂き——この方は深傷(ふかで)ではない。この傷だけだったら死にはしなかっただろう。

「矢は一本しかねえな」

と、若さま、

「へえ、……一本は抜いてッちまったンですかね」

「何故、一本だけ残す？」

「へえ……」

小吉が、解らないでいると、いきなり若さまが、

「ハッハッハ！　そうか、そうか！」

大声で、我と自ら頷(うなず)き、

「親分、この矢は飛ばねえ矢なンだ！」

「えッ、飛ばない矢？」

「いいか、これア射ッたんじゃねえンだ、矢を手に持って背後から突き刺したんだ」

「えッ？」

「見る通り、ここに矢は一本しかねえ。だが、傷は二カ所、一ツは浅手。と云うことは、最初の一突きが失敗して、逃げ出そうとしたンで、もう一度、突き刺したンだよ」

「あッ、なるほどこれア飛ばなかった矢で！」

「親分。おしなが殺られたのも、このてなんだ。飛ンで来たンじゃなくて、手で持って突き刺されたんだ」

「えッ！」

小吉は、頭脳の整理に忙しく、

「すると、若さま、おしなを殺した奴は誰になるンで？」

「ハッハッハ！　きまってるじゃねえか、右側にいた市五郎が、こうして殺されたンだから、後は残る一人、左側に坐っていた、参州屋吉兵衛サ」

「あ、あの蒔絵問屋の爺イ！」

「女の左側に坐ってたと云うから、自分の右手が利くな、船べりか何かに隠して置いた矢を取って、仮装船に皆が気を取られている隙に、いきなり、おしなの背中へ突き刺し、刺しながら、大変だアと自分から怒鳴り、抜いてやると見せかけて、実は逆に、ぐんぐん力を入れ……」

「…………」

小吉も、千造も、この若さまの見事な推理に一言もなく呆れたように感心していた。

×　　×　　×

事件は――

蒔絵問屋、参州屋吉兵衛は、貧困から身を起して一代の財を築いただけに、岡焼き半分の世間から、その前身について、いろいろ悪口的に取り沙汰されていた。

ところが、この春、百万石の加賀さまからお姫さま御輿入れについて、金蒔絵の諸道具の大量注文が舞いこんだ。吉兵衛は一代の栄誉とばかり喜んだところ、それが急に取りやめになった。

失望落胆して、何故、取りやめになったか、と、いろいろ探ってみると、吉兵衛は、昔、雪駄直しを業としていたと、告げ口した者があった為だ。雪駄直しは此の時代、非人を意味する。

加賀さまは、真否はとも角、そうした、うわさのある者は止めようと言うのだった。

告げ口したのが、市五郎だった。

吉兵衛は、市五郎の恋人、おしなを殺し、彼に絶大な悲嘆を与え苦しませた後に、その市五郎にも復讐の手を加えたのだ。恋仇の猛之進が弓の上手だと云うことを利用したわけである。

「矢は飛ンでくるもの、とばかり思いこんでるところを狙いやがった。ハッハッハ！　天晴れな智恵だの」

これが、若さまの感想だった。

天狗矢ごろし

一

「これは若さま」

御上御用聞き、遠州屋小吉は、膝頭をぴたりと揃えて畏ると、丁寧に御挨拶申し上げてから、

「本年も段々に押し詰りまして何かと気ぜわしいことでございます。このウ、観音さまの年の市が立ちますとそれからと言うもの、毎日のように方々で年の市。何ですか追い立てられるような按配で」

寒いのか、揉み手などしながら、

「この気ぜわしい最中に、人の気も考えず殺し沙汰。いやもう、ヘッヘッヘ」

などと笑ってから、唐突に、

「何しろ、三人。ほんの僅かな間に続けざまに殺されたンでございますから……」

「三人……も？」

と、若さま。

その若さまは床柱に軽く背をもたせかけて右の立て膝。前の膳部を控えて、すこしも忙しく

ない、だらだら酒。ここは柳橋米沢町、船宿喜仙の大川に沿った二階座敷。先刻から、ずしん、ずしんと戸障子が揺れる程の音がするのは、喜仙の若い衆が餅を搗いているのだろう。

「へえ、三人で」

と、小吉は、力を入れて、

「日が暮れまして間もなく、未だ宵の口でございます。まア通り魔と言ったようなものでござンして」

「その三人、どういう連中だえ？」

「ヘッヘッへ、どういうと言う程の者じアございませんが、平右衛門町の神田川寄りで十軒長屋。へえ片側続きで。これに住んでおります三人で。糝粉細工の虎蔵。もう五十過ぎで。両国の並び茶屋の茶汲女で、おひで。本当は二十五か六の年増なんでございますが、ちょいと見は二十歳ぐらいと言う化け物。次ぎが甘いや花林糖売りの婆さんで。おいし」

「いろいろ取り交ぜたの」

「へえ。この、いろいろ混じっておりますンで話が厄介になりましたンでございますが、長屋の連中は、さてこそ、これは月山の天狗さまの仕業だ、とこう申しました」

「なに、月山の天狗？　又、妙なものが急に出てきやがッたな」

「いえ、話を聞いてみますと、急でもねえようなんで。なんでも、この夏の終り時分だそうで。髯ボウボウの修験道がやって参り、一軒一軒、かど口に立ったそうですが、その中で手がふさがッてるよ、と何もやらなかったのが四人いたそうで。それが、今の三人、虎蔵と、おひでとおいしと、もう一人、指物師の藤吉の四人。ところが、この修験道が大層怒りまして、木戸口で大声あげ、おのれを只の物貰い、乞食などと考えたら大間違いだぞ。お供物を奉るという心掛けが肝腎なのじゃ。ぜに一文、米一粒もないということがあるものか。ああ、ここな罰当りめ。月山の大天狗さまが、汝ら四人を引ッさらッてくりようず……」

　思わず声色になったので、

「ハッハッハ！　親分、うまいな」

「ヘッヘッへ、これは、どうも。つい、うっかり……」

　と、小吉は、頭など掻き、

「それですから、丁度、その晩、留守をしていた四人めの指物師の藤吉なんざ、戻ってきますと蒼くなって縮みあがり……」

「親分」

　若さまが、ぐッと一盃、干すと、

「もうちッと順を追ってやってくれ。三人が殺されたなア何時のことだえ？」

　と、事件を整理するように訊ねた。

「へ、これは申し遅れました」

　と、ぺこりと頭を下げると、

「実は、昨夜のことでして。今も申し上げましたように宵の口。木戸番の三平が、あずかり物がありますンで、糝粉細工の虎蔵ンところへ参って、見ると、これが殺されておりました」

「模様は?」

「へえ、両肌ぬぎになっておりまして、背中へ膏薬を張っておりましたようで……」

「誰が張ってやったのだえ」

「へえ?　いえ、虎蔵は独り者で。誰もいやしません。自分で張っておりましたンで。その背中へ、ずぶり、これは胸まで突き抜けまして、これが若さま、白羽の矢で。へえ、突き刺さッたままでございました」

「白羽の矢?」

「へえ、白羽の矢で。さア木戸番は、びっくり仰天、大変だアお長屋の衆ッてわけで。相長屋の連中が駈けつけてくる。そのうち、又、大変だアと一人が怒鳴りました。なんだなんだと人々が行ってみますと、これが、花林糖売りのおいし婆さんで。ぜに勘定をしていたらしく、突ッ伏した膝の前に、一文銭だの小粒が散らばっておりまして。へえ、このおいしはこれ迄、近所の連中に、小ぜにを貸して利子を取り……」

二

「やっぱり、白羽の矢かえ?」

と、若さま。

「へえ、背中から胸へ、ずぶりで。元来、小柄な女で、ひとたまりもございません」

と、言ってから、小吉は、思い出したように、

「誰か、借りた金を返しに来て、戻った後とでも言う具合でございました。へえ、湯呑みが二ツ出ておりましたから多分……」

「金は盗られなかったわけだな」

「へえ。天狗さまにア不用で。ヘッヘッ。ま、そんなわけで、大変だアと騒いでるところへ、おひでの母親、おこんが他出先きから戻って参りまして、わが家の敷居を跨いだンでございますが、これが又、大変だア！」

「そう言う風に見つけたのでは、殺されていった順番がわからねえな」

「へえ。こりアわかりません」

　小吉は、あっさり言って、

「けれど、順番にもなんにも、すッと軒並み、通り魔みたいに……」

「おひでの模様は？」

「へえ、これも同じような具合で。……湯から戻ってきたところと見えまして、鏡台の前で片膝立てて諸肌ぬぎ、しきりに左官やをやらかしていたところを、ずぶり。へえ、やっぱり白羽の矢で、胸さきへ通り……」

「ちょいと訊くが、おいし婆さんなる者は独り住居かえ？」

「へえ、独り者で。ひどい、けちんぼで。それに、あの齢では嫁に貰い手もござンせんでしょう」

「虎蔵も独り者と。おひでは一人でいた折と……その十軒長屋の連中で、他に、独り者はいねえか?」

と、若さまが訊ねた。

「ええと、他にはこれと申しておりませんようで。只今のところ」

「おひでと言う女、稼業柄、浮いたうわさなどあるだろう?」

「へえ、そつはございません。手前、さっそく、おふくろのおこんに訊ねましたが、おひでは来年、節分過ぎ、例の指物師の藤吉と祝言することになっておりましたそうで。今年うちは何でも年廻り(としまわ)が悪いとかで……」

「藤吉、さぞ、がっかりしたろうな」

「へえ、これはもう、女を殺されましたことと、自分も何時なんどき白羽の矢が背中に立たねえものでもないと、いやもう、悲しいやら恐ろしいやらで、当分、親方のうちで泊めて貰うと言っており……」

「他に、おひでの客などで?」

「それにつきまして、一人、手前おかしいな、と思ってる者がおりますンですが、おふくろのおこんが、これは藤吉さんには内証だが、以前から、おひでに付き纏(まと)っている無宿者で春次郎(はるじろう)という男がいる。近頃は足が遠くなったようだが、この男と娘は一度、間違いを起こしたこともあるし……ひょッとすると、おひでが藤吉さんと夫婦になると聞いて暴れこんだのじゃアなかろうか……」

と、言って置いてから、小吉は、

「けれど、それなら、おひで一人を殺せばよろしいので、なにも虎蔵やおいしまで殺すわけはなし。もっとも、手前、春次郎の手配は付けておきましたが……どう間違って、野郎見られたかなんかで……」

と、言ったが、これは自信がない口調だった。それから、

「おいしも、怨まれているといえば、まア怨まれているようで、百、二百の金を貸しちゃアその取り立てがひどく矢釜しいンだそうで。けれど、これも、もし殺すほど怨ンだ奴があったとしましても、おいし婆ア一人を殺せば済むことで、何も他の二人を道連れにする謂われはなし。それじゃア虎蔵はどうだと申せば、これは、ひどく無口の頑固親爺だそうですが、たかが子供相手の糝粉細工屋で、鳩や猫などをひねくり廻してる稼業、別に敵持ちでもねえようで……」

と、被害者を一人ひとり調べてから、

「どう考えましても、この三人を絞めて殺す怨みッてもなアねえようで。殺すにしても中の一人だけで。それが同じ殺し方で白羽の矢。やっぱり、こりア月山の天狗さまの仕業じゃアねえかと、まア長屋の連中などは申しておりますが……」

——小吉も、ひょッとすると、月山の天狗の方らしい口ぶりで言った。

「その三人……」

若さまは、徳利の滴を丹念に切りながら、

「そこで、親分。すこし世話だが、その十軒長屋のお歴々、端から順に、ずッと人別を改めて

くれ」

と、註文した。

「人別で。へ、畏りました」

三

と、小吉は坐り直すと、

「先ず取ッつきに住んでおりますのが、見世物小屋の三味線弾きで、おきん、おちよという、これは姉妹で。もう四十近い連中でございます。次ぎが栄螺の壺焼を売る、五郎兵衛夫婦。当年六ツか七ツになる娘が一人おります。その隣りが指物師の藤吉。これは弟で半次という病人を抱えております。へえ、ぶらぶら病いで、未だ二十歳にはなりませんでしょう」

「それで三軒」

と、若さまが指を折る。

「その次ぎが、殺されました糝粉細工屋の虎蔵でございます。続きまして、並び床の髪結、庄之助。小僧で由兵衛という十一になるのと、女房のおしゅんのこれは三人暮らし。次ぎが殺されました、おいし婆ア。その隣が武鑑の立ち売りなんぞをやっております、半公。これは同じような立ち売りで薄荷を売る猪之吉と二人で住んでおります」

「七軒……と」

「へえ、次ぎは……」

小吉は、ちょッと思い出しながら、

「そうそう、辻講釈師で、ひどい飲んだくれで乱暴者。以前は侍だッていうことでございますが、何しろ酔ッ払うと必ず内儀さんの髪の毛を引ッ張るという、悪い癖のある男でございます。竜山とか言う名前で、年中、やりますものは、荒木又右衛門三十六人斬り、へえ、伊賀の水月一本槍で。他は何にも知らないという大変な講釈師で」

「九軒めは？」

「その隣りが又、変っております。へえ、中村種吉という女芝居の役者で、もう、いい年でございまして、これの亭主が辰という若い男。十五以上も違いましょう。辰は懐手かなんかで食わして貰ってるという身分で。ところが、女房の種吉が大変な妬き餅焼き。顔さえ合えば喧嘩で、いえ、喧嘩と申しましても殴り合い摑み合いではないので。辰が、女房から口汚く怒鳴り付けられておりますンで。それを又、辰が何でも、へえへえ、相済みませんの謝る一方。それでいて、辰には、ちょいちょい小色が出来るンで騒動の種。ヘッヘッヘッ、浮世は、さまざまで」

「十軒目が、おひでか」

「左様でございます。それで、今までもお話し申し上げましたように、この十軒の長屋の連中、藤吉だけを別に致しまして、後の九軒は、みんな両国の広小路で商売をしておりますンで。類は友を呼ぶとか、ヘッヘッヘ、何時の間にかそんなことになりましたような按配で」

「すると……」

若さまが、盃の糸底など見ながら、

「みんな平常は仲が好い方かな」

と、言った。

「へえ。どっちかといえば、連中、近所づき合いは好かったようで。みんな同じような暮らし向きですから……」

「はてね……」

考えていたが、

「殺された三人とも、手向いしたッて跡がなし。膏薬張り、銭勘定、化粧中……それにおいし婆さんのとこには客が来ていたッて具合……」

「へえ、湯呑みが二ツ出ておりまして」

「つまり、なんだな、その三人とも、心から気を許していたところだ」

「左様で。そこを外から弓でもって……」

「ハッハッハ、親分、そりアいけない。その矢は射ったものではなかろう。背後から、手で突き刺したんだろうよ」

「へえ？　突き刺した？　すると、そッと背後(うしろ)から、抜き足差し足で近寄り……」

「そうでもないようだな。親分、全体、自分の背中へ膏薬を張るッていうこと。こりア自分じゃア中々面倒な仕事だ」

「そりアそうで」

「誰かが張ってやったンだな。張ってやると安心させて、ずぶりと矢を突ッこむ。これは易しいな」

「あッ、なるほど。背中、まる出しで。こいつア外れませんや」

「それから、おいし婆さん。こりア誰かが借金を返しに来たンだな。それで婆さん、前こごみになって、半分は無我夢中で、返された銭を、ひい、ふウ、みいと勘定している、その背中へ……これも丸出し同様だ」

「おっしゃる通りで！」

小吉は、一枚一枚、次第に謎のベールを剝がされていく感じだった。

「その次ぎが、おひで。これは肌ぬぎの化粧中……そこへ、やって来た誰かには、肌を入れなくてもいいのだな。つまり顔見知り。と、こう考えてくると、その誰かは、この三人と初めて会った奴じゃアないということになるな。改まった他人行儀は要らない仲」

「すると、若さま！」

小吉は、思わず一膝乗り出して、

「下手人は、相長屋のうちの一人ということになりますンで？」

「今ンところは、そうだが、ここでわからないのは、この、絡りのなさそうな三人を、何故、一人が殺したかッてことだ」

「それなんでございます。それが合点いかねえンで、これア矢ッ張り、お供物を奉らなかった月山の天狗さまが……」

「ハッハッハ！　ひょッとすると、そいつア逆かも知れねえ」

「えッ、逆？」

「親分。ここで一ツ、釣糸を垂れてみようじゃねえか。うまく引ッかかるかも知れねえから……」

四

その翌日。

小吉は、子分の千造と亀五郎を連れて、平右衛門の十軒長屋へ出張った。朝も早いうちだった。そして、今起きて、共同井戸の傍で顔を洗ったばかりの木戸番、三平に、長屋の連中一人残らずここに集まるよう、と、命じたものだ。

「へえ？　みんなでございますか」

「早く触れて歩け。誰も彼もだ」

「畏りました」

三平は、御用聞きの見幕に驚いて、すッ飛んでいくと、軒並み雨戸を叩いて大声で集めにかかった。

半分は未だ寝ていた様子で、何ごとが起こったかという顔付きで、ぞろぞろ井戸端へ寄ってくる。中には寝間着のままで寒そうに背を丸めている者もいる。

「みんな集まったかえ？」

小吉は、そこに、ぐるりと半円に立ち並んだ十五六人の連中を見廻しながら言う。

「へえ、みんな……」

と、言いながら木戸番は、

「おや、辰ッつあんがいねえようだが、種吉ッつあん」

と、女芝居の太夫を呼ぶと、

「どうしたえ、辰ッつあんは？　さッさと来てくれねえじゃア困るよ」

「知らないよ。辰なンざ」

派手な半纏を、ずり落ちそうに引ッかけた種吉は、冷淡な顔付きで言う。

「知らない？　なにを言うンだ？　一緒のうちに寝起きしている亭主を知らないと言う法はあるめえ」

「よしとくれ。番さん。あんな奴ア亭主でも何でもないンだからね」

「ハハハ、又、初った。おまえさん達ア三日にあげず喧嘩だ。……しょうがねえ呼んでこよう」

と、木戸番が歩きかけると、種吉は、

「居ないンだよ。辰は」

「居ない？　もう出掛けたのか」

「昨日、人殺し騒ぎがあってから、ずッと鉄砲玉なンだよ。……畜生ッ、今度、戻ッてきやがッたら只じゃアおかないから。こっちから頼んで白羽の矢を立ててやる」

種吉は、嫉妬で顔を歪めて言う。

「すると、辰の他にア……」

小吉が、

「これで、みんなだな」

と、念を押した。

「へえ」

と、木戸番。

「いいか、よく聞いとけ」

小吉は、一同を睨み廻し、厳しい顔で、

「ここの三人殺し。段々、お上で御詮議のところ、下手人は間違いなく、この長屋に住んでいる人間の中の一人だということがわかったンだ！」

「えッ？」

十五六人、異口同音に叫ぶように言うと、お互い顔を見合わせた。自分たちの中に下手人がいる！

「そ、そりア誰でござンすかい？」

と、武鑑売りの半公が、不安そうに訊く。ぶくぶくと肥って、薄ぼんやりとした眼付きの男だ。余り利口そうには見えない。

「親分どの」

こんな口のきき方をしたのは、辻講釈師の竜山だ。深酒の為か、顔が、むくんでいる。

「かの三人をアヤめしものは、月山の天狗ということで御座るが、これは偽りでござったか」

と、言う。

「天狗かも知れねえ」

小吉は、

「大きに、天狗の廻し者が、コン中にまぎれこんでるのだろうよ」

と、言ってから、

「ともかく、みんな、そのつもりでいろ、二三日したら下手人がわかるンだ。それまではまア、迷惑だろうが、あんまり変な真似はしねえがいいぜ。わかったなッ」

と、何が何だか一向に要領を得ないことを言って、釘を差した。

「へえ、充分気を付けます」

木戸番の三平が、全体何に気を付けるつもりか、ともかく一同を代表して、こうお受けした。

五

と、その翌日。

これも又朝早く、小吉が、あたふたと船宿喜仙へ飛ンで来た。

「どうしたえ？」

若さまが、未だ寝とぼけ瞳で、

「釣り糸に、何か引ッかかったかの？」

と、期待する。

「へえ、もう懸かったにも何にも、見事なのが三ツ食いついてきやした」

と、小吉は大袈裟（おおげさ）な言い方だ。

「三ツ？　多過ぎるようだが？」

ちょッと首を捻（ひね）ると、

「それが、若さま。これがどうも妙なンでござんすが、月山の修験者が又現れましたもんで」

「修験者が？」

若さま、意外そうな表情になる。これは計算に入れてなかったらしい。

「へえ、昨夜、ひっそり更けた頃、木戸番の三平のところへ修験者が、のっそり現れて、どうだ、月山の天狗さまのお力は大したものであろうが、と言うので三平青くなりまして、へ、へえと平つくばりますと、未だ一人残っておる。いずれ命を召し上げる、と言って行ッちまいましたそうで」

「ふむ」

「この一人残っているというのが、指物師の藤吉のことで、それで木戸番は、藤吉のところへ知らせに参ったところ、これが留守で。その藤吉が……」

と、言って、小吉は、語調を変え、

「平右衛門町の自身番へ、青くなって転りこんで参りました。へえ、時刻から申しますと、修験者が、三平を威しつけた、すぐ後らしいンでございますが」

「転りこんできて、どうした？」

「それが、只の転がりこみではございませんので」

「転がりこみに法でもあるのかえ？」

「ヘッヘッへ、いえ、藤吉は、自分の袂に矢を、ぷつりと立て……射通されたものと見えます。白羽の矢で」

「待てよ、親分」

若さまが、遮るように、

「袂が矢が立っていたと申すのだな」

「左様でございます。袂に……」

「ハッハッハ」

大きな声で笑われたので、小吉は、そのわけが解らず、きょとんとすると、

「まアいい。話を続けてくれ」

「へえ。藤吉が申しますのには、註文の用簞笥を向う柳原までとどけた帰り、左衛門河岸の通りを一人で、とッとと戻って参りますと、錫杖に法螺貝を持った修験道が、のっしのっしと来て擦れ違った。もしや、とその時、思ったそうで。それで、思わず足早になった折、うしろ

から、やア、と呼びかけられ、どきンとした時、ぴゅッと射られたそうで」

「それが……？」

「ぷつり、右の袂を射通したんで、藤吉は、もう無我夢中、生きた空もなく自身番へ転がりこんできて……」

「なるほど。そういう転り込み方かえ」

「左様で。それで若さま。こりゃアどうでもお寺社（奉行所）へ頼んで、一度、月山の修験道を洗ってみませんことには……」

「三ツと言ったな。残る一ツは……」

その時、お待たせ致しました、と、当船宿の一人娘、おいとが、徳利を乗せた膳部を運んでくると、や、待ちかねた、と、若さまは毎日毎晩、飲んでいるくせに、百年目にありついた酒のように、いそいそと盃を取る。

「へえ、もう一ツは、藤吉が申しましたンですが、昨日、手前が釣糸を仕掛けて戻りますと間もなく、例の女役者の種吉のところへ亭主のような辰が、ふらり。へえ、朝帰りというわけで。なんだ今頃けエってきやがッてと、それから大喧嘩。何時ものことだと長屋の連中、大して気にもしておりませんでしたが、井戸端で洗い物をしていた藤吉が、ひょいと見ると、こりゃア一体どうしたンだよ、と種吉が怒鳴り、おれが知るかよ、と、辰が不貞腐(ふてくさ)り、その二人の間に、白羽の矢が置いてあったそうで」

「ふむ……」

聞いてはいるのだろうが、若さまは、盃の数を重ねるのに一生懸命のように見える。

「訊ねて見ようかと思いましたが、巻き添えを食っても詰らないと、藤吉は、そッとそのまま、見ぬ振りで戻ったそうで。それからも、種吉と辰の二人は、その白羽の矢のことについちゃア何にも言わねえと申しますよ」

「よオしわかった」

若さまは、たっぷり二合這入る徳利を、もう空にしてしまうと、

「親分。こりア釣糸どころじゃねえ。大謀網を打ったようなもんだ。かかり過ぎたよ。ハッハッハ！」

「ともかく、そのウ修験道を探し出しまして……」

「藤吉、未だ自身番にいるかえ？」

「へえ、昨夜ッから、すっかり、おびえちまいまして、ずッと番屋に……」

六

船宿喜仙を連れ立って出ると、若さまと小吉の二人は、浅草御門から神田川を渡って左へ。もう数えて、正月までには後五日。町筋は、どこの家でも忙し気に人の出入りが激しい。煤払いで大騒ぎしている処もある。

自身番へ着くと、子分の千造が鼻糞を、しきりに、ほじくっていたが、慌てて立ち上ると二

人に挨拶した。

並んで、上り端に腰かけていた三十男が、これも、ぴょこんと立って頭を下げる。額の狭い髪の毛の濃い、眼と鼻と口とが真中に集まり過ぎたような顔だ。藤吉だ。

二人の背後に、問題の白羽の矢が、投げ出したように置いてある。

と、若さまが、いきなり、何にもいわず藤吉の右の袂を調べる。まさしく袷の袖が、両方へ穴が開いている。貫通したのだ。確かめると、次ぎに例の白羽の矢を取って、鏃を調べる。ひどく入念に調べていたが、

「ハッハッハ！」

急に笑い出した。

三人とも、それに番太郎も妙な顔をした。

「藤吉と、言ったな」

と、若さま。

「へえ、左様でございます」

何時か、土間に神妙な態で坐っている。

「おめえ、弓というものを射ったことがないと見えるな」

「へえ、ございません。町人には用のないことでございます」

「一度ぐらいやってみりゃアよかったな」

と、こんなこと言ってから、

「おめえ、おひでに振られたな」

「いえ、とンでもございません。おひでとは来年、節分過ぎに祝言しようと」

「おひで一人を殺せばいいものを、それだと露(ば)れ易いので何の怨みもねえ虎蔵とおいしの二人を殺し、月山の天狗だなんて妙なことにコジ付け、自分一人安穏だと怪しまれるので、袂に矢なんぞ通してみたが、藤吉この袂の矢が拙(まず)かったよ。わしは、どんな手に出るだろうと内心楽しみにしてたンだが、いやはや、この袂の矢だけは気が付かなかった。気が付かねえ筈サ。袂に矢なンぞ通るわけがねえんだからなア」

「いえ、あの、けれど、現に手前の袂に矢が通りましたンですから……」

「おめえ、歩いているところを射られたッて言ったな」

「へえ、大いそぎで歩いていまして」

「ハッハッハ！　袂ッてもなア、ぶらぶらして手答えのないもの、如何(いか)なる名人でも、これを射通すことは出来ねえ。まア待てよ。この鏃、ここをよく見ろ？　わらがこのまたにくッついているぜ、藤吉。こりアおめえ、畳の上に着物を置いて袂を上から矢で突き刺したもの。おめえンちの畳を調べたらこの鏃に、ぴたりと合う新しい裂け傷があるに違げェねえ。そうだろう！」

「あッ！」

　と、言った切り、何か抗弁しようとするのだが、いうことがなく、藤吉は、藻掻(もが)くように表情をゆがめた時、小吉が、

「太てエ野郎だ。藤吉、御用だツ！」

と、怒鳴りつけると、俄かに泣き出しながら、

「親分さん！　あの、おひでッて女も、あのおふくろも、ひどい畜生なンです！　手前が二人の話を盗み聞きしたら、おッかさん、来年、節分過ぎたら、あの、おっちょこちょいに何てッて断わろうかねと言い、まアその時はその時サ。何とか法もあろう。今のうちは絞れるだけ絞って……親分さん、あたしア食うものも食わずに入れ揚げて、弟の治療代さえろくろく出さずに……それを騙したりしやがッて」

藤吉は、半分狂ったように早口で綿々と女の薄情を訴えて止まなかった。小吉に怒鳴りつけられても止めなかった。

若さまはもう居なかった。ずッと前に出ていったらしい。

——木戸番を威した修験道は、藤吉が金を出して、その晩だけ頼んだのだ。左衛門河岸の方は嘘であることは言うまでもなかろう。辰の家の矢は投げこんで置いたのだ。

下手人作り

一

「結構なお花見日和で」

と、御上御用聞き、遠州屋小吉は、元来が汗ッ掻きなので、この二三日急に、ぽかぽかして来た陽気に、もう鼻の頭に汗粒など浮べ、

「今日あたり、若さまには、何処ぞへお出ましかと存じましたが」

などと、ご挨拶申し上げる。

「一緒に行くか」

と、若さま。

「ヘッヘッへ、お供致したいのは山々なんでございますが、なにぶんにも向う様がお暇を出してくれませんで」

「なんだえ、話ア？」

と、盃を口に運ぶ。

床柱へ軽く背を凭せかけて右の立て膝、前に膳部を控え、若さまは何時ものだらだら酒。

ここは柳橋米沢町、船宿喜仙の大川に沿った二階座敷。折から桜が満開の季節で、さっきか

ら大川筋を、派手に幕など引いた花見船が、陽気に三味線太鼓で囃し立てながら、上へ上へと遡っていく。向島あたりは大変な人出であろう。

「お話と申しますのは……」

と、小吉は、左手で何となく額を一撫ぜしてから、

「どこか、こう、ひどく間違ッちまったと云った塩梅式の殺しでございまして、辻褄にも何にも、まるでもう合うところがない奇妙奇天烈な、もう、べら棒な……」

「ハッハッハ！　ひどく念を入れたな」

「ヘッヘッ。全くしちまして念入りに間違った一件でして。何しろ、若さま。一家中で誰も面を見知った奴がいねえと云う人間が、いきなり殺されておりましたンですから、こりゃアどう考えましても、べら棒で」

「そいつア災難だな」

「へえ。その家にとりましちゃア迷惑至極と云ったところなンでございますが……」

と、云って、ちょッと首を曲げ、

「ひょッとすると、あべこべに、災難を避けたことになるのかも知れませんが、ここンところが目どが立ちませんので。へえ、昨日の朝のことでございます……」

と、小吉は、本題に移り、

「大伝馬町二丁目で、角店の質屋、伊勢金と云うのがございますが、女中のおやすが、主人の金兵衛の布団を上げに参りまして、おやッと思いましたンで」

――そこへ、当船宿の一人娘、おいとが、新しい徳利と、親分さんには渋茶を持って一座に加わった。これは、御造作で。と、小吉は熱い煮花を啜ると、

「昨夜は寝ていない筈の布団に寝ておりますンで、それじゃア、遅くなって戻ってきたのか、と、ひょいと顔を見ますと、これが主人の金兵衛ではなくッて別人。へえ、見たこともない人間でございますから、びっくりして飛び出すと、番頭さん、変ですよ、と云うわけで、番頭の半蔵が、やって来て見ますと、なるほど、これまで見たこともない顔……」

「いやですねえ」

と、おいとが薄ら寒そうに云う。

「おッ、こりゃア誰だ？　と、番頭が、もしもしと寝ている肩を揺すってみますと、ぐったりしておりまして、返事どころかこれが死んでおります」

「まア！」

「さア大変だと云うわけで、さっそく御届けに及びました。手前が出張りましたのは、それから直ぐでございまして、見れば、咽喉を両手で絞め上げられて絶命。へえ、頸筋に赤く痕が二カ所。年の頃五十前後でございましょうか、痩せて、貧相な男でございます。それから、これは、当り前だと申せば当り前、妙だと云うと妙……」

と、首をひねったりして、

「その亡者は、ちゃんと寝巻に着更えておりましたンで。主人の金兵衛が平素使っております浴衣なンで」

「着物の方は畳んであったかえ?」

と、若さま。

「いえ、その着物が見当りませんので。どうしちまったものですか。真逆、裸で這入りこんで来たわけじゃアねえでしょうが、この辺、さっぱり訳がわかりません」

「本当に、お店の人、誰も見覚えがないンですか?　親分さん?」

おいとが、疑わしそうに訊く。

「へえ、誰も知らねえようで」

「主人は、何処へ行っていたンだえ?」

と、これは若さま。

「さっそく手前、訊ねましたところ、大通りを越した向う横丁で、瓢箪新道の妾、おえいの所へ泊ってましたもンで。前の晩、番頭と帳合いを済ませますと、それじゃア頼みますよ、と出て行ったそうで。こりゃア毎度のことだと申します」

二

「主人と間違えて殺したか?」

と、若さまが独り言めいて、こう呟く。

「へえ、手前も、そんな見当じゃアねえか、と番頭をわきへ呼んで、誰か金兵衛に怨みを持ってる奴アねえか、と、訊いてみましたンですが、今のところ、これと云って心当りもないが、先月あたりから、時々、やってくる若い男がいる。どこか女のようなシナを作る妙な野郎ですが、これが、お店へ顔を出すと、旦那は何時でも慌てて奥へ通し、奉公人は一人も寄せつけず、何やら、ひそひそ話をした後で、そいつは帰って行くそうで。どう云う用事だか解らないが、帰りは大概、ニコニコと愛想がいいと申します。番頭が一度、ありゃア何でございます？　と訊きますと、義理のある人の伜サ。まア折々、面倒を見てやっていると、こんな返事だったそうで。多分、金でも貰いにくるンだろう、と、番頭は申しました。それで……」

と、小吉は、

「さっそく、手前、金兵衛に、銭を、ゆすりに来る奴がいるそうだが、どう云う素姓の男だ、と訊きますと、どうも飛ンだことがお耳にはいりました。あれは以前、わたくしが御恩を蒙りました人の息子で、別に、ゆすると云うわけではなく、まア小遣い銭を呉れてやると云ったところなンで。とても、悪い事なんぞ出来る柄ではございません、と、こう申しました」

「名前だの、家だのは解っているのかえ」

と、若さま。

「へえ。駒吉と云う名前だそうですが、家は、花川戸辺と云うだけで、よくは知らないと申しました」

「その人間……？」

立てた膝を叩いたりしながら、若さまが、ぷつりと云う。

「へえ、手前も、そいつを取ッつかまえて洗い立てたいと思いますンですが……そのうち、又、銭を貰いにきたら番屋へ知らせろ、と申しては置きましたが」

「その晩、戸じまりなんぞは、どうだッたんだえ？」

「いえ、それが若さま。雨戸が一枚開けッ放しになっておりまして、女中どもは、誰か手水に起きた折、うっかり閉め忘れたんだろうと思っていたと云いますンで」

「すると、誰かが出て行ったことになる勘定だな」

「そうなンで。殺した下手人が逃げて行きましたンで、こりゃア」

「妾ッて云うなアどうした女だ？」

「へえ、これは、おみやと申しまして、以前は、その伊勢金の女中でございました。独り者の金兵衛が手を出して、奉公人の手前、他へ囲った、とこう云うわけで。今年二十四とか五とか。小ぶとりの、ちょっと垢抜けした尻軽そうな相模女で」

「いいろはあるのかえ」

「ございます。旦那の金兵衛も薄々は知ってるようなンでございますが、自分は五十過ぎの白髪頭。まア仕方がないと大目に見ておりますようで。買うより囲った方が安く付くなンて云ってますそうで」

「まア」

おいとが、女性を代表して非難する。

「ヘッヘッへ。おみやのところで使われておりますす婆やのおくら、これから聞き出したンでございますが、五郎吉と云う男で、猿若町の芝居者。一度は役者をしたこともあると申しますが只今は裏方で、まア幕でも引いているところで」

「五……郎吉」

若さまは変に、ゆっくり云う。よく飲みこむかのように。

「へえ、五郎吉で。婆やが申しますのには、この頃、だいぶ工面がいいと見えて、来ると、いくらか小遣を握らせるそうで。そのうちおみやは、ちゃんと旦那と切れて、二人で世帯を持つンだ、などと云ってるそうでございます」

「それじゃア旦那さんが、そろそろ邪魔なんですね」

などと、おいとが云う。

「そうかも知れねえンで。……ここで、思い切って素ッ飛ばして申しますと……」

小吉は、一足飛びに、

「妾と情夫とが共謀になって、旦那を殺そうとしたところが人違い……と、まア考えたいところなんですが、その晩、金兵衛は、その妾の家に泊っておりますし、それから、片ッ方では代りが殺されていた……こうなりますと、どうにも、これは……」

と、手を上げた形である。

「ハッハッハ！」

若さまは、却って面白そうに笑うと、

「その殺された男、その気の毒な風来坊の素姓が知れねえことにゃア、どうも手の付けようがねえな」

と、投げたようなことを云うと、ごろりと横になって肘枕になる。

三

すると、それから三日経った日の午まえ。

あたふたと急ぎ足で、船宿喜仙へ伺候した小吉は、入口のところで、ガラリと腰高障子を開けて出て来た、若さまと、ぱったり出会った。

「おや、こりゃアお出ましで?」

「花が散り初めたので、今のうちに……」

「そのウ、寔に相済みませんが、手前どもとおつき会い願えませんでしょうか?」

「面白いところがあるのかえ?」

「いえ!」

慌てて、右手など振り立てて、小吉は、

「例の伊勢金一件でして。今度は、いよいよ、本物の金兵衛が、殺されかかりましたンで、へえ」

「殺されかかった?」

「もう、すんでのところでございました。手当てが早かったもので……」

「そりゃアそうと……」

若さまは、例の懐手、ぶらぶらと春風に袂をなぶらせながら、

「銭もらいの駒吉。知れたかえ?」

と、こんなことを訊ねる。

「いえ。未だ知れません。花川戸辺を、軒並に洗い立てましたが、そんな男の影も形もなく……こりゃアどうも嘘らしゅうございます」

「そうかい。嘘かえ」

「へえ。いい加減らしく……」

と、答えてから、次ぎに意気ごんで、

「昨夜……明け方近くだったと申します。伊勢金の番頭、半蔵が、主人の寝間の方で、どシン! と、えらい音がしたので……小僧で聞いたのもおりまして、さっそく行って見ますと、金兵衛が廊下に仰向けに、ぶッ倒れておりまして、これが咽喉を手拭で、ぎゅッと絞め上げられ……」

「なるほど、ぶっ倒れた音が助けの神か」

「へえ。そうなります勘定で。手当てを加えますと息を吹ッ返し、一命はとりとめました。なんでも、雪隠へ参った戻り道、待ち伏せていたものに、いきなり背後から手拭で巻きこまれたそうで。だいぶ争った模様で、当人は気が付かなかったようですが、右手に、着物の袂を握っておりました。無我夢中、相手のを、裂き取りましたもので」

「どんな衣類だえ？」

「木綿の盲縞、古汚いやつで。それから、その手拭でございますが、これは、市村座と勘亭流で染め出してありまして……」

「だいぶ揃ってきたな、今度は……」

「へえ、子分の千造が、例の芝居者、五郎吉を、しょッぴいて参りました。妾おみやの情夫でございます」

「親分」

横山町の角まで来た折、若さまは、

「どこまで行く気だえ、ぶらぶらと」

と、訊ねる。

「恐れ入ります。大伝馬町の自身番まで、お運び願いたいンで。へえ、五郎吉の野郎、悪く強情でございまして、自分は知らない、知らないの一点張りで」

「そうかい」

ぶらぶらと歩き出す。

「手前が、金兵衛に、絞めにかかった奴に何か覚えはないか、五郎吉と云う男ではないか、と訊ねましたが、金兵衛は五郎吉と云う男を知らねえらしいンで。へえ、云わば間男でございますから、用心の上にも用心を重ねていたもので」

「未だ二人は会わねえのか？」

「へえ。……会わせましたら、五郎吉は、バツが悪いことでございましょう。……それで若さま、こりゃアやっぱり五郎吉の仕業でございましょうか?」

「さアて……」

ぶらりぶらり、陽気がいいので人出が多い。それに埃がひどい。横山町から通塩町。それから通油町、同じく旅籠町……大伝馬町の自身番までは可なりの道のりだ。

「おいでなさい」

外で待っていた子分の千造が、丁寧に挨拶する。

自身番の土間に、二十五六の面長な、色の白い男が、流石に緊張して坐っていた。

「五郎吉か」

若さまが、云うと、

「へえ。五郎吉でございます」

両手をついて、ちょッと優しくシナを作って挨拶する。前には女形だったのかもしれない。

そう云えば頭を下げた襟筋が変に艶めかしい。

「大変な目に会ったな」

「へえ、無実でございます。お役人さま、どうぞお助け下さいまし」

ちょッと首を傾げて、掌を合わせて拝んだりしたが、それは芝居の所作のようだった。

四

「親分」

するとと、若さまが、

「この男を連れて瓢簞新道へ参ろう」

と、云うと、五郎吉は、びっくりしたように思わず中腰になって、

「あの、瓢簞新道と申しますと、おみや姐さんのお住居へでござんすか？」

「当り前だ」

小吉が、荒ッぽく云った。

「さア、立て立てッ」

「はい」

五郎吉は、しおしおとした恰好で、下唇なんど嚙んで内輪に歩き出した。千造が、ちッと舌打ちした。

行って見ると、「はい」と答えて出て来たおみやは、一眼、その四人連れを見るや、思わず、あッ、と云って煽られたように後退さりして、ぺたんと坐ってしまった。——小吉の御用聞きの直観としては、何かが露れた、と云う感じだった。

「この男は……」

若さまは、上り端に腰掛けると、

「おみやとやら、おめえの情人だな」

と、妙な念の押し方をした。

「は……はい」

と、云ったものの、しきりに膝の前を引っ張るように掻き合わせながら、おみやは何故か、ひどく狼狽した表情で、

「いえ、あのウ、そりゃア知ってはおりますが、情人とかなんとか、そんな仲ではございません。手前には、伊勢金の旦那さまと云うものがありますから……」

「ハッハッハ！　なにも色ごとの詮議立てにきたンじゃねえから安心しな。情人なら情人と云えばいい。今日のところは大目に見てやるから……」

若さまの喋り方も些か妙だ。

「はい」

ともかく、おみやは頷いた。仕方がないからだろう。肩を落して、うつ向く。

「ところで、おみや、五郎吉。おめえ達二人、何かやらかしてるなア」

と、両方の顔を見比べながら云った。

「いえ！」

五郎吉が、唇を歪めながら必死の面持で、

「別に、何も、そんな悪いことなど致した覚えはございません。無実でございます。ねえ、お

みや姐さん、何も致しませんですねえ。手前は只、こちらの姐さんに御贔屓をいただいておりますだけで、そんな情人とか何とか……」

「矢釜しい。黙ってろ」

小吉が叱りつけた。

「ハッハッハ！」

若さまは、大きく笑うと、

「何にもしていないのなら、五郎吉。おめえの手拭が金兵衛の咽喉に巻きつくわけがねえじゃアねえか？」

「いえ、あの手拭だッて、手前の物と限ったわけではございません。市村座へ出ております者なら誰でも貰いました品物で。それを手前だけ一人お名指しでお責めになるんて、あんまりのお仕打と存じます」

「なるほど、そう云えばそうだな」

反対もしなかったが、

「だがなア、この一件で、あの手拭とくると五郎吉、おめえのことが思い浮ぶ。こりゃア無理がねえところサ。そこを狙われたッてことが話の眼目サ。どうだ、わからねえか？」

「へえ」

——若さまの推理がのみこめないと見えて、五郎吉は相手の顔を見つめているだけだった。

「五郎吉。ひとつ間違うと、おめえ、下手人にされるところだぜ」

若さまが、却って、いたわるように云うのだったが、

「あッ、無実でございます！　どうぞお助け下さいまし」

と、又もや芝居のように合掌するだけだ。

「ハッハッハ！　どうも、しようがねえ。それじゃア親分」

と、小吉に、

「この二人を連れて伊勢金へ行くか」

と、云った時だ。

「えッ！　あの、あの、伊勢金さんへ？」

と、五郎吉は、ばったり膝を突くと、

「どうぞ、それだけは御勘弁下さいまし。伊勢金さんには手前、合わせる顔がございません。へえ、悪いこととは知りながら、ついそのウ、こちらの姐さんと間違いを起しまして……どうか、伊勢金さんへはお許しを願います。どうかどうか！」

と、又もや必死になって云うのだった。

「…………」

若さまは、その取り乱した姿を、凝然（ぎょうぜん）と見つめていたが、何を思ったか、おみやに、

「おい、この男相手じゃア埒（らち）が開かねえ。おめえの口から訊こう、もう、いいだろう？」

「…………」

おみやは血の引いた顔である。

「多分……」

若さまが、珍らしく眉根に立てた皺を刻みながら、

「花川戸辺の駒吉ッて云うのはこの五郎吉のことじゃアねえか」

「あッ！」

二人は、一度に叫んだ。

五

「ハッハッハ！」

若さまは、大きな声で笑うと、

「やっぱり、そうか。コマキチ、ゴロキチと……人間、名を変える時は妙に元のに似たやつにするが。そうかい、五郎吉。おめえ伊勢金をゆすってるンで会いに行きたくねえというンだな」

「いえ、違います！」

「なに、違う？」

「ゆすってるンではございません。そんな風に仕向けられたのでございます」

「仕向けられたと？　はて、わからねえ。金兵衛、トンだ茶人だなア」

その時、すっかり観念してしまったか、おみやが悪びれずに云った。

「申し上げます。もう三月近く前になりますが、旦那が、お酒の折、何かのことから、自分には若い時、大恩受けた人がある。今日こうして、ともかくも人並みな暮らしが出来るようになったのは、そのお人のお蔭だ。ご恩返しをしたいと思うが、孝行が出来る時には親は無しで、もう十五年も前に死んでしまった。残念なことだ。だが、確か、男の子が一人ある筈だ。今年二十五六にもなるか。もし、その伜にでも巡り会えたら、昔、借りっ放しになっている金を返してやりたい、と、こう話したのでございます」

「それで？」

小吉が、促すと、

「屋号を勢州屋と云い、孫右衛門と云うのが名前。松坂の生れだそうでございます。ところが、そのお子さんが、その折は九ツか十だったそうですが、どう云うわけか、生れついて女の子のように物優しかった、と、旦那が云うのです。色白で、ちょいと綺麗な、男の子とは思えない性質で……」

「そうか、解った」

若さまが、打ち切るように、

「それで、五郎吉が、女形を幸い、その勢州屋の息子と化けて、駒吉と名乗り、金をもらいに行ったと云うわけかえ」

「へえ……」

五郎吉は、頭を低く下げて、

「悪いこととは重々存じましたが、姐さんから、その話を聞かされ、おっしゃる通り、手前は女形上がり。これは替玉が勤まると思い、恐るおそる伊勢金さんへ顔を出し、孫右衛門の伜でございますと名乗りますと、旦那は、もう気味が悪いほど喜ばれ、そうか、そうか、よく尋ねてきてくれた。おまえさんのお父ッつぁんには一方ならぬ御恩を蒙ったものだ、と云われ、その上、当座のお小遣いだと云って一両も下さいましたンで……」

「何度、這い出していったンだ?」

小吉が訊くと、

「へえ。……あれは、もう五度にもなりましょうか。何時もきまって一両で。へえ、五両ほど騙(かた)り取りました勘定で、何とも相済みませんことでございます」

と、又、頭を低く下げた。すると、若さまが立ち上がって、

「親分。話の筋が通ってきたよ。さアて、この二人を連れて伊勢金へ参ろう」

と、云うと外へ出る。

「へッ?」

五郎吉が、もう泣き出しそうな顔になって、

「あの、手前も? 伊勢金さんへ参りますンで? あの、手前も?」

「黙ってついてこい。地獄へ連れてくッて云うンじゃねえ」

と、小吉が、一喝した。

若さまが、自身番の前を通った時、金兵衛の手にむしり取られた袂を持ってこいと命じた。

そして、この五人の奇妙な同勢は、大通り一ツ越した角店、伊勢金へ、ぞろぞろと繰りこんで行った。

六

……這入ると、帳場格子の中にいた、亭主の金兵衛が、思わず立ち上がって、びっくりした顔付きで、

「駒吉さん、おまえ、どうしたんだえ？」

と、先ずに最初に声を掛けた。

「ヘッヘッへ。旦那さま。どうも面目次第もござンせん。お許し下さいッ」

と、五郎吉は未だ何にも云われない先きから謝っている。

若さまの云い付けで、亭主の金兵衛、番頭の半蔵、妾のおみや、五郎吉、それと小吉、千造が、例の事件のあった奥の寝間六畳に集った。

「どうも恐れ入ります」

金兵衛が、白髪頭を畳に擦りつけんばかりに下げて挨拶してから、

「下手人、相わかりましてございますか」

と、云った。

「いや、下手人より先きに……」

と、若さまが、例の右膝立てた姿勢で、

「ここで殺されていた風来坊の身もとがわかったよ」

と、こんなことを云ったものだ。

「えッ？　あの、殺された男の？」

と、金兵衛が、びっくりして云う。——小吉も、他の連中も、これは意外だった。誰だろう？

「何処の誰でございましょう？」

金兵衛が、直ぐ尋ねると、

「ハッハッハ、それを、わしに訊くのかえ？　人が悪いぞ。おめえの方が知ってるわけだがなア」

「いえ、存じません。手前は一向に、そのウ……何処の馬の骨やら……」

「この袂……」

と、若さまは、裂かれた例の盲縞を取り出すと、拡げて、

「金兵衛。これは、おめえの咽喉を市村座名入りの手拭で絞めた奴が着ていた着物の片袖なンだなア」

「左様でございます。毛頭、それに相違ございません！　下手人の着物で」

「相違ないと。よし」

と、云うと、若さまは、その部屋の壁際にある箪笥（たんす）を顎（あご）で、しゃくッて、

「親分。あの中の衣類を残らず、ここへ、さらけ出してくれ」

と、妙なことを命じた。

「へえ」

子分の千造が近付くと、

「あッ、な、何をするンで?」

金兵衛が、慌てて立ち上がったが、

「坐ってろ!」と、小吉に怒鳴られ、腰を下ろしたものの、おろおろと箪笥を見る。

千造は、次から次へと引出して、中の着物を座敷に拡げていく。と、下から二番目の引出しを開けて、出した時、

「あ、こりゃア?」

と、云って、一枚の着物を拡げたが、それは、裂かれた袂と同じ品物だった。直ぐ合わせて見る、ぴったり一致する。これは、一体どう云うことなのだろう?

するとと、若さまが、

「ハッハッハ! 大方、こんなことだろうと思ったよ。殺された男が寝間着なんぞ着ていたわけだ。着物から足が付くと悪いと考えたんだな。その片袖を、今度、自分を絞めにきた下手人の着物に見立てたところなンざ、こりゃア芸が細かい」

「いえ、いえ……」

金兵衛は、もう、只、喘(あえ)ぐだけだった。

「自分で、五郎吉の手拭を首に巻いただけサ。五郎吉を下手人に仕立てるつもりだな」

「ひえッ！」

女形、どきんとして眼を見張る。

「ところで、金兵衛に殺された男だが、こりゃア、松坂生れ、勢州屋孫右衛門だな」

と、若さまが云った時、

「あッ！」

と、金兵衛は叫んでしまった。それから、まるで、最後の止めを刺されたように、くなくなと肩を落としてしまった。

「御用だ！」

小吉が、その肩に手を置いた。

——事件は。金兵衛は、殺された孫右衛門と同じ伊勢、松坂の生れで、十五年ほど前、二人共謀して、主家の金を盗み出し逃亡したのだが、金兵衛の方は、どうやら、その金で芽を吹き、とうとう質屋の店を張るまでになった。ところが、孫右衛門の方は、いよいよ貧乏するばかりで、この三月ほど前、江戸でばったり会い、爾来、金兵衛に金を恵んで貰っていた。断ると旧悪が露れる恐れがあるので、とうとう金兵衛は相手を殺すことを考え、下手人を妾の情人、五郎吉に仕立て、着々、その計画を進めたのだ。それで、五郎吉に金をゆすりにくるように話を作ったのだ。この企みは半分まで、うまくいったのだが……

「しっぽと云うものは、とかく、出るものだな」

と、若さまは、御礼言上に来た小吉に、

「素姓を隠す為の裸が逆に怪しまれ、他の衣類を用いればよいのに、裂くのが惜しいとみえて相手のを使ったり……それから、人間、とかく丸々の嘘はつけぬらしく、大恩受けた男と云う者の名に殺した奴の名をつけたり、……この一件、妙な物惜しみから、しっぽが出たか。ハッハッハ！」

勘兵衛参上

一

「これは、若さま」

御上御用聞き、遠州屋小吉は、膝頭を揃え几帳面に坐ると、丁寧に御挨拶申し上げてから、豆絞りの手拭で、汗っ掻きと見えて、しきりに額のあたりを邪慳に擦り、

「どうもお暑いことでございます。毎年、このウ、観音さまの四万六千日の頃は、分けて暑さがきびしいようでして。なんですか、昨年よりも別して本年の方が、一層、こたえますような塩梅で」

「暑いな」

と、若さま。

その若さまは、だが、暑くもなさそうな顔付きで、床柱へ軽く背をもたせかけて右の立て膝。前に黒塗高脚の膳部を控えて、これは暑いも寒いもない、だらだら酒。

ここは、云うまでもない柳橋米沢町、船宿喜仙の大川に沿った二階座敷。肘掛窓の小障子は外して伊予すだれ。その窓に、もう、しぼんだ朝顔の鉢が置いてある。

川沿いだから風は入る。涼み船の三味線の音が、その風に乗って時々、ひどく間近に聞こえ

てきたりする。

　昼花火が、ぽオん！

「かすみ勘兵衛、と云う盗ッ人のうわさをご存じでございましょうか」

　と、小吉が切り出した。

「ちらッとな」

「今年の春ごろからでございましょうか。誰も姿を見たことがねえンで、かすみのようだッてわけで。勘兵衛もあだ名でございます。こいつには御府内の御用聞き連中、ほとほと手を焼いておりますが、未だに手がかりがございません。それに盗む物が現金ばっかり、他の品物にア目もくれませんので、余計、始末が悪うございます」

　そこへ、当船宿の一人娘、今年十九になるおいとが、新しい銚子と、

「親分さん、おひとつ。冷たいうちに」

　と、小吉には麦湯を持ってきた。

「これア御造作になります」

　さっそく、うまそうに、ごくンと咽喉へ流しこむと、

「日本橋、本石町四丁目で太物商い、上田屋作兵衛と申す者がございますが、これの、そのウ……まア女房と云うことになるンでござんしょうが、おさいと云うのが、花川戸、大川沿いに住んでおります」

　と、話し初めると、おいとが、

「親分さん。その御夫婦、別々みたいですけど、お妾さんじゃないンですね」

と、女らしい疑問を挟んだ。

「へえ。ここンところが、ちょいと妙なんで。この主人の作兵衛と云う男は一風変っておりまして、本石町の店は男の仕事場、云わば武士の戦場も同じだ。女子供にア用のねえところ、とこう云うわけなんで。へえ、ですから、店の方は番頭や手代小僧と野郎ばっかりで、女ッ気はまるでございません。もっとも、この方が妙な間違いがなくッて、却てよろしいかも知れません。ヘツヘツヘ」

「ハッハッハ！　そいつア大きにいいかも知れねえ。さっぱりして」

と、若さまが感想を述べた。

「それで、主人の作兵衛は、店を仕舞いますと、一日置き位の割り合いで、花川戸の家の方へ帰る……と申しますか、行くンでございますか」

と、小吉が、すこし間誤ついて云うと、

「それじゃまるで、通い番頭さんみたいですねえ」

と、今度は、おいとが感想を述べた。

「そんな塩梅式で。この花川戸の家の方はこれは店の方とはガラリ趣きが変りまして女ばっかり。へえ、女護ガ島で。この家の方へもう四日ばかり前の雨催いの晩、雨戸の外から、かすみの勘兵衛が声をかけていきましたンで」

「あら、泥棒が？」

おいとは、思わず目を丸くする。

「初め、トントンと戸を叩き、女房のおさいが耳敏く、おや、誰だい？　と訊きますと向う側で、戸を開けちゃいけねえ。三日経ったら夜中に参上するから、そのつもりでいてくれ。騒ぎ立てると為にならねえぞ。忘れても岡ッ引きなんぞに頼むな。もっとも、おいらア手先きなんぞが千人居ようと取るものは取るから、と、大層なことを吐しやがッて、おしまいに、古風に名乗りを上げて、ふッと居なくなったと申します」

「勘公は……」

　若さまが、訊ねた。

「これまでも、ちょいちょい前ぶれをやるのかえ？」

「いえ、今度が初めてのようで。野郎、ずッと摑まらねえもんで、すこし、いい気になりやがッて、御用聞きを馬鹿にしやがッたもんでございましょう」

　と、小吉は、些か憤慨の体で答えてから、

「その翌朝になりますと、家の前に人殺しがございました。それが、店の手代で、常吉と云う若い者だったので騒ぎになりました」

「まア！　勘兵衛に殺されたンですか？」

　と、おいと。

「そんな具合なんで。様子を訊いてみますと、なんでも、その晩、主人の作兵衛は泊りにくる筈だッたんですが、急な用事でこられず、手代の常吉を断りに出したと云います。多分、花川戸へやって来て、運悪く、パッタリ勘兵衛の怪しい姿でも見かけ、殺されたものでございましょう。胸もとを一突き。これア勘兵衛の何時ものてで」

と、云ってから、

「手前、上田屋の番頭、吉左衛門に、手代が使いに行ったまま戻らねえのに、よく平気でいたな、と申しますと、常吉には、いい女がいて、時折、店を開けるが、用に立つ男だったので大目に見ていた、と、こう云いましたもんで。ところで、その常吉のいい女なんでございますが……」

二

小吉は、話を続けて、

「これが変にもつれておりまして。へえ、浅草、奥山の水茶屋、丸藤の茶汲女で、おしづ。これと出来てたンでございますが、この女に滅法、惚れこんでいる者がおりまして、具合の悪いことにア、それが、女房おさいの弟で、貞之助。どうも主人筋の人間と鞘当てになりまして、手代の常吉、ひどく苦しい破目だったようでございます」

「ね、親分さん……」

おいとが、乗り出すようにして、

「その、お手代さん、もしかしたら、その弟さんに殺されたンじゃありませんか」

と、意見を述べると、若さまが、

「ハッハッハ、おいと坊、門前の小僧、習わぬ経読む、いっぱしの御用聞きだぜ」

と、云ったので、おいとは、あらッと恥ずかしそうに両手で頬を押さえた。

「ヘッヘッヘ。いえ、おいとさんの眼は中々、結構で」

小吉は、却て褒めると、

「実は、この内儀さんの弟、貞之助。こいつは手の付けられねえ道楽者なんで。へえ、なんにもしちァおりません。年中ぶらぶら。姉から小遣いをせびり取っちゃバクチばっかり。いくらかでも金のあるうちは、てんでうちへ寄り付かず。時には、手代の常吉に厭味を云って金を借りていくッてえんですから呆れた奴でございます。大きに事の行き違いから、手代を殺さないものでもなく……」

ちょいと、首を捻ってから、

「この常吉。これァ何か知ってたような具合でございました。番頭、吉左衛門の話ですと、この節、年中、こわがっていたそうで。へえ、引きずりこまれたら大変だ、なんて申していたそうで」

「引きずりこまれるッて?」

おいとが訊くと、

「さア、そいつアわかりません。それからもう五六日前になりますが、一度、自身番へ手前を訪ねて来たそうで。生憎とその折、居りませんでしたので話がきけず……」

小吉が、残念そうな顔付きをすると、若さまが、

「ふむ。何か知ってたンだな」

と、呟いた。

「そんな様子で。考えように依っちア先き廻りして殺されたとも思われます。又、かすみの勘兵衛が、上田屋へ忍びこむ為に、礼はするから手引きをしろ、ぐれエなことを云われたのかもしれません。それを断ったので殺されたとも受けとれまして……」

「そうですねえ」

と、おいとが素直に相槌うつ。

「ところで……」

と、小吉は、すこし語調を変えると、

「この、かすみの勘兵衛に狙われました上田屋、これが実は世間で云うほどの身上じゃアねえようなンで。人は見掛けに依らないと申しますが、内証は中々、苦しいようでございます。人の話じゃア、主人の作兵衛は、並木の骨董屋、中川へちょいちょい品物を売りにいくなんて申しますが。それで、昨日も作兵衛は手前に、親分の前ですが、花川戸のうちへなんぞ押し込んでみても、何にも目ぼしいものはないからお泥棒さまに気の毒だ。手ぶらでも返せないから、十両ぐらい包んで置きますか、なンてこんなことを申し……」

「ハッハッハ！　義理がたいの」

と、若さま。

「へえ。この作兵衛と云う男は、今も申しましたように、店と女房とを分けるぐらいで何しろ一風変っております」

「親分さん」

おいとが、思い出して気が付き、

「その、泥棒が来ると云うのは、今夜じゃないンですか?」

と、確めた。

「左様で。それでまア、手前は作兵衛から頼まれましたンで、今夜は一晩中、張りこんでみるつもりでございますが……」

と、云って、小吉は、すこし遠慮がちに、

「如何なもんでございましょう、このウ……ヘッヘッへ、もし、お暇でござンしたら」

と、誘いかけた。

「もうすこし日が廻らねえと……」

と、若さま。

三

……暮れてから一刻近くも経つのに、ぱったり風が絶えたせいか中々むし暑い。通りに縁台を出してパタパタと団扇を使う音が絶えない。ところどころ白く濛々と煙が立っているのは蚊いぶしであろう。

「さっぱり涼しくなりませんようで」

と、小吉は、歩きながら、ひょいと夜空を見上げ、

「これア星が一杯で。明日も亦、さぞお暑いことでございましょう」

と、がっかりしたように云う。チンリン、チンリンと夜鷹蕎麦が風鈴を鳴らしながら行き過ぎる。若さまは、相も変らず、この暑いと云うのに懐中手。

「中川ッて店は何処だえ？」

と、若さま。

駒形から、並木の通りへかかった時だ。

「へえ。作兵衛が品物を売りにきた骨董屋でございますか。……つい、そこで……」

と、指さして、小吉は先きに立つ。縁台将棋を指している家から二軒目。暑いと見えて大戸が一枚開けられたままだ。

「これア親分さん、何の御用で？」

と、中川の主人、八左衛門は妙な顔をしながら、ともかく二人を店へ通す。

「上田屋作兵衛が……」

若さまが、例の立て膝で、ぶっきら棒に、

「売りに来た品物を一見に及びたい」

何時に似ない堅苦しい武家言葉で云った。

「ヘッ」

八左衛門は、思わず気圧された形で、畳に両手を突くと、次ぎに、恐るおそると云った調子で、

「実は……作兵衛さんから強ってての頼みでございまして、上田屋の恥にもなることだから、決して口外してくれるなよ、と云われておりますんですが……どうも、他ならぬ御役人のお訊ねでは隠しも出来ますまい」

と、若さまを同心とでも思ったか、

「上田屋さんの品物と申しましても、いろいろと云うわけではございませんで、何時でも只ひとつの種類。へえ、香炉でございますンで……」

「香炉……」

「へえ、香炉でございます。作兵衛さんが申しますには、自分は若い時から、この香炉が好きで、これまでに随分、買い集めた。だが、この頃、すこし店が左前なので、こんな道楽をしている場合ではないと考え、これを手放す気になった。だが未練のようだが、一度に全部失くなってしまっては寂しいから、すこしずつ……と、このように云われまして二ツ、三ツと云う具合に売りにこられます」

「良い品かな?」

「へえ。作兵衛さんは、お目が高いと見えて、今まで持ってこられた物は、まず上物ばかり。中には唐出来のびっくりするような物もございます。それから、これはお好みなのでございま

しょうが、皆、形の小さいものに限られておりますようで……そうそう」

と、八左衛門は、

「昨日、持って見えられた、青磁の香炉などは、もう道具屋の手前が見ましても、惚れぼれするような尤物でございました」

「そうか。人さまざま。いろいろな道楽があるものだな」

と、云うと、若さまは立ち上がった。そして、これは何のお構いもしませんで、と云う八左衛門の挨拶を背に外へ出る。

「香炉なんぞに凝りますもんで……」

小吉が、

「手前なんざ、てんから不風流もんで。もっとも、おあしもございませんし」

「ハッハッハ！」

若さまが、例の大声で笑ったので、涼みの人々が思わず振り返った。

四

「まアまア、わざわざ、親分さん恐れ入ります」

と、迎えに出た女房のおさいは、心から恐縮して、二人に挨拶した。もう三十は越しているのだろうが、子供を生まない為か若く見える。それに、人を外らさない愛想の好い内儀ぶりである。

二人が通された部屋は、一番奥の大川沿いで、夜も更けた今は川風が快い。その部屋と続いて土蔵がある。やはり一方は川に向っている。

その部屋に先客が二人いた。一人は侍だ。酒を飲んでいる。もう一人が、小吉の顔を見るや否や、居ずまいを慌てて直し、膝前を割って坐ると、

「どうも親分、ヘッヘッへ。その節はご厄介をかけやして、真ッ平ごめん下せえ」

女房の弟の貞之助だ。二十七、八か。見たところ、自分では、いっぱしの悪党がってはいるが、どっちかと云えば気の弱そうな男だ。

「今夜ね。ここへ、かすみの勘兵衛が押しこむッて話でござンしょう。それで、まア、あっしア用心棒。ヘッヘッへ、頼りねえ用心棒で、それでね。この先生に来ていただきやしたンで」

と、右隣りの、四十前後か、酒焼けのした眼玉の巨きな侍を引き合わせた。

「大野源伍兵衛さんとおっしゃってね。ご浪人さんだが、やっとうは天下無敵。五人や十人は物の数ならず。大根かゴンボウみてエに、スパリ、スパリ……」

「これこれ、止さんか」

源伍兵衛は、同じ侍の若さまのてまえ、テレ臭そうに苦笑した。

やがて、こちらの二人の前にも酒が運ばれてきた。川と土蔵の入口とを半々に見るところに座を占めて右の立て膝、若さまは遠慮なく盃を取り上げる。

そこへ、せかせかと又二人はいって来た。敷居際に坐ると、小吉に、一人の方が、

「どうもお世話をかけまして」

それから若さまに、

「手前、上田屋作兵衛にございます。わざわざのお運びで、何とお礼申し上げましてよろしいやら……」——これも四十前後か。骨張った色の黒い男である。もう一人、背後に畏っている禿げ頭の老人は番頭の吉左衛門だ。

「泥棒が、もし押し入るとしますれば、あの土蔵より他にはございませぬ」

と、作兵衛は、その入口を指さして、

「けれど、ここに、こうして御用聞きの遠州屋さんを初め皆さま、手前どもと六人も張り番をしておりましたら、よもや、入ることは出来まいと存じます。あの入口へは、どうしてもこの座敷を通っていかなければ入れませんし、土蔵は御存じのように明り取りが一ツ。頑丈な桟格子が打ってございますし、それに外は川。へえ、その窓の並びでございますから、ここから、ひょいと首を突き出せば土蔵の窓はマル見えでございます」

——つまり、土蔵への侵入口は二ツより他になく、その二ツとも、ここにいる六人の視野から逃れられない、と云うのだ。

「それに……ヘッヘッヘッ」

作兵衛は一人で笑うと、

「この土蔵には金子は元より、これと云う金目の物は置いてございませんので。入ったところで何にもなりません勘定……」

と、云ってから、ちらりと小吉や若さまの方を額越しに見ると、低い声で、

「もっとも、その、かすみの勘兵衛とやらは、云い出したことは必ずやると申しますから、意地づくでも参るかも知れません。どうも困ったもので」

と云った。これは取りように依っては、小吉たちに対する不信任である。すこし、むッとして若さまを見ると、話を聞いているのかいないのか、盃の数ばかり重ねている。川風に吹かれて快い気持そうだ。

十二時を過ぎ、一時、二時。お互い話もなくなって、つい黙りがちになる。若さまは壁によりかかって半眼。ひょッとしたら酔いも廻ったことだし、寝ているのかもしれない。待乳山(まっちやま)の鏡が鳴った頃——世間が、しんと寝静まった時分、大野源伍兵衛は流石(さすが)に責任を感じてか、

「さア、これからだ」

と、つぶやいて、すこし剝(は)げかけた蠟鞘(ろざや)の一刀を膝もとに引きつけた。

小吉は、御用聞きらしく疑って、もしかしたら貞之助と、この浪人が、盗賊の手先きかも知れないと、そちらへも用心していた。

土蔵へは、作兵衛の案内で、若さまも小吉も一度見廻って異状のないのを確めたし、その後、浪人も番頭も折々見に行っている。大丈夫だ、その度に各自頷(うなず)き合った。

そうして、かすみの勘兵衛は、とうとう現れず、川の面(おも)が何処か白々と明るンで来た時だった。何度目かの見廻りに土蔵へ立って行った、主人の作兵衛が、

「あ、あッ！」

と、消魂しい声を上げて叫んだ。

「盗られた！」

「えッ？」

人々は、一度に飛び上がって土蔵へ駈けこんだ。見れば、作兵衛が、長持の上の一尺四方ぐらいの蒔絵の箱の上を指さして、番頭の吉左衛門に、慄え声で、

「覚えてるだろう、この上に、これと同じような、もう一ツ、蒔絵の箱が乗せてあったのを？」

「へえへえ。よく存じております。あれを取られましたンで？」

「あの、あの中にはな。誰にも内証にしていたンだが、実は小判で百両、隠しといたンだ。それを取られた！」

「来たのだ！」

と、小吉は溜息と共に呟くと明り取りの小窓を見上げた。すこしの異状もない。すると、座敷の入口から入るより他に法はないのだが、そこには六人の人間が詰めていたではないか。

「かすみと申すが、全く、かすみか、煙りの如き奴。ふむ」

と、大野源伍兵衛が、兜を脱いだ形で云ったものだ。――素人は、それでも済むが、仮りにも御用聞きとして、小吉は面目次第もない話だ。第一、若さまは？　と、見ると、もう自分一人、さっさと座敷へ戻り、冷え切った酒など飲んでいる。作兵衛たちに、何と挨拶するだろうと近寄っていくと、

「親分。戻ろう。朝涼のうちなら汗をかかなくッて済む」

けろり、と、こんなことを云って、立ち上がると帰り初めた……。

五

そして、中二日置いて――

「どうも、若さま。かすみの勘兵衛ッて野郎め、つけ上がりやがッて、畜生め、始末に了えません」

と、船宿喜仙に罷り出た遠州屋小吉が、口惜しそうな顔付きで、こう訴え出るように云ったものだ。

「ハッハッハ！　どうしたな？」

相変らず盃と仲好くしながら、若さまは何時もの通りだ。勘兵衛との勝負に負けた筈なのに一向、負けたとも思わぬ様子だ。

「へえ、呆れ返ったことにア、昨夜、又、上田屋の花川戸の家へ、雨戸の外から、明日の晩、参上するから、と、こう申したそうでございます。へえ、しとをナメてやがッて、野郎、いめエましい畜生で」

小吉は、よくよく腹に据えかねた様子だ。すると、若さまは、

「ハッハッハ。では又出かけよう」

と、こう、ぬけぬけと云ったものだ。

「え、お出でになる?」

小吉は、余程、お止しになった方がよろしいでしょうと云おうとしたが、

「へえ。今度は、そのウ大丈夫なんで?」

と、思わず失礼なことを訊ねた。今まで、こんな云い方をしたことはない。

「なにしろ、相手は、かすみだからな。目につかねえ……」

と、若さまは真面目（まじめ）とも冗談ともつかぬ口調で、

「わしも随分考えたやつサ、あれから。ああでもねえ、こうでもねえ。あれァどうして大した智慧（ちえ）だアね」

「へえ、左様でございますか」

「ところで、又もやお誘いがあったとなれア、これアどうでも行かざアなるめえよ。敵にうしろを見せたとあっちア武士の名折れ。今一度、お手合わせ願うとしよう」

若さま、どこか楽しそうに喋っている。そして、自分から立ち上がると、

「さア参ろう」

ひどく乗り気だ。小吉の方が逆にお供を仰せつかったと云う形だ。

喜仙を出て、左へ浅草御門（あさくさごもん）から天王橋（てんのうばし）。未だ西日が、カンカン照りつけて暑いことだ。

「今からでは、すこし早いようで?」

これから夜中までででは時間があり過ぎると小吉が伺いを立てると、

「そうよなア、一二軒寄ってくか」

と、若さまは、こんなことを云う。

その一軒は、この間の骨董屋、中川だ。今度は、若さまは品物を買ったものだ。五寸四方ぐらいの蒔絵の箱である。

はてな？　と、小吉は、先夜、土蔵で盗まれた品物とよく似たものだが、と首をひねったりした。それから、中川の亭主、八左衛門との話の模様では、若さまは昨日もこの店へ立ち寄ったらしい。この辺に、何か事件の綾があるのだろうか。

「その箱を、どうなさいますンで？」

「ハッハッハ！　智慧くらべ。これをひとつ、かすみの勘公に盗んでもらうのさ。さア盗むか、盗まぬか、ここが勝負」

若さまは、手妻（てづま）か大神楽（だいかぐら）の口上みたいなことを云ってから、

「親分。浅草、奥山の水茶屋、丸藤へ案内してくれ」

「ヘッ、丸藤へ？　あ、茶汲女のおしづをお調べで。畏りました」

――やっぱり、この辺が事件のカンどころなのかな、と、小吉はひとり頷いた。殺された手代、常吉の情人で、あの貞之助が惚れている女だ。

六

茶店は、そろそろ店を片付け初めたところだった。

おしづに会う前に、その縁台に行儀悪く尻を捲(ま)くって腰かけていた若い男が、

「おや、これア親分さん、エッヘッヘッ。先夜はどうもお互い、ひどい目に合いやしたもンで。まるで形なし」

貞之助が、皮肉な挨拶をした。小吉は、黙殺すると、まア親分さんと赤前垂(あかまえだ)れを外しながら頭を下げる、おしづに、

「ちょいと来てくれ」

と、五六間(けん)、離れた木の傍に佇(たたず)む若さまの方へ連れ出した。

「常吉は、大層こわがっていたと云うが、何をこわがってたのか、知らぬか?」

若さまが、いきなり訊ねた。

「はい……」

答えたものの、おしづは伏目になったまま直ぐものを云おうとしない。二十歳(はたち)ぐらいか。色白の丸顔で男好きのする型だ。水商売には向いている。

「引きずりこまれると云ってたッてえ話だが?」

若さまが促すように云うと、

「あの、常さんは、それアお気の毒なお人で、あのウ……なにか、間に立って困り抜いているッて風でした。御主人の上田屋さんには一方ならぬ御恩があって……孤児(みなしご)も同様だった常さんを、あそこまで面倒みていただいて……それが、あのウ、他の方から……ここンところを、常さんは、あたしにも話したがらないンで、よく知りませんけど、なんですか、その方も断りきれないようで……」

すると、大きな声で貞之助が、聞こえよがしに、

「なにしろ、おめえ、かすみの勘兵衛ッて奴ア大したもんだよ。名だたる親分衆の前でよ、ちょろッと百両、盗んじまって後白波(あとしらなみ)。これんばかりも姿な見せねえンだから、いや恐れ入ったよ」

と、話している。相手は地廻りらしい風体(ふうてい)の者が二人。

「常さんは、いずれ殺されるか、お前と別れるかだ、と、こんなことを……」

と、おしづは云う。

「その、もう一人の方ッて云うなア……」

小吉が、すこし、もどかしそうに、

「お前にアまるで当りが付かねえか。何処の誰だか?」

じっと相手を見詰めながら訊ねた。

「わかりません。あたしが訊いても、それを聞くンじゃない、と何時も厭な顔つきになって……」

「よオし、わかった」

若さまが、すぱりと打ち切るように云うと歩き出した。

「あの、もし、親分さん」

と、おしづが、これも一緒に歩き出した小吉に追いすがって、こう訊ねた。

「常さんが、こわがっていた人は一体、誰なんでしょう？　おわかりでしょうか」

「そいつが、かすみの勘兵衛サ」

「まア、あの大泥棒の？」

「常吉ア盗ッ人の仲間入りを断ったンで殺されたンだろうよ」

「ああ……可哀そうに……常さん」

と、おしづは、赤前垂れで顔を掩った。若さまが、ずッと遠くへ離れてしまったので、小吉は慌てて後を追った。

待乳山の鐘楼を左に見ながら、その前に、小さな居酒屋があるのへ、若さまは暖簾を頭で分けて入る。細長い鰻の寝床のような店構えである。空樽に腰掛けて飲み初める。飲めない口の小吉は、焼き豆腐の煮た物などを突ッついている。

若さまは、骨董屋から買ってきた箱を、しきりに撫で廻しながら「うまくいくかな」と独り言を呟く。

三本ばかり空けて外へ出ると、やっと日が暮れていた。すると今度は、同じ花川戸の大川沿いの船宿へ出ると、猪牙へ乗ったものである。ゆっくり下流へ漕がせる。やがて、上田屋の別

宅、あの問題の土蔵が、よく見えるあたりまで行くと、船を止めて、若さまは凝然（ぎょうぜん）と見守っていたが、

「出来ぬことだ」

力強く一言云うと船を引っ返えさせた。実地検証と云うところだろう。小吉も、川から土蔵の明り窓へ取りかかることは――それも人目に絶対に触れないで行くことは不可能だと知った。

かすみの勘兵衛は、一体、何処から、あの土蔵へ入ったのであろう？ いや、小吉が、それよりも更に心配したのは、今夜も亦、忍びこまれてしまったら、若さまも自分も面目丸つぶれ、世間の物笑いになるだろう、と云うことだった。

七

若さまと小吉が、再び花川戸の上田屋の家へ行ったのは、もう十時近かった。今の船宿で一杯やりながら時間をつぶしていたのだ。

「これア、おいでなさい」

座敷へ挨拶に出た、主人の作兵衛は、あまりいい顔をしていない。何しろ前回は大失敗なのだから、これは当然だ。恥ずかしくもなく、よく又やってきたな、と云うわけだ。

「毎度、ご面倒を掛けます」

と、女房のおさいの方は、これは、前と同じように愛想がよかった。ひたすら恐縮して酒肴（しゅこう）

を運ぶ。

「今度こそ、押しこんでみたところで、取る物は何にもございませんが」

と、作兵衛は、むしろ不思議そうに、

「何の遺恨で、二度までもやってくるのか気が知れません」

すると、若さまが、

「折角、来るッて云うのに手ぶらで帰すのも気の毒だから、これを……」

と、云いながら先刻の箱を取り出し、

「こないだの晩、盗られた場所へ置いといてくれ。親分、頼むよ」

と、渡した。

「へえ？　それじゃアまるで盗人に追い銭ッてやつで？」

作兵衛は呆れ顔で云った。

「ハッハッハ！　勝負だよ。かすみの勘兵衛との真剣試合。どうだ、面白かろう」

「どうも、そのウ……物好きなことでございます。それで、つかぬことを伺いますが、その箱の中には何が入れてありますンで？」

「小判で百両」

「へえ？……左様でございますか」

――又、盗られるにきまっている。馬鹿なことをするものだ、と云った顔付きになったが、ともかく作兵衛は、小吉ともども、その箱を、土蔵の中の先夜盗られた場所――長持の上の、やや大き目な蒔絵の箱の上に置いたものだ。

若さまは、二人が戻ってくると、入れ違いに、ひょいと立って土蔵へ行ったが直ぐ戻ってきた。検分してきたのだ。

それから、時間が経つに任せた。

深夜、十二時近くなって、この座敷には更に二人加わった。一人は、番頭の吉左衛門で、もう一人は貞之助だった。この方は、もう充分に酔っ払っていて、来るなり、不作法にも腹ン這いになり、頬杖ついて、

「ヘッヘッヘ。どうも、なんだね。こないだとこれア同じだから、今夜も変り映えがないと云うわけじゃアねえかな」

などと失礼なことを云う。小吉は、よっぽど怒鳴りつけてやろうか、と思ったが、若さまが、けろりとしているので、大目に見てやることにした。

半刻(はんとき)(一時間)に一度ぐらいの割合で、小吉か、作兵衛、又は番頭が見に行った。午前三時頃までは何等異状は認めなかった。貞之助は、高鼾(たかいびき)をかいて寝こんでいる。

この前も、今時分やられたンだ、と、小吉は八方へ眼を配って緊張していた。世間は寝静まっている。川を行く船も杜絶(とだ)えている。作兵衛が口へ手を当てて欠伸(あくび)をしている。番頭は行儀よく坐っているが、先刻から、うつ向いたきりでいるところを見ると、居眠りしているのだろう。小吉は、かすかに、かすみの勘兵衛の忍び足を感じるように覚えた。

と、若さまが立ち上がった。

おやッと、見ているると、土蔵の中へはいって行く。確かめに行ったか。と、思っていると、噴き上がるような哄笑に続いて、

「ワッハッハッハ！　盗られたぞ、親分」

と、大声で云ったものである。

「えッ！　やっぱり！」

小吉ははね上がって駈けつけた。作兵衛も番頭も素ッ飛んできた。

見れば、長持の上の蒔絵の箱の上の、先刻持ってきた、もう一ツの箱が無い！

「かすみの勘兵衛が来ましたンで？」

小吉は、喘（あえ）ぐように云った。

「…………」

意味の取れない呟きを洩らしながら、作兵衛は大きく肩で息をしている。

「なアに……」

若さまが、例の調子で、

「勘兵衛は来やしねえ。初めッから、この土蔵の中にいるのさ」

「え、コン中に？」

ぐるぐると見廻す。

「親分。勘兵衛と云うなアこの箱さ」

と、長持の上の蒔絵の箱を指さす。

「へえ？　この箱……これが、どうかしましたンで？」

「いいか、よく見ろ……この蓋を取る……そオら、中に、わしの持ってきた箱が入っているだろう。ハッハッハ！　これだけじゃ詰らねえ。こんなことなら、ちょいとした機転だアね。子供だまし。いいか、親分。このわしの持ってきた箱を出して、と、この大きな箱を、こう逆さに振ると名人芸の細工だな。ひどく、しっくりしているが……それ、出た……」

「あッ！　入れ子か！」

と、小吉は叫んだ。順々に小さい箱を中に入れて置く組み物細工だ。

「な、ここへ出た、この蒔絵箱。これが昨夜、失くなッたやつサ。かすみの勘兵衛が盗んだ箱だよ」

「えッ？　すると……？」

小吉は、瞬間、頭が混乱した。と、若さまが大きな、鋭い声で叱咤(しった)した。

「作兵衛！　手の内、見えたぞ！」

「あッ！」

と、たじろいだが、

「くたばれッ！」

と、叫ぶと作兵衛は驚くべき素早さで突ッかかっていったが、

「えい！」

若さまの冴えた気合が掛かる！　ぴしり、匕首(あいくち)を握る右手(みぎて)頸(くび)を手剣（掌(てのひら)を縦にして打つ）

で撃たれ、あッと、ひるんで前のめりになるところを足を払われ、ばったり突ッ伏した背へ小吉が飛びかかって早縄を打った。

「神妙にしろ！　御用だ」

ぐいと引き起こす。途端に、ころッと作兵衛の懐中から転がり落ちた物がある。小さな青磁の香炉だ。と、若さまが、

「ハッハッハ！　癖と云うものは怖いな。つい、どんな時でも手が出ると見える」

「なんだと？」

作兵衛は、兇悪な表情になると、

「癖が、どうしたと？」

「わからねえか。おめえは、方々のうちへ押し入って、現金だけしか目を付けねえが、何かのハズミで、ふいと傍にあった香炉を、ふところへ捩じこんだ。小さいものだから邪魔にアならねえ。そのうち、それが癖になった。だいぶ溜ったンで骨董屋へ売った……おい、それア、おめえが、ついこないだ中川へ売ったばかりの品だぜ」

「えッ？　そうか！」

「わしが、この棚の目に付くところへ乗せて置いたら、つい、例の癖が出て、ぽッぽへ捩じこんだ。わしは、この香炉が見えなくなったンで、作兵衛、おめえが、かすみの勘兵衛だな、と、この箱を入れ子の中に入れたのさ。入れたのは、わしだよ」

「よく、そこまで看破ったねえ」

作兵衛は観念したか、静かに云った。

「この箱が、入れ子だろう、と思い付くまで、わしは随分、考えたよ。それはな。こないだの晩、箱が失くなった時、どう考えてもこの土蔵へは人のはいれる道理がない。出来ないことだ。いいか、どうしても出来ないことだから、わしは、出来ないと判じた。だから逆に、おめえが怪しいと睨(にら)んだ。……どこか一ツ、人の入れるところを作ッて置けば、これア中々、わからなかったろうよ」

「恐れ入った」

その時、小吉が訊ねた。

「てめえ、なんだッて自分のうちへ盗ッ人なんぞに入る気になったンだ?」

すると、若さまが、

「ハッハッハ、親分。作兵衛は、そろそろ自分が勘兵衛と知れかけてきたので……常吉がそれだよ…その疑(そ)いを外らす為に、逆手を打ったンだな」

「あ、左様ですか」

「店と此処(ここ)と分けたのも、その為。いくら上手にやっても、泥棒は、夜の仕事だから、女房にはかくしきれないからなア」

それから、最後に、若さまは、こう云って大きな声で笑った。

「二度めの、かすみの勘兵衛参上の前ぶれは、わしだよ。ワッハッハッハ!」

命の恋

一

「宇之さん……」

　恐怖と悲しみに沈んだ女の声で、

「飛んだことをしてしまったねえ。今さら言ってみたところで、もう取り返しはつかないけど……ねえ、どうしよう?」

　と、取り縋るような調子で言う。

「仕方がねえ。やっちまったことだ」

　男の声が、ガクガクと慄えがちで、

「やっちまったことだ……」

　と、同じ言葉を、また、くり返す。——夜更け、今の時間にして十時前後でもあろうか。月のない、しっとりと水蒸気の多い暗い晩だ。そろそろ、桜のうわさが、人の口の端に上ろうとするところだ。

　ここは、両国の水茶屋の一軒。昼間のうちは賑やかな広小路の盛り場も、今は嘘のように静かだ。この大川に沿って軒を並べる数多い水茶屋も、前に、よしずを立てまわし、縁台は片づ

だ。縁台に並んで腰かけ、このあたりには人ッ子一人いない。

おりおり、川のほうから、ギイギイと夜船の櫓の音が聞えてくるだけだ。

「ねえ、宇之さん。なんとか、うまい法はないもンだろうかねえ」

と、女が言う。その声の調子では、まだ二十歳前後の娘らしい。二人は、縁台に並んで腰かけている様子だ。

「駄目だ。下手なことをしてみたところで所詮バレらア。三吉の野郎が、ちゃあンと知ってるンだからなア」

男のほうは、もう、すっかり投げた口調である。年のころは二十三、四か。

「それで、宇之さん。それじゃアいったいどうしようッてお言いなんだい？」

娘は、むしろ、おずおずとたずねた。そのことに触れるのが怖いように。

「どうも、こうもねえ。おいらア、覚悟はついてるンだ」

「え、覚悟だッて？」

「そうサ。人ひとり殺したンだ。今さら、みっともねえことをしちゃア恥の上塗りだ」

「宇之さん！　おまえ、覚悟ッて言うと、あの、あの……？」

「きまッてらアな」

わざと乱暴な口のきき方を男はするのだった。

「あの、死ぬのかい？」

「仕方がねえ」

さすがに低い声だった。

「ま、宇之さん」

と、叫ぶように言うと、娘は、次に激しくすすり泣きはじめた。身も世もないという具合である。

「そう泣くなよ。おきぬちゃん。……人に聞えたら悪い」

言いながら、男は娘の肩に手をかけて引き寄せたのだろう。その泣き方が含み声に変った。娘は、男の胸に顔を埋めたのだ。

「こんなまわり合わせだッたんだなア」

男は、どこか詠嘆的に、

「だがなア、おきぬちゃん。おいらアこれで死んじまうけど、おまえさんの心根だけはあの世に行っても、決して忘れやしねえぜ。いつまでも、いつまでも、おいらア、ちゃあんと覚えて……」

「いや！　いや！　そんなこといっちゃア。あたしア……あたしア！」

娘は、また、新しく悲しみに襲われて激しく泣き出した。

「おきぬちゃん！」

男は、その細い肩を双の腕に抱きしめた。

「宇之さん！」

二人は頬を寄せ合って、お互の涙に濡れるのだった。唇も合ったことであろう。そして少し

経つと、

「さ、おきぬちゃん。もう帰ったがいい。おまえさんのいないことが知れると、また、大騒ぎだ。……そこまで送っていこう」

「宇之さん！」

すると、娘は怒ったような声で、

「おまえは、あたしを一人帰そうと言うのかえ？　そのまま別れて？」

「だッて、そりゃア……」

「いいえ！　あたしア別れない！　ひとりで、うちへ帰れなんて、そりゃア宇之さん、薄情というもンだよ」

「え、薄情だッて？　冗談いっちゃいけねえよ。おいらが薄情だなンて、そんな、そんなこと言われるわけはねえ」

「いいえ薄情です！」

娘は、きっぱりと、

「なぜ、おまえさんは、あたしもいっしょに死んでくれと言ってくれないンです」

「えッ？」

「事の起りと言えば、あたしからじゃアないか。それに、もう女房も同様のあたしに、自分は死ぬ、お前は一人帰れなンて、まア、よく言えたものだ！　それが薄情でなくッてなんというンだえ？」

「おきぬちゃん！」

男は、感極わまった叫びを挙げて、ひしと娘を抱くのだった。

二

「ねッ、宇之さん！　いっしょに死のう！」

「………」

何か言おうとしたが黙った。

「なぜ、黙ってるの？　あたしといっしょに死ぬのは不服かえ、厭かえ？」

「勿体ねえ！」

「あら？　まア厭だ！　そんな勿体ないだなンて！　あたしア、親がきめたお前さんの女房じゃアないか」

「だがなア、おきぬちゃん」

「厭だッていうつもり？」

「そうじゃアない。……ただなア、こりゃア、おきぬちゃんまで、いっしょに道づれにすることは、いけねえと思うンだ」

「いいえ……」

そして、続けて娘がまた何か言おうとした時だった。

「そうだな。わしもそう思うよ」

と、思いがけない声が起った。

「えッ！」

若い二人は、飛び上がるほど驚いて縁台から立上がってしまった。誰かいたのだ！　二人の会話を聞いていた！

と、隣の水茶屋との境の、よしずの蔭から大きく動いて、人が一人出てきた。暗いのでよくわからないが、着流し姿の侍だ。

「ハッハッハ！」

大きな声で笑うと、

「酔いつぶれて、ウトウト眠っていたものサ。ところが、話がだんだんおだやかじゃアなくなる。そっちの娘まで死のうという……」

こんなことを、聞かれもしないのにしゃべりながら近づくと、その縁台に腰かけて、

「よくも聞かなかったが、おめえ……」

と、男のほうを見て、

「人を殺したッて？」

「へえ。佐五郎(さごろう)という大工を、ぷッつり、錐(きり)で突ッ殺しやした」

諦めているから悪びれずに白状する。

「錐で？　よほど突いたものだな」

「へえ。……よくも覚えちゃアおりやせんが滅多突き。死ンじまったんで」

「どういう経緯（いきさつ）なんだえ？　ひとつくわしく話さねえか。袖触れ合うも他生の縁。こうなりゃアわしも係り合いだ、ハッハッハ！」

「へえ」

すこし黙っていたが、相手の侍の人柄が、なんとなく好ましいので話す気になった。

「お話申しても構いませんが、なに、いっこうに詰らねえことで」

「いや。大きに詰るかもしれねえぜ」

「へえ。……手前は、ついそこの薬研堀（やげんぼり）埋立てに住んでおりやす、大工の宇之吉（うのきち）というものです。錐の仕事が、まア上手なところから錐揉み宇之なンて言われておりやす」

「錐揉み宇之か。……そこで、そっちの娘は誰だえ？」

「へえ。これは手前の親方、若松町（わかまつちょう）の棟梁で茂左衛門（もざえもん）さんの娘でおきぬと申して……」

「二人の仲は？」

「許嫁（いいなずけ）の間柄でございます」

「そうか。それで女房も同様といったわけかえ？　たいそう、仲がいいようだったが」

——おきぬは、あたりが暗いのに恥ずかしそうに袂（たもと）で顔を隠した。

「ハッハッハ！　ところで殺しちまッた大工の佐五郎というのは？」

「へえ。やっぱり、手前同様、去年の二月まで親方のところにおりました兄弟子で」

「あに弟子か。なんだッてまた、そいつを殺す気になったンだえ」

「いえ！」

宇之吉は強く否定すると、

「殺す気など毛頭なかったンで。ついした物のハズミとでも申しましょうか。へえ。佐五兄イのほうから、わッと向かってきたンで、こっちも、そのウ……」

「おめえと佐五とは、常々そんな物騒な仲だッたのか？」

「へえ……」

すこし黙って、うつ向いていたが、

「こりゃア最初からお話しやしょう。……佐五郎兄イは親方の養子になるはずだッたんでございます。申すまでもなく、このおきぬが女房になるわけで。それが、どう魔がさしましたものか、打つ買う飲む。いい腕なんですが、仕事を放り出して、まるで遊び人同様になってしまいました。親方も心配して、ずいぶん、意見したンでございますが改まりません。とうとう、去年の二月、棟梁の家から追い出されてしまいましたンで」

「ふむ。そこで、その後釜に、お前が直ったというわけか」

「へえ。そういうわけで」

と、宇之吉は頭を掻いたりした。

「祝言はいつだえ？」

「へえ。……この四月だったンですが」

それから、悲しく自嘲的にいった。

「それも、もう駄目になりました」

と、おきぬが、急にまた泣きはじめた。

三

「てエと、こりゃア、佐五郎がおめえを妬ンで、それで仲が悪いというわけか」

と、侍は改めてきいた。

「へえ。そういうことになりやすが、こりゃアお武家さん、逆恨みというもンで」

「そうだな」

頷(うなず)くと次に、

「そこで、おめえの佐五郎殺し、その時のことをできるだけくわしくやってくれ」

と注文した。

「それが、くわしくにもなんにも……今夜、手前のうちへ三吉が使いに参りましたンで」

「三吉ッてなアなんだえ?」

「へ、こりゃア申し遅れやした。やっぱり親方のところの大工で。佐五兄イとはウマが合うというのか、よく女郎買(け)えなどへいっしょに行ってたようで。この三吉が、こんなことを申したンで、へえ……」

ちょっと黙っていたが、

「……佐五兄イが、ぜひ、おめえに話したいことがある。どんなことだと聞きやすと、おきぬさんについての話だというンで。夫婦になってから知らされたンじゃア困ることだ。祝言前に耳に入れときたい……」

「嘘です！　嘘なンです」

急に娘が激しく叫んだ。

「まるで、あたしが佐五郎と妙なことでもあったようなことを言って、宇之さんを騙して連れ出そうとしたンです。そして、宇之さんを殺そうとしたンでございます……」

「まア、黙ッて……」

宇之吉は、やさしく娘を制すると、

「正直な話、そんな曰くありげなことを言われちゃア気になります。それで、橋本町寄りの初音の馬場まで出かけましたンで」

「妙なところへ行ったもンだな」

「へえ。当時、佐五兄イは橋本町の願人坊主の元締、仙波屋に身を寄せております。それでまア、自分の家の近所へ呼んだものでございましょう」

「なるほど」

侍は深く頷くと、

「宇之公。おめえの話しッぷり、テキパキしていていい。今までのところ、別に隠し立てしているような節もねえし……」

「いえ、隠すにもなんにも……今さら、隠しきれるものでもなし」

と、すっかり首の座に直った形である。

「出かけていって、どうしたい？」

その侍は、あながち好奇心ばかりとは言えない熱心な身の入れ方だ。

「それが……出かけていく途中なんで」

と、宇之吉は訂正すると、

「きめられた場所へ行く、すこし手前……柳の大きな木が二本ございますが、その木の下まで行った時、いきなり、宇之！　よくも他人の女房を寝取りヤがッたな、覚悟しろ！　と言いますと、匕首を手に、佐五兄イが、ふわッと、こっちへ冠さってきたンで」

「かぶさってきた？」

「へえ。……どうも、かぶさってきたというかっこうで。あッと思う間に、兄イの拡げた両手が手前の両肩に冠さり、顔をぶつけてきたンで、こちらも、もう無我夢中、持っていた錐で突きに突き……」

「錐を、お前、年中、持って歩いているのかえ？」

「……手前は、どういうものか、あの錐が大好きなんで。それでまア人以上にうまくなったのでございましょう。へえ年中、一本、ふところに入れてございます」

「ふうン。妙な癖だ」

と、言ってから侍は、次に、

「その癖がおめえの命取りになったわけだな、つまり」

「そうなンで。兄イはずるずるとぶッ倒れやした。それを見ると、あッ、いけねえ、と、からだへ手をやりましたが、これが、もう死んでおります。冷たくなって……乳の下へ突ッこんだのが急所となりまして」

「ふむ……」

侍は、じっと考えこんでいる。

「お武家さん。ご親切に、よくまア、こんな詰らねえ話を終いまで聞いてくださいました……ありがとうございます。おかげで、なにか胸が清々しやした」

「宇之公。おめえはいい男だ」

「へッ?」

「死ぬのは、すこし止めにしろ」

「へえ？　けれど、所詮、人ひとり殺した身でございますから……」

「まア明日まで待ちな。……それから、おきぬとか言ったな」

「はい」

「いっしょに死ぬのも乙かも知れねえが、これも明日まで待つことだ。ハッハッハ！」

そして、ふらりと侍は出ていく。

二人は、寄り添ってうしろ姿を見送っていた。わけはわからないながら、ほのぼのとした希望が湧いてくる思いだった。——ともかく、明日まで待ってみるか。

「宇之さん！」

「おきぬちゃん！」

二人は、強く手を握り合った。

四

その翌日。朝もまだ早いうちだ。

「こりゃア、突いたもんだな。……なんで突きやがッたか、得物は？」

と、大工、佐五郎の死体の傍にしゃがんで調べていた、お上御用聞き、遠州屋小吉が、半分、独り言のように呟いた時だった。

「親分、そりゃア錐だって話だよ」

と、いきなり言われ、びっくりして見上げて、小吉は、

「あ、若さま。こりゃアお早うございます」

と、慌てて立ち上がると、ていねいに挨拶した。

いうまでもなく、ここは初音の馬場、その柵の外側である。傍に柳の老木が二本、もう浅緑の芽のふいた枝を、ふっさりと垂れて、その死骸を掩うようだ。

二人のほかには子分の千造と自身番の爺ッつあん。すこし遠巻きにして近所の者が五、六人突っ立っている。

「さようでございますか、こりゃア錐で」

と、小吉は頷いてから、

「若さまには、どうしてまたこれへ？」

と、不思議そうにたずねた。自分でさえ、小半刻前に報告を受けたばかりである。

「なアに、殺したという男に昨夜、会ったからサ」

「えッ、下手人にお会いになりましたンで？　そりゃアどこの誰でござンす？」

「この佐五郎の弟弟子で、宇之吉という男だよ」

「あ、やっぱり、そうでございますか」

と、小吉が言うと、子分の千造が、

「ね、親分。あっしの聞きこみ通りでござンしょう。なんでも佐五郎の女房になるはずの娘を、宇之吉が横取りをしたとかいうことで。それを恨み、こりゃア佐五郎が宇之吉を殺そうとして、あべこべに突ッ殺されたンで」

「すぐ、宇之吉を御用にしねえといけねえな。野郎、ズラかりゃアしねえだろうな」

と、小吉が言うと、若さまが、

「いや。明日まで待てと言って置いたからズラかるまい」

「へえ？」

妙な顔をするのへは答えず、若さまは、今度は自分が、しゃがんで、しきりに傷痕を調べはじめた。そして、

「ふうん。命取りは、この左の胸を突いたやつだな。ほかのは……死ぬほどのものじゃねえ。腹に四、五カ所あるが、着物が邪魔して大して刺さっていねえ……」

と、鑑定すると、次に、子分に、

「千造。今のお前の聞きこみ、出所は誰だえ？」

と、たずねた。

「へえ。今の二人と同じ棟梁、茂左衛門のところにおります大工で三吉。これの口から聞きましたンで」

「そうかい。三吉は、ほかに何か言わなかったかえ？」

「なにしろ、この佐五郎は、たいそう宇之吉を恨んでおりましたそうで。見かけ次第、叩ッ殺してやると申し……」

「三吉と佐五郎の仲は、どうなんだ？」

「これは……どっちかと言えば、いいほうじゃアござんせんが。いっしょによく飲み歩いたり、金を貸したり借りられたりという仲で」

そこへ一人、腰をかがめ、しきりに頭を、ぺこぺこ下げて、五十年配の男が近寄ってきた。あまり品がよくない。

「これは親分さん。へえ、手前は仙波屋の七右衛門(しちえもん)でございます。ただいま、お呼び出しをいただきましたンで……うちの佐五郎が殺されたそうで」

「その仏を、よく見てくれ。佐五郎に相違ねえか」

「へえ……正しく佐五郎でございます」

「ちょッと聞きてえことがあるが、その仏は、人から恨みを受ける覚えはあったか?」

「さようでございますな……この男は、そのウ、いわば懶け者じゃアございますが、あんまり手荒なことはしない性質でして……殺されるほどの恨みつらみはないかと思われますが……もっとも、よく人から金を借りちゃア返さないので、そんなことから喧嘩沙汰になったことはございますが」

するとと若さまが横合いから、

「そうだろうな。そうだとすると……」

なにか一人で頷くと、

「おい」

と、子分の千造を呼んで、その耳もとへ、何かささやいた。

「へえ、承知しやした」

そして、千造は親分小吉の耳もとへ、これも何かしゃべると、すぐ歩き出した。

五

それから一刻(二時間)近く経った後である。薬研堀の自身番の土間に、二人の大工が神妙に畏っていた。

一人は、昨夜の宇之吉だ。すっかり覚悟をきめていると見え、揃えた膝へ両手を置き、じっと、うつ向いている。もう一人は証人の三吉だった。

それから、もう一人――これは自身番の表を不安そうに往ったり来たりしている娘だった。おきぬだ。

小吉は、上り端に腰かけて人待ち顔だ。と、

「や、おきぬ坊か」

見ると、昨夜の侍、若さまだ。酒を飲んできたと見えて赤い顔をしている。

「まア、入れ」

そして、尻ごみする娘を連れて自身番へ入った時、子分の千造がやってきた。

「若さま、ございました」

と、言って、風呂敷に包んだ細長い物を差し出した。

「あったかえ。そうか。これで、ふわッと冠さったという謎が解けたな。ハッハッハ！」

一人でこんなことを言って笑うと、一同の挨拶を受けながら上り端に腰かけた。その場の空気が途端に、しんと引き緊った。

「さアて、宇之公」

と、若さまは、

「おめえが昨夜、佐五郎にぶつかッた時の話を、もう一度くわしくやってくれ」

「へえ。……これは、どうも昨夜はお見それ致しました。ごめんください」

と、宇之吉は相手を役人と思ったらしく、

「……昨夜、あの初音の馬場の柳の木の下まで参りますと、いきなり、佐五郎兄イが、宇之！　よくも他人の女房を寝取りやがッたな、覚悟しろ、と……」

「ちょッと待て。そのせりふ声、確かに佐五郎かえ？　よく思い出してみろ」

「へえ。……そう申されますと、あの声、どうも、すこし違うようで……」

「ハッハッハ！　そそッかしいな。さ、それから、どうしたえ？」

「へえ。……ふわッと、こう、からだが、のしかかるように冠さってきまして……」

「ちょッと待て。その、ふわッというやつ。向うから投げかけられたというもんじゃアなかったかえ？」

「あッ、そう言えば、こっちへ、よっかかってきたような塩梅でございました」

「ハッハッハ！　そうだろう。よりかかって倒れてきたというのが本当だ。宇之公。おめえは死人をぶつけられたのサ」

「えッ！　死人？」

「佐五郎の死骸を、お前は錐で突いたンだな。それも腹のほうを。ハッハッハッ！」

「へえ？　……そうなんで！　そう言われれば、ありゃアひどく他愛なかった……」

「死人を突いても人殺しにゃアならねえ。生きていた佐五郎を突き殺したのは、こっちの三吉サ」

「えッ！　な、なにを言うンだ！」

三吉が、真ッ青になって腰を浮かすと、若さまは、今の風呂敷包みを解いて、中から一本の錐を出した。それを見せながら、

「どうだ？　血が、べっとりと、この柄のほうまでついている。この錐は、おめえ、三吉の葛籠(つづら)か何かから、この千造が探し出してきたものサ」

「ヘッ！」

決定打である。三吉は、パッタリ両手を突いてしまった。

「宇之さん！」

おきぬが思わず叫んだ。

「死ぬのを一日待ってよかったなア。ハッハッハッ！」

そして、若さまは出て行った。

――事件は、むしろ簡単で、佐五郎が、三吉から借りた金をいっこうに返さないので、腹を立てた三吉が、その晩、思わず、かッとなって、ちょうど持っていた錐で刺し殺してしまったのだ。

それを、年中錐を持ち歩く宇之吉の仕業(しわざ)に見せようと、彼を呼び出し、柳の陰から佐五郎の死骸を、背後から抱えて突き出し、押しつけたのだ。暗さは暗し、宇之吉も逆恨みとは思いながら、佐五郎には恨まれていると知っているので早合点してしまったのだ。

宇之吉とおきぬが、四月に祝言したことは言うまでもないだろう。

女狐ごろし

一

「いや、もう、突ッ拍子もないお話でございまして」

坐って挨拶した頭を上げるなり御上御用聞き遠州屋小吉は、

「これは、どうでも、若さまのお耳へ入れておかなくてはなるまい、と、こう存じましたんでへえ」

と、云ってから、ひとりで、ヘッヘッと笑って、

「話の起りと申しますのは狐なんでございます。この方で、コンコン」

と、ちょいと、そんな手付きを見せた。

「おや、狐？　化けでもしたンですか？」

と、話を先き取りして、こう訊ねたのは、お酌に侍る当船宿の一人娘、今年十九になるおいとだ。

「陽気がいいから浮かれたか」

と、これは若さま。

その若さまは、例に依って床柱へ軽く背を寄せて右の立て膝。前に膳部を控えて、だらだら

と遊び酒。

　ここは柳橋米沢町(やなぎばしよねざわちょう)　船宿喜仙(きせん)の大川(おおかわ)に沿った二階座敷。すこしの風にも、花吹雪(はなふぶき)となって桜が散り初める頃の午(ひる)さがり。どこか、気(け)うといような薄曇(うすぐも)りだ。それも次第に雲が多くなっていくから、日の暮れあたりから降るかもしれない。

「へえ、浮かれたものやら、化けたのか」

　小吉は、ひょいと首をひねり、

「なにしろ、それで、娘が一人殺されたンですから狐も罪なことを致します」

「あれ、狐の人殺し？」

と、おいとが云うと、

「いえ、狐が殺したンじゃアござんせん。殺した下手人は、れっきとした人間で……待てよ、狐とも云えるかなア？」

　後の方は独り言じみて呟(つぶや)いた。

「ハッハッハ！　話が、はっきりしねえようだ。親分も化かされたかえ？」

　若さまが無遠慮に笑うと、小吉は、慌ててついムキになり、

「いえ、いえ。殺された娘も、殺した侍の方もこりゃアはっきりわかっております。ところが狐が、この間を、変にうろちょろしますンで話が落ち着かず……」

　自分も落ち着かないらしく、

「ここンところ、廻(まわ)りくどいようでございますが、ひとつ、はなから申し上げると致しましょ

う」

　と、居ずまいを直した。

「その狐は、何に化けたンだえ？　やっぱり、いいねえちゃんかえ？」

　若さまが、余計なことを訊いたが、

「へえ。こりゃア見た者が口を揃えて申すんでございますから、多分、本当だろうと存じますが、これが、水も滴るような大層もない別嬪だそうで。惜しいことに年増で三十を一ツ二ツ。その代り諸分けを心得ているンで、中には、もう一度、化かされたい……」

「あら、いやだ！」

　おいとが、汚らわしいという顔をすると、

「ヘッヘッへ。その上、ひどく親切だそうですが、後がいけません。へえ三人が三人とも気が付いてみると、地面の上へ寝かされていて、顔に草鞋が乗せてあるそうで」

「ハッハッハ！　それじゃア癲癇病みだ」

「へえ……。狐の方じゃア何のまじないなんでございますか。妙なことを致します」

「今の話だと、三人もいるのかえ、草鞋の好きなのが？」

「へえ。手前の耳に入りましたのが三人。うっかりしますとまだ他にも、恥ずかしいンで黙ってる奴があるかも知れません」

「何処だえ？　土地は？」

「こりゃア申し遅れました。ところは、根岸の奥で。御行の松から、ずっと入りまして、御隠殿下から、天王寺わきの芋坂の方へ参ります、あの界隈で」

「なるほど。あんまり人気のねえ処だ」

「三人のうちの一人で、下谷坂本に住んでおります指物師の長五郎。これの化かされ方が、中々、水際立っております」

「ハッハッハ、面白そうだな」

「どうも、よくよく女にゃア甘めえ野郎のようで。もっとも長五郎は男前の方で」

と、云ってから語り口調になると、

「日本橋、本石町の呉服屋で中村。ここの隠居が今申した根岸の奥におりますが、ここへ長五郎が註文の小引出しが出来たので、とどけに参りました。出来が良かッたんで隠居が大喜び。酒なんど出されて帰りは、もうよほど遅くなったそうで。ほろ酔い機嫌で御隠殿下あたりまでやってきますと、前を、何時の間にか、女が一人歩いて行きます。……五ツ半（夜九時）前後で、こんな時刻に、よくまア女一人で寂しくないもンだ……」

「それ、狐が化けたんですか？」

おいとが、せっかちに訊く。

二

「おぼろ月夜だッたそうで」

小吉は、かまわず話を進め、

「すると、前を行く女が振り返りましたンで。へえ。ひと目見て、ぶるると身体に慄えがくるほど美い女。その上、にっこりと笑ったそうです。さア、長五郎、夢中になってしまって女の後を一生懸命、ついてきましたンで。そのうち、何処をどう歩いたものか、洒落た枝折戸を開けて入ると、さア、どうぞと女が初めて口をきき、わざわざ手を取って案内してくれました」

「まア！」

おいとが思わず口を挟む。

「それから小綺麗な座敷に上げられて、用意してあったものですか、結構な酒、肴。その女の酌ですっかり又酔っ払ってしまったそうです。……後で長五郎が申しますには、何故、見ず知らずの自分にこんなに親切にしてくれるのか、又、素姓はどうなんだ、と訊こうとは思ったのだが、あまりその女の取り回しが上手なんで訊く折もなく、そのうちお床入り……」

と、云って小吉は、ちらりと、おいとの方を見てから、

「ヘッヘッへ。まアよろしくありましたようで。そして、天下の色男は俺に止めを刺すぐれえな気持になって、ぐっすり寝て……これからが不可ないようでして、先刻、申し上げましたように、気が付いてみると、これが草ッ原で顔へ草鞋……」

「その場所は、別に何処といってきまってはいねえンだな？」

と、若さまが初めて質問した。

「いえ、それが、若さま」

と、小吉は言葉に力を入れて、

「これから申し上げようと存じていたところなんでございますが、長五郎を初め手前が聞きました三人が三人とも、気の付いた場所が同じところなんで。……御隠殿下を、こっちから参りますと、やがて広い掘溜になりますが、その中に道と云えば道のようなものがございまして次第登り、芋坂の方へ出ます。その途中の左側、ちょいと小高い、石段を五ツ六ツ上がったところに、昨夜の枝折戸が、ちゃンとございます。……それが、中へ入って見ますと、これが何にもねえンで。へえ、草ッ原で。ですが、よく見ますと、処々に土台石が埋まっておりまして、以前は家が建っておりました模様でございます」

——つまり、一種の廃墟なのだ。

「同じ場所か」

と、若さまは頷く。

「在りもしねえうちを、さもあるように見せるとは、こっちが化かされているとは云いながら、狐も大層な腕前で」

と、小吉は、却って感心したようなことを云ってから、口調を変えると、

「まア、こんなことで済んでおりましたンなら、大したことでもなかったンですが、この化け狐のために、人間の娘が殺されましたンですから、どうも……」

「そっちの経緯をやってくれ」

と、若さまは、冷たくなった盃の底を、ちゅッと啜って云った。おいとが慌ててお酌申し

上げる。

「ところが、これが実は厄介でございまして、どこから人間で、どこまでが狐の方なのか、そこんところが、けじめがつきませんので弱っておりますが……」

そして、思い切ったように、小吉は、

「まアひとわたり、ずっとお話致してみましょう。下谷坂本二丁目、例の化かされた長五郎の町内で町道場、一刀流の先生で阿部武右衛門さん。この道場の師範代をやっておりますのに、高野友之助という人がおりますんですが、これが、まことに血気盛ンでございます。門人を集めまして、俺が根岸の化け狐を退治してやる。畜生の分際で万物の霊長たる人間を誑かすとは何事だ。と、こんなわけで……なにしろ、狐を斬るための腕ならしだと申して犬を二匹斬ったという豪傑でございます」

三

「用意周到だな」

若さまが云うと、

「へえ。用意がよいと申しますか、もうすこし用意すればよろしかったのか……」

小吉は、ここで口調を変えると、

「三日前のことでございます。朝、門人たちが集りますと、友之助が肩をそびやかしまして、各々、拙者は昨夜、化け狐を首尾よく仕止めて参ったぞ、と云いましたンで、みんな、あッと驚きました。一体何に化けて出てきたのかと訊きますと、友之助が云いますには、草むらに隠れていると、ひょいと目の前に狐が一匹現われた……」

「あらッ?」

おいとが、今、自分の眼の前に現われでもしたような表情になる。

「出たな、と一刀の鯉口きって居合抜きの構えをとると、そうとは知らず狐の奴は一声、コオンと鳴いてから何やらを、ひょいと頭の上へ乗せた。見ると古草鞋」

「ハッハッハ! うまいな」

と若さまは妙な褒め方をする。

「そのまんま、すッと後脚で立ち上がったかと思うと、これが、途端に十八、九の娘姿になったので、友之助は、おのれ、妖怪ッ! とばかり後ろから抜く手も見せず、バッサリと斬りつけたと申します」

「まア!」

おいとが複雑な驚き方をする。

「そんなわけで門人達もそれじゃア見に行こうということになりまして物見高い連中が七、八人ばかり、ぞろぞろ御隠殿下まで参りましたンですが、確かこの辺で斬ったと覚しい草むらには、いくら探しても狐の死骸が見当りません」

「………?」

おいとは緊張しきっている。

「すると、門人の一人が、すこし離れたところに血溜りを見つけました。よく見ますと血らしい痕が、段々と続いておりまして、斬られたものの狐はその場から逃げのびたものと思われます。それで一同、その痕を追っていきますと、これが例の坂の中途、枝折戸へつながって中へ……」

「まア、やっぱり！」

「ところがその家跡（いえあと）には屍骸はなく、そこから、もうすこし裏ての山の腹にある穴の中から、若い女の着物の端が見えましたンで、一同さてこそ、と近づいて、ともかく、ずるずると引き出して見ますと、これが狐ではなくッて若い娘。あッと驚きましたが、中でも一番驚きましたのが斬った当人の友之助でございます。しまッたア、と云いますと、屍骸に取りすがって男泣き。無理もございません。その娘は友之助の許嫁（いいなずけ）で、御行の松の傍で植木屋、植六（うえろく）の娘おさだで」

「大変なことをしたもンですねえ！」

おいとが心から同情すると、次ぎに、

「狐を殺してやるなンて云ったので、却ってアダをされたンですね。ああ、こわい！」

と、両袖を合わせたりした。

「そう云うことも云えますンで。……ここンところが実はどっちがどっちともつかずひどく迷います。調べてみますと、この殺された娘のおさだ。よく夜遊びに出ると申します。どうも根が浮気な性質らしく、男も二、三人あるようでして、今の化かされた長五郎なんぞもその中の一人だという話で。……それで手前、こんなことも考えたンでございますが、いくら友之助が逆上しておりましても許嫁の娘を間違えて斬るというわけはない。こりゃア、こっちは狐を斬り、娘の方は、誰か他の奴が色恋の恨みかなんかで斬ったンじゃないかと、まア……」

「なるほど、そこんところ難しいな」

と、若さまも頷く。

「その友之助ッてお人、どうしました？」

と、おいとが気にする。

「こりゃアもう、動転してしまいまして、その場で腹を切ろうとしたそうですが、まア大勢が押しとどめ、おとどけに及んだのでございますが、今も申すように、いろいろと入り組んでおりますので、すこし待とうというわけで友之助は只今、親類あずけになっておりますが……」

ここで、小吉は、改まって、

「若さま。こりゃア一体、どう片をつけましたら、よろしゅうございましょう？」

と、伺いをたてた。

「そうよなア」

若さまは、盃を掌の上で軽く転がしながら、

「その尻軽娘のいろにゃア、長五郎の他にはどんな連中がいるンだえ？」

「へえ。……どうも、あんまり、はっきり致しませんが、同じ坂本の筆屋の職人で由兵衛。上

野のお山で寺小姓を勤めております参之丞。手前はまだ見たことはございませんがこの参之丞と申すのは美男だそうで。うわさでは、お山一番だなどと申します。そのほかには……?」

と、首をひねった。

「許嫁のくせに、友之助は、そんな浮気沙汰を、知らねえわけはねえだろう」

「さア?……大きに知らねえンじゃございませんか。町内で知らぬは亭主ばかりなンて申しますから。ヘッヘッヘ」

「さアて……」

と、若さまは、急に大きな声で云うと、

「ともかく、こりゃア当の狐に訊いてみねえことにゃア埒アあかねえな」

「まア!　そんな馬鹿らしい」

おいとがすこし呆れ顔で、たしなめるようにいうと、

「どれ」

若さまは、ごろりと横になると肘枕。眼をつむる。酔いがまわったらしい。おや、とおいとは小捲巻を取りに立つ。今日はまだ駄目だな、と小吉は、そっと罷り出る。

四

その翌日の晩。

おぼろ月夜。

根岸、御隠殿下の細い路を、ふらり、よろりと千鳥足で、侍が一人歩いている。着流しの、ふところ手――若さまだ。

〽王子（おうじ）さんへは、わしゃア月まいり、無理な願いを、がん掛けて、……狐が、しばらく……

妙な唄を、あんまり上手とは云えない口でうたっている。

左側の寺院の境内（けいだい）から、枝を大きく差し出して、八重桜が夜目にも著（しる）く、盛り上がるように咲いている。

〽八百屋（やおや）お七（しち）、麦こがしに、鳥刺しを、チョイとさして……

わけのわからない唄を続けている。よろりふらり。雪駄（せった）を、あぶなく小流れに落しそうになったりして、どッこい。そして、

〽王子さんへは、わしゃア月まいり、無理な願いを……

もう一度、初めから繰り返して唄いだした時だ。

ふッと、前へ、女が一人現われた。

「おイッ？」

とンと踏み止まったが、すぐ、唄をつづけ、

「……がん掛けて、とくるかな。……狐の、しばらく……」

すると、前を行く女が、くるッと振り返ると共に、艶然（えんぜん）と笑いかけた。そして、尾（つ）いてこい

と云わんばかりの仕草で足早になる。

初日に逢うとは運がいい、などと思いながら、若さまは、

〽八百屋お七、麦こがしに……

と、唄いながら尾いていく。

女は、それまでに、もう一度振り返った。そして着いたところは枝折戸。

「どうぞ。随分よい御機嫌ですこと」

「酩酊（めいてい）。いたく酩酊」

よろりと女の肩にぶつかると、

「あれ、おあぶのうございますよ」

と、避けずに却って男の背中へ手をまわし、抱くようにして飛び石伝い、灯（ひ）の点る庵室風の部屋へ案内した。

「さアさアお楽に。只今すぐ……」

女は、客を坐らせると一旦、次ぎの間へ立ったが、今度は酒肴（しゅこう）を運んできた。

「何もございませんが、ご一献（いっこん）」

「馳走（ちそう）になる」

遠慮なく受けて、それから相手の女を、とろんとした眼をすえて見つめた。
三十二、三か。すこし肥（ふと）り肉（じし）だが、それだけに濃艶な、しつッこい色気だ。黒眼がちの切れ長で、鼻と口とが、ちまちまと小さく見えるのも、又魅力がある。すこし横坐りになっている

両の腿のあたりの、ぷりっとしたふくらみが、ひどく官能的なものを誘う。

こう見て、受けた人柄の印象は、大店の内儀といったところだが……？

「ふッふッふ。いやですねえ。そんなに見つめちゃア。穴が開きますよ」

くねりと一ツ、身体に恥じらいの波を打たせると、そのままぐっといざり寄って、男の膝へ左手をつくと、

「お流れを……」

白い、柔かそうな、むっちりした手を差し伸ばす。

「迷うな、こりゃア」

と、若さまが酒を注いでやりながら云う。

「おや？　なんにお迷いでござんす？」

「ハッハッハ！　この辺には、悪い狐が出るそうだな」

「そんなお話でございますね」

顔を横に、見上げるような眼付きになり、

「狐に見えますかえ」

謎のような微笑を口の端に浮べていう。

「はアて？　どうであろうかな？　もっとも、おまえさんほど綺麗なら、なんの、狐でもかまうこたアねえわサ」

「まアまアお口のお上手なこと。こんな年増をお騙しになると、後が怖うござンすが、よござ

ンすか?」

「後のこわいなアこっちさ。草鞋を乗せられちゃアかなわねえ」

「えッ?」

と、女は瞬間、身を引いたが、すぐ、今度は抱きつくという具合に、ぴったり身体を擦りつけると、ちょッと真面目(まじめ)な表情になり、

「わたしが、狐か狐でないか……」

ぐっと顔を近づけて、すこし動悸(どうき)の打つ声で、

「さア、どうなとお気の済むように……」

全身の重みを、ぐったりとあずけてきた。

「ハッハッハ! こいつァ狐より、よっぽど、こわいぞ。ハッハッハ!」

五

その翌朝。

小吉が、下谷坂本二丁目の自身番へ顔を出すと、

「あ、親分。いいところへ」

子分の千造(せんぞう)が、助かったという顔付きで、

「今、知らせにいこうと……」

「なんだえ……」

「いえね。又、御隠殿下で狐に殺されたのがありやしてね」

「えッ？　誰だえ？」

「今度は二本差した侍なンで」

「侍？」

「へえ。そこにいる長五郎の話じゃア……」

と、指さした方を見ると、色の生ッ白い、ひょろりと背の高い若い男が、腰低く、

「昨日のことでございます。あの路を戻って参りますと、道をちょいと外れた草むらの中に、こう人間の足が見えますンで、ぎょっと致しまして……へえ。おそるおそる覗きこんで見ますとお武家さんが一人、うつ伏せに倒れていますンで」

「それで？」

小吉が促すと、

「声をかけましたが返事がなく……酔いつぶれてるのかしらンと肩に手をかけてみますと、べとッと……あんな気持の悪い思いをしたことはございません。へえ、血で。見ると頸筋を、あんぐりと……ありゃア嚙まれたものでございます。確かに！　狐だッ、と思いますと、総毛立ちまして後を見ずに一目散、家へ飛んで帰りましたが……今朝になって、黙ってるのも悪かろうと、まアおとどけに及びましたンで」

「そうかえ」

小吉は、次ぎに、

「長五郎と云ったな。おめえ、何のつもりで夜よなか、あんな御隠殿下みてえな寂しいところへ出かけたンだ？」

「へえ」

長五郎は、何故か、ひどく弱った風で、うつ向くと頭ばかりかいた。

「えッ？　何の用があったンだよ？」

重ねて、きびしく訊くと、

「相済みません。実は、そのウ……ヘッヘッヘどうも、なんでございます。そのう、なんでございまして……」

「はっきり云え！」

「へえ。実は……もう一度、例の色狐に会いたいもンだと、つい助平根性を出して、あの辺を……」

「ぷッ！」

と、小吉は噴きだしそうになって苦笑すると、

「馬鹿野郎。どうも馬鹿野郎だな、おめえは」

「へえ。馬鹿野郎で。いえもう、何とおっしゃられても仕方がございません」

と、肯定はしたが、長五郎は次ぎに、

「けれど、そのウ、親分さんの前ではございますが、あのくらいの女というものは、そうタン

トはございません。吉原にだッてあれほどのは、二人といないでございましょう」

と、真顔でいった。小吉は呆れて、

「事に依りけりだ。いくらいい女だからッて、何も狐のところへ行くことはねえじゃアねえか。物好きが過ぎるぜ。そんなに古草鞋が乗せてエか？」

「へえ。古草鞋ぐらい何足でもかまいません」

「ハハハ」

小吉と千造は、とうとう笑ってしまった。だが、すぐ、

「ともかく、屍骸を改めねえといけねえ。今度は侍だッてえから厄介だぜ。おい、長五郎。案内しろ」

「えッ、手前も参りますンで？」

「係り合いだ。それくれえなことは辛抱しろ。それに、殺された侍ッてなア、大きに、おめえと兄弟分かも知れねえぜ。ハハハ……」

「へえ、兄弟分で……」

だが、長五郎は、あんまり、いい顔をしなかった。

……道は、御行の松あたりから、すっかり田舎風景になる。見わたす限り田と畑。そのはるか向うに小高く地平線を区切るのは道灌山だ。山腹のところどころにまだ薄赤く、葉ざくらながら花も残っている。

やがて、川に沿った道は一種の別荘地帯へ入る。そこ、ここに、数寄屋風な洒落れた構えの

家が、門口に山咲きの花などを咲かせているのが見える。江戸の豪商の別宅や、吉原の女郎屋などの寮である。鶯が遠近に鳴いて美しい春だ。

御隠殿下はその先きである。

「何処だえ、場所は？」

小吉が、うしろから迷惑そうに尾いてくる長五郎に振り返って訊くのと、一足先きへゆく子分の千造が、猟犬のような勘のよさで叫んだのと一緒だった。

「親分ッ。ここだ、ここだア！」

そこは道を外れた崖下の草むら。見ると、侍が一人、頸筋に夥しく血を噴いたまま、うつ向きにつッ伏している。

傍に、しゃがんで小吉が屍骸の顔を、ぐいと持ち上げると、二人へ、

「この顔に見覚えがあるかえ？」

その時、長五郎が叫ぶように云った。

「あッ！　師範代だ！　友之助さんだ！」

「なんだと、こりゃア高野友之助だと？」

「へえ。それに相違ございません！」

「ふむ！」

小吉は、変な気味悪さを感じた。と共に、これは一体どういうことなのか、と、頭が混乱してしまった。

「親分。この傷。……咽喉から頸から、こう、ぐるッと……こりゃア歯の痕でござンすねえ。がぶりと咬みついたもンで」

と、千造が云うと、

「狐でございましょうなア。友之助さんはよッぽど恨まれていたとみえる」

と、長五郎が呟いた。

その咽喉から襟ッ頸かけての傷は、誰の目にも歯形としか見えなかった。頸動脈を食いつかれたので出血量が多いのだ。これでは助からない。たとえ狐でないにしても、いずれ動物の類には違いない。

「おい、長五郎。おめえも妙な助平根性を捨てねえと、いまにこんな目にあうぜ」

「へえ。もうやめます」

血の気の引いた顔で頷くと、頭でも痛みだしたのか両手を頬に当てた。

「とンでもねえ恐ろしい狐だ！」

その時だった。

「ハッハッハ！　そうでもねえよ」

三人とも、びっくりして見上げると、そこに、若さまが突っ立っていた。

「おや、こりゃアどうも、わざわざ恐れ入ります」

小吉に、続いて千造が丁寧に挨拶すると、

「なアに、わざわざでもねえのサ。どれ、傷痕でも拝見するかな」

と、しゃがみこんだ。じっと、顔の向きなど変えて見ていたが、左のコメカミのあたりの傷を入念に調べはじめた。

「狐の歯ッてもなァ案外強いもンでございますなア」

　長五郎が感心して云うと、若さまが、

「この狐は妙な歯を持ってるぜ。親分。ほれ、見や。このコメカミのところだけは、ぷつンと小さな穴だけだ。……深(ふ)けエようだ。一本だけ、牙みてエにのび過ぎたかな？　狐も化けるほど甲羅を経ると、いろんな歯が生えるとみえる」

　冗談とも真面目ともつかない口調だ。

「左様でございますな。この傷だけは一本歯……それも細いといった塩梅(あんばい)で」

「上手(じょうず)の手から水が洩れたかな」

　こんなことを云うと、

「おい、長五郎とかいったな」

　と、若さまは何時の間にか覚えたらしく、

「おめえは、化け狐の大年増に可愛がられたくちだッたな」

　と、訊ねた。

「へえ。……」

　頭をかいて、うつ向いたが、

「もう、これを見ちゃアとても、どうも、いけません。命が惜しゅうございます」

「ハッハッハ！　ところで狐のうちへ行こうじゃねえか。それ、おめえが気がついてみたら古草鞋が乗ってたところサ」

「へえ。何しに参りますンで」

するとと、小吉が、

「いいから御案内しろ」

と、強く命じた。千造は屍骸の始末で後に残った。

六

……御隠殿の横を掘溜を抜けて次第のぼりに三人が行くと、長五郎が、

「あ、ここでございます」

と、左側を指さした。そこに両側から、こんもりと木の枝葉が差し交わした下に、もう半分は壊れかかった枝折戸がある。

と、若さまが、

「そうかい。親分。よくその枝折戸を見ておけよ」

と、妙なことを云う。だが、小吉は、

「へえ、畏りました」

壊れ具合をよく覚えて、ついでに中を見ると、雑草離々たる空地。家など元よりない。

それで戻るのかと思うと、若さまは、なおも坂を登っていく。何処へいくのだろう？　人など滅多に通りそうもない道だ。すみれが、崖にやたらに咲いている。

と、若さまが、立ちどまり左側を指さし、

「ほれ。それをよく見ろ」

「へッ？」

そこを見て、小吉は元より長五郎も、あッと声を上げてしまった。

その場所に一ツの枝折戸があるのだが、両方から木の差し交わしている有様から、その戸の古さ加減、作り方、ほとんど同じと云いたいほど似ている。

「同じだ！　そっくりだ！」

「ここが狐の住居サ。長五郎、おめえが、しっぽり濡れたなアここだよ」

と、若さまが云いながら中へ入る。見るとちゃんと家が建っている。小さな、二間ぐらいな庵室（あんしつ）である。――そうか、よく似た枝折戸ということを利用したのか。化かされた連中は前の枝折戸で早合点してしまって、もう一つ奥までやってこないのだ。

若さまは遠慮なく濡れ縁に腰掛けると障子を開いた。

中は十畳の広さもあろうか。奥正面に仏壇を飾って、小さいながらも内陣の模様を見せている。

「お寺さまなンで？」

長五郎が、まだよく腑に落ちない顔つきで云うと、

「あの時にゃア、ちゃあんと前以て片づけちまうンだよ。よく部屋の中を見るがいい」

「へえ。……あ、思い出した。あの天井の雨染みは確かにあの時の！」

「ハッハッハ！　天井までは手がまわらないと見えるな。無理ァねえ」

その時だった。

「これ、おまえさん方なんだ？　勝手に人のうちへ上がりこんで？」

と、怒鳴った者がある。寺男とでもいうような老爺(おやじ)である。若さまが、

「なアに、ここの内儀(かみ)さんに一夜の情(なさけ)にあずかった連中だよ。今日は雁首(がんくび)そろえて礼にきたのサ」

「えッ？」

老爺は一瞬、顔色を変えた。

「内儀さんは何処へ行ったえ。この世ながらの人肌観音。もう一遍拝ませてくれ」

「な、なにを云わっしゃるのだよ、お武家さんは？」

と、云ったが、ポンと一ツ掌(て)を拍(う)つと
「やアれ、お気の毒だなア。又女狐に化かされたンじゃなア。この頃よく、化かされた話を耳にするだが、やれさて、おまえ方だったのかア。ここは、お武家さん。尼寺でござンすよ」

「ハッハッハッハ！」

若さまは大声で笑い上げると、

「とッつぁん。冗談はまアそれくれえにして、内儀さんは居ねえのかえ？」

「冗談でねえとはこっちのいうこと。内儀さんなどは金輪際いねえだ。庵主さまならおいでだが」

「そうかい。その尼さんを出してくれ」

「えッ？……なにを云わッしゃるやら」

その時だった。小吉が、

「おい。下手な隠し立てしゃがると為にならねえぜ」

腰の朱房を羽織の下からチラリと見せた。

「あッ！　あッ！　お役人さまでごぜえやしたか！」

叫ぶと、老爺は、がっくり両膝を突いて、掌を合わせ、拝むようにして云うのだった。

「済みましねえ、済みましねえ、おら、ちっとも知らなかったもので、はア……どうぞ、親分さま。ご内密に、ご内密に！」

そして――

割れてみると、話はむしろ簡単だった。或事情から尼にされた女が、肉体の悩みに抗しきれず、男を引き入れていたというのに過ぎない。後腐れや後難を怖れて、狐の仕業と見せかけたのだ。寝ているうちに当身をくれ、似ている枝折戸を利用して運び出したのだ。若さまは、当身の前にそッと抜け出してしまったのだ。それで、バレると知って尼の女は今朝から身を隠してしまったのだ。

「あの女盛りじゃア無理もねえ」

これが若さまの感想だった。小吉はその意を汲んで、不問に付すことにした。

七

三人が、坂本の自身番へ戻る途中、もう町家つづきへ来た時だ。若さまが、

「なア、親分。どうも狐が居なくなって困ったな。ひとつ、こしらえねえといけねえ」

と、それ迄ずッと黙っていたのが、急に、こんな妙なことを云った。

「へえ?　こしらえますか、狐を?」

小吉が面喰らって訊き返した時、長五郎が立ちどまって腰をかがめ、指さすと、

「親分さん。手前の家はそこでございますから、これで御免を蒙らせていただきます」

と、挨拶して別れかかった。

と、若さまが、

「あれかい、おめえンちは。ひとつ茶でもよばれべエか」

と、こんなことを云って、のそのそ後から尾いていく。汚ないところでございますから、と長五郎は些か迷惑そうに、だが断るわけにもいかないので二人を我が家へ案内した。

入ると、すぐ板張りの細工場になっていて、作りかけの用簞笥や箱類が乱雑に置かれ、木屑が散ら張っている。

「ほウ、おめえ弓も作るか」

若さまが隅に立てかけてある小さな弓を見ていうと、長五郎は、

「へえ。山下の楊弓場から頼まれまして」

と、云いすてて、只今、お茶の支度を、と一段上になっている座敷へ上ると、うしろ手に障子を閉める。

若さまは、窓わくに腰かけると、物珍らしそうに、あたりを、じろじろ見まわす。

「さっき、狐をこしらえると、おっしゃいましたが、あれは」

小吉が云った時、長五郎が茶盆を捧げるようにして出てきた。

「おいしくもございませんが」

すると、若さまが、折角出された茶碗に手も出さず、

「長五郎、おめえ、指物師だなア」

「へえ。左様でございます」

「鋸を持ってるだろうなア」

「へえ、そりゃア持っております。商売道具でございます」

「ひとつ見せてくれ」

「へえ？　鋸でございますか？」

あたりを見まわすのへ、

「そこらにあるやつじゃアねえ。今、おめえが向うの部屋から、ふところへ突ッこんできた、細工物の小さい鋸だよ」

長五郎は思わず懐中を上から押えたが、すぐ慌てて手を放し、

「いいえ、そんなものは……」

「ふところが、ふくれているよ」

その時、小吉が近づくと、

「出せ！」

「へえ……」

力なく、観念したように懐中から、ボロ布に包んだ物を取り出した。小吉は、すぐそれを開いて見たが一目で叫んだ。

「あッ、こりゃア血だ！」

小さい鋸と、これも小さい矢とが血にまみれたまま出てきた。若さまが、

「狐の歯形ッていうのは、その鋸の歯を押しつけて、つけたンだよ。最初、矢を射って友之助のコメカミへぐさり。それで死んだンだからいいようなものの、狐の仕業と見せるために、わざわざ鋸を使ったンだな」

「長五郎、御用だ！」

小吉が怒鳴ると、

「へえ」

ばったり両手を突いてしまった。

「てめえ、なんだッて友之助を殺したりしたンだ?」

「へえ、あいつは、おさださんを、おさださんと、ちゃんと知りながら殺したンでございます」

「何故、そうだとわかるンだ?」

「狐なんぞ初めッから居やしません! あいつは、それをうまく使ったんです。手前がおさださんと逢引きをしているのを知ったもんですから……手前と逢うために出てきた、おさださんを……」

「そうか。つまり仇をとったッてわけか」

「左様でございます」

長五郎は、途端に涙をポロポロと落し、

「あの二人の許嫁約束は破談になっていたンでございます。それを友之助は、しつッこく付けまわし……それに、おさださんの……おさださんの身体は二月なんで。手前の子供が宿っていたンでございます!」

と、泣きくずれた。

「もう一つ訊くが、友之助が、よくあの場へ出てきたな? 誘いでも掛けたのか?」

「あすこいらでなければ狐のせいにするわけにはいきません。それで誘い状を出し、真剣勝負がしたい、根岸の狐よりと書いてやりました。友之助は師範代まで勤めるくらいな腕自慢。真剣勝負をしようと云えば必ず出てくると思いましたら案の定……」

涙を拳で払うと、

「手前は、楊弓が好きで、これでうまい方でございます。木の蔭に隠れて、おさださんの仇と一念こめて射ると、ものの見事にぷッつり……後は、こちら様のおっしゃる通り鋸で……」

小吉が、縄を打とうとして、ふと見ると、若さまは、もうそこには居なかった。帰ったものらしい。

無筆の恋文

一

「これは、若さま」

御上御用聞き、遠州屋小吉は、ご挨拶を済ませると、日盛りを急いできたと見えて赤く火照った顔を、しきりに手拭で撫で廻しながら、

「どうも、相変らず、何時までもお暑いことでございます。それにこの日照りつづき。どうでもこの辺で、ざあッと、ひとッ降り欲しいところで」

「暑いな」

と、若さま。

だが、その若さまは顔こそ赤らんでいるが、これは酒の為で、大して暑そうにも見受けられない。例の通り、前に膳部を控え、胡瓜もみなどを肴に一杯又一杯の盃。

ここは、柳橋米沢町、船宿喜仙の大川に沿った二階座敷。川風が存分に入るのだから、ここにいれば涼しい顔もしていられる勘定だ。盂蘭盆が昨日と過ぎて、そろそろ秋の気配が動き出す日の午さがり。

……お迎え、お迎えの声が時折、却って睡気に聞こえてきたりする。

「話アなんだえ？」

若さまが、飲み飽きた盃をコトリと置く。

「へえ。当てるというやつでして。ぴたりと云い当てる……いえ、占いというものではございませんので。お告げと申しますか、巫女（みこ）でございます。それが、どうも、あんまりよく当たりましたンで、この辺、どういうものか、と疑わしくなり……」

と、小吉は、こんな云い方で始める。

「当り過ぎる？」

「へえ。まア外れもございますンでしょうが、世間のうわさでは神業だと申します。当った方ばかりが評判になりまして、もう恐ろしいほどだという……」

「そうなんでも当てられちゃア、こりゃア却って困るぞ、親分。随分、都合の悪いのも出てくるだろう。ハッハッハ！」

「いいえ。なんでもというのではございませんで。たった一ツ切りでして」

「一ツ？」

「へえ。人の死ぬ時を云い当てます」

「そいつア気味が悪いな」

と、若さまが云ったのと、

「あら、厭（いや）！」

と、傍に居た当船宿の一人娘、おいとが思わず叫ぶように云ったのと同時だった。

「ヘッヘッヘ、あんまり、いい当て方とは云えませんようで」

　と、小吉も同感すると、

「自分の死ぬ時を、みんなして、ぞろぞろ訊きにいくのかえ？　物好きにも」

　と、若さまが首をひねった。

「いえ。こりゃアその当人が訊きに行くというものではないようで。ひとのことで。大概は、まア病人が直るものか、これは死病かと訊ねにいくようでございます」

「ハッハッハ。それでわかった。ま、そうだろうな」

「それが、ほとんど当りますようで。月日はおろかなこと、時刻まで。……この病人は明後日（あさって）の卯（う）の刻（こく）さがり、とまで申すそうでございます」

「いや！」

　おいとは、もう一度、厭がった。

「これが、今も申します通り病人などの折には、後々のこともあり、薄情のようではございますが、又、都合のよろしい時もございましょう。けれど、昨日まで無病息災、ピンピンしている者をつかまえて、お前は明日（あす）死ぬぞ、と云うのは如何（いかが）なものでございましょう？」

　と、小吉は、真顔で、

「それが人殺しにからんで参りましたンで手前、どうも、そのウ素直に受けとれなくなりまして」

　と、御用聞きらしい顔つきになった。

「そうよなア。……だがまア、その巫女の立て前からいやア、人殺しであれ、なんであれ、死ぬにゃア間違げエねえから、そういったまでだというだろう」

「左様でございます」

小吉は、頷くと、

「巫女の妙真も、そのように申し立てましたンで。大工の佐兵衛から、いずれ婿になる筈の七之助の寿命は、まア、どのくれえでしょうと訊かれたから伺いを立てたところ、間もなく死ぬとお告げがあったから、そう伝えただけだ。殺されたからと云ったッて、死ぬことに間違いはない」

「ハッハッハ！」

若さまは、大きな声で笑うと、

「ところで、いろいろ役者が出てきたようだが、話の経緯は？」

と、改めて訊ねた。

「へえ。未だ一昨日のことでございます。朝も早いうちで。浜町河岸も、大川に近い川口橋の橋抗に、土左衛門が引ッかかったというンで、手前、出向きましたンで」

二

……行って見ると、

「あ、親分。今、引き揚げたところで」

と、子分の千造が指さした。

川口橋の橋袂、柳の古木が大きく葉を垂らしている下に、若い男の屍体が横たえてある。単衣に角帯。ひと眼見てお店者だということがわかる。二十五六か。

傍に、かがんで、小吉は、

「おい、こりゃア土左衛門じゃアねえよ」

「へッ？　すると？」

覗きこむ千造に、

「見や、咽喉を。ぐッとここンところ……血痣ッてやつかな。こりゃア絞め上げたンだ。絞め殺して川へ蹴込みやがッたな」

「へえ、殺しで。道理で、揚げる時、案外軽いと思った。水を飲ンじゃいねえンで」

「ふくれてねえな……そりゃア手拭だな」

と、小吉は次ぎに、死体の右掌が、ぎゅッと握りしめている布に目を付けた。その辺、ざらに売っている豆絞りの手拭だ。断末魔の執念が凝ったか、それを引き取るのには骨が折れた。

懐中物を調べたが何も無い。初めから持っていなかったのか、それとも盗られたか。

「からッけつですかい？」

と、千造が詰らなそうに呟く。小吉はその両方の袂をさぐったが、左の方から封筒が一通出てきた。べっとりと濡れているので、

いる模様である。

破かないように注意した。妙なことには表の宛書きがない。だが中には手紙は確かに入って

「乾かしてから見よう」

腰を上げると、周囲に立っている、町内の月番や番太郎、弥次馬たちを、ぐるりと見廻して、誰にともなく訊ねた。

「この仏を見知ってる者アいねえか？」

「………」

皆、黙っている。中には、そっぽを向いて後しざりする者もいる。

「いずれわかることだろうが……」

と、小吉がひとり言のように云った時、

「親分さん、云ってもよござンすか、その人の名前を。あっしゃア、ちょいと知ってるンでござンすがね」

と、こんな云い方をする者がいた。未だ朝のうち、涼しい時なのに腹巻とふんどし一本の裸だ。二十七八か。渡り中間とでもいう男である。それとも駕籠舁きか。

「なんだ、知ってるなら早く云いな」

小吉が促すと、

「係り合いになると後が面倒だからね。それで黙ってたンだが、どうも心にあることは喋ッちまわねえと、さっぱりしねえ」

「誰だえ、この仏は？」

「ほれ、人形町通りの京呉服、西京屋の番頭さん。色男で評判の七之助どんだろうと思うンだがね、親分」

するとそれまで黙っていた月番の五十爺さんが、

「そうか。七之助どんか。あっしも、どうも先刻からそうじゃアねえかと思ってたンだが、やっぱり七之助どんか」

と、廻りくどい云い方をして裏書きした。

「この番頭は色男かい？」

小吉が、改めてその死に顔を見直すと、裸男は、今度は知ってることが得意そうに、

「なにしろ、間男代を七両とられたッて人間だからね、親分」

「あ、そうか。あの七之助か、こりゃア」

と、小吉も思い当った。

「実アね、親分。この番頭さん、昨夜おそく、つい、そこの入江橋のところに一人で突ッ立ってたのを、あっしゃア見かけてね」

と、裸男は、いよいよ得意気に、

「番頭さん、誰を待ってるンだい？　又、七両の口かッて声をかけやすとね。そんな女ひでりゃはしてねえ。と、こう云ったもンで」

「昨夜、何時ごろだ？」

「遅かッたね、もう。あれは四ツ半（夜十一時）か。もっと遅いかな？」

「それから？」

「なアに、それッきりで。この番頭さん、確かに女と待ち合わせたに違げエねえ。きッと、その女に浮気かなんか責められて殺されたンですぜ、親分」

と、相手は簡単に事件を片付けた。だが、ともかく一応の足取りはつかめたというものだ。女と七之助は、この辺で逢引をした。その女を深し出せば、事件は、もっと明白になるだろう。

と、小吉は、今まで、そっと持っていた濡れ手紙のことに気が付いた。これは、ひょっとすると呼出状かもしれない。

後始末を千造に任せると、小吉は弥兵衛町（やへえちょう）の自身番へ行って、その手紙を一生懸命に乾かし始めた。

読んでみると……

三

「へえ、それが、これでございます」

と、小吉は膝わきに置いた風呂敷包みの中から、黄色く、皺（しわ）に縮んだ手紙を一通取り出して差し出す。

「どれ……」

受け取って、若さまが読んでみると、

「……とりいそぎ、一ぴつ、したため申しそろ、ぜひぜひおめもじいたしたく、この八日、いつものとおりに、いつものところにて、おまち……」

ここまできて、

「親分、これッきりか？」

と、訊ねた。

「へえ。手前もその文を読みまして、もう一枚あるのかと思いましたが、後にもさきにも、それッきりで。その紙の残り具合から考えますと、しまい迄書ける筈なんでございますが……」

「如何にも。この巻紙、後が未だあるし、それに、かしこもなければ自分の名もなし、宛名なし……」

と、なしなし尽くしで若さまは、

「それも妙だが、親分。この八日、というのは、どうしたことだ。今日は十八日。三日前なら十六日だ」

「そこも、手前、頭をひねりまして」

と、小吉は今度は首をひねり、

「どうも一向にわからない妙な文でございます。それで、その文は、ずッと前にもらったのを、七之助は、うっかり袂に入れたまま忘れ……」

「そんなこともありそうだが、この尻切れトンボ。この解釈が付かかねえ」

「全く！」

「おまち……申し上げそろ、とこなくッちゃならねえところだが……はてな？」

と、考えていたが、急に若さまは、

「ひとつ、色男番頭の色道修業の方を、話してみてくれ」

と、註文した。

「ヘッヘッへ。修業ですかなンですか、まア女にはもてるという性質でして。つい間違いを起こすというわけで。一人者だから、そんなことになる。早く嫁を持たすに限るということになりまして、同じ西京屋に奉公して居りました奥勤めのおしん。これと祝言することにきまりました。へえ、おしんは十三の年から奉公に出て今年十八。七之助とはお互い憎からぬ仲だったようで」

と、小吉は、

「この暮れに嫁入りしよう、それまでは支度やら何やらというわけで先月の初め、おしんはお店から暇を取り、ヘッ、つい河岸の親もと、大工の佐兵衛の家へ帰って居りました。この佐兵衛が、さきほどお話し申し上げましたように、巫女の妙真のところへ、この縁談はうまくいくか、どうか……それから次手のことと、婿、七之助の寿命などという余計なことを訊ねましたンで。ところが、妙真が、この男は一月ぐらいのうちに水に縁のあるところで死ぬ、と申しましたもので」

「ふむ。当ったわけだな」

「へえ。当りました」

と、受けて、小吉は、口調を戻し、

「一月経たないうちに死ぬとわかった男に娘を嫁にやるわけにもいかない、と、佐兵衛は破談にしようとしますと、娘のおしんは大層怒り、嘆き悲しみ……へえ、こりゃア昨日、手前が佐兵衛の口から聞いたンでございますが、お父ッつぁんが、そんな気なら、わたしは死んでしまうと……」

「お気の毒にねえ」

と、おいとは心から同情して云う。

「ま、そんなわけで、佐兵衛も表立っては何も申さなかったうち、これが妙なことになりました。へえ、その肝心の娘おしんが、この七日(なのか)でございますか、俄(にわ)かに高熱を発して死んでしまいましたンで」

「まア、娘さんの方が！」

と、おいとは呆ッ気にとられる。

「諸行無常かな」

と、若さまは片付けたことを云う。

「へえ、まア、そんなところで。佐兵衛も同じ伺いを立てるンでしたら、七之助ばっかりでなく、自分の娘のことも訊いてくりゃアよろしいので」

「ハッハッハ！　そんなことばかり訊いて歩いたら気違になるぞ。……それから間男代七両という方をやってくれ」

「ヘッヘッヘ。こりゃア、うっかりすると七之助が引ッかかったらしいので」

と、小吉は、ちょいと盆の窪など撫でて、

「以前は火消しだッたんでございますが、そのうちバクチ打ちになった安兵衛という遊び人が居ります。もう四十過ぎで。人形町に近い杉の森新道に住んで居りましたが、只今は行き方知れず。何かの出入りから草鞋を穿きました様子で。この女房が、おいせと申しまして以前は吉原で小格子づとめ。これと七之助が出来ましたンで。どうも相手が悪うございます。見つかりまして、さアどうしてくれる……とうとう七両という金を出して謝りましたが、この七両の算当が可笑しゅうございます」

小吉は、一人で、ニヤニヤ笑いながら、

「安兵衛が申しますには、女房の去り状は三下り半と権現さま以来きまっている。間男されたンだから、その倍の七両だ」

「ハッハッハ！　なるほど、そいつア面白い。わかったようで、ちっともわからねえところが値打ちものだ」

と、若さま、変なことに感心している。それから、

「他には、姐さん方、どんなところだな、顔ぶれは？」

と、訊ねた。

「へえ、よし町で料理茶屋、円花の仲居でおさとというのが居りますそうで。これと当時、七

之助は一番熱かったと申します」

四

その晩。

「まアま、本当に暑いッたらありゃアしませんね、日が暮れたら風が、ぱったり。これじゃ蒸し殺されちまいますよ」

と、仲居のおさとは、

「おひとつ」

酌をしながら、

「お武家さまは、こちらへは初めて？」

と、訊く。

「七之助が殺されたンでな」

と、客の若さまは妙な受け答えをする。

「おや、お知り合い？」

びっくりして顔を見直した。——おさとは二十二三か。他人(ひと)よりも帯を低く締めているが、それが却ってよく似合う。すこし受口なところが色ッぽい。

「化けて出るぜ、今夜あたり」

「ま、よして！」

おさとは本気に恐怖して、うしろ手突き、身体をそらした。

「ハッハッハ！　怨んで出るンじゃねえからいいだろう。生前、いろいろお世話をかけました。ほんの御礼心に……」

「ふッふッふッ」

そこは水商売、冗談と知ると、仲居は、

「いいえ、こちらこそ。わざわざお礼には及びません。ホホホホ。お武家さん、随分、剽軽なお人でござンすね」

「七どんなる者ア、死んだ大工の娘、どのくれえ好きだッたのかな？　ねえさんの次ぎ位か？」

「おやまア大変なお話になりましたね。さア、どうでございましょう？」

「どうでございましょう、というのは、どういうことだえ？」

「ホッホッ。立て混みましたね」

と、云ってから、おさとは小声になると、

「お武家さん、ご存じではないンですか。二人の仲は破談になっていたンですよ。表向きにはしなかったンですけど」

「妙真巫女の云ったことを真に受けたッてやつだな」

「あれッ？」

おさとは、もう一度びっくりすると、

「お武家さんは、あのお巫女さんをご存じなんですかえ。あんないけ好かない女ッちゃありませんよ。もっともらしい顔つきで容態ぶッて……又、七ッつぁんも七ッつぁんですよ。なにも、お巫女さんにまで手を出さなくッたっていいじゃアございませんか」

「七どん、元来、浮気者だからな」

「そりゃアもう、おっしゃるまでもございません。ホッホッホッ」

と、陽気に笑う。

「頸を絞めたなア誰だろう、七どんの?」

「本当に、しどいことをするもンですね。そりゃア見えすいた嘘を、ぬけぬけと云われれば、浮気者だッてことは百も承知でも、思わず、かッとして殺したくもなりましょうが、けれどねえ?」

「ねえさんは、折々、七どんに文など付けたかえ?」

「生憎ですねえ。自慢じゃアございませんがね、あたしゃア無筆」

「無筆! ……なアるほど」

と、若さまは、何故かポンと膝など叩く。

「あれ、厭ですねえ、そんなことを感心したりされちゃア」

「アハッハッハ! いや、うっかりしていたぞ。……すると、あの手紙?」

「文はやりたし書く手は持たずッて……この頃になると、習ッときゃアよかったと思いますのサ」

「ところで、巫女と七どん。こりゃアよっぽど深い仲だったのかえ?」

「さア、どうでしょう?」

恋仇でもある為か、おさとは余り話したがらない。

と、軒端(のきば)の風鈴が、チリンと鳴る。

「おや、やっと風が……」

五

……その足で、若さまは杉の森新道のバクチ打ち安兵衛の家を訪ねた。

三軒長屋の端(はず)れ。

「ごめんよ」

「あいサ。誰だえ? 構わないよ」

気軽な女の返事なので、つい、腰高障子を開けて、一歩、踏みこんで、若さまは、これはとたじろいだ。

狭いうちなので裏まで見通し。その向う側の縁先き、庭というほどでもないところで、女が行水を使っているのだ。盥(たらい)に立て膝で、頸筋を拭(ぬぐ)っていた小ぶとりの白い身体が、薄暗いとはいいながら、行灯(あんどん)の灯(ひ)に浮び上がって生々しく見えた。

「や、これは、ごぶれい」

若さまが出直そうとすると、

「ふッふッ。よござンすよ。今すぐ……お武家さんだね？　どなたさんだろう？　あんまり、おつき合いはないンだけど？」

と、女房の女郎上りのおいせは、乳房を隠そうともせずにこちらを向いて見透かす。

「なアに、安の字が居るかと思って来たやつサ」

と、気易い口調で云うと、

「一足違い。さっき迄居たンだけど、なにしろ身体に火が付いてるからね。うち中の有り金を引ッさらうと直ぐ出ていっちまいましたよ。……本当に馬鹿にしている」

などと云いながら、おいせは身体を拭いて立つと同時に手近の浴衣を、ふンわりと器用に着て、縁へ上がると脚を拭く。

「ちッとべえ頼みてえことがあったンだが……そうかい」

と、若さまは、

「そう云やア七どんが殺されたッてな」

「そんな話ですね。おかげで損をした」

「どうしたえ？」

「ふッふッ。例の七両サ……」

おいせは、相手の口調から若さまを、すっかり不良御家人と思いこんで、

「未だ三両とは貰ってないから、こりゃア、お前さん、大きいやね。みんな払ってから、死ぬなりなんなりすりゃアいい」

「ハッハッハ！　だがなア、おい。世間じゃア、ひょっとして安の字が七どんを絞めたンじゃねえかなンて云ってるぜ」

「知ってますよ」

案外、驚ろきもせず、おいせは細紐一ツを締めた姿で、近くへ来て坐ると、上り端に腰かける若さまに、

「お上がンなさいな。蚊がひどいよ、そこじゃア……お武家さん、初めて見る顔だけど、一寸、いい男じゃアないか」

と、なんでもないことに云う。

「ハッハッ！　こりゃア恐れ入った。その口に引ッかかると、又、七両だ」

「ぷッ。……馬鹿だねえ」

それから、立ち上がって、

「未だ確かあった筈だよ、飲み残しが」

と、台所に行くと、貧乏徳利を、しきりに耳もとで振りながら戻ってきた。細紐一ツの浴衣だから、とかくだらしがなくなる。

ぺたりと坐ると、湯呑を出して、

「冷の方がいいだろう。さ、ぐッと空けとくれ。後でお流れ頂戴」

波々と注ぐ。

「七どんを殺したとなると厄介だぜ」

「それほど馬鹿でもないだろう。未だ、お前さん、四両なにがしの金蔓だからね。親木を切るようなことはしませんよ」

「ところで、おめえ、勤めの時分、客に文を送ったことはあるだろう？」

「ありますね」

今度は、自分が、ぐいと飲む。

「どんな文句を書いたな？」

「さア、どんな文句だッたか。自分じゃア書きませンのさ。代筆。あたしゃア筆なんぞ持ったことはない」

三杯めを注ぐと、滴まで切って、

「もう、おつもりか。ちょッと待ってて下さいよ。取ってくるから」

「いや、もういい。安が居ねえンなら、急いで他へ廻らなけりゃならねえ」

と、若さまは立ち上がった。――酒を断わったとは珍らしいことがあるものだ。

六

それから……。

若さまは、物々しく飾り立てた祭壇を前にして胡坐をかいていた。

ここは、堀江町一丁目、巫女、妙真の家である。

さっきから暫く待たされている。中々、当の巫女が出てこないのである。広くもない家だから奥と云っても知れている。恐らく、この祭壇の裏側になる隣室にでも居るのであろう。何をしているのだろう? 時々、鈴の音が、リインと澄んだ音を響かせ、衣擦れが聞こえてきたりする。

夕方から、方々で飲み歩いたので、若さまは、何時の間にやら、うとうとし始めた。とうとう遠慮なく、ごろりと横になると肘枕。軽く鼾までかく。

多分、小半刻(一時間)は待たされたであろう。

ひょいと気が付くと、

「やア」

若さまは、むっくり起き上った。

眼の前に、祭壇を背にして、緋の袴を付けた白衣の巫女が、しんと坐りこんで居た。髪を長く、下につくほど垂らしている。未だ三十前か。割りに、ふとり肉の色白だ。眼鼻立ちも十人前。だが、これといって、はっきりとはいえないが、何処か常人と変ったところがある。つまり、もう一ツ、他のことを考えているというのか。別の影を感じる。

「だいぶ待たされたぜ」

若さまは、

「いい具合に寝たもンだ」

巫女の妙真は何とも口をきかない。じっと相手の顔を見つめている。人に依っては気味が悪くなるほどだ。

「ところで、ひとつ、お告げを伺いに出向いたンだが……」

と、云いかけると、巫女は、

「申されずとも、よく判って居ります」

と、遮(さえぎ)るように云ったものだ。

「判っている？　なるほど、こりゃア大したものだ。さっそく、それじゃア伺おう」

「申しませぬ」

「なに、云わねえ？」

「判っては居りますが申しませぬ。この世の中には、そのことを明かしてもよいことと不可(いけ)ないことがございます。人間が知ってはならぬこと。神におつかえする身は、その区別を存じて居ります。あなた様が、お訊ねになろうとすることは、口外してはならぬ秘密にございます」

「やれやれ」

若さまは、敢(あえ)て抗(さから)おうとはせずに、

「ここへ来たのは無駄足か。……待てよ。満更、無駄足でもねえか。つまりだ。云いたくねえということがわかったンだからな」

と、こんなことを云った。

巫女は、果然、気色ばんだ。

「なんと云われます！　云いたくないのではありませぬ。申してはならぬのです！」

「ハッハッハ！　どっちにしても同じことだアな」

「いいえ、違います！　云う、云わぬは、わたくしの一存ではありませぬぞ」

「そうかい。それじゃア訊くが、こりゃアお前さんの一存でもいくことだが、七どんは、お前さんを振ったな」

「えッ？」

「つれなく当って、会おうとしなくなったなア？」

「………」

口を一文字に結んで相手を睨みつけていたが、やがて、表情を元に復すと静かに云った。

「七どんとは誰でありますか？」

「えッ？　ハッハッハ！　こいつア驚かせるぜ。おめえのところに、大工の佐兵衛が来たろう？　婿になる男の寿命というやつを伺ったろう？　その男が、七どんだ」

「それなら覚えて居ります」

「その七どんと……」

「これッ！」

巫女は、驚嘆すべき威厳を以て叱咤した。流石の若さまが、はッとしたほどだ。

「神前に於て、神につかえる者をとらえ、そのように、みだりがましいことを仮にも口に致してよいと思われますか！　お武家だとて容赦（ようしゃ）致しませせぬぞ！」

「ホイ。こいつア悪かった」

若さまは素直に謝まると、次ぎに、

「神は不正を許し給わず。お巫女さん、どうも辛い立ち場になったなア」

「えッ？」

「ハッハッハ！　どウれ」

と、いうと、若さまは大刀を取り上げて、立ち上った。帰るらしい。襖際まで行ったが振り返ると、じっと鋭い、だが、不安そうな眼付きで見送っている巫女に、

「もう一ツ訊きてエんだが、お前、喋るまいなア？」

「…………」

黙っていたが、やはり気がかりだと見えて、妙真は口を開いた。

「なんでありまするか？」

「七どんが死んだのは、当ったのか、馴れ合いか？」

「あッ？　いえ、当ったのじゃ！」

「ハッハッハッ！」

七

その翌日。

今日も朝から、きびしい暑さだ。

若さまは、弥兵衛町の自身番に居た。番太郎の趣味か、出口の端に朝顔の鉢が三ツばかり並んでいる。赤が一輪、紫が二輪。もう半分しおれかかっている。

「こりゃア、どうも恐れ入ります」

と、小吉が恐縮しながら入ってきた。一人連れている。腹巻とふんどし一本。手拭を申しわけのように両肩へ拡げて乗せている。何か着ているという意志表示だ。

「だから親分。あっしゃア厭だッて云ったンで。きッと係り合いになるンだから……」

ボヤいているところを見ると、七之助を最後の晩に見た、あの裸男だ。小吉が、

「久助という駕籠人足で」

と、紹介してから、久助に、

「迷惑はかけねえから安心しろ」

と、慰めた。

それから、待つ程もなく今度は子分の千造が、五十恰好の腹掛けパッチ穿き、大工を一人連れて入ってきた。

「佐兵衛で。おしんの父親でございます」

と、小吉が云う。佐兵衛は、口を、もぐもぐとさせて頭を下げた。

上り端に腰かけていた若さまが、

「さて、佐兵衛」

と、呼びかける。

「へえ」

相手を役人と思ったか、久助と並んで土間に膝を揃えた。

「どうも、拙いことになってきたよ」

「へッ？」

「おめえ、知ってるだろう、妙真という巫女を。おめえの婿が一月うちには死ぬと云った女サ」

「へえ。まア……」

するると、若さまは、次ぎに、急に違ったことを何の継穂もなく云い出した。

「親分。例の手紙を出してくれ」

「へえ、畏まりました」

出されたのを拡げると、若さまは、

「こんな小細工をしなけりゃアよかったンだがな。これで種が割れたやつサ」

「へえ？　左様でございますか？」

と、小吉には未だよくのみこめない。

「この文が、殺された番頭七之助の袂に入っていたということはな。この文に誘い出されて七之助が出てきて、女を待っていたということになるンだが、それが、そうじゃアねえンだな」

「へえ?」

と、云ったのは、小吉ともう一人、佐兵衛だった。

「何故かというと、七之助に文を付ける女がいねえンだよ。それらしい二人は生憎(あいにく)と無筆。書ける女は振られているから恋文なんざア出さねえ」

「へえ、すると?」

と、小吉が眼を丸くして訊くと、

「文の書ける女は、この佐兵衛の娘おしんだけということになる。ところが、これは前以て死んでいる。死人が恋文を出せるわけがねえ。ところが、やっぱり、この文は、おしんが書いたもンなのだな」

「へえ?」

「この日付けを見ろよ。……おめもじいたしたく、この八日、いつものとおりに……とある。おしんは七日にポックリ死んだ。死ぬとは思わなかったから八日と書いたンだ」

「なるほど!」

「手紙が一人で歩き出すわけはねえ。この手紙は、七之助を殺してから、女に誘い出されたと見せかける為に、後から袂へ入れたものサ」

と、云ってから呼びかけた。

「佐兵衛」

「ヘッ」

「おめえ、無筆だな。字が読めねえな」

「へ、へえ……」

「おしんの書きかけた手紙を手に入れることの出来るのは父親の佐兵衛だろうな」

「へッ！」

バッタリ、佐兵衛は両手を突いた。

「久助」

と、若さまが初めて呼んで、

「おめえ、この爺ッつぁんを、あの晩、見かけなかったかえ、浜町河岸で」

「へえ。確かに出会いやした。先刻から見たことのある人だと……」

小吉が改めて云い渡した。

「御用だ、神妙にしろ！」


事件は——

七之助が、おしんに破談を申し入れたので、娘は逆上して死んだのだ。可哀そうに三月になる子まで宿していた。父親の佐兵衛は、激怒して、巫女の名を使って七之助を呼び出し、絞め上げてしまったのだ。

巫女妙真は、佐兵衛から内々頼まれ、宣伝にもなることだし、それに、七之助は自分を袖にした憎い男なので、暗黙裡に諒解していたものである。

無筆の佐兵衛は、娘の手紙は完全に書けているものだと思い、次第に依っては、娘の幽霊に七之助はとり殺されたことにしようと考えていたと云う。

生首人形

一

「おい、西瓜（すいか）売り」

と、若さまは、うしろから声をかけた。

ごろりと、今、担いでいる籠から、どう揺れたものか、包んである西瓜の一ツが、ころがり落ちたので教えてやったのだ。

「ヘッ？」

振り返った四十がらみの実直そうな西瓜売りは、籠を下ろすと、

「ありがとうございます。どれもこれも、みんな取り立てでございまして……」

と、客と早合点した。

「ハッハッハ！　落したッてことサ」

と、指さされると、

「あ、これアどうも……」と、近寄ったものの、すぐ、ひろおうとせず、何故か不審顔で、

「お武家さま。これア風呂敷に包んでございますね」

「上物かえ？」

「あの、確に手前の籠から、これは落ちましたンで？」

「馬鹿念を押すもんだ」

「左様でございますか。それじア、まア、拡げてみますが……」

あやふやなことを言いながら西瓜売りは、その紺色の包を解いたが、ひと目、見て、

「ひやッ！」

と、奇声を挙げると尻餅を突いた。指さす手は慄え、口もよく利けない。

「なるほど。これア西瓜じアねえな」

若さまが、かがみこんで言うと、

「そ、そんなもなア、おらア知ンねえ！　だ、誰かが放りこんでいっただア！」

根が百姓なので、狼狽のあまり野良言葉丸出しになる。

「こオれ、落着け。もっとも、これア誰しも驚くが当り前。山の芋が、うなぎに化けたッて話ア聞いたが、西瓜が女の生首に化けるたア気が付かなかったよ」

「お武家さア。冗談言わしゃッちゃいかねえよオ。おらの作った西瓜に限って、そんな化けるなンてこたアねえだア！」

「ハッハッハ！」

笑ってはいたが、目は鋭く、その転り出た女の生首を若さまは見つめていた。

黒髪は飽くまで黒く、ぱっちりと見開いた両眼は生きているようである。その小さな形の良い朱唇は今にも物を言い出しそうだし、その赤みを帯びた両頬の色艶は、未だに血が脈打って

いるかと思われた。

若さまは、思わずその両頬を軽く撫ぜ、

「人肌……か？」

と、呟いた。

その時、背後に人の気配を感じたので、振り向くと、

「あ・どうも……」

と、ひどく慌てて、ぺこんと頭を下げた者がいる。立ッ付け袴を穿いた、二十四、五の、のっぺりとした感じの男である。思いがけないものを見たので、途まどった口調で、

「大変でございますねえ」

と、こんな挨拶をする。

若さまは、次ぎに斬り口を調べたが、きつく、固く幾重にも繃帯が巻きつけてある。血止めの為であろうか。

包んであった布を拡げたが、それは風呂敷ではなかった。女の着物の……

「片袖か」

と、頷くと、元通りに包む。

「お武家さま……」

すこし落着いた西瓜売りが、恐るおそる何か言おうとするのへ、若さまは、

「おめえ、まるで覚えはねえのかえ、こんな途方もねえ物を籠に投げこまれて？」

「ございませんので。へえ。もう西瓜ばッかりと思いこんでまして……」

すると、立ッ付け袴の男が、

「西瓜屋さん。お前さん、つい今し方、法恩寺橋の先き、柳島のあたりを売り歩いちアいなかったかえ？」

と、訊ねた。何か思い出した様子だ。

ここは本所、横川の河ッぷちで、江戸も、もう外れ、閑静なところだ。立秋も過ぎて、朝夕、風が肌にひゃっこくなった頃の、今は夕方近くである。

「へえへえ。あの界隈、ふれ歩いちア参りましたが？」

「角家の土塀のわきに、お前さん籠を置きッぱなしにして、ちょいと居なかったね」

「よくご存じで」

意外そうに、西瓜売りは、

「水を飲みにね、向う路次の奥の井戸へいったンで。あんたさんは……」

じろじろと相手を見て、うさん臭そうに、

「手前の後を、ずっと尾けてきたンで？」

「馬鹿言ッちゃいけないよ」

苦笑すると、男は、

「誰が、買いもしない西瓜屋の後なんか追うものか。只、その時にね。籠の中を覗きこんでいた人間が一人居たからサ」

「えッ？」

　すると、若さまが訊ねた。

「男かえ、女かえ？」

「へえ、男でございます。洗いざらしの茶ッけた着物で尻(しり)ッ端折(ぱしょり)、あれア三十七、八にもなりますか。酒でも飲んでるのか、大層に赤い顔で、右の目の下に大きな黒子(ほくろ)がございます。あたしと顔が合いますと、びっくりしたように籠から離れて……」

「その野郎だア！」

　と、西瓜売りが喚いた。そして訊ねた。

「どっちへ行きアがっただ？」

「さア？　何処(どこ)へ行ったか、それア知らないが……」

　と、言って男は、ちょいと首を曲げ、

「どうもね。そいつアその角家(かどいえ)から出てきたようなンだが。いえ、確(たしか)じアないけど」

「生首、返しにいこう」

　若さまが歩き出したので、西瓜売りは慌てて、気味悪げに包を籠に入れると後を追う。その男は、見送ってはいたが一緒にこようとはしなかった。係り合いになりたくないからだろう。

二

橋を渡り、平河山法恩寺(ひらかわざんほうおんじ)の土塀に沿って左へ曲ると、貧しげな片側町が、すぐ切れて畑になる。その端れに、これも矢張り土塀をめぐらした一構えがあったが、

「あれで、へえ」

と、西瓜売りが指さした。

古い家だと見えて木立が深い。外からは屋根も見えない。正面の黒門は、押してみたが開きそうもなく、これといって出口も見当らない。

「おめえ、籠を何処へ置いたな?」

若さまが訊ねると、

「へえ、この向うの……」と、西瓜売りは先きに立って、門の並びの角を右へ曲り、

「ここンところでございますが……」

見ると、そのすこし先きに、土塀が崩れている箇所がある。二尺ばかりの幅か。

若さまは、中を覗いていたが、身体(からだ)を斜めにして入りこんだ。西瓜売りは、籠だけ先きへ入れてから後に続いた。

何年も手入れなどしたことがないと見え、夏草は茂りに茂り、人の背丈ほどもある。掻(か)き分けていくと、ひょいと池の縁へ出た。その向うに大きな屋根を見せて……

「寺だな」

と、若さまは呟いた。

「どうも大変な荒れ寺で……」見廻しながら西瓜売りは、「これア無住のようでございます」

と、低く言う。

夕方とは言うものの、未だ夏の日ざしが強い頃なのだが、その本堂から庫裡へかけて、建物全体から、何とも言いようのない妖気を感じた。

自分ひとりだったら、ここから引っ返してしまった、と、西瓜売りは及び腰で、池を廻って、ずんずん先きへ行く若さまの後から、ついていった。

階段も、半ば朽ちていた。西瓜売りは籠を置くと、若さまとすこしも離れまいと上へあがる。格子の間から内陣を覗く。

「なんにもござンせんね」

仏像はもとより、仏具らしいもの何ひとつない、がらんとした堂内だ。完全に廃寺だ。

「とりつくしまもねえな」

こんなことを言いながら、若さまは廻廊を左へ行く。ひぐらしの声が聞こえてくる。大きな穴が、ところどころに、あいている渡り廊下を伝って庫裡の方へ来た時だ。若さまは、ふっと立ちどまった。

「人くさいな」

「へッ？　あの、人くさい？」

「誰か住んでる具合だぜ」

そして、ちょっと、ためらっていたが、いきなり、一番手前の部屋の板戸へ手をかけ、がらりと引き開けた。

「おッ？」

すぐ、入ろうとしないで、若さまが逆に煽られたように佇んでいるので、わきから、西瓜売りは、そっと覗きこんだが、

「あれア！」

白痴のような顔付きで棒立ちになった。

薄暗い光線の中に、ニョキ、ニョキといった感じで、裸の女が突っ立っているのだ。それも、三ツ、五ツ……

と、若さまは、ついと入ると手近の裸女に近寄ったが、

「ハッハッハ！　人形だよ。張りぼてだ」

「へえ、人形で……」

安心した西瓜売りは、好奇心も手伝って入ってくると、それでも未だ恐るおそるといった手付きで、人形をさわっていたが、そのうち、「えッへッへッ」と、下卑た笑い方をすると、

「どうも、これアよく出来てる。全くもって生身の女そっくりで」

と、言いながら、若さまの目を盗んで、ちょッちょッと、あらぬところを、つまんだり撫ぜてみたりする。

と、若さまが出ていくので、取り残されては大変と慌てて飛び出したが、それでも妙な心残りがするのか、もう一度振り向いたが、西瓜売りは、

「うえエ！」

と、呻(うめ)くような声を挙げると、若さまの袂(たもと)を、ぎゅッと摑(つか)んで、うずくまった。

引っ張られて、

「どうした？」

振り向いて、若さまも、はっと目を見張ってしまった。

その人形の一ツが、歩いてくるのだ。両手を、ゆっくり動かしながら！　じっと見つめていたが、若さまは、

「わかった。からくり人形だ。……おい、おめえ、どっか、いじくり廻(まわ)したな」

「へえ……」

西瓜売りは、恥ずかしげに頭を掻いて、

「乳首をいじりましたら、こう、右の方へぐるぐるッと廻り、それで、そのウ……」

「そうかえ。それが仕掛けだったンだ……それ、もう動かなくなった」

人形は十歩もあるいたろうか。

「からくり人形！」

西瓜売りは、ほッと溜息と共に言うと、

「驚きました。うわさでは聞いたことはございますが、見るのは初めてで。そうするとお武家さま。あの生首も、人間じアなくッて人形首でございますね」

「さ、それが……？」

若さまは、そのどちらとも言い切ろうとはしないのだった。

三

と、西瓜売りが、未だ摑んでいた袂を引くと、先きへ行こうとする相手に、

「お武家さま、あの生首をここへ放りこんで、引き上げると致しましょう」

と、哀願するように言った。荒れ寺で化け物を見たからという顔付きである。

「ハッハッ、よかろう。帰るがいい。だがな、例の首だけアここへ持ってこい」

「ヘッ。ありがとうございます」

西瓜売りは、現金に笑顔になると、いそいそと今来た渡り廊下の方へ戻っていった。

それとは逆に、若さまは、縁伝いに先きへ進む。二番目の部屋の扉は、錠でも下りているのか開かなかった。そこが角になって右へ曲ると、壁つづきで、西日が、かッと照り返っている。

その壁の前に突っ立って居たが、

「人くさい」

又、こんなことを呟くと、若さまは、三間はある壁面を改めて見廻していたが、縁すれすれに小さい窓があるのに気が付いた。掃き出し窓だろう。

うむ、と頷くと縁側に平突く張った姿勢で一尺とはない、その窓から中を窺った。

……初め、思いもかけない近さで足が見えた。ずっと脛から膝頭、肢の付け根あたりまでで、その上は視野が利かない。言うまでもなく衣類は着けていない。

「はてな?」

人形と思ったのだが、よく見ると生きた人間のようでもある。人間だとすると、裸で立っているということがわからない。この見える脚の具合から判断すると、上半身も裸体である筈だが……

「女だな」

それに、その露(あら)わな二本の脚は、見るからに若々しく、ふっくらとした美しい線だ。人形の物ではない。生きて血が通っている……

「わからねえ」

若さまは立ち上がると頭を横に振った。さっきの生首と同じ疑いに包まれた。この脚も亦、どちらのものなのだろう?

壁の尽きるところで濡れ縁も終っている。ポンと飛び下りると、右へ曲ったが、ここも腰板を打った土蔵作りの壁面が続くだけだ。もう一ツ向う側、つまり、今の掃き出し窓と反対の側へ廻ろうとしたが、その角から、土塀仕立ての中仕切りがあった。

それほど高くもないので、手を掛けると、ひと呼吸、えいッとその上に跨(また)がった。

見ると、荒れてはいるが坪庭の風情を残し萩の花が、白く大きく揺れて咲いている。石灯籠(いしどうろう)が一ツ。それに、知らなかったら、さぞ驚くであろうが、腕や足が十本以上も隅の方に片寄せられてある。元より人形用だ。

だが、その目的の部屋を、ひと目見て、

「まずいな、これア」

と、若さまは言わざるを得なかった。

その部屋だけは、他と棟は続いているのだが、そっくり土蔵なのだ。中央に一間幅の戸前があり、六尺近い高サに小窓が一ツ付いているだけなのだ。まず、外から内部を隙き見することは出来ない。

けれど、若さまは、ひらりと、その萩の庭に飛び降りると、今の戸前に近付いた。ぴたりと耳を寄せる。

……微かな物音が聞こえる。だが、何をしているのかわからない。時々、コトリ、と物を置く音もする。人は居るのだ。

トン、トン、トン!

若さまは、いきなり、その戸を叩いた。強い音だから必ず聞こえたに違いない。それから、大声で訊ねた。

「頼もう!」

だが、何の返事もない。耳を澄ますと、内部の微かな音は依然として続いている。もしや、と戸前に手を掛けたが、案の定、鍵が掛かっていて、びくともしない。完全に訪問者を拒否している。

と、若さまは、大声で、

「おい。おめえンところから持ち出したに違エねえ人形首を、わざわざ持ってきてやったンだ。

受け取らねえか?」

——その時だけ、中の微かな音は、ちょっとやんだようだったが、すぐ又続けられた。

「あの、人形首、いらねえのか?」

やはり、何の返事もない。

「ハッハッハ！　こいつア滅法(めっぽう)にまた振られたもンだ。だがな、ひと言いっとくぜ。あの人形首ッてもなア、只の木偶(でく)じアねえな。人間さまを、どうにかしたもンだな！」

急に、近くの松の木で、又、ひぐらしがけたたましく鳴き出した。それが、まるで返事の代りのようだった。

諦めたか、若さまは歩き出した。全然、ひとり相撲(ずもう)を取ったような形である。

その土蔵部屋と並んで、すこし下がって、又、濡れ縁つづきになり、右側に二部屋。そのはずれが、最初に見た裸女人形が置いてあるところになるのだ。

若さまは、ぐるりと廻って、その部屋の前にくると、あたりを見ていたが、再び、その板戸を開けた。中には、しんと張りぼて女人が前と同じように立っていたが……

「西瓜売りめ……」

ここへ生首を運んで置く筈だったが、何処にも見当らない。忘れたのか。

と、いきなり、若さまは駈け出した。渡り廊下を風のように吹っ飛ンで、本堂を半分まわり、朽ち階段を走り下りたが、

「やれやれ……」

大屋根の水落ちの下に、西瓜売りが、うつ伏せに倒れていた。傷はない。当て身でも食らったのか。

そして、籠の中には、西瓜ばかりが、ゴロゴロしていて、あの生首包は無かった。

四

「いやもう、こないだも話したように、今度は散々な目に会ったよ。大しくじり。ハッハッハ！　元も子もなくしたやつサ」

と、若さま。

例の通り、床柱に軽く背をもたせかけて、右の立て膝。前に膳部を控えて、盃の上げ下ろし。

言うまでもなく、ここは柳橋米沢町、船宿喜仙の大川に沿った二階座敷。

あれから、中二日置いた日の午頃だ。

「いえ、そうでもございませんようで」

と、その前に膝頭を揃えて坐った、御上御用聞き遠州屋小吉は、

「おかげで、何やら、ひろい出せるような塩梅でございます」

と、猟犬のような目付きをした。

「ところで、わかったかな、氏素姓は？」

と、若さまが訊ねると、

「へえ、さっそく、本所柳島村の荒れ寺の方は調べましてございます。あれは本円寺と申しまして、以前は相当な寺格でございましたが、どういうものか、住持が三年目になりますと死にますンで。へえ、そんなことが三度も続きましたンで、みんな厭がって住持のなりてがなく、それで、まア自然、無住になりましたンですが……」

と、小吉は、話し続けて、

「その曰くのある寺へ、どう話をつけましたか住みこんだのが、人形師の松寿軒竜斎という変り者で。人に会うのが、きらいだという男でございます。なんでも、ずっと以前は大公儀お抱えの人形師、京都の雛屋清左衛門の一番弟子だったそうで。左様、もう六十の坂を越しているだろうという年寄で」

「人に会いたがらねえか」

と、若さま。

「へえ。それも仕事をしている時なンざ、親が死のうが雷が落ちようが、見向きもしないそうで。それだけに腕は良い、飛び切り無類だというのが仲間うちの評判で。竜斎の京人形ときたら……これは三ツと数はないと申しますが、もう生きてる女と、まるで変らないと言われて居りまして……」

「ま、名人なんだな」

「左様でございます。けれど、只、ひとつ、竜斎には変なうわさがありまして……」

「変なうわさ?」

「ま、あんまり人形作りが上手なので、妬みからかも知れませんが、竜斎は、時には本物の人間を使うこともある、と、こう……」

「本物の人間？　てエと殺してかからなけれアならねえ勘定だが……それとも、死人を使うか？」

「いえ、これア多分、嘘で」

と、小吉は片付けて置いてから、

「半年ぐらい前からだということでございますが、この竜斎と、もう一人、やはり名人と言われて居ります人形師で竹田男之助、この二人に人形造りの注文がございました。注文主と申しますのが、これがお歴々のお大名衆でございまして……」

「誰だえ？」

「丹波、亀山で五万石、松平日向守さま」

「京人形かえ？」

「いえ、昨年亡くなられました、おひい様で妙姫と申される、お十七とか。この、おひい様そっくりの人形を作れという、へえ、絵師が丹精こめて描きました似顔絵がございまして、それを、お手本に致しまして……」

「未練なことだな。死んだ者は死んだ者」

「いえ、殿さまではございません。奥方さまの方で。もう、お気落がひどくッてお泣きになるばかり。それで、とうとう、せめてよく似た人形でもということになりましたわけで。……何故、二人に注文したかと申しますと、出来のよい方を選ぼうという……」

「腕くらべか。さてさて」

「それでございますから、竜斎も男之助も一生懸命で。日本一の名を取ろうというので習い覚えた流儀の秘伝を尽くして作っているところでございます」

「秘伝を尽くして、か」

と、若さまが、なぞるように言うと、この時、小吉が、ひと膝のり出し、小声になり、

「実は手前、人形師どもを洗って居りますうち、妙なことを耳に致しまして……」

「うむ?」

「お訊ねの竜斎の方ではなく、男之助の方でございますが、これに、年も丁度同じ十七で、おこいという娘がございましたが、これが、この月はなに死にました。ちゃんと、とむらいは出しましたンでございますが、お通夜（つや）の晩とか、草加（そうか）在に居ります娘の乳母（うば）だった者が駈けつけて参り、せめて死に顔に、ひと目合いたいからと頼んだところ、父親の男之助は、一旦、釘を打った棺（ひつぎ）だ。開けるわけにはいかないと、どうしても聞き入れなかったそうで。それで、誰言うとなく、これア、死骸は、そっくり無いのじゃないか、などとこんなことを申して居ります。へえ、生き人形に使うンだろう、と……」

五

「何を手間どって……」

とうとう、小吉は待ちくたびれて呟いた。

あれから小半刻経った後だ。ここは、甚内橋に近い猿屋町にある、一代の人形師、竹田男之助の家である。

若さまと小吉の二人は、この掘割に沿った二階座敷に案内されたまま、もう、だいぶ長い間、麦茶一杯で待たされている。

だが、若さまの方は床柱に靠りかかって目をつむっている。眠っているらしい。

小吉は退屈しきって、窓から下の掘割やら向う側の町筋、物売りなどを、ぼんやり眺めていると、ふいに若さまが、

「親分。向う側の通りを一人、往ったり来たりしている閑人が一人いるだろう」

「ヘッ？」驚いて見直して、「あ、あれで……まだ、わかい男が……？」

「のっぺりした面付きの奴だ。こっちが気が付いたと気付かれねえようにしろよ」

と、ややこしいことを言う。

「へえ」

小吉は、若さまの狸寝入りに、改めて感心したりした。

と、襖が開いて、男之助が、弟子の一人の肩に摑りながら、蹌踉とした足どりで入ってきた。

五十前後か。痩せこけて、目ばかり、ぎょろりと光り、血の気のまるでない顔色である。折れるように、ぺたッと坐ると、

「お待たせ致しました。折悪しく病臥中でございましたので」

「ずッと悪いのかえ？」若さまが、「それとも人形首が失くなってからかえ？」

「えッ、よくご存じで」

ぎょろッと瞳を烈しく動かし男之助は、

「仰せの通り、人形首が失くなりましてから、どッと寝つき……あれこそは手前が精魂傾けて作りました物。一世一代の細工。もう二ツとは作れない、かけがえのない首でございます。手前、竹田男之助、命も同様で」

「そうだろうな。あの頰ッぺたなンざ、つるッとして、まるで人肌だアな」

「えッ、お前さまは、あの、触わられたので、あの首に？」

だが、その問いには答えず、若さまは逆にこう訊ねた。

「あれア、どうして、美事な物。とても張りぼてたア思えねえ。そそっかしいのが見れア人間さまの生首そのまンま。だがなア、そのままとあっちアうるせえことになる。一体あれアどっちなんだ、細工物か本物か？」

はッとして表情を強く動かしたが、男之助は、うつ向いてしまった。即答を避けたので小吉は御用聞き意識を働かす。

すると、人形師が、予想に反して、静かな口調でこう言った。

「よく、そこまで見ていただきました。男之助、心底から御礼申し上げます。実は、細工物で本物でございます。どちらでもなく、どちらとも申せましょう」

「ハッハッハ！　こいつアわからなくなった。細工物で本物でと？」

「左様でございます。今さら隠しましても詮なきこと。みんな申し上げてしまいましょう。実は、手前娘おこいい、これが今月三日に死にましてございます。それが息を引き取る間際に、このように申しました。……おとッつぁん、今度の松平さまへお納めするお人形作りは、竹田の家の一大事。それに相手の松寿軒竜斎というお人は、南蛮渡りの邪法を使うとやらで油断は出来ませぬ。それ故、今度こそは、竹田の家に伝わる秘術をお用い下さい……と、かように」

「秘術、話してもらえるかな？」

　若さまが、好奇心を、まる出しにして言うと、人形師は、むしろ淡々と、

「はい。お話申し上げましょう。松平さまからお下げ渡しの、おひい様絵姿を拝見致してますと、如何なる前世の宿縁と申しますか、娘おこいいと瓜二ツ。ま、願ったり叶ったりと申しますか。それに娘も自分から進んで言うことでもあり、竹田、家伝の秘術を使うことに致しました」

　聞く方は、思わず緊張した。

「……可哀想ではございましたが、死顔の皮を破らぬように薄く剝ぎ取り、艶が失せぬよう、これも秘伝の薬液に浸し、それを人形首に皺立ちませぬように張りつけるのでございますが、この細工が一番むずかしく……犬猫の皮で稽古は致しますが、人間の皮を使いますことは、生涯、何度もあるというものでございませんし……」

「ふむ」

　と、若さまは唸るように頷いた。

「その次ぎが眼でございます。死顔より、傷つけぬよう両眼を抉(え)ぐり取りまして、同じく薬液に浸し、これを人形首に塡(は)めこみ……これで、正真正銘の生き人形が出来上るのでございます」

「よくわかった。なるほど、そう聞けア細工物で本物」

と、若さま。

——それで娘の死顔を乳母に見せなかったのだな、と、小吉は、これくらいなら、当の娘の遺言でもあり、まア罪にはならないなと判断した。

「全く、それほどの代物を盗まれたとあっちア病みつくのも道理」

と、同情を表してから、若さまは、

「ところで、その、ぬすっと、まるで心当りはつかねえのか？」

「いえ、心当りないわけではございませんが……これという証拠もありませぬのに、人の名をあげるのも如何(いかが)かと思われますが、多分は、人を使って、松寿軒竜斎あたりが盗ったものではないかと……？」

するとと、若さまが、

「年の頃三十七、八、洗いざらしの茶ッけた着もんを着て、ひどく赤ら顔、なんでも右の目の下に大きな黒子(ほくろ)があるッて男を知らねえか？」

と、言うと、男之助とその弟子の二人は、はっと顔を見合わせたが、すぐ、

「そ、それア梶之進(かじのしん)で！　弟子でござンしたが昨年、破門して縁を切った男で！」

と、人形師は叫ぶように言った。

六

「破門したか。梶之進とやら、どんな不始末を、しでかしたンだえ?」

と、若さまが訊ねると、

「はい。あれは幼少の折から、わたくし、手塩にかけた者でございまして、筋もよく、覚えも早く、よい弟子を持ったものよと喜んで居りましたところ、二十過ぎた頃から酒の味を覚え……」

――小吉は、ちらりと見たが、若さまは澄ましている。

「それも、酔いますと酒乱と申しますか、まるで前後を弁えず暴れ狂いまして……度たび意見致しましたが、当座は慎んで居りますものの直ぐ元の木阿弥。そのうち、飲み代に事欠くとみえ、手前どもの物を持ち出しまして……衣類やなんぞでございましたら、まア小言の一ツで済みましたが、とうとう、手前の作りました人形を持ち出し、それも、法外の安値で売りましたので、もう我慢出来なくなりました。竹田男之助の名が廃ります」

「女出入りはなかったのかえ?」

「はい。そちらは……」

ちょッと、喋るのを、ためらっていたようだが、人形師は、

「これは、女出入りと申すことか、どうかわかりませぬが、娘のおこい、あれが生まれました

時、その時分は未だ実直に仕事に精を出して居りました梶之進に、行くゆくは、お前に、竹田の家の後目は継いでもらう気だ、ついては、未だ先きの話だが、すこし年が違い過ぎるようだが、おこいと夫婦になってくれと申しますと、梶之進は大層喜びまして」

すこし黙っていたが、

「今から思いますと、これが不可なかったのでございましょう。つまり、梶之進は、すっかり慢心してしまいまして、それに酒が手伝いまして、人間が変ってしまいました。はい。破門を致しましたくらいですから、元より娘とも破談になり……」

「代りは居ねえのかえ?」

と、若さま。

「いえ、居ります。梶之進と比べますと、年季も短かく腕も数段落ちますが、まアまアこれから先き、十年もしたら、どうやらものになるだろう、と、庄之助という弟子と、娘を媒合すことに致しましたが……」

と、ここまで綿々と話してきてから、男之助は、さっきから気になって仕方のないことを逆に訊ねた。

「あの、お武家さまは、手前の人形首を、何処でご覧になりましたので?」

「今までの話で、大概、様子が知れたよ」

と、言ったが、若さまは次ぎに、

「さアて? どうもこれア、肝心かなめのところが一本抜けてるようだ」

と、相手構わず自分ひとりで、疑問について考えこむ。男之助は、もどかしく、もう一度同じことを訊ねた。

「人形首を、何処で、あのウ？」

それで、小吉が代って話した。西瓜売りの籠から、片袖で包んだ首が落ちたこと。その籠へ首を放りこんだ男は姿恰好から、破門された弟子の梶之進らしいこと。その場所が、松寿軒竜斎が住んでいる破れ寺の土塀の前。最後に、西瓜売りがやられて首が無いこと。

なるほど、いかにも……と、熱心に受け答えしていた男之助は、聞き終ると、

「どうも、今のお話で合点いかないのは、盗んで、そこまで持っていきながら、梶之進が、その人形首を、目と鼻の先きにいる竜斎に渡さずに、西瓜の籠へなぞ入れた……これがわからない。どういう料簡（りょうけん）なンでございましょう、梶之進は？」

「そうだろう、そこが奇妙サ」

と、若さまが、

「もう一ツ。西瓜売りをやッつけて、首を持ってッた奴なんだが？」

「それアもう、竜斎でございます！」

何を今更と言った表情で、男之助は、小吉の方を向くと、せきこんだ口調で、

「親分さん。まことにお手数で恐れ入りますが、これから直ぐ、その本円寺とやらの竜斎のところへ、ご一緒に行ってはいただけませんでしょうか」

「人形首を取り返すのか」

「はい。元々手前の物でございます。取り返すのに誰に遠慮もございません。破門した弟子などを使って相手のものを盗むなど、同稼業ながら見下げ果てた奴、うんと糾明してやらぬことには腹の虫が癒えませせぬ」

「行ってみよう」

若さまの方が先きに言うと立ち上がった。小吉は出しなに、窓から向う通りを見たが、もう、さっきの男は居なかった。

七

三梃の町駕籠で、弟子が一人付き添って、猿屋町の竹田の家から本所柳島へ向う。両国橋（りょうごくばし）を渡ると回向院（えこういん）から、お竹蔵（たけぐら）の裏へ出て、南割下水（みなみわりげすい）を横川（よこかわ）の畔（あぜ）まで行って、左へ法恩寺橋を渡る。

今度は、本円寺の山門から入る。敷石を余すばかりで一面の雑草である。夏の日も漸く（ようや）暮れて、昨日のように、日ぐらし蟬（ぜみ）が、かん高い声で鳴く。

と、本堂の方へ向って歩いていた、若さまが、ふっと立ちどまると、

「親分、あれを見ろ」

指さされて、右側の低い生垣越しに、ずっと奥へ拡がる墓場を見て、小吉は、

「これアどうも、ひどい荒れようで。無住だから仕方がないようなものの……墓石なンざ倒れ

ッぱなしで。これじア仏ア浮ばれません」

と、さすがに呆れ返ったが、

「いいか、あの土をよく見な。他と違って草が生えてねえ。墓石ア倒れたンじゃなくって、どけたンだな」

と、言われて、はっと気が付いた。

すると、飛び石づたいに若さまは、もう墓場の方へ行くので、小吉もすぐ後から続く。弟子に扶けられながらついてきた、男之助も同じく曲る。

「掘り起こしたな、これア」

新しい土の縁に立って若さまが言うと、

「墓場荒らしでござンすね」

と、言いながら小吉は、ぐるりと四辺を見廻したが、けたたましい口調で叫んだ。

「あ、これア、ここばかりじアねえ。あっちにも、こっちにも！」

「四ツ、五ツ、六ツ……」

伸び上がったりしながら、若さまは、掘り返された墓の勘定をする。

「飛ンでもねえ真似しやがッて！」

死者に代って小吉が憤慨した時、何のつもりか、それまで、倒れている墓石を丹念に見廻っていた男之助が、すこし慄え声で、

「親分さん。もしやと思いましたが、やっぱり、この仏さま達のご命日は、みんな三年ばかり

経ったところで、それも若死らしい女のものが多く……」

「三年ばかり前?……それが?」

よく、相手の言ってることがわからないので、小吉が訊き直すと、男之助は、

「親分さんもご承知のように、この辺、本所から深川へかけましては、水気の多い地面でございます」

「よく水の出るところだ」

「こういう土地に死骸を埋めますと、脂の多い身体は、水と溶け合いまして、それなりに死蠟(しろう)となることが間々ございます。はい、木乃伊(ミイラ)のようなもので。その死蠟になりますのが、三年ぐらいのところで」

「そうか!」

小吉は初めて理解した。

「それで、人形を作ろうッて算段か」

「この、墓を発(あば)き立てました者は、松寿軒竜斎に相違ございません。きっと、若い女の死蠟に南蛮わたりの秘薬、ミルラアと申す香油を塗りこめ、生き人形を作って居るのでございましょう」

「なるほど。それで読めた。こんな薄ッ気味の悪い、曰く付きの寺へわざわざ住みこんだ魂胆が。死蠟を手に入れる為か」

「左様でございましょう」

すると、若さまが、

「そうかえ。てエと、わしが掃き出し窓から見た女の脚は、それだッたか」

そして歩き出したが、小吉の耳もとへ、ひそひそ声で、

「さっきの野郎が、ちらちらしてるから」

「えッ？」

思わず、きょときょととすると、

「これ、前を向け。気（け）どられるぞ」

「つかまえましたら？」

「未だ早い。考えがある。なんと出る気かもうすこし放して置こう。それに、竜斎の方が、今のところ先口（せんくち）だ」

それから本堂の階段を登り、ぐるりと縁を左へ渡り廊下へかかったのだが、

「あッ、血だ！」

と、小吉は床板を指さして叫んだ。よく見ると未だ新しく生々しい。

と、若さまは、すっと大股で進むと、がらり右側の板戸を開ける。もう薄暗くなった内部に、あの西瓜売りを驚ろかせた、からくり人形たちが、しんと裸形を並べて立っていたが……

「おッ？」

今日は、隣りの部屋（そこが、あの土蔵に当るのだ）との間の戸が開けっ放しになっていて、そこから、ううむと苦しげに唸る声が聞こえてくるのだった。

小吉は、すぐ飛びこんだ。

奇怪な異臭が烈しく鼻孔を襲ったが、それよりも、呆ッけに取られたことは、その部屋の中が狼藉を極めていたことだ。目に付く、あらゆる物が、ぶちこわされていた。人形らしい物は、こなごなに砕かれ散乱していた。

その乱雑の床に、男が一人、うつ伏せに倒れていた。脇腹を深く抉ぐられ、溢れて血溜りを作っていたが、未だ息があると見ると、小吉は抱き起こして怒鳴った。

「これッ、しっかりしろ！」

その起こされた顔を、ひと目見るや、男之助が大声で叫んだ。

「あッ、梶之進！　お前か？」

破門された弟子である。と、その声を、やっと聞きつけたか、断末魔の梶之進は、もう見えぬ目ながら、とぎれとぎれに、

「ああ、お師匠さん、首は、見つかりましたか。あっしア竜斎から取り返そうと、ここへきて……留守なんで、事の次手と奴の人形を叩きこわし……竜斎が戻ってきて、いきなり横ッ腹を……し、師匠、長い間、お世話ンなり、成りッぱなしで死ぬなア……か、首は見つかりました、かア……」

「梶之進！」

男之助は、破門した弟子の手を、固く握った。すぐ、息が絶えた。

気が付くと、四辺は、もう暗かった。

八

……暗くなった夜道を、来た時と同じように三梃の町駕籠は戻っていった。違っているのは、小吉が歩いていたことだ。梶之進の亡骸を運ぶためだった。

と、二、三町も来た頃であろうか。町角を駕籠が曲って、すこし経つと、その角へ、ひっそりと若さまと小吉の二人が、闇を縫いながら戻ってきたものだ。

「ひどく用心してるようで」

「未だ、あすこに佇ってる……あ、やっと歩き出した……いくか」

二人は、自分たちを尾けてきた者を、今度は逆に尾け初めたのだ。夜道なので、この尾行は割りに楽だ。それに相手は全然気付かないようだ。一度も振り向かない。

その黒影は、やがて又、荒れ寺へ戻ってきた。だが、渡り廊下の方へは行かず、本堂を右へ曲りこんで、その先き、墓場の傍に建つ小さな念仏堂へ消えこんだ。

見て居ると、小暗く灯が点いた。

二人は跫音を忍ばせて近寄った。これも荒れ放題なので、羽目板の破れ目から小吉は中を窺ったが、思わず声を出すところだった。

……台の上に手燭が置かれ、その仄かな揺れやすい灯に、茫と、並んで置いてある女の生首が浮び上がって見えた。灯が揺れるためか、影が動いて、その首は生あるもののように唇は、ものを語るかに見えた。

その前に、一人、二十四、五の、のっぺりとした感じの男が座っていたが、あ、先刻、向う通りに見張っていた奴だと気が付いた。

だが、小吉を驚ろかせたことは、その男が生首に向って、しきりに掻き口説いている様子だった。涙さえ、沁々と流しながら、

「おこいさん、おこいさん！　こうして会ってれア、もう、どうなってもいい！　おこいさん、おれの女房のおこいさん！」

そして、生首の頬を撫ぜさすり、両手で捧げるように持つと、ひしと、我が唇と合わせるのだった。死生を超えた恋ながら、鬼気迫るものが感じられた。

と、若さまが、狐格子を、がらりと開けると入っていった。驚いて振り向く男に、

「おめえ、庄之助だな。竹田の弟子で、娘のおこいの亭主になる筈の？」

「はい」

庄之助は、観念したか頭を下げた。

「それでわかったよ。人形首を盗み出して置きながら、西瓜売りや、わしを出しに使って、さも梶之進の仕業のように見せ……ところで、おめえは強ち竜斎に渡す気でもなかったンだな。おこい恋いしさはわかったが、はて、竜斎ッてえなア、どうした？」

「竜斎どのは……」

庄之助は、案外、静かな口調で言った。

「既にこの世の人ではなく、かれこれ十日前に、誰にも看取られず、一人で、ぽっくり死にました。手前が、竜斎どのが掘り返した墓場へ埋めて上げました。……手前は、その竜斎どのの死蠟人形が欲しく、なんとかして手に入れようと、この寺廻りを毎日うろつきまして……はい、申すまでもなく、この、おこいさんの首と継ぐ考えでございます。ところが、竜斎どのが頓死しましたので、これ幸と後へ入り、死蠟人形を細工していたところへ、うっかり手前が居ない折、梶之進どのが来て、その大事な人形を壊しているので、思わず、かッとなり、顔を隠して、竜斎の細工を邪魔するかと言って突き刺しました。梶之進どの初め皆さんは、ですから下手人は竜斎どのと考えられました」

「うっかり引っかかるところだった」

と、小吉が言った時だ。

「あッ、しまった！」という若さまの声と、「う、うむ！」と絶叫するのが一度に起こった。

庄之助は、懐中していた短刀で、わが咽喉を掻き切った。頸動脈を斬ったので、ぴゅッと鮮血が勢いよく、ほとばしって、その生き血が、おこい人形の首に、しぶきかかった。

小吉は、はッと息を呑んだ。

生首は、恋人の血を浴びて赤く、その唇は微笑するかに見えた。

友二郎幽霊

一

「あ、この家でござンしょう」

と、船頭の藤吉は、漆を流したような五月闇を、透すように見ながら、

「ほら、土蔵がありますぜ」

と、指さした。

「そうだね。ここらしいけど……それにしても……」

灯ひとつ見えない家に、おちがは、すこし躊躇していたが、それじゃア船でお待ちして居りやすからと藤吉に行かれてしまうと、思い切ってその家の木戸を押して入った。

ぐるりと大きく左へ廻りこんだ角に、恋人の友二郎が待っている土蔵がある。近づくと戸前から、ぼんやり灯が洩れている。

もう、来て居るのだ、とおちがは、いそいそと足を早めたのだが、戸前のところで、灯が、ふッと揺れて消えた。

「あれッ」

立ちどまると、土蔵の中から、

「おちがさんかえ？」

「ま、友二郎さん！」

声を頼りに入ると、両手を突き出し泳ぐような恰好で、

「灯が消えたンで、なんにも見えやしないよ、何処(どこ)なの」

「ここだよ。ここに居るよ。まアいいからそこへ、お坐(すわ)りな」

と、男の声は意外に近いところから聞こえてきた。続けて、

「よく来ておくれだね、遠いところを」

と、何故か、しみじみとした口調で言う。

「おや、いやですねえ。堀江町(ほりえちょう)からここまで、そんなに遠いッてもんじゃアありゃアしませんよ。でも、又、選(よ)りによって妙なところへ呼んだものですねえ。いくら人目を忍ぶ間柄とは言いながら……」

と、にじり寄ると、男の膝(ひざ)に手を掛けようとしたのだが、相手は僅(わず)かに避けると、

「もう、こういうところで会うより他に仕方がないのだ」

悲しそうに言う。

「それじゃア、あたし達の仲が知れたとでも言うのかえ？」

「…………」

黙っている。

「知れるわけはないンだけれど。友二郎さんは元来、気が弱いから、すこしのことでもビクビ

クするンだねえ。さア、そんな詰らないことを気に病むより、こうして久しぶりの逢瀬なンだから……」

思い切って近寄ると、

「暗くッて、顔がお互い見えないのが困るねえ。その代り、思いきり抱いてやっておくンなさいよ、ねえ」

と、男の手を握りかけたのだが、おちがは途端に叫んだ。

「まッ、冷たい！」

「冷たいかえ？」

「どうしたンだえ、お前さん？　どこか身体でも悪いのかい？」

「もう、いけないンだよ、おちがさん」

「おや、さっぱり知らなかった。病気だったのかえ」

「おちがさん」

「えッ？」

「わたしゃアね。わたしゃア殺されたンだよ」

「なんだッて？」

おちがは相手の云う意味がよくのみこめなかった。それで、重ねて訊ねた。

「殺されたッて、誰が殺されたのさ？」

「わたしだよ。この友二郎が殺されたンだよ、人手に掛かって……」

「えッ？　それじゃア、それじゃア？」

おちがは、次ぎに口の端まで出かかった言葉を、恐怖の為にのみこむと喘(あえ)ぐように、

「お前さんは、あの、生きた人間じゃアないというのかえ？」

と、まわりくどい云い方をした。

「そうなンだよ。友二郎の幽霊なンだよ」

「…………」

おちがは歯の根が、ガクガクと合わなかった。身体中が痛いほど硬張ってしまった。

「幽霊だからって、なにも、そうこわがることはないよ。なんにもしやアしないから。只ね。あたしゃアこのまま死んでしまうのは、どう考えても口惜(くや)しいし、それに、お前さんの身の上も心配だから……」

「だ、誰に、殺されたンだえ？」

おちがは、やっとの思いで訊ねた。

「お前さんの御亭主、四郎兵衛(しろうべえ)にだよ。それからなア、これだけは教えて上げておくがねえ。四郎兵衛は、今度はお前さんを殺そうとしているよ。用心するがいい」

「それじゃア、わかッちまったンだね、旦那にみんな……」

「もっと深いわけがあるンだよ。四郎兵衛は、三人組の二人の仲間、伊之助(いのすけ)とこの友二郎の二人とも殺したわけだ」

「まア！」

「わたしはなア……」

幽霊は、地の底から呼びかけるような、いよいよ悲し気な細い声になると、

「この家で殺されたンだよ！」

「え、こ、ここで！」

と、言うや否や、おちがはもう、どうにも我慢できなかった。弾かれたように土蔵から転がり出ると、無我夢中で外へ駈けだし、待たせてあった船へ戻ってきたが、そこで気絶してしまった。

「お内儀さん、お内儀さん」

船頭の藤吉の介抱で、やっと息を吹き返した。

二

「……へえ、まアこんな塩梅で……」

と、御上御用聞き、遠州屋小吉は、揃えて坐った膝がしらなどを撫でながら、

「幽霊が下手人を名指したというわけでございます」

と、話を一応締めくくった。

「まア！　幽霊ッて、やっぱりあるものなんですねえ」

それから、

「若さま」

と、まじまじと聞き入っていた当船宿の一人娘おいとが、相手にも同意を求めるように呼びかけた。

その若さまは、床柱へ背を軽くもたせかけて右の立て膝。前に膳部を控えて、これは時なしのだらだら酒。

ここは言うまでもなく柳橋米沢町、船宿喜仙の大川に沿った二階座敷。川開き（旧暦五月二十八日）が明日という、もうそろそろ暑い頃だ。窓の小障子を一杯に開けて、せいぜい川風を吹き通す。

「ハッハッハ！」

若さまが、

「そんな幽霊ばかりだと、親分、楽が出来ていいな」

と、下らないことを言う。

「ヘッヘッヘ」

小吉は、お愛想笑いで受けると、

「それでしたら、おっしゃる通り手がはぶけまして、まことによろしいンでございますが……それが、この友二郎幽霊、どう間違えましたものか、却ってそのウ、話が一段と、こんがらがりまして」

「あらッ？」

おいとが先きまわりして、

「その旦那さんが下手人じゃアなかったンですか、親分さん？」

「実は、そこがそのウ、なんとも言い切れねえことになりまして、又ぞろ、若さまのお知恵を拝借したいと、ヘッヘッヘ」

と、それが癖の、左手で盆の窪など、ちょいとかきながら、

「亭主の四郎兵衛が下手人なら、なにしろ女房を寝取られた男でございますから、これはもう、ちゃんと筋が立ちますンですが、そこに、別に、妙なことが挟まり……」

と、言い続けたが首をひねると、半分は独り言のような調子になって、

「待てよ。とは言うものの、こりゃアやっぱり四郎兵衛かな？」

と、腕を組んでしまった。

「ハッハッハ！　どうやら一向に埒があかねえようだ。親分。ひとつ持ち駒をみんな、ずらッと並べてみてくれ」

若さまが、盃をおいて註文すると、

「へえ。畏まりました。只今……」

小吉は、居ずまいを直すと、

「堀江町四丁目、思案橋の近くで河岸ッぷち、和泉屋という回船問屋がございます。四郎兵衛はここの亭主で四十五とか六、おちがと申しますのは、そこの女房で二十七ですか。へえ、これは妾でございましたが、本妻が先年亡くなりましたんで後釜に直りましたもの」

と、人物の紹介をすると次ぎに、

「この、おちがと申す女が飛んだ尻軽ものでございます。もともと、ご当所、両国橋袂の水茶屋女。若い頃から浮いたうわさの絶えたことがないという……ヘッヘッヘ」

ちらッと、おいとの方など見ながら、

「幽霊になって出ました友二郎と言いますのは、日本橋通四丁目で唐物屋、中徳の伜でございます。もっとも先代は先年、流行り病いで死んで居りますから友二郎が当主ではございますが。へえ、まだ三十前……八か九でございましょう」

それから、口調を変えて、

「この中徳の先代、太兵衛と、四郎兵衛は大層仲がよろしかったそうで。上方からの荷まわしや何かで親しくなった模様でございます。この二人にもう一人……」

小吉は右の人差指など立てると、

「深川、油堀で材木問屋、川庄の先代利右衛門とも四郎兵衛は、もう親類同様の交際だったと申します。先刻、友二郎の幽霊ばなしに、ちょいと名前が出ました、伊之助と言いますのは、この川床の伜でございます」

それから、人物を整理するように、

「回船問屋の四郎兵衛、唐物屋太兵衛、それと材木問屋の利右衛門の三人が、世間から三人組と言われるほど仲がよろしくッて、まアお互い持ちつ持たれつ、うまい商いをして居りましたようでございます。ところが、太兵衛と利右衛門の両名は死にまして、その伜たち友二郎と伊之助の代になりましたンですが……それですから、まア、四郎兵衛は二人にとっては伯父さんのようなものでございましょう」

「わかった」

若さまが、大きく頷(うなず)くと、

「その伯父さんのような四郎兵衛の妾上りの女房に手を出して、友二郎は、四郎兵衛に殺されたというンだな」

「へえ。幽霊はそう申すンでございますが……ここが、すこし腑に落ちねえところもございまして」

と、小吉は又もや首をひねるのだった。

三

「一体、恐れながらと訴え出たなア誰なンだな？」

若さまが、

「まさか、友二郎幽霊じゃアあるめえ」

「へえ。これは、女房おちがの弟で政吉(まさきち)という大工でございます。おちがは何しろ、亭主に間男一件が露(ば)れたンでございますから、もう家に居たたまれず、その足ですぐ弟の住んで居ります神田松枝町(かんだまつえだちょう)へ逃げこみ……」

「ハッハッハ！　さアて、逃げてよかったか、どうか」

「ヘッ？」

と、小吉は妙な顔をしたが、すぐ自分の話を続け、

「政吉から話を聞きましたンで、放ッても置かれず、手前、さっそく出向きましたンでございますが、場所は、深川、仙台堀。伊勢崎町の空家で。なんでも、その家は借金のカタに四郎兵衛が取ったものだそうで、当時、無人」

「あの……？」

おいとが、

「やっぱり、殺されていたンですか、その友二郎さんは？」

と、又先きまわりして訊ねた。

「へえ。確かに、友二郎、殺されて居りました」

「まア！　じゃア、幽霊、本当なンですね」

「二間続きの座敷で、それがもう大変な血だらけ。友二郎は縁側寄りに、うつ伏せに死んで居りましたが、検べてみますと、身体中に受けた傷が十一箇所……」

「さからッたわけだな、手ひどく」

若さまが云うと、

「左様でございます。衣類などは、袖は千切れ、帯は、ほどけ……あれは余程、手向ったものでございましょう。へえ、多分匕首を使った模様で」

「人殺し、心得がないと見えるな」

と、とンだことを云う。

「その通りで。唐紙へも二三度ぶつかった様子で大きく裂け……どうも、大変な立ち廻りをやったと見えます」

「憎いンですねえ、間男されたのが」

とおいとが云うと、

「ところが、ここが難しいところになるンでございますが、その前の晩、つまり友二郎が家を空(あ)けた晩、四郎兵衛は夕方から、お通夜(つや)に出かけているのでございます」

「確かかえ」

若さまが念を押すと、

「へえ。これはもう確かで。行った先きが、自分の家から、そんなに遠くもない小舟町(こぶなちょう)一丁目で、傘問屋、大橋(おおはし)という店で。ここの亭主がその夕方、ポックリ卒中で死にましたンで、遠い親類筋になるそうで四郎兵衛は、供を一人連れて、ずっと翌朝まで通夜をして居りました。へえ、集まった連中も大勢おりますことで」

——つまり、立派なアリバイがあるというわけだ。

「まア！　すると、幽霊が云ったことは、嘘なんですか」

おいとが、簡単にきめてかかると、

「ヘッヘッへ。ここンところの兼ね合いが難しいンでして……」

云いながら、助力を求めるように若さまを見ると、

「親分。おちがは、全体、誰に知らされて仙台堀へなんぞ夜(よる)よ中出かけたんだ？　迎えにきたのも幽的かえ？」

「いえ、これは……」

小吉は、口早に、

「うっかり申し忘れましたが、このいきさつが又、薄ッ気味が悪うございまして……」

「えッ？」

おいとが、思わず眼を丸くする。

「先ほど、お話の中に出ました船頭で藤吉。湊橋(みなとばし)わきの船宿、鍵茂(かぎしげ)の若いもんですが、これが、夕方、そっとやって来て、おちがに友二郎からの文(ふみ)だと言って渡したンだそうでございます。この船宿鍵茂は、これまでも、二人が、ちょいちょい逢引宿に使っていたところだそうで。その文に、今夜、仙台堀まで来てくれと書いてあったと申します。ところがその文が……」

と、続けて喋ろうとするのを、若さまは遮(さえぎ)って、

「船頭の藤吉は、その文を誰から渡されたンだえ？　友二郎からかえ？」

と、訊ねた。

「へえ。ここは手前も訊ねましたンで。すると、友二郎の家、中徳の婆やで、おいねと言う年寄りからだというンで」

小吉は、ちょっと息を切ると、

「ところが、若さま。このおいねという婆さんは半月ばかり前に死んでいるのでございます」

「まア！」

おいとが、手放しで驚く。

捜査の線は、ここで切れることになる。

「藤吉は、早い話、幽霊から手紙を渡されたことになりますンですが……」

と、小吉は、話を進めて、

「これは疑えば疑えるンで、藤吉は、もともと、おいねという婆さんを知らないンでございます。初めて会った婆さんから、中徳の旦那からと渡されただけですから、こりゃア誰かが騙(かた)ったものでございましょう」

と、解釈してから次ぎに、今度は、すこし声を低くすると、

「薄ッ気味が悪いと申しますのは、実はこの婆さんの方じゃアなく、その手紙の方なんでございます」

「なるほど、幽霊が書いたということになるが……」

と、若さまが頷くと、

「いえ、あの……どうもそうらしいので」

と、小吉はまごついた返事をしてから、

「おちがは後になって気がつき、一遍にこわくなりまして、帯の間から取り出すと焼き捨てようとしたンでございますが、弟の政吉が、幽霊の手紙とは珍らしい、どれどれ見せてくれとい

うわけで、これを拡げて見たンでございますが、あッと驚きました。へえ、白ッ紙で。一字も書いちアありませんので」

「まッ！」

おいとは何となく坐り方を変えたりした。

「確かに書いてありましたンで、ですから、おちがは、わざわざ出かけた始末ですし、それに、船頭の藤吉も道案内の格で読んだと申します。それが白ッ紙で！」

すると、

「どォれ」

若さまが立ち上がった。

「聞いたところじゃア、だいぶ入り組んでるようだが……幽霊が面白い」

そして、大小を手挟む。

「もう御出馬で。これは、どうも恐れ入ります」

「お歴々を、ひと廻りしてこよう」

四

薬研堀から浜町の方へ、若さまと小吉は、なるべく日蔭を縫って歩いていく。西へまわって日ざしは余計、カッと暑い。今からこれでは、今年の夏が思いやられる……

「もう一人、まだ聞かなかったが……」

暑いというのに相変らずのふところ手、歩きながら若さまは、

「材木屋の伜で伊之助ッて言うなア、どんなことになってるンだえ？　友二郎幽霊の話だと、これも四郎兵衛に殺されたッてことだが？」

と、訊ねた。

「へえ。これは昨年のこと、海へ陥って溺れ死に致しましたンで」

「海で、溺れた？」

「四郎兵衛の持ち船から落ッこちて死にましたンで、まア、強いてこじつけてみれば、四郎兵衛に殺されたということにもなりましょうが」

と、小吉の話すところに依れば——

材木の買い出しで一昨年の暮れ近くから紀州へ行っていた伊之助は、その戻り、丁度、大阪表から江戸へ帰る四郎兵衛の船に、これ幸いと乗りこんだ。

ところが、遠州灘で大しけを食らい、船は何度か沈みそうな目に会った。そのため、荷物を海へ投げ入れたりして、やっとのことで虎口を脱したのだが、その折、伊之助は波に掠われてしまった。

「ふむ。こいつァいよいよ入り組んできたが……何処かに一本、ぴいんと張った筋がありそうだ？」

と、若さまは、自分へ向って云うように呟いた。それから口を利かない。時々、立ちどまっ

たりする。考えているのだろう。

　……何時か、浜町から親爺橋。

「なにしろ、どうも……」

　小吉は相手に助言のつもりで、

「この友二郎の幽霊というのが厄介もんでございます。手が氷のように冷たかったり、手紙の字が消えてなくなったり……」

「ハッハッハ！　親分。実はそこが、こっちの付け目でもあるんだが」

「へえ？」

　合点のいかない顔になったが、気がついて小吉は指さすと、

「あの店が四郎兵衛の和泉屋で。へえ、今、人が大勢ゴタゴタしておりますが……はてね？　何を騒いでやがる」

　と、不審がりながら近づくと、

「あ、親分さん。又、飛んでもないことが起こりまして」

　と、番頭の一人が目敏く見つけて、こんな挨拶をした。

「どうしたンだ？　今度は四郎兵衛が幽霊に威かされたか？」

「いえ。ヘッヘッヘ。いえね。店で一番古い船頭の長右衛門さんが川へ落ちて死にましたンで。今、人の知らせで土左衛門になったのを運びこんできたところで」

　すると、若さまが脇から、

「船頭が土左衛門になっちゃア、商売になるめえ」

などと、余計な口出しをする。

「ヘッヘッヘ。おっしゃる通りで。全体、どういう間拍子のものですか……」

と、その番頭が話したところに依ると、この長右衛門というのは子供の時から大の釣好き。暇さえあれば竿を肩に出かける。今日も朝早くから一人で小舟を操り、大川筋へ漕ぎ出していった。それが、中洲のあたりに土左衛門になって上がり、舟は行くえ知れず。

「丁度、来合わせたもンだ。仏を拝もう」

と、小吉は若さま共々、店の土間へ入ってみると、そこに水浸しになった衣類のまま五十恰好の骨組のがっちりした長右衛門の水死体が横たえてある。

傍へ、しゃがんで見ていた小吉が、

「一向、水ぶくれしてねえようだが？」

と、小首を傾けると、若さまが、

「親分。咽喉ッ頸を見るがいい。そりゃア絞め上げてから川へ放りこんだものだ」

と、言った。

「へえ、殺されたンで、長右衛門は？」

その時、別な声が、こう叫んだものだ。亭主の四郎兵衛である。ずんぐりと肥った猪首の赤ら顔。不敵な面構えである。

「心当りはねえか、下手人の」

小吉が訊くと、

「いえ、さっぱり」

と、亭主は慌てて答えた。と、若さまが、

「親分こいつアやっぱり友二郎の幽霊の仕業だぜ」

と、いうと、四郎兵衛が、

「あの中徳の友二郎。あいつアなんだッて手前を、しつッこく怨むのか、わけがわかりませんので。聞けば手前の女房おちがと乳くり合っていたのが知れて、手前に殺されたと幽霊にまで化けて出ていったそうですが、いやもうとンでもない迷惑」

憤慨に堪えないという表情で、

「手前は、この命を棒に振ってまで、おちがなんぞを惜しがりゃア致しません。友二郎がもし本気に惚れたもんなら、あんな浮気女、綺麗に熨斗をつけて呉れてやりまさア」

「そうかい」

若さまは軽く受けると、

「ところで、友二郎の他に、おめえを怨んでる奴の心当りはねえか？」

と、これは鋭く訊ねた。

「へッ。そりゃアまア……あるといえばあるような……人間、誰しも敵のない者は居ないんでござんしょうから」

「まア、そんなもんだが……中でも怨んでる筆頭人が一人ぐれエ居るだろう？」

「へえ。そうおっしゃればいるかも知れませんが、それはもう済んだ話で」

「いや、済まねえから、こんなことが起こるのさ、船頭の長右衛門が殺されたのも、わしの推量じゃアその見当だと考えるが？」

「……」

四郎兵衛は黙ってしまった。聞いていた小吉、我知らず緊張した。

「幽霊は、そのうち、四郎兵衛、おめえを殺しにくるぜ」

「えッ？　ヘッヘッへ。ご冗談おっしゃッちゃいけません。手前は、幽霊なんぞに殺されるほど、ドジでもねえつもりで」

「足のある幽霊サ」

「へえ？　……あの、ご存じなんで？」

「知らねえ」

それから若さまは、誰に言うともなく、こんなことを云った。

「まだ何処にも顔を出しちゃアいねえようだが……こいつ、まさか、本物の幽霊じゃアあるめえなア」

「あの……」

と、その時、何か云おうとしたらしいのだが、四郎兵衛は、ぷつりとそのまま口をつぐんでしまった。

五

和泉屋を出ると、二人は思案橋を渡って小網町の河岸ッぷちを行徳河岸の方へ。小吉が、歩きながら、

「若さま。四郎兵衛は何か知ってるような具合でござンすが？」

「うむ。云いたくないンだな」

「もう一押してみましょうか」

「なアに、他から割れてくるだろうよ。いずれな」

——若さまのやり方は何時もこれだ。決して無理をなさらない……と思うのだが、すこし、じれったくもある。

それにしても友二郎の幽霊とは一体、何ものだろう？　実在しているのか、それとも、誰かが名前を騙っているのか。騙りだとしたらそれは誰だろう？　全体、友二郎は誰に殺されたのか？

「若さま……」

小吉は箱崎橋を渡る時、訊ねた。

「友二郎は、誰に殺されたンでござんしょうか？　四郎兵衛がお通夜に行っていたンでございますから、これは他の人間に違いございませんが？」

「そこだな。親類が卒中でポッカリ死ぬなんてことは、幽霊、勘定に入れとかなかったンだ。ハッハッハ！　こりゃア誰しも気がつかねえ」

「左様で」

――四郎兵衛に確乎たるアリバイが出来たということは、幽霊にとっては大変な計算違い、不利である。

「手前は、今、ふッと思いついたンでございますが……」

小吉は、いささか眼を輝やかせ、

「友二郎を殺しましたのは、今の、船頭の長右衛門じゃアございませんでしょうか？」

「長右衛門？」

若さまは相手の顔を見ると、

「なんだッて、あの船頭が友二郎を殺すわけがあるンだな？」

「へえ四郎兵衛に頼まれまして」

「ハッハッハ！　すると長右衛門を殺した奴は誰だえ？」

「へえ……」

そこまではまだ考えなかった、とも云えず小吉は黙った。

「幽霊ということになるな」

若さまは、ちょっと立ちどまると、

「もし、幽霊を立てるとすればだ」

「へえ。どうも、ひどく厄介なことになりやして」

頭が痛くなったような顔つきで、小吉は、例の癖、盆の窪などかき上げる。

「ハッハッハ！」

若さまは、通行人が振り返るほどの大声で笑うと、

「親分、こりゃアどうでも幽霊に会ってみねえといけねえな。ひとつ、会いに行くか」

「へえ？」

小吉には、相手の真意が更にわからず、

「会いに行くとおっしゃいましても、そのウ、何処で？　……お寺かなんか？」

「ハッハッハ！　それ、幽霊が出たッていう仙台堀の空家(あきや)サ。あれへ参ろう」

「へえ。……けれど、うまく出てくれるでしょうか？」

「やっぱり、こいつア幽霊と交き合いのある奴が一緒でねえと出ねえだろうな」

「へえ？　幽霊づき合いがあると申しますと、そのウ……坊さんか何か？」

「なアに、おちがだよ。浮気女房の」

「あッ、左様でございますか」

「みんな前通りのお膳立てでいこう。おちがを、そこの……」

——もう湊橋の袂だった。

「船宿、鍵茂まで連れてきてくれ。それから改めて仙台堀へ漕ぎだそう」

「畏(かしこま)りました。で、若さまはその間？」

「鍵茂で飲んでるよ」

六

何(なに)や彼(か)やと手間取って、小吉が、おちがを連れて船宿鍵茂へ来たのは、それから一刻(とき)（二時間）ほど後(のち)だった。

日は、もう、とっぷり暮れ切って、川(かわ)の面(も)には灯が、ちらちら、漂う。

若さまは既に船の中だった。胴の間で、ちびりちびりと川風に吹かれながら飲んでいた。

「どうも遅くなりまして」

そして、小吉は、おちがを引き合わせた。船はすぐ出た。船頭も、若さまの註文で係り合いの先夜の藤吉。それにもう一人子分の千造(せんぞう)がついてきた。何か荷物を持っている。

「さっそくだが、おちがとやら」

と、若さまが、

「友二郎幽霊の声。生前と変らなかったかな？　同じだったかえ？」

「はい、それが……」

年よりも若造り、それに白粉(おしろい)を濃過ぎるほど刷いた、おちがは、両肩を落し、出来るだけ小さく坐りながら、おどおどと、

「後で、よく考えてみますと、友二郎さんの声ではございませんようで。……人間、死にます

と、あんな風な声になるのかと思いましたが……」

「ハッハッハ！　なるほど。それから、手が大層、冷たかッたと言うことだが？」

「はい。もうもうあれには、わたくし、驚きました。ひやッ！　として……この世の人の手ではございません」

「握り合ったのかえ？」

――ひどく立ち入って訊く。

「いえ！」

さすがに、すこし恥らいを帯びて、

「握りますにもなんにも……ちょッとさわっただけでございます」

「亭主の四郎兵衛は、おめえ達ふたりの仲を、薄々、知ってる具合だったかえ？」

「……」

おちがは、はっと顔を上げたが、直ぐうつ向いてしまった。黙っている。

船は、丁度、大川の中ほどへ出たところで、聞こえてくるのは、藤吉が操る櫓の音だけである。

小さな置行灯の灯が、白粉の濃い、おちがの顔を浮き上げる。

「知っていたかもしれません」

やっと、小さな声で答えた。

と、若さまが、

「親分。例の幽的の手紙ッてやつを見せてくれ」

と、急に、こんなことを言った。

「へえ。これでございます」

と、小吉は、懐中から一通の封書を差し出した。行灯の灯に拡げて見て、

「ははア、何にも書いてないな。正真正銘の白ッ紙」

「……」

おちがは、ちらッと見ただけで恐ろしそうに顔を外向ける。

「初めは、確かに書いてあったんだな」

「はい。それですから、わたくし、あんなうちへ参りましたンでございます」

「ふむ……」

それから、若さまは、何のことか、

「こんなことは、わけない」

と、いうと次ぎに、

「おちがとやら。これから、あのうちへ行くとな。友二郎の幽霊が出てくるから……」

「えッ？　出ますンで、幽霊が？」

「うん。確かに出る。必ず出る。これは出ないことには済まねえのサ」

「えッ？　それじゃアわたくし……」

「いや。こわがらなくッてもいい。わしや親分が傍についているからな。又、出て貰わなくて

は困るのだ。友二郎幽霊、そそッかしいと見えて、下手人を四郎兵衛だなんて云いやがッたが
ありゃア大間違い」

「えッ。すると誰なんでございます？」

「さア、それを聞くのさ。あれは違っていた。よく幽霊を落ちつけて、言ってくれとな」

「あの、言うでしょうか？」

「ああ、いうとも。友二郎幽霊は今度は二度目だから、先の時みてエに慌てねえ。それに、こっちが驚かねえから、落着いて、ちゃんと下手人の名前を言うさ」

「……？」

おちがは信じられないという顔付きで、相手を見ているだけだ。一体、若さまの話というのが、どこまで本気なのかわからない。冗談のようでもある。だが、全部が全部、冗談とも言いきれない。小吉と、子分の千造も、おちが同様、半信半疑だ。

と、船が石崖沿いに進みだした。深川、仙台堀へ入ったのだ。

おちがは、そわそわと四辺（あたり）を見まわす。

トンと軽く船が当って、そこに歩み板が突き出ている。

「さア、あの土蔵で幽霊に会うかな」

こんなことをいうと、若さまが上がる。小吉は、もじもじしているおちがを促して上がった。

そして、その家。

「親分さん。済みませんが、わたくし」

おちがは、恐怖で泣きだしそうな声を出したが、小吉は強く、

「御上御用だ！　こわいンなら、おいらの袂の先きでも摑んでいろ！」

「はい……」

——木戸口から左へ大きく廻って、その問題の土蔵の前へ来た。中は真ッ暗だ。と、若さまは、一番先きに踏みこむと、

「さア、はいれ、はいれ」

どかりと坐った様子で、

「おちが。これへ来い。すぐ、わしの傍へ坐るとよい」

と、案外、親切なことを言う。

おちがは、もう、ぶるぶる慄えていた。暗いのに眼をつぶって、隣りの若さまの袂を、ぎゅッと握りしめていた。

と、若さまが、

「おちが。この手へさわってみろ」

「はい」

と、何の気なしに触れたのだが、途端に、おちがは、

「きゃッ！」

と、叫んだ。

「ハッハッハ！　それが幽霊の手だよ」

「えッ？」

「冷たいか？　……他愛のない細工。……さアて、そろそろ幽霊が出てくる順番だが、すこしの間、黙っているか」

——それから、しんとなった。おちがは、口の中でお題目を一生懸命に唱えていた。と、突然、若さまが、

「おめえか、幽霊というのは。……ふン、ふン。そうかい。よく出て来てくれたなア」

と、言ったので、おちがは、ぎょっとして思わず眼を開いてみたのだが、あたりはやはり、ぬばたまの真の闇だ。

にも拘らず、若さまは、

「そうかい。この間、おちがに云ったのはありゃア間違いで、本当は、友二郎を殺した下手人は……おッと待った。ものには次手（ついで）ということがあらア。船頭の長右衛門の咽喉ッ頸を絞め上げたのも云っちまえ。……そうか、その両方の下手人は……」

「あ！」

おちがは、息を呑んだ。

「うむ。本当の下手人は、材木問屋、川庄の悴で伊之助、か」

と、その途端だった。あッ！　という叫びが、土蔵の戸前あたりで起ると、この野郎！畜生！　御用だ、神妙にしろい！　格闘の物音が聞こえたが、

「親分。お縄を！」

と、千造が怒鳴る声と共に静かになった。すると、かねて用意してきたものか、小吉が提灯に火を入れた。その灯で、縄尻を千造に取られた男の顔を、ひと目見るや、おちがは叫んだ。

「あッ！　お前は船頭の藤吉つァん！」

「それが、伊之助の化けた姿サ」

と、若さまが言った。

藤吉の伊之助は、苦笑しながら相手を見上げると、

「お武家さん。よく、あっしだと、おわかりになりましたね。……これまで、会ったことはねえはずだが……」

「そうさ、会ったことはない。何故、お前に見当をつけたかッていうと、白ッ紙に化けた手紙サ」

「へえ？」

「あんなことは、あるもんじゃアねえ。誰かがなんとかしたわけだ。おちがが嘘をつくということもあるが、今度の一件、おちがは化かされている側だ。よくよく考えてみると、おちがはお前の船で気を失っている。ははア、ここで手紙を擦り代えたな、と……」

「恐れ入りやした」

「それから冷たい手の一件。こりゃア、ビードロ（ガラス）でも使ったか」

「ヘッ……よく、おわかりで」

「わしは今……ほれ」

と、若さまは袂から、小さな鉄の文鎮を取り出すと、

「こいつを、おちがに、さわらせたのサ。ハッハッハ、子供だまし」

「………」

人々は、呆気にとられた形で頷いた。

「それから長右衛門殺し。船へ乗ってる男を水へ引き落として絞めたと見た……これも船頭なら出来ること……手口が近い」

「そう言われちゃア、どうも……」

伊之助は、手が自由だったら頭をかくところだったろう。と、今度は若さまの方から、

「おめえ、なんだッて、友二郎と長右衛門を殺したンだ？」

と、訊ねた。

「へえ。怨み重なるンで」

と、彼が話したことは——

四郎兵衛の船が大しけを食らった時だ。積荷を海へ投げ捨てないと危ないというわけで、捨て始めたのだが、それが、伊之助が見ると自分の荷物ばかりである。しかも、その頃、父親が死んでから次第に左前になってきた川庄の身代にとっては最後の物なのだ。

伊之助は蒼くなって、その荷物は待ってくれ。他の物を——船には中徳、友二郎の荷物も沢山に乗せてあるのに、そちらには手を付けないので、そっちも半分捨てろ、と言ったのだが、船頭の長右衛門は聞き入れない。とうとう二人は大暴風雨の船上で組んずほぐれつ。伊之助は

足を滑らせて海へ落ちた。

後の話だが、長右衛門は別に含むところがあったわけではなく、たまたま川庄の荷物が直ぐ捨てよい場所にあったために、火急の場合なので、そのような処置を取ったのだ。

伊之助は運強く海岸に漂着したが、それから大病にかかり、癒(なお)ってみると人相が、がらりと変っていた。江戸へ帰ると、案の定、川庄は没落していた。彼は、四郎兵衛と友二郎が自分を破滅さしたのだと思って、その復讐を計ったのである。

面妖殺し

一

「すこしばかりうすッ気味の悪い……まア、たたりとでもいうものなんでござんしょうか、妙な人死にが起りましたンで」

お上ご用きき、遠州屋小吉が、きちんと四角に座って、ちと腑におちかねるといったような面持で、こう話し出した。

「それで、又ぞろ、若さまのお知恵を、ほんのこれッばかり拝借に上りましたようなわけで……」

「神がかりか、今度は」

と、若さまと呼ばれた侍は、どこか、いたずらッぽそうな顔つきでうけた。年のころ、三十四五かいたって屈たくのなさそうな朗かな人物だ。この若さまには、妙な才能があって、今の言葉でいえば探偵推理の術にたけている。それで岡ッ引きの小吉は、しばしば若さまを訪れては、これまで手に余る難事件を持ち込んでは解決してもらっている。今日も、また、その伝なのだ。

ここは、江戸、柳橋米沢町、船やど喜仙の大川に沿った二階座敷。若さまは、床の間の柱に軽く背をもたせかけて右の立膝、あんまりよい行儀とはいえない、その前に黒ぬりの高脚が出て、徳利が載っている。日がな一日、ちびりちびり。よほど酒が好きなたちらしい。若さまは、この船やどの居候と自ら称している。

一月の、松が取れた後の、からりと晴れてはいるがじんと寒い日のひるごろだ。今年は雪はすくないが寒さが、きびしい。

「何しろ……」と、小吉が、

「トッピキピイと、踊りながら狂い死にしてしまうというンですから、どうも奇妙で」

と、まくらを張って話し出した事件は。

神田、亀井町、東河岸に、附近の人々から一口に、大峰さまと呼ばれている、小さなお社がある。一間四方ぐらいの御堂が、ごみごみ町家の間に、肩をすぼめた格好で建っていて、平素は忘れられているのだが、毎年一月十日が、御祭礼で、その日と、翌日の二日間は、傍に、桟敷など作り、町内で、お神楽を奉納して、大そう賑わう。今年も吉例により、毎年のしきたり通り、お神楽を奉納した。

ところがきのう十日、思いもよらぬ椿事が起った。

トッピキピイ、トッピキピイとお囃子につれて、ひょッとこ面をかぶった神楽師が身ぶり手ぶりも面白おかしく踊っているうちに、どうしたことか、足が乱れ、手が乱れ、おやッ? と見物が怪しむうち、ぐらぐらと身体が崩れてぶッ倒れてしまった。

「どうした?」と、〆め太鼓を叩いていた勘蔵が馳けより、抱き上げ、面を大急ぎで外して見

ると、

「あッ、これア、いけねえ、大変だ、大変だ！」と叫んだ。

大太鼓の音吉、笛の六兵衛も驚いて馳けよって見ると、ひょッとこ踊りの藤太郎は、口からおびただしく血を吐き、顔面は青白く血の気が引き、苦悶の形相も物凄く、手足をぴくぴくと引きつらせていたが、直ぐ、がくりとなって息絶えた。

サア、大騒ぎになった。

さっそく自身番へ届け出る。岡ッ引きの遠州屋小吉は、直ぐ出向いた。

調べるまでもなく、だれの眼にも、これは明らかな毒殺である。問題は、いつ、だれの手によって毒を飲まされたかということだ。その折、桟敷の支度部屋には、出を待っていた、もう一人のお神楽師、市左衛門が一人だけで、つまり、お囃子三人、神楽師二人の合計五人が、その場に居た。

支度部屋を見廻していた小吉が、

「酒を飲んだな」

と、そこにある貧乏徳利を見ていった。

「へえ、町内の世話役のお人からいただきましたもので」

一番、年かさの笛の六兵衛が答えた。頬骨の尖がった、頭髪の白い背の低い老人だ。

「ここに居る連中、皆、飲んだのか？」

「へえ……皆、ごちそうになりましたが……」

と、いって、六兵衛は、ちらっと、何故か大太鼓の音吉の方を見た。

「音吉、お前もか?」

小吉が、見逃がさず、鋭くたずねた。

「いえ……そのう……実は、あっしは、そのう、従来、飲めないたちでして、へえ」

音吉は可哀想なくらい、おどおどした態度で答えた。二十七、八の小柄な男だ。

「死んだ藤太郎は?」

「あいつは、親分、酒にア眼のない男でござんして……」

と、答えたのは、神楽師の市左衛門だ。四十二、三か、赤ら顔の肩の張った男。

小吉は暫(しば)らく、黙っていた。踊りながら死んだのだから、そんなに早く毒を飲まされたわけではない。すると、どうしても酒に毒を仕込んだと考えざるを得ない。ところが、その酒は、音吉を除いて四人が飲んでいる。とすれば皆やられるはずだが……死んだ藤太郎だけがやられるというのは可怪(おか)しい。が、彼の茶碗酒へだけ素早く毒を投じたとも考えられる。はてな?

……

「他に、ここへ来た者は?」

と、小吉が、たずねた。

「他にと申しますと……」

今まで、黙っていたしめ太鼓の勘蔵が、

「町内の世話人方、それから……」

と、一寸下卑（ちょつとげび）た笑ひ方をして、

「藤太郎の情人（いろ）で、水茶屋女、おかくが……へっへっへ」

と、いうのだった。

「いろの話なんざきいていねえ」

小吉は、機嫌わるくいった。ひとつには、しめ太鼓の勘蔵の顔が——道楽の報いか、鼻がひしゃげ猪鼻（ししばな）で、どうも余り好感が持てなかったがためでもある。

「酒……」

小吉は、酒と、それから、一人だけ飲まなかった音吉を考えるのだった。

二

「ところが、若さま」

と、小吉はさらに語り継いで、

「きのうの今日でございます、又々持ち上りましたもンで」

「誰か死んだか」

と、若さま、盃（さかずき）を悠々と上げながら。

「へえ、その通りで」

大峰さま御祭礼の二日目の今日、又もや、奉納神楽の屋台で、トッピキピイを踊る、ひょっ

とこ面の神楽師が、きのうと同じように、踊っているうちに毒殺された。

こんど死んだ神楽師は、代役で新しく呼んで来た三之助（さんのすけ）という男だった。

小吉は知らせを聞いて飛ンで行った。

現場の情況は、きのうと寸分変りない。死んだ男が変っただけだ。それと、もう一つ、冷やで飲むのが気味が悪くなったか、今日は寄贈された酒をカンして飲んだことだった。

酒は、一座の者は、例によって音吉を除いた他の者は、全部飲んだと答えた。今日のひょっとこ面の三之助などは、暫らく、あぶれていた、と冗談いいながら一番、飲んだという。

「ふむ……」

小吉は腕を組んで、四人の者を——大太鼓の音吉、笛の六兵衛、しめ太鼓の勘蔵、神楽師の市左衛門の顔を順々ににらめ廻（まわ）した。確かに下手人はこの四人の中の誰か一人なのに相違ない。とすると、酒を飲まない音吉が、どうしても一番怪しくなる。その次が、鼻つぶれの勘蔵だ。

「おい」

小吉は、勘蔵に、たずねた。

「今日は、水茶屋女のおかくは来なかったかえ?」

「へっへっへへ、親分、あれアきのう死んだ藤太郎のいろでげして、今日来るわけアありませんよ。へっへっへ」

と、相変らず、下卑た笑い方をした。

小吉は、音吉を見る。

彼は、うつ向いてしまったきりだ。酒を飲まない自分が一番に疑われているのだ、と、観念している様子は可哀そうである。

後の二人、市左衛門と六兵衛は、臆病そうに、ちらりちらりと御用聞きの旦那、小吉を盗み見しては、視線が合うとあわてて外らす。それにしても、この殺しの原因は一体、何だろう？ひょっとこ踊りを踊る二人、藤太郎と三之助の二人に恨みを抱く者の仕業に違いないことは解るのだが……。

これという、きまり手はないのだが、小吉は、一応、この四人を全部、東河岸の自身番へ連れて来た。みっちり調べ上げて、どろを吐かせるつもりなのだった。

「……ところが、若さま」

と、小吉は、案外、真顔になって、次ぎにこんなことをいうのだった。

「町内の話を聞きますと、この大峰さまという神さまは、中々の荒神さまだという、うわさでして、何かお気に召さないことがあると、随分、荒っぽいことをされるそうで、いつかも一度、何か、大そう、お気にさわったことがあったとかで、見物に来ていた子供が三人ばかり怪我(けが)をしたという話を聞きました」

「……」

若さまは、黙って、盃を上げるだけだ。

「それで、今年のことも、又、何か、お気にさわったことでもあったのではないか、などと、まアこんなうわさで……」

小吉が、また、何かしゃべろうとするのへ、いきなり、若さまは、

「ワッハッハッ！」

と、大きな声で笑い出すと、

「親分、神様というものは、そんなものじゃアないよ。妙なことを考えなさンな」

たしなめるような事をいうと、

「それにしてもちと面妖な話……」

と、つぶやいてから、急に何を思いついたものか、

「その連中、いま、自身番に居るんだな」

と、念を押した。

「へえ」

「それじゃア……と、その町内の世話役というのと、水茶屋女というのと……有象無象、この一件に関係のありそうなのを、皆、自身番へ集めておいてくれ」

「へえ、畏りました。……あのウ……」

と、小吉は、うれしそうに、いった。

「御出馬、いただけますンで？」

「トッピキピイでも聞いてみるか」

若さまは、ぐっと残りの酒を飲みほすと、カタリと膳に盃をおいた。

三

着流し、懐ろ手、無精ったらしい恰好で、若さまが、ぶらりっと東河岸の自身番へ現れた時は、もう例の四人をはじめ、水茶屋女のおかくと、町内の世話役三人、それから、問題の酒を売った酒屋から、かしらまで、ずらりと雁首をならべ、狭い自身番の中に、目白押しに坐っていた。

皆、神妙に畏っている。

小吉が、若さまに、改ってあいさつする。一同は、若さまを、助同心ぐらいに思って、これも、低く、揃って頭を下げた。

これが、本職の同心なら、乙にすまして、そっくり返るところだが、若さまは、至って無雑作に、どッこいしょと腰を下すと、それが癖の右の立膝、すッと一同の顔を見廻した。小吉が、例の四人から初めて、それぞれの名前を告げた。

一座は、しんとなる。

と、若さまが、こんなことをいった。

「親分、酒はねえか」

「へっ、お酒でございますか」

突然、妙な御注文なので、小吉は、一寸面喰らったが、ははアそうかと合点して、番太郎に酒を持って来させた。

ところが、酒が来て、なお、面喰ったことには、何と、若さまは、取り調べに使うのかと思ったら、湯のみ茶碗に注いで、自分で飲みはじめたものだ。その上、

「あんまりよくねえな、これア」

と、若さまは、下世話な口調で、酒の味加減などについて感想を述べたりしている。

「相すみません、どうも」

と、番太郎が、隅で頭を掻いた。

そのまま、お調べは、一向、はじまりそうもない。一同、ひどく間のびがして、もじもじしている。小吉も手持ち無沙汰になった。若さまは、うまくないな、などと、文句をいいながら、二杯目を注いだ。

それから、不意にたずねた。

「親分、例のひょッとこの面は、ここにあるかえ?」

「へえ、ございます」

人、二人が踊りながら死んだ、ひょッとこ面が持ち出された。若さまは、それを手に取ると、表側、裏側、ためつすかしつ見ていたが、急に、

「ハッハッハッ!　そうか」

と、何かは知らず、一人で大声で笑うと、一人で合点した。

小吉をはじめ、一同、狐につままれた思いで大笑する若さまを凝然と見守っている。自分たちに取っては、とても笑い事どころではない。

「これこれ、囃方」

若さまは、三人に向って、

「今、ここで、ひょッとこ踊りを一つ、囃してくれ」

と命じた
「ヘッ、ひょッとこ踊りを?」

三人とも思いがけないことなので、妙な顔つきになったが、直ぐ、道具を引よせると、テンテンテン、ドン、ピッピピッと、ひょっとこ踊りの馬鹿囃しをはじめた。

自身番で、こんな賑やかな囃しが起るなどは、お江戸開府以来、初めてのことであろう。

「ハッハッハ! 面白いな」

二杯の茶碗酒が利いてきたのか、若さまは如何にも面白そうに、自分も調子を取ったりしていたが、

「もうよい」

と、直ぐ止めると、次ぎに、

「どうだ、大太鼓、おめえ、このひょッとこをかぶって一つ踊って見せねえか」

と、今度はいよいよ奇抜な注文をした。

「ヘッ」

音吉は、当惑顔になって、

「手前は、そのウ、踊る方は、てんで駄目なんでございますが……」

と、辞退した。若さまはまた、言った。

「踊りが駄目なら、かぶるだけかぶれ」

「へ、畏まりました」

音吉が、にじり出て、かぶろうとすると、その面を若さまは渡さず、

「よいよい、踊れずでは詰らぬな。では、次ぎのメめ太鼓、どうだ」

と、勘蔵にいった。

「手前も踊りは、ごかんべん願いたい方なんでして、へっへっへ」

「では、かぶれ」

「へえ、かぶるだけなら」

進み出て来て、手を出すと、若さまは、

「よいよい。……どうも不器用な奴ばっかりだな」

と、いった。

すると、三番目の笛の六兵衛が、

「如何さまで、手前は踊れますが」

と、自分から買って来た。

「見事、かぶって踊るか」

と、若さま。

「へえ、ひょッとこ位は……」

六兵衛は、進み出ると、面を取り上げた。その手つきも玄人だ。そして、いざ、冠ろうとすると、又もや、若さまは、

「よし、解った、かぶらねえでもいい」

と、いって、面を取り上げてしまった。そして、今度は、何を考えたか、

「これ、女」

と、水茶屋女おかくに向って、

「おめえ、こいつをかぶって踊れ、女のひょッとこなど乙だろう」

と、いった。

「えッ？　わたしに」

意外なことなので、おかくは、びっくりして、困り切った表情になると、

「ひょッとこ踊りなぞ知りませんよ」

「いや、知らずともよい、ともかく、この面をかぶれ、女姿のひょッとこ面、ちょいと面白かろう」

「……でも……」

「こちらへ出て参れ。さ、この面をかぶるのだ、……これ、何をぐずぐずしている」

「……」

小吉が、この時、口を出した。

「おかく、かぶったらいいじアないか。踊るンじゃない。かぶるだけだ」

「はい」

だが、進もうとしない。

「おかく、出ませい！」

小吉が、御用声で、きめつけた。

「はい」

おかくは、渋々、出て来た。そして、若さまが、その面を、顔にかぶせようとした時だった。

「あれッ！」

悲鳴に近い叫びをあげると、おかくは、面を突きのけて、身体をそらした。その顔を恐怖に硬ばらせて。

「ハッハッハ！」

若さまは、大きく笑うといった。

「女、かぶれまいなア、この面は」

「……」

「この面の裏、口のところに毒を塗ったのだからなア」

「あ、あの……あ、いえ……」

おかくは、真ッ青になった。

とたんに、小吉の冴えた声が響いた。

「おかく、神妙にしろ！」

＊　＊　＊

事件は、水茶屋女、おかくの恋の恨みからだった。夫婦約束までした神楽師の藤太郎に実は子供のある女房がいると知って、だまされたと、かッとなって、藤太郎のかぶる、ひょッとこ面の裏、くちびるがピタリとつくところへ、毒をべッたりと塗っておいたのだ。

藤太郎は、それをなめて死んでしまった。二番目に死んだ三之助は、いわば巻添えを食った災難ともいうわけで、うっかり、その日自分の面を忘れ、藤太郎のを借用したので、これまた、毒薬をなめた結果になったのだ。

事件が片づいてから、船やど喜仙に、お礼に上った小吉は、こうたずねた。

「どうも今度は、例によっておかげ様で。ところで、若さまは、一体どんなところから、ひょッとこ面が妙だとお気附きで？」

「ハッハッハ！　怪我の功名さ、二人とも同じ面をかぶって死んだというから、面を調べる気になったもの。親分は、あんまり、酒の方ばかり気にしたからわからなくなったのさ。……それに……とかく、女が顔を出していたら、その女に気をつけるンだな」

「いや、どうも」

「実はな、親分の話を聞いてるうちに、わしは面妖なと思わず口に出していった。それのためかも知れねえ。駄洒落も、時には役に立つぞ。ハッハッハ！」

「なるほど、面妖な、でござンすか、これア成程！」

と、小吉は、ひどく感心してひざを打った。

編者解説

末國善己

江戸川乱歩は自身が編纂（へんさん）した『日本探偵小説傑作集』（春秋社、一九三五年九月）の「はしがき」の中で、城昌幸を「彼は探偵小説を一つも書いていない。探偵小説の親類筋にあたる怪奇と幻想の文学のみによって、われわれの仲間入りをしているのだ」と紹介している。

確かに、城昌幸の代表作として多くの人が真っ先に挙げるのは、「怪奇の創造」（「新青年」一九二五年九月号。後に「怪奇製造人」に改題）、「ジャマイカ氏の実験」（「新青年」一九二八年三月号）などの怪奇幻想の短篇、掌篇で、『死者の殺人』（桃源社、一九六〇年一月）といった本格ミステリを書いたことを知っているのは、かなりのマニアだけではないだろうか。

その意味で、乱歩の「探偵小説を一つも書いていない」という城昌幸評は的確といえるが、『若さま侍捕物手帖』を始めとする捕物帳を考慮にいれると、〝城昌幸の本格ミステリは、捕物帳に集約されている〟という別の評価軸も浮かび上がってくる。

捕物帳の歴史は岡本綺堂『半七捕物帳』から始まり、佐々木味津三（ささきみつぞう）『右門（うもん）捕物帖』、野村胡堂『銭形平次捕物控』、横溝正史『人形佐七捕物帳』、そして『若さま侍捕物手帖』を加えた五作は、質量を兼ね備えた〝五大捕物帳〟とされている。綺堂はコナン・ドイルの〈シャーロック・ホームズ〉シリーズから着想を得て捕物帳を作り、やはりホームズものを愛読していた味津三は探偵とワトソン役の図式を捕物帳に持ち込むなど、捕物帳の歴史は『半七捕物帳』を発展させる形で紡がれてきた。その中にあって『若さま侍捕物手帖』だけは、異質なシリーズなのだ。

　探偵役の若さまは、いつも船宿喜仙の奥まった一間に陣取り、日がな一日、喜仙の一人娘おいとに酌をさせている、姓名も職業も不明の謎の青年である。容姿と立ち居振る舞いには品があり、並の武士であれば居住まいを正させる威厳を持っているが、伝法な口調でしゃべり、身分の差など気にしない鷹揚さもある。若さまは、南町奉行所与力の佐々島俊蔵や、御用聞きの遠州屋小吉が難事件を持ち込むと出馬し、たちどころに解決してしまうのである。

　こうした『若さま侍捕物手帖』の形式が、オルツィの〈隅の老人〉シリーズの影響を受けたと最初に指摘したのは、おそらく『大衆文学事典』（青蛙房、一九六七年十一月）を書いた真鍋元之である。確かに、ロンドンのノーフォーク街にある喫茶店ＡＢＣショップでいつもケーキを食べ、ミルクを飲んでいるだけで、名前、年齢、経歴、職業が一切不明でただ「隅の老人」と呼ばれている謎の人物が、女性記者から聞いた話だけで事件を解決する安楽椅子探偵ものの〈隅の老人〉シリーズは、『若さま侍捕物手帖』との共通点も多い。初出誌から訳出した作品を編年体で並べた『隅の老人【完全版】』（平山雄一訳。作品社、二〇一四年一月）の登場で、「隅の老人」が必ずしも安楽椅子探偵ではないことも明らかになったので、事件現場で検証を行ったり、関係者から話を聞いたりする若さまは、より「隅の老人」との類似性が強まったといえる。

城昌幸は、『若さま侍捕物手帖』に先駆けて連載した『べらんめえ十万石』（「新青年」一九三六年十月号〜十二月号）でも「殿さま」とだけ呼ばれる謎の男を探偵役に起用し、『商山老かくれ捕物』（「新青年」一九三七年一月号〜四月号）では、紐の切れ端を結んだり解いたりしている「隅の老人」の向こうを張って、根付にした珊瑚を磨く癖がある「裏の御隠居」を創出しているので、若さまも「隅の老人」に連なる名探偵なのは間違いあるまい。

『若さま侍捕物手帖』の特殊性の一つは、ホームズ譚ではなく、そのライバルとして登場した〈隅の老人〉シリーズを発展させたことにある。もう一つは、こと短篇に限っては、登場人物の過去、季節を彩る風物詩といった捕物帳では定番の叙情性を極限まで削ったことである。

『若さま侍捕物手帖』の短篇の多くは、若さまに事件が持ち込まれる→捜査する→真相を指摘するという構成になっており、（例外的なホワイダニットを除けば）トリックを暴くと自然に明らかになるとして、動機は重視されていない。城昌幸がこだわったのがフーダニットとハウダニットであることは、謎を解き明かした若さまが、それまで書かれていないような情報で取って付けたように動機を解説する作品が少なくないことからもうかがえる。

つまり『若さま侍捕物手帖』は、人間を描かない点も、トリックを重視した点も含め、黄金期の本格ミステリを思わせる世界観になっているのだ。これは同じように、クリスティなど英米本格のテイストを捕物帳に取り入れながら、ストーリーテリングにもこだわった横溝の『人形佐七捕物帳』とは対照的であり、ここには城昌幸の本格ミステリへの情熱が感じられる。

本書『菖蒲狂い　若さま侍捕物手帖ミステリ傑作選』は、一九三九年四月一日号の「週刊朝日春季特別号」に発表された第一話「舞扇三十一文字」（後に「舞扇の謎」と改題）から一九六〇年代半ばまで書き継がれた短篇約二五〇作の中から傑作二十五作をセレクトした。

畠中恵〈しゃばけ〉シリーズの探偵役の一太郎がいつも「若だんな」と呼ばれているのは『若さま侍捕物手帖』の影響を感じさせるし、都筑道夫『なめくじ長屋捕物さわぎ』にホワイダニットものが多いのは『若さま侍捕物手帖』への返答だった可能性があるなど、本書は新たなミステリ史の構築にも役立つと考えている。

若さまが初登場した「舞扇の謎」は暗号ものだが、謎解きはあっさりしていて、その背後にある津山藩内の政争が中心になっている。後の作品ほど謎解き要素が強くないのは、時代小説に重きを置くのか、ミステリをメインにするのか、試行錯誤をしていたためかもしれない。

「かすみ八卦」は、女掏摸が若さまの財布を盗む、怪しい男たちが娘を誘拐するなど、無関係に思える事件が繋がり意外な真相を浮かび上がらせるというプロットを重視したミステリである。日本の文学伝統ではなく、欧米の幻想小説に出てくる怪しい趣向をふんだんに盛り込んだところは、日夏耿之助、堀口大學らと交流し、フランスの象徴派の詩人で幻想的な作品を残したアルベール・サマンから名を借りた城左門の筆名で詩人としても活躍した城昌幸らしい。

「曲輪奇談」は、刀剣商の死体が密室状態の蔵で発見され、続いて最有力の容疑者が絞殺される連続殺人が起こる。密室の解明がさほど重視されていないのは残念だが、連続殺人が起こると誰もが最初にイメージする展開を覆してみせる若さまの謎解きは、なかなか読ませる。

跡部吉左衛門宅を訪ねた青山勘解由が、書院で吉左衛門を斬殺して逃走するも、自宅で突然死した。吉左衛門の息子の十兵衛が勘解由の死を確認したが、その十兵衛が殺され勘解由が犯人だと言い残す「亡者殺し」は、特殊な薬物が出てくるのでアンフェアな要素もあるが、犯人の計画は緻密に練り上げられており驚きも大きい。特殊な薬物は恐らくシェイクスピア『ロミオとジュリエット』（一五九五年頃初演）へのオマージュで、ポー『早すぎた埋葬』（一八四四年）を思わせるエピソードもあるので、モダンな仕上がりになっている。

清元の女師匠が殺され、被害者に執心していた商家の若旦那と浪人者が容疑者として捜査線上に浮かぶ「心中歌さばき」は、フーダニットと思われた物語が、被害者の持っていた手紙の断片の意味の解読やアリバイ崩しなどへと発展していくことになる。清元の一節が重要な伏線になっていたり、事件の結末に余韻があったりと詩情が強いところも印象に残る。

経文ではなく尻取り文句を読む托鉢僧が現れる日常の謎から始まる「尻取り経文」は、太物問屋に千両を奪うとの予告状が届き、姿なき盗賊と若さまの知的闘争が繰り広げられる。ミステリには、予告状を出すことでメインのトリックを隠したり、探偵が事件に乗り出すことを前提に犯罪計画を作ったりする作品があるが、本作もこの系譜の作品である。

女が入った葛籠に剣を突き刺す奇術の最中に、中の女が刺殺される「十六剣通し」は、殺人か事故かの判断が難しい上に、自分の手を汚さず殺人を実行する黒幕までが登場する。そのため若さまも苦戦を強いられ、犯人の奸計をどのように打ち破るかが謎解きの核になっている。

「からくり蠟燭」は、宴席の四隅にあった百目蠟燭が一斉に消えた直後、最も暗闇の影響を受けない盲目の検校が刺殺され、同じ宴席にいた人物の刀身には人を斬った痕跡がなく凶器が消えた不可解な事件が描かれる。コナン・ドイル〈シャーロック・ホームズ〉シリーズに出てくる有名な凶器移動トリックへの言及があることからも分かるように、本作はハウダニットを軸にしている。ただ凶器の消失ばかりを気にかけていると、足をすくわれることになる。

　現代的な視点ではハウダニットなので、最後まで読むとタイトルがネタバレのように感じられる本作だが、これは懸賞付きの犯人当て小説として雑誌に発表されたからだろう。「二万円懸賞」と銘打たれた賞金は、一等の一万円が一人、二等の千円が三人など高額だが、フーダニットとしては情報量が不足しており、推理だけで犯人を当てるのは難しかったように思える。

　フランス文学者の辰野隆はエッセイ「書狼書豚」（『忘れ得ぬ人々』所収、弘文堂書房、一九三九年十月）に、「珍本、稀覯書、豪華版」の収集癖が高じると、最終的には「世界に二冊しかない珍本を二冊とも買取つて一冊は焼捨ててしまはねば気がすまなくなつて来る」と書いている。表題作「菖蒲狂い」は、こうしたマニア心理を使って異様かつ迫真性のあるホワイダニットを作っており、わずかな手掛かりから真相を見抜く若さまの推理も冴えている。

　桶屋の男が酔っ払って帰り、翌朝目覚めたら、刺殺された隣町の質屋の旦那と一緒に寝ていたと気付く「二本傘の秘密」は、手掛かりになる二本の傘が、一本だけ濡れていた理由、やはり一本だけが破れていた原因、被害者の体にあった傷の位置などを組み合わせ真相を看破する若さまの精緻なロジックに圧倒される。

「金の実る木」は、茶の女師匠が、弟子の完成したばかりの茶室に行くといって出掛けたまま行方不明になる。本作は人間消失のハウダニットを軸にしており、現代の視点からすれば作中の大掛かりなトリックはかなりのバカミスといえる。ただ江戸という、現代人からすると非現実的な世界を舞台にした捕物帳の中に置かれると、リアルさも感じられる。

「あやふや人形」は、無理心中とみられる事件があった現場で五日前にも殺人事件があり、この二つをいい当てた老人がいたという奇怪な状況から始まる。老人によると、拾った人形が予言をするようになり、心中と殺人も的中させたという。同じ場所で事件が起こるが、被害者に共通点がないミッシングリンクもので、被害者たちの繋がりと事件のプロセスに加えられた捻りが面白い。

三人しか乗っていない花見船で一人が絞殺され、残る二人は一緒にいたと証言、さらにその中の一人は指に怪我をしていて絞殺はできない不可能状況が描かれる「さくら船」は、事件現場の状況、関係者の証言を過不足なく組み合わせた、あまりのない論理展開が秀逸である。

検校が密室状態の蔵で殺され、鍵を持っていた愛妾は実母の四十九日に行っていた鉄壁のアリバイがある二重の不可能状況が出てくる「お色検校」は、オースティン・フリーマンが考案した有名なトリックを換骨奪胎している。このトリックは、野村胡堂『銭形平次捕物控』や横溝正史『人形佐七捕物帳』にも出てくるので、捕物帳にアレンジしやすいのかもしれない。

雪密室ものの「雪見酒」は、被害者の女が、全身を厳重に縛りつけられた上に首を絞められる念を入れた方法で殺されたことが分かってくる。戦後も疎開先の岡山県に留まっていた横溝正史は、戦後を代表するミステリ雑誌「宝石」の初代編集長だった城昌幸から長篇執筆の依頼を受け、名探偵・金田一耕助が初登場した『本陣殺人事件』（「宝石」一九四六年四月〜十二月）を発表した。本作のトリックは、『本陣殺人事件』への返歌のようにも思える。

花見船の宴席で娘が矢によって殺されるが、周辺には弓を射るのに適した場所がなかった「花見船」は、読者の思い込みを利用したハウダニットとなっている。本作は「お色検校」のトリックを反転させたともいえるので、読み比べてみるのも一興だ。

「天狗矢ごろし」は、修験者を邪険に扱った四人のうち三人が殺される怪談めいた事件が発端となる。連続殺人の謎解きはアガサ・クリスティの名作を彷彿させるが、小さな違和感を犯人のミスと断じて真相をたぐり寄せる若さまの推理は見事である。

質屋の女中が主人の金兵衛の布団を上げに来たところ、布団の中で金兵衛の寝巻きを着た別人の死体を発見する「下手人作り」は、その直後に、一命は取り留めたが金兵衛が手拭いで咽喉を絞められ、容疑者として金兵衛が囲っていたおみやと元役者の情夫・五郎吉が浮かび、二人を犯人とする証拠も見つかる。タイトルに暗示されているように、本作はあやつりテーマになっており、完璧に見える犯罪計画のどこにミスがあるのかが眼目になっている。

「勘兵衛参上」は、誰にも姿を見せないことから「かすみ」の異名を持つ盗賊・勘兵衛と若さまの頭脳戦が描かれる。勘兵衛が三日後に盗みに入ると告げた太物商の自宅で、店の手代が殺され、遠州屋小吉らが見張っている蔵から百両が盗まれてしまう。若さまが心理的な罠を仕掛けて犯人を追い詰める終盤は、江戸川乱歩「心理試験」（「新青年」一九二五年二月号）や「屋根裏の散歩者」（「新青年」一九二五年八月増刊号）を想起させる。

　大工の宇之吉が兄弟子の佐五郎を殺したと思い込み、親方の娘のおきぬと途方に暮れていたところに若さまが現れる「命の恋」は、犯人の完全犯罪を打ち破るのではなく、若さまが宇之吉の無実を証明しようとするのでやや変則的になっているが、倒叙ミステリの手法が導入されている。

「女狐ごろし」は、美女に招かれた屋敷で眠った男が屋外で目を覚まし、屋敷を探し当てると廃墟になっていた怪談めいた発端となっている。さらに狐退治に向かった友之助が斬った狐の死体が消えて許嫁の死体が見つかり、友之助が狐に噛み殺されたかのような死体で発見されるなど奇怪な事件が続く。モーリス・ルブランやエラリー・クイーンに前例があるトリックに意外な凶器が加わるなど、短い中にミステリの仕掛けが詰め込まれた贅沢な一篇である。

　本作は、横溝正史『人形佐七捕物帳』の一篇「狸御殿」（『狸御殿』所収、杉山書店、一九四七年五月）の本歌取りとも思えるので、城昌幸と横溝の関係を考える上でも興味深い。

「無筆の恋文」は、女占い師に短命と告げられた男が殺される。男は手紙で呼び出されていたが、容疑者の女は文字の読み書きができない無筆だったらしいことが判明する。本作は、無筆の人が少なくなかった時代考証を絡めることでトリックの効果を高めていた。

「生首人形」は、西瓜売りの籠から転げ落ちた包を開けると、中から生首が現れる猟奇的な幕開けとなる。西瓜を生首に見立てるのは、山東京伝の黄表紙『五人切西瓜斬売』（一八〇四年）や、素速斎恒成や唐来参和の黄表紙『怪談四更鐘』（一八〇五年、一七八八年）といった江戸の戯作に出てくるので、城昌幸も使ったと思われる。すぐに生首は人形の首と分かり、妖しくも美しい人形奇譚に発展していく。戦前の変格ミステリに近いテイストだが、城昌幸の持ち味が活かされ、『若さま侍捕物手帖』シリーズの長篇に見られる伝奇的なエッセンスが導入されているので、あえて取り上げてみた。

　男の幽霊が不義密通相手の女の前に現れ、女の旦那に殺され、女も命を狙われていると告げる「友二郎幽霊」は、小さなトリックを積み重ねて意外性を増幅するアイディアが面白い。

「面妖殺し」は、毒殺ものである。御神楽一座が酒を飲んでから踊りに出たが、ひょっとこの面を被った男だけが毒殺された。用心した一座は、贈られた酒を燗にして飲んだが、やはりひょっとこの面を被った男だけが毒殺される。直接的な影響はないと思うが、能楽の世界を題材にした内田康夫『天河伝説殺人事件（上下）』（カドカワノベルズ、一九八八年四月、七月）にも本作と似たトリックが使われており、ミステリ作家の想像力には共通性があると思わせてくれる。

〝五大捕物帳〟の中で最も書誌的に不明点が多かった『若さま侍捕物手帖』だが、二〇一九年三月から、現在判明している長短篇を発表順に並べた『若さま侍捕物手帖』が捕物出版から刊行されている。本書でシリーズに興味をもたれた方は、捕物出版版にも目を通して欲しい。

初出一覧

作品	掲載誌	掲載号
「舞扇の謎」	『週刊朝日春季特別号』	一九三九年四月一日号
「かすみ八卦」	『週刊朝日新秋特別号』	一九三九年九月一日号
「曲輪奇談」	『週刊朝日夏季特別号』	一九四〇年六月十日号
「亡者殺し」	『宝石』	一九四七年四月号
「心中歌さばき」	『妖奇』	一九四七年九月号
「尻取り経文」	『別冊宝石』	一九四八年一月号
「十六剣通し」	『旬刊ニュース増刊第3号』	一九四八年十一月号
「からくり蠟燭」	『天狗』	一九四九年一、三月号
「菖蒲狂い」	不明	
「二本傘の秘密」	『小説の国別冊』	一九四八年八月号
「金の実る木」	『講談雑誌』	一九五〇年七月号
「あやふや人形」	『小説の泉　臨時増刊』	一九五〇年十月号
「さくら船」	『講談雑誌』	一九五一年四月号
「お色検校」	『講談読切倶楽部』	一九五二年二月号

「雪見酒」　『講談読切倶楽部』　一九五三年一月号
「花見船」　『小説と読物』　一九五四年四月号
「天狗矢ごろし」　『読切倶楽部』　一九五五年一月号
「下手人作り」　『読切倶楽部』　一九五五年五月号
「勘兵衛参上」　『講談倶楽部』　一九五六年八月号
「命の恋」　『夫婦生活』　一九五七年五月号
「女狐ごろし」　『面白倶楽部』　一九五七年六月号
「無筆の恋文」　『講談倶楽部』　一九五七年九月号
「生首人形」　『週刊大衆』　一九六〇年八月十五日、二十二日号
「友二郎幽霊」　『面白倶楽部』　一九五七年七月号
「面妖殺し」　不明

出典一覧

「舞扇の謎」「かすみ八卦」「曲輪奇談」
（『若さま侍捕物手帖1』　桃源社　一九五八年）
「亡者殺し」
（『若さま侍捕物手帖8』　桃源社　一九五八年）
「心中歌さばき」（『若さま侍捕物手帖4』　桃源社　一九五八年）
「尻取り経文」「からくり蠟燭」「金の実る木」「命の恋」「女狐ごろし」
（『若さま侍捕物手帖　天の巻』　広済堂出版　一九七二年）
「十六剣通し」
（『若さま侍捕物手帖5』　春陽文庫　一九五一年）
「菖蒲狂い」
（『若さま侍捕物手帖2』　春陽文庫　一九五一年）
「二本傘の秘密」（『小説の国別冊』　日本雑誌社　一九四八年八月号）
「あやふや人形」（『若さま侍捕物手帖6』　桃源社　一九五一年）
「さくら船」
（『江戸風流剣』　桃源社　一九七二年）
「お色検校」「下手人作り」「無筆の恋文」「友二郎幽霊」
（『若さま侍捕物手帖　地の巻』　広済堂出版　一九七二年）
「雪見酒」
（『若さま侍　べらんめえ剣法』　同光社出版　一九五八年）

「花見船」（『若さま侍捕物手帖10』　桃源社　一九五九年）
「天狗矢ごろし」（『災難づくり』　東方社　一九五九年）
「勘兵衛参上」（『若さま侍　勘兵衛参上』　同光社出版　一九五七年）
「生首人形」（『若さま侍仁俠剣』　桃源社　一九七一年）
「面妖殺し」（『若さま侍捕物手帖4』　春陽文庫　一九五一年）

本文中における用字・表記の不統一は原文のままとしました。また、難読と思われる漢字、許容から外れるものについてはルビを付しました。
現在からすれば穏当を欠く表現がありますが、著者が他界して久しく、作品内容の時代背景を鑑みて、原文のまま収録しました。

（編集部）

著者紹介　1904年東京府生まれ。京華中学校を四年時に退学。25年、『探偵文学』に「秘密結社脱走人に絡る話」を発表。怪奇小説の名手として活躍し、時代小説では〈若さま侍捕物手帖〉シリーズで人気を博した。ショートショートの先駆として名高く、詩人としても活動。76年没。

検印
廃止

菖蒲狂い
若さま侍捕物手帖ミステリ傑作選

2020年9月25日　初版

著　者　城（じょう）　昌（まさ）幸（ゆき）
編　者　末（すえ）國（くに）善（よし）己（み）

発行所　（株）東京創元社
代表者　渋谷健太郎

162-0814／東京都新宿区新小川町1-5
電　話　03・3268・8231-営業部
　　　　03・3268・8204-編集部
U R L　http://www.tsogen.co.jp
暁印刷・本間製本

乱丁・落丁本は、ご面倒ですが小社までご送付ください。送料小社負担にてお取替えいたします。

2020　Printed in Japan

ISBN978-4-488-49911-2　C0193

末國善己編
笹沢左保
流れ舟は帰らず
木枯し紋次郎 ミステリ傑作選

捕物帳のスーパーヒーロー、謎に立ち向かう!

LETTERS ON A COMB◆Kodo Nomura

櫛の文字

銭形平次ミステリ傑作選

野村胡堂／末國善己 編

創元推理文庫

神田明神下に住む、凄腕の岡っ引・銭形平次。投げ銭と卓越した推理力を武器にして、子分のガラッ八と共に、江戸で起こる様々な事件に立ち向かっていく！
暗号が彫られた櫛をきっかけに殺人事件が起こる「櫛の文字」。世間を騒がす怪盗・鼬（いたち）小僧の意外な正体を暴く「鼬小僧の正体」。383編にも及ぶ捕物帳のスーパーヒーローの活躍譚から、ミステリに特化した傑作17編を収録した決定版。

収録作品＝振袖源太，人肌地蔵，人魚の死，平次女難，
花見の仇討（あだうち），がらッ八手柄話，女の足跡，雪の夜，
槍の折れ，生き葬（とむら）い，櫛の文字，小便組貞女，
罠に落ちた女，風呂場の秘密，鼬小僧の正体，三つの菓子，
猫の首環

剣豪小説の名手が贈る、明朗な青年剣士の名推理

BLOOD-SOAKED INN◆Norio Nanjo

血染めの旅籠

月影兵庫ミステリ傑作選

南條範夫／末國善己 編

創元推理文庫

◆

徳川11代将軍家斉の時代。時の老中・松平信明を伯父にもつ、明朗な青年剣士・月影兵庫。彼は伯父の秘命を帯びた道中や、相棒の安との旅路で事件に遭遇する度に、鋭い洞察と武芸を駆使して謎を解く。大雨で足止めを食らった人人が滞在する旅籠で、殺人が起こる「血染めの旅籠」。盗賊が豪商から盗み出した千両箱の在処を探す「偉いお奉行さま」など、剣豪小説の名手が贈る傑作17編。

収録作品＝上段霞切り，通り魔嫌疑，血染めの旅籠，首のない死体，大名の失踪，二百両嫌疑，森の中の男，偉いお奉行さま，帰ってきた小町娘，掏摸にもすれないものがある，私は誰の子でしょう，鬼の眼に涙があった，乱れた家の乱れた話，ただ程高いものはない，理窟っぽい辻斬り，殺したのは私じゃない，殺しの方法は色々ある